我们阅读
WOMENYUEDU
魅丽文化
花火
花火工作室

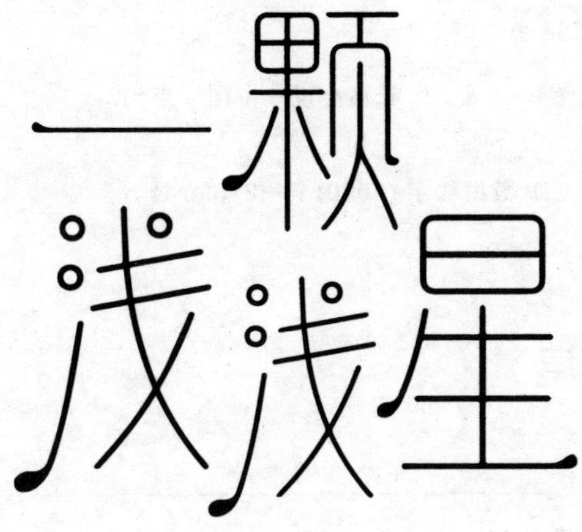

一颗浅浅星

| 酥皮泡芙 著 |

江苏凤凰文艺出版社
JIANGSU PHOENIX LITERATURE AND ART PUBLISHING

图书在版编目（CIP）数据

一颗浅浅星 / 酥皮泡芙著．-- 南京：江苏凤凰文艺出版社，2021.9
ISBN 978-7-5594-5420-1

Ⅰ．①一… Ⅱ．①酥… Ⅲ．①长篇小说 - 中国 - 当代
Ⅳ．① I247.5

中国版本图书馆 CIP 数据核字 (2020) 第 227596 号

一颗浅浅星

酥皮泡芙 著

责任编辑 张 倩
特约编辑 朵 爷 肖云梦
封面设计 殷 舍
出版发行 江苏凤凰文艺出版社
南京市中央路 165 号，邮编：210009
网 址 http://www.jswenyi.com
印 刷 湖南凌宇纸品有限公司
开 本 880mm × 1230mm 1/32
印 张 10
字 数 307 千字
版 次 2021 年 9 月第 1 版
印 次 2021 年 9 月第 1 次印刷
书 号 ISBN 978-7-5594-5420-1
定 价 45.00 元

目录

CONTENTS

目录

CONTENTS

第一章 昔日恋人的久别重逢

五月初，天气渐热，春天的气息开始被夏日的炎热覆盖，春天积攒的枝丫生得茂盛，站在树枝上的鸟扇动了一下翅膀，疲倦地站着。

姜月累得瘫在沙发上，看了一眼自己新选的顶灯。

铺天盖地的消息压过来的时候，她刚刚收拾完新家，洗了一盆车厘子。手机消息不断弹着，微信“嘀嘀”的声音响了整整两分钟，直到被突然的来电铃声打断。

姜月看了一眼来电提示，用沾着水的手滑开手机接起电话，咬了一颗车厘子：“喂？小佳？”

曲佳的声音有些沉，但语气倒是不急，她说：“你又上热搜了。”

姜月“哦”了一声，问道：“这次又是什么黑料？”

姜月觉得自己已经被黑习惯了，她又塞了一颗车厘子进嘴里，含混地说了一句：“这次还是放任不管吗？”

毕竟这几年从来都没有管过。

曲佳沉默了两秒，突然坚定地说：“不，这次我们要管。”

姜月的手僵在半空中，愣了一下：“什么？”

曲佳咬牙切齿地说：“我们不能再忍下去了！小月月！我们要站起来！”

姜月：“怎么说得像要去干吗一样？”

她往沙发上一靠，问："行，那你先告诉我这次是什么？"

姜月以前就一直很爱跟人讨论八卦，没想到自己进了娱乐圈，反而开始吃自己的瓜。网友的故事编得太精彩了，她自己都想不到的剧情，网友却能编造出来，如果他们去晋江文学城写小说，一定能写出一部惊心动魄的豪门虐恋。

曲佳那边传来敲键盘的声音，她一边噼里啪啦地打字，一边回答："这次呢，就是说你跟张导演的故事，什么你去试镜张导演的新电影，其实是去勾引人的。"

姜月差点呛到，缓了缓，说："继续说。"

"还有帖子说你其实偷偷去学了苗疆的蛊毒……回来要给人下蛊！"

这次姜月是真的噎到，咳了好久又猛喝了一口水，说道："张导演？那个快五十岁的张导？"

"是的，就是《梦见春天》的张导。"

姜月沉默了几秒，问曲佳："说实话，我看起来这么饥不择食吗？"

而且去下蛊毒又是什么鬼？

曲佳："这我不知道，但是我知道你眼光很挑。"

圈子里不是没有人追过姜月，但是姜月对所有人都是一样地拒绝，会主动把距离拉开。

曲佳从姜月出道那年开始带她，是她的第一个经纪人。曲佳看着姜月一步步发展起来，当然也看到过有人追求姜月时，姜月是怎么把人拒之门外的。

姜月轻声嗤笑，小声说了一句："不是挑剔啊，是不知道怎么再去喜欢一个人。"

当她曾经把满腔热情都交付给一个人，却没有得到任何回应的时候，就知道不该把自己的热情都放在这方面了。

说出来可能很少有人会相信，那个男人是她主动追求的，用心追了很久，最后的下场，却是一无所有。

曲佳没回答这句，接着前面的话题，说："这次呢，公司是准备给你找律师打官司了，把这些黑粉一网打尽！"

"我一定给你找南城最好的律师！我们会赢的！保护小月的名声人人有责！"曲佳说得很坚定，"那我先去联系律师了！"

姜月“嗯”了一声，起身回房间。

通话结束以后，她坐到电脑面前，点开微博看热搜。短时间内关于她的热搜竟然已经进入了前十。她都不知道是网友太闲还是自己的名声真的这么大。

姜月顺着微博上营销号发的链接点进讨论帖，发现评论无一不是在骂她的。

“姜月演技也一般嘛，长相被粉丝吹得神乎其神的，其实也就那样。”

“我马后炮一句，姜月这张脸一看就是狐狸媚子。”

姜月：“……”她不过是眼尾有点上挑好吗？

“你们说姜月为什么这么想接张导的《梦见春天》啊？跟她之前的风格完全不一样！她怎么可能平白无故地降低自己的档次去接这种电影？”

“所以才有问题呀！姜月没有任何理由会接这部电影！除非她想跟剧组的人攀关系！但是现在除了导演……演员什么都没定啊，她就这么积极！”

《梦见春天》的导演并不算出名，就是个三四线小导演，没有拍出过什么经典的电影，之前拍的电影票房也勉强过得去，一直不上不下，只能回个本的那种。

这个试镜本来邀请的是姜月同公司的一个小师妹。这部就连小师妹都不想接的电影，姜月那天随手翻了一下剧本，回头就跟曲佳说自己要去试镜。

公司当然不同意，姜月去拍这部电影确实是自降身价，没有什么价值可言。但是姜月坚持了很久，也软磨硬泡了很久。

“这部电影对公司而言，可能没有什么价值。

“但是对我来说会很有价值。”

《梦见春天》，改编自一本同名小说，故事其实很庸俗，也很简单。

这是一部青春电影，跟以前出过的有些不太一样，《梦见春天》讲的是一个女生从暗恋到主动追求一个男生的故事，前半段是比较庸俗的套路。

即便是庸俗，姜月也从那个女主角身上找到了一些自己的影子，所以很快就陷入其中，但是更吸引她的是故事的结局。

女生最后也没有追到那个男孩，但还是会每天梦到春天，梦到男生站在明媚的阳光下。

她说：“我觉得他毕竟是我生命中的一场美梦，那就一直停留在梦里的春天里吧！”

“没有追到他，真好。”

因为追到了，她可能反而会失望。

当他不再是她的美梦，而是来到现实中的时候，也许就不会那样美好了。

她喜欢的其实可能是自己想象中没被美化过的他。

故事停在这里。姜月看完剧本，勾着唇低声念了一句：“如果当时我也没有追到他就好了。”

那她也不会受伤了。

姜月想演那个女孩，是因为她一直都对自己的故事结局不满意，所以想变成“她”，假装能给自己一个好的结局。

此时，姜月手边摆着的本子上就写了一句话：“如果当初我没有追到许昱该多好。”

姜月看完这些评论的时候，天已经黑了。她刚才看得入迷，连自己手边的车厘子都没有吃完。她百无聊赖地继续翻着帖子，突然看到一条八卦帖子，回复的人很多。姜月以为自己眼花，又定神看了一眼。

她没有看错。

“提问：和金牌律师许昱谈恋爱是一种什么体验？”

她的手抖了一下，但还是点了进去，明明有一两分窒息感，她却还是看了几条回复。

“谢邀，许昱其实非常体贴呢，虽然工作很忙，但其实很温柔，很会照顾人……（做梦真好）”

许昱最近经常出现在她的视野里。他最近上了一个法制普及类节目，相貌非凡、能力一流、为人正直的金牌律师，这几个优点吸引了不少人。

也有人偶然在她面前提起许昱：“我觉得你应该喜欢这种类型的人。”

姜月垂着眼帘，回答：“是挺喜欢的。”

当然，如果那位不是她的前男友的话，现在应该就是她心目中的理想情人了。

姜月不知道怎么就把回答看了个遍，心间有几分酸楚往上冒。许昱依旧很优秀，依旧有很多人喜欢，南大法学系毕业的高才生，才毕业两三年就已经是南城的金牌律师了。

许昱很好，只是对她不好。

姜月觉得自己的脑子突然昏昏的，回忆起了一些事情。她注册了一个小号，脑子一热随手就回了一句话。

“渣、贱、床品超烂。”

回复完以后，姜月觉得有些神清气爽，给宋连一发了消息问她要不要玩游戏。

宋连一秒回：“我现在跟陈言在一起。”

姜月：“……”

姜月：“你失去了我，也失去了我的车厘子。”

姜月回完这条消息，看了一眼自己还剩下大半盆的车厘子发呆。今天她好像吃不完了，但是放到明天就不新鲜了。

她洗太多车厘子了。

姜月左看右看以后，决定把剩下的端去问问新邻居吃不吃。

应该没有人会不喜欢吃车厘子吧？

姜月去隔壁摁门铃，很久之后才有人来开门，她差点都以为里面根本没有人在。

来开门的是个年轻男人，五官硬朗。开门的时候他微不可察地愣了一下，眯了眯眼。

如果他没记错，这个女人应该是最近很红的女明星——姜月。

殷秦看着她，姜月伸手把一盆车厘子递过去：“你好，我是新来的邻居，就住隔壁。要吃车厘子吗？”

他靠着墙，轻笑：“你们女明星现在都这么平易近人吗？还给邻居送车厘子。”

姜月笑了笑：“明星也要搞好邻里关系呀！”

况且能住在这里的人，非富即贵，小区里也有很多圈内人。

殷秦轻嗤了一声，手机突然响了。他垂眸看到消息里某人已经在催自己赶紧上楼。

“好的，那谢谢你，下次再给你回礼吧！”殷秦抬头说道，顺手接过姜月手上的车厘子。

姜月送过车厘子后就回家了，看来新邻居还是很好相处的。

殷秦端着一盆车厘子上了楼。穿着高定西装、身形挺拔的清俊男人从书房里走出来，皱着眉，声音很沉。

“谁？”

“你的新邻居。”殷秦回答道。

许昱看了一眼殷秦手上的一盆车厘子，转而问：“刚才说的那个案子，你怎么想？”

殷秦往书房里走去，把东西放在桌上，顺口说了一句：“许昱，下次记得给人回礼。”

许昱的目光移向了关上的房门处。

房门紧闭，安静得像是没有人来过，他皱了皱眉，抬手揉了揉太阳穴。

许昱沉默良久，才说道：“知道了。”

刚才从门口传来的女声隐隐约约的，似是幻听。许昱觉得自己大概是疯了，才会觉得听到了姜月的声音。

书房关着窗，一丝风都没有。书桌上的纸张有些凌乱，似乎刚才一瞬有人急着起身，掀动了平静的空气。

深夜，墨色的天空中有几颗光芒闪烁的星星跃动着，南城很久都没有过这样的好天气了，月光透过层云像银色的碎钻落在各处。

姜月躺在床上，闭着眼感受空气中的气息。距离进组还有几天，她去洗澡之前又把剧本看了一遍，出来以后点了一块香薰蜡烛焚香。

她用这款味道很久了，木质的香调，沉香琥珀带着一点甜。她点燃的时候甚至觉得自己在寺庙里求佛，耳边就是悠长的禅钟木鱼声，可以平复心里的所有不安。能带给她平静和安宁的竟然是这一小块香薰蜡烛。

这块蜡烛只剩下最后一点，今晚就燃尽了。

第二天一大早，姜月醒来的时候就看到了曲佳发来的微信信息。

曲佳：“小月月！你的律师我已经选好事务所了，这个事务所可是南城现在著名的律师事务所之一，我相信他们肯定可以做好的！”

姜月伸手揉了揉自己的脖子，新床睡得有些不习惯。她看着“著名”

和“律师事务所”这几个字，突然感觉自己的眼皮跳了一下，就连心跳都猛地漏掉了一拍。

如果不是昨晚突然又看到了许昱的名字，若不是他最近很频繁地出现在各个地方，她已经逼着自己快要忘了这个人了。

但也正因为她的那些回忆，他的形象又变得深刻起来。姜月看到这几个字以后，突然就愣了神。

著名的律师事务所之一。

世界上应该没有那么巧合的事，但她还是需要防范一下。姜月一边拖着有些酸痛的身子往卫生间走，一边给曲佳回消息。

姜月：“辛苦你啦！不过我有一个小小的要求，可以吗？”

曲佳：“我的大小姐有什么吩咐？”

姜月的手停顿了一下，两秒后，她艰难地敲下：“请的律师能不能别姓许？”

曲佳应得很爽快，姜月这才松了口气去洗漱。

她原本是打算再去深入研究一下剧本的，没想到沙发都还没坐热，宋连一的消息又来了。

“呜呜呜呜，宝贝儿，我对不起你。

“我们俩的粉丝又吵起来了。”

姜月：“宋连一，你要是真的觉得对不起我，现在立刻来我家陪我一起看剧本！”

这部剧宋连一和姜月的对手戏很多，两个人在剧中也是饰演闺密。不过姜月接这部剧的时候，还跟宋连一不认识。

不用宋连一说，姜月也知道为什么粉丝又会吵起来，说来说去还是番位的问题。

这个新剧，姜月是一番，而宋连一是二番。

宋连一最近上了部新剧，跟影帝傅子洋搭的戏——民国谍战片《卧底》，收视率极高，宋连一也因为这部剧突然爆红。再加上姜月最近确实又被多次“爆料”，所以这个时候就有很多人不服气，觉得她这样的女人不配一番。

然而这部电影定下来的时候，宋连一甚至都还没有接《卧底》，当时姜月无可厚非会是一番。

关于番位这件事，粉丝也已经撕了很长一段时间了，姜月和宋连一两个当事人都已经看得累了。

宋连一来的时候，姜月蜷在沙发上。她直接把家门的密码告诉了宋连一让对方自己进来。宋连一进来就看到一副缺水咸鱼状态的姜月，小跑过来把她拉起。

姜月今天洗了新的车厘子，翻身起来抓了一颗往宋连一嘴里塞，眨了眨眼，说："怎么样，我对你好吗？"

宋连一伸手轻轻拍了她一下，笑着含混地问："昨晚的车厘子怎么解决的？"

"送给邻居了，这个世界上真的没有人能拒绝车厘子。"

宋连一点头，顺口加上一句："有道理，就像这个世界上也没有人可以拒绝姜月。"

宋连一是姜月的头号颜粉。

她总说姜月身上有一种很特别的气质。姜月的瞳孔颜色很浅，看起来清澈干净，干净的眼神总是让人想到古老的森林和在森林里隐居的仙子。

但姜月又带着妩媚气，微弯着的唇，似乎天生带着一些上扬的弧度。两种不同甚至相反的气质却在姜月的身上奇妙地融合，不问世事的少女和古灵精怪有小心思的小女人，都是她拥有的。

这让人很容易去喜欢，宋连一看到她的第一眼就在想：这个世界上竟然有人可以拒绝姜月？

虽然姜月这两年被人刻意抹黑，但还是飞快地蹿红。她不单单是因为话题度而红起来的，所有别人认为是炒作和运气的事情，其实都是需要有底气和基础来支撑的。而她确实有这样的本事。

姜月似是玩笑，应了句："会拒绝我的人可多了，甚至有人可以一直拒绝我，我主动都没有用。"

宋连一没接这句话。她也对姜月前男友的事情有所耳闻，不愿意去揭姜月的伤疤。

她换了个话题，说："对了，你新邻居挺帅的啊，刚才我来的时候碰到他了。"

姜月回忆了一下昨晚看到的那张脸，点了点头："好像是还不错？"

"是非常不错。"宋连一笑道，"什么时候再去送一次车厘子啊？"

姜月脸枕着抱枕，说：“不送了，挺贵的。

“不过对方要是愿意回礼的话，我可以考虑一下。”

事务所外，许昱刚刚停好车，就连着打了几个喷嚏。他进去的时候殷秦刚在大厅打了一份资料，一边从打印机里拿出纸张一边回头。看到许昱，殷秦叫住了他：“许昱。”

“怎么了？”

“刚才有个娱乐公司的经纪人联系我们，询问我们接不接案子。”

许昱的脚步稍顿，但没有停留太久，他对殷秦说：“来办公室谈吧！”

许昱进去就把外套挂在衣架上，殷秦随意地坐着，两个人都不说话，空气寂静得不像话。良久之后，许昱才坐下，问了一句：“很重要的事吗？”

殷秦的手在桌上敲了敲：“不太清楚，前台传话说是有个娱乐公司的经纪人打的电话，说要我们律所的律师。”

“我们律所一般不想掺和娱乐圈的事，不过前台说那个经纪人的语气很诚恳，让我们再考虑一下。”

许昱皱了皱眉，没说话。

“我原本觉得你肯定会拒绝，但是之前那个法制普及节目找到你的时候，你竟然没有拒绝，所以这件事也许还有可以商量的余地？”

许昱揉了揉太阳穴，垂头道：“最近很忙，就像你说的，我手上还有这个普法的栏目。如果是娱乐圈的案子，那应该不简单，需要花很多时间和精力。”

殷秦顿了顿：“那我们不接这个案子了，让前台拒绝吧！我现在也没想明白你为什么会接那个节目。”

许昱不是喜欢在外面抛头露面的人，所以殷秦到现在都还不懂他到底是为了什么。

殷秦没继续说什么，轻“嘁”了一声起身打算走，手握着门把手的时候突然想起什么，回头说了一句：“对了，你的新邻居好像就是个女明星。”

许昱想起今天早上出门的时候在门口碰到的女人，穿了一条红色的长裙，长鬈发，埋头输着密码。

她听到他开门出来的声音，转头笑了笑，微微颔首。

好像确实是个女明星。

他对娱乐圈了解不多，这也是他不太愿意接这个案子的原因，许昱对这个圈子所有的了解只有一个人。

今天一如既往地忙，临近下班的时候，前台送来了一个透明玻璃瓶，里面装着一块贝壳。

许昱道了谢以后就把这个罐子放在了办公室的柜子上。上面摆满了各式各样的贝壳，但许昱放上去以后就再也没有挪动过，似乎是在等着别人来取走这一堆贝壳。

贝壳已经摆满了整个柜子，每个人进来的时候都会驻足一下，因为这些东西看起来和许昱格格不入。

许昱下班的时候已经很晚了，殷秦也加班到这个时候。许昱走之前，殷秦又过来了一次。

殷秦靠在门边，说："对了，白天说的那个娱乐圈的案子，下午那个经纪人又打电话来了。你真的不考虑一下？"

"不考虑。"许昱拒绝得干脆利落。

殷秦无奈地耸了耸肩，说："我刚刚接了对方的电话，真的很诚恳，这个案子，我会考虑接的。"

许昱抬眸："嗯。随意，如果你忙得过来。"

殷秦没走，就站在门口打电话。

"喂？您好，请问是曲小姐吗？我是律师殷秦，你说的那件事我考虑过了，我可以抽空接你们的案子。改天有时间，你可以来我们律所谈谈。"

许昱手上的钢笔帽合上的那一瞬间，他听到站在门口的人说了一句："啊，你们的艺人叫姜月是吗？"

"啪嗒——"

伴随着殷秦落下的话语，许昱手边的文件掉落在地。

进组的前一天，姜月在家里收拾行李。东西还没整理完，想着要去买新的香薰蜡烛的时候，她接到了曲佳的电话。

曲佳已经为了给她找律师奔波了几天，现在终于定了下来，跟律师约好了时间见面，当然要第一时间告诉她。

"小月，我已经跟殷律师谈好了，就是城南事务所的殷秦律师。我们约了今天下午见面，你有时间的话能过来一下吗？"

姜月把行李箱合上，还没有拉拉链，回答道："好，辛苦你啦！我下午过来一趟吧！"

"下午两点半，白鸟之歌见。"

这是姜月最喜欢去的一家咖啡馆的名字。

她在家又把东西稍微整理了一下，有一本本子却怎么都找不到，也不知道是不是前几天搬家的时候漏掉了一些东西。

那是一本没有写完的日记本，虽然说是日记本，但其实也不是每天都会写，她这几天忙着没写，今天突然想起来却怎么也找不到了。

姜月在书柜上翻了很久，还是没找到那本本子，倒是翻出了另外一本本子。

这本本子的封皮有些起皱，显然翻了很多次，侧边末端还有些裂开。姜月的手指触碰到这本浅粉色的本子的时候，眼神也凝住了。

她很多年没有拿出过这本本子了。

手在半空中悬着，僵了半分钟，手臂有些发酸的时候，姜月还是把这本本子抽了出来。她很清楚这里面写了些什么。

她在柔软的地毯上坐下，外面的阳光透过浅色的薄窗纱落了几束在微黄的书页上。

她翻开的时候，上面似乎还有笔迹的墨水味，一切都很清晰，却又陈旧。

"我决定今天开始喜欢许昱啦，用新的日记本记录一下！"

满满的，她写了一整本。

从她喜欢上许昱的那一刻，到她和许昱分手。

本子的最后一页，记录了两个字。

"没有。"

当时的姜月，总是喜欢很幼稚又很倔强地问许昱一个俗气的问题："你喜不喜欢我？"

她不得不承认当初追到许昱以后，还是没有什么安全感，所以经常会想问他这个问题。不过姜月觉得许昱肯定不会将就，既然跟她在一起了，肯定还是喜欢她的。

只是他不喜欢大声地表达出来。

姜月就每天为自己记录下："许昱今天说爱我了吗？"

直到这个故事走到终点，本子上已经记了很多页“没有”。本子的末页有一些碎屑，不平的纸张，像被怪兽撕咬过的痕迹。

她把剩下的所有纸张全部撕掉了。

和许昱的故事都在这个本子上，已经没有任何可以再记录下去的纸张。

下午两点过后，姜月提早了一些到达约定的地点。曲佳此时已经帮她点好了冰美式咖啡。

姜月把自己的手提包放在凳子上后，就赶紧坐下喝了一口咖啡。曲佳在旁边撑着脸问她：“你为什么喜欢喝美式咖啡啊？明明一点都不喜欢喝苦的东西，奶茶都要喝全糖。”

姜月的手放在杯子上僵了一下，手指微弯，她淡淡地答了一句：“习惯吧！”

“喜欢吃糖的人怎么会养成喝美式咖啡的习惯？”

她勾着唇，扬着弧度却没笑意，反问道：“谁知道呢？”

殷秦到的时候，姜月和曲佳正在一起看某条黑粉发的评论。曲佳皱眉说：“这个 ID 我很熟悉，是不是盯你很久了？”

姜月的眉头刚刚动了一下，还没皱在一起，她就听到了一道男声，稍显急切。

“不好意思，久等了！”

姜月抬起头，和来者的眼神对上。姜月的眼神怔住，张了张唇没发出声音，最后是殷秦先开的口。

“真巧。”

她抿了唇，淡笑：“是啊！”

谁能想到曲佳给她找的律师就是自己的新邻居呢？

这个世界有多小呢，就是你做什么事情都可能会在某个根本想不到的情况下遇到“熟人”。

殷秦笑得爽朗：“当作给你送的车厘子的回礼了。”

“谢谢。”

曲佳听完他们俩的对话，才意识到两人认识，说：“早说你们认识啊！我费了好大工夫才成功约到殷律师呢！”

姜月无语："我又不知道。"

殷秦笑了笑，说："我也没想到姜小姐竟然就是要找我们的客户。"

曲佳叹了一口气，倒也没再纠结这些题外的东西，开始正题："咯咯，那……我们先跟你说明一下这个案子的情况吧！"

曲佳把自己手上现有的资料递过去，给殷秦说明了一下现在的情况。他们今天当然不是要马上把事情谈完，但是情况还是要稍微沟通一下。

殷秦看着，渐渐皱紧了眉头："没想到，你的案子会这么复杂。"

本来网络上的诽谤就不是那么好处理的案子，互联网这样的地方，大家的记忆时间很短，不管是什么事情和热点，关注的时间都变短了。一件事爆出来以后只会在某一段时间产生极高的话题度，时间久了就淡了。更重要的是会有很多人把当时发出来的东西删掉。

姜月的这些事情，有的已经发生一两年，有的证据可能很难找到。

曲佳给的资料也是零零散散的，不太完整，显然她们之前都没有对其重视，任由事情发展下去。现在回头想要再秋后算账，资料和证据却已经找不到完整的了。

殷秦的指尖点了点桌面，沉吟："比我想象的要更复杂，我拿回去律所好好研究研究。你们先说一下有什么要求吧，想解决的事情是什么？"

曲佳手指绞在一起，语气带着几分叹息："这几年让小月受了挺多委屈的，所以我们想把这些人尽量都一网打尽。这可能很难，也是一个大工程，不过公司愿意出这个钱，不知道你们愿不愿意……"

网络诽谤这种事，很多明星都会有所作为，不过大多数是杀鸡儆猴罢了。黑粉太多根本管不过来，只是找出一两个破绽大、好处理的人出来，给别人看看诽谤的下场。

殷秦沉思着，皱得眉间都有了细纹，最后才说了一句："我回去再看看，既然答应了，那我肯定是会尽量满足你们的要求的。"

"还好，我这边跟姜小姐交流和转接资料还比较方便，可能之后有些事情要麻烦你一下。"殷秦的目光转向姜月。

既然姜月和许昱是邻居的话，以后有什么事情也可以让许昱直接跟她交流。就算许昱不愿意，也可以让他帮忙递个资料。

他们一直谈到傍晚。余晖在天边漾开，散成了粉色的天空。

姜月明天一大早就要去剧组，现在东西还没完全收拾好，跟曲佳和殷秦道了别以后，就准备先回去。

姜月已经从咖啡馆走到了停车场，在车上刚准备启动车子，却想起自己忘记买香薰蜡烛了。这栋大厦里刚好有她要的那个香薰牌子的柜台，于是她又折了回去。她从电梯里出来，打开车门坐上去，又下车重新进了电梯，这一系列的动作刚好被电梯口停着的某辆车上的人看得清清楚楚。

有些暗的地下停车场，没有人会注意到没开灯的车内还坐着一个人。

车里的男人手握着方向盘，下颌线紧绷着，瞳孔微缩，在看到姜月从电梯出来的一瞬间，呼吸似乎都被剥离了。

许昱没想到他会在这样的情况下见到姜月。

三年内，他翻来覆去把姜月的杂志、电影、电视剧甚至是广告都看了很多遍，就连入校的军训照片都快被他翻烂了。

女人的身影让他魂牵梦萦，从未自他的脑海中消失。不过他已经三年没有见到她了，从她在某个月圆之夜突然给他发信息提分手的那一刻开始，就再也没见过。

许昱当初猝不及防地被这个女人甩了，连分手的理由和苗头都不知道。

他的眼神没能从姜月的身上挪开。她似乎还是和以前一样，好像没怎么变，依旧是他记忆中的样子，还是那个女孩。

但仔细一看，他又觉得哪里都不一样了。

他不知道姜月上车后发生了什么，不到一分钟又下了车，皱着眉有些不开心的样子，分明只是人的一种普通情绪，许昱却猛地一震。

姜月在他的面前，从来没有露出过这样的表情。

她总是爱笑的、闪耀的、夺目的，像宝石一样发着光的女孩。姜月不会皱眉，不会不开心，不会生气。

即便有的时候他做得不好，她也是弯着眉眼，笑意盈盈地说"没关系，谁不是第一次谈恋爱啊，不会我们可以学嘛！"

许昱看到姜月重新上了电梯，握着方向盘的手更用力了一些。

自己要追上去吗？

这是三年来，他第一次见到姜月，也是第一次有机会能与她正面接触。许昱没有动，完全不知道自己追上去会是什么样的画面。姜月说分手这件事实在是太突然，并且一点都不像她做事的风格。

他很不喜欢做没有把握的事情，就像此刻，姜月的突然出现，让他不知道该不该去做这件一点都不能确定的事情。

许昱这才意识到，原来自己也会有这样犹豫的时候。

许昱没有追上去，却在不久后也下了车，看到电梯到达某个楼层后，便乘了另外一部电梯上去。

姜月进了祖·玛珑的专柜，不过很快就出来了，手上提着一个袋子。

许昱在某个角落，再一次看到她。

姜月乘电梯下去后，许昱转身迈步也进了祖·玛珑的专柜。

“你好，我想请问一下刚才姜月买了什么？”许昱的声音很沉，又带着几分清冷，天生含了几分疏离感。

柜姐扫了他一眼，有些疑惑。

这样清冷寡欲的男人也会追星？还来买同款？

疑惑归疑惑，生意还是要继续做，柜姐抬手指着放香薰蜡烛的方向，说：“你好，刚才姜月买了香薰蜡烛呢，你是想买同款的香型吗？”

许昱颔首，柜姐领会到之后，给他也拿了一块。

他付完钱出来就接到了殷秦的电话。殷秦的语气稍显疲倦，说着：“你别说，姜月这个案子还真的挺麻烦的，资料太不完整了。”

许昱眯了眯眼，说：“我有完整的资料，所以这个案子还是交给我吧！”

“嘁——”殷秦吸气，觉得有点不对劲，“你这人怎么回事啊？前几天你宁死不屈怎么都不肯接这个案子，现在又要来抢我的了？别人碗里的东西要香一些？”

许昱没解释，只是又说了一句：“我接。”

殷秦笑出声，语气悠然：“真不是我不让给你。姜小姐亲自要求，律师不能要姓许的——”

许昱：“……”

“你说姓许的人是跟她有什么深仇大恨啊？难道头号黑粉就姓许？谁不知道南城最著名的律师之一就是你，姓许的许昱，你要是接了这个案子，处理起来肯定轻松多了。这得什么仇什么怨，才能让姜月直接把这个姓的人都排除出去？”

许昱的脸越来越黑，手上的纸袋被捏得嘎吱响。

“殷秦，不会说话就少说两句。”

殷秦愣了整整一分钟，突然笑出声，懒洋洋地缓缓开口：“许昱，你老实交代你是不是跟姜月有什么不解之缘？”

他跟许昱共事这么多年，也不是第一次跟许昱说这样的话，但这是许昱唯一一次有反应，并且反应这么大，语气冰冷。

许昱没答，往电梯间走了几步，在电梯门合上的那一刻说了一句：“我先回律所。”

他这意思就是不谈这件事了。

这让殷秦觉得更奇怪了，决定要问个究竟。不过问许昱应该是没有什么用了，他挂了许昱的电话以后，给某个人打了电话。

许昱的大学室友，白棋。

白棋接电话接得很慢，大概也是在忙。他接电话的声音也是冷冷淡淡的。

“喂？”

殷秦还在咖啡馆里，顺手翻了一下桌上的资料，问道：“你认识姜月吗？”

白棋沉默了半秒，笑了笑：“殷秦，你在发疯吗？认不认识姜月这件事情你不应该问我，应该问许昱。”

殷秦翻资料的手悬在半空中，眼皮跳了一下。

看来他的猜想是对的，许昱和姜月之间一定不简单。刚才许昱的反应太不正常了，这样一来，姜月为什么不要姓许的律师就解释得通了。

但不知道他们之间到底有什么样的恩怨，才会变成现在这样。以殷秦对许昱这个人的了解，姜月可能是他心里不能触碰的秘密。

“我们律所接了一个新的案子，姜月的。”殷秦说。

白棋抬了抬眼：“她知道许昱也在这个律所吗？”

“不知道，估计是不了解，并且姜月点名不要姓许的律师，这个案子是我接的。”

白棋很随意却又严肃地说了一句：“我建议你们不要让姜月知道许昱也在这个律所里。”

殷秦更疑惑了，问：“为什么？”

“姜月是许昱的前女友。”白棋说着，顿了一下，又添上一句，“还是姜月甩了许昱。”

殷秦："……"

"许昱竟然被一个女人无情地甩了？"殷秦叹了一口气，"看样子他还一个人深陷其中。"

殷秦突然对许昱产生了一些同情，甚至现在就想回律所拍拍许昱的肩膀，跟他说一句："没关系的兄弟，天涯何处无芳草。"

他的同情心还没表达出来，就听到白棋又说了一句："你千万别同情许昱，会走到这一步都是他自己的原因。"

连白棋都这么说，那许昱和姜月之间到底发生过什么事？

白棋那边刚好有事情要忙，便挂了电话，殷秦便没再多问。这件事殷秦也一直没有正面问许昱，回去以后只是试探了一下许昱。殷秦能感觉到许昱还是很在意姜月的，不过他的那种在意让人感觉很奇怪……

殷秦总觉得许昱有很多事没有说，但他也能理解，每个人都有一些话是难以启齿的。

很久之后殷秦才知道，不是许昱不愿意说，而是连许昱自己也依旧没有找到当初他们分开的原因。

周末，南城一中教学区，新建的第三教学楼还散发着新鲜的漆粉味。

姜月和宋连一一起坐在教学楼前小花园的树荫下。吹过来的风微热，工作人员还在扯着长线把插板连过来。

姜月闭着眼和宋连一有一搭没一搭地聊着天，编剧突然偷偷摸摸地过来，清了清嗓。

"两位美女有空吗？"

姜月眼睛都没睁开，就回答："你好，在的呢，亲亲有什么需要？"

编剧笑了笑，接上话："我想做个小调查。"

宋连一抓了一把葡萄干，说："都可以，但是要先打钱。"

编剧轻轻跺脚，"哎呀"了一声，又说："我们什么关系，谈钱多伤感情啊！"

宋连一笑而不答。

她们确实已经很熟了，宋连一最近接的好几部电视剧都是这个编剧的，她老是爱问大家一些问题，给自己收集一些创作灵感和思路。

编剧抽了一把椅子在旁边坐下，拿出自己的小本子，认真地看着她们俩。

“我今天就问一个问题，遇到喜欢的人，你们会主动追吗？”

宋连一说：“我不会。我真的很㞞，嘴上说得很带劲，但是一遇到本人就完全不一样了，跟陈言在一起完全是他主动……我喜欢了他很久，最后被看破了。”

这个问题姜月直到开工都没有回答上来，因为她也不知道。

换成四年前的姜月，是会的。她喜欢的人，不管最后结果会是怎么样，她都想要去努力争取一下，不过现在……

俗话说的“一朝被蛇咬，十年怕井绳”不是没有道理的，现在的她到底还能不能做到那样勇敢呢？

姜月这几天抓紧把手上的戏份拍了，因为她要去赶另外一个通告，所以提前跟剧组协调请了假。

这个活动说起来很奇怪，是一个主题派对，位置是在南城郊区的一栋别墅，像极了西方故事里的城堡，恰好这个派对的主题也是——吸血鬼。

吸血鬼主题的蒙面派对，他们邀请姜月去当镇场嘉宾。

对方给的价格很高，姜月也不是很排斥这个活动。因为她只需要在派对上露个面就可以，都不用发言，也不用说出她的真实身份。这样的工作对她来说就是天上掉钱。

天上掉馅饼，她不要白不要。

姜月下午把戏份全部拍完以后，准备化个符合主题的妆容再赶过去。派对的主办方请了很多化妆师，来参加的嘉宾可以自己化好妆再来，也可以用派对主办方请的化妆师。

看起来没有什么意义的无聊派对，似乎只是去满足一些人的“中二”之心。但其实这是一个不会知道别人身份的化装舞会，所有人都会被包装成另外一副样子，就像是在网络聊天的时候开启匿名功能，他们只是把这一项改到了现实中。

一旦别人认不出你，你不带着自己的身份待在这个地方，那么顾虑会消失，不敢说的话也可以说出口。

主办人就是想做一个社会问题的研究罢了，至于为什么这项研究会请姜月呢？

因为她就是站在话题风口浪尖上的女人。

而为什么会是吸血鬼这个主题？那纯属主办人的个人嗜好。

姜月是自己化完妆过去的，化妆师薛芩是宋连一介绍的。化好妆之后，薛芩十分满意地看了一眼，点头笑着："很符合吸血鬼这个主题。"

她没有涂太鲜艳的口红，营造出了些许的病态感。

姜月跟薛芩道了谢以后坐车赶往会场。她到的时候派对上已经有很多人了。她下车踩上红毯的一瞬间，闪光灯不断闪着，有些晃眼。

所有人都戴着面具，包括姜月。

旁边有人在讨论："果然化了这样的妆以后好难认人啊，刚才走红毯的美女是谁？"

"你们没觉得她特别有女主角的气质吗？"

随后一道不屑的声音传来，说："女主角在吸血鬼这个主题里就是个大型血库。"

姜月勾着唇笑了笑，走到台阶尽头，伸手去拿自己包里的邀请函表明身份的时候，后面的人突然推搡了一下，让她晃了一晃。她正想扶住旁边的门框，手臂却被另外一道力拽住。

那人没有拽太久，只是帮她稳住身形后就松了手。姜月回头看了一眼，微微抬头，那人当然也是面具和浓妆，无法认出他真实的模样。

男人走得很快，没有在她身边多做停留，一副只是路过顺手扶了她一把的路人模样。

姜月交了邀请函，便被带到了 VIP 休息室。她闭了闭眼，却又想起刚才那个人，背影有几分奇妙的熟悉感。

但那人不可能是他。

这个时候，她脑海里浮现出来的这个人，应该坐在办公室里认真处理手上的案子。

姜月抬手揉了揉太阳穴，闭目养神，直到工作人员来邀请她出去。为了不暴露身份，姜月是跟其他人一起上台的，主办人站在前面发言。

"今天，我们有幸请到姜月小姐作为特邀嘉宾，不过大家也知道，我们今天是一个等同于匿名的主题派对，所以……至于哪位是姜月，我不会告诉你们的。"

姜月站得笔直，背部蝴蝶骨的线条美好，她突然觉得这个派对变得有趣起来。

今晚她是不是可以听到一些平时听不到的话？

姜月的目光扫了一圈台下，角落里有个人靠在墙边，姿势随意放松，即使是这样的妆容和面具，也能辨出男人的俊朗，是刚才那个在门口搭了把手的人。

姜月的眼神刚刚挪到他的身上，男人突然转过头，微微仰头看着台上的她。就这么眼神相触的一瞬间，姜月觉得自己似乎跟这个人之间产生了一种非常奇妙的反应。

就像彗星撞地球一样。

昏暗的灯光环境，带着几分迷离的光线，别墅大厅中间的喷泉池旁围着许多人。姜月在派对开始后随便跟人聊了两句，别紧了一下自己腰间的麦。

主办方很有心，除了全部人蒙面之外，为了让这场派对变得更为神秘，还给每个人配了变声器的。

她瞄了一眼拥挤狭小的舞池，觥筹交错之间，有人在谈笑风生，也有人已经找到了舞伴开始跳起来。

姜月被幽蓝色的灯光晃得有点晕。屋内很闷，人多嘈杂，她这几天赶戏，没有休息好，匆忙地赶回来接这个活动，现在被喧闹的人声吵得头隐隐作痛。

二楼阳台的窗帘被风掀起，看起来没有人在。姜月扶着楼梯把手慢悠悠地过去，趴到窗口呼吸了一大口新鲜空气。

身后倏然响起一道低沉的男声，似乎还带着几分笑意：“不在下面多玩会儿，上来吹风？”

姜月转身，就看到一袭黑衣的男人随意地靠在旁边，他捂得严严实实的，是真的一点都看不出这个人原本的样子。

那人微微动了身，朝她这边走了两步。姜月觉得他的眼神死死地锁在了自己的身上，像深渊一样，吸附着她。

“好巧，今天第三次。”

姜月垂头笑了笑：“谢谢。”

让人摸不着头绪的对话，只有他们俩知道到底在说什么。

第一次是姜月在门口不小心被人推搡快要摔倒，第二次是姜月站在台上刚好跟他眼神对上，第三次就是在这个空寂的阳台上再一次遇见。

姜月说了“谢谢”以后，两个人之间再一次陷入沉寂，直到几分钟后有人送来了两杯酒。

她跟这人没什么话说，又转身趴回窗边去吹风。外面的月亮很圆，她低声呢喃了一句：“今天的月亮真好看。”

姜月很喜欢看月亮，大概是因为自己的名字里就有“月”这个字。

她原以为身后那个人已经走了，没想到他却接了一句：“嗯，挺好看的。”

姜月又趴了几秒才转过身去，晃了晃酒杯，问：“你怎么不下去玩？”

男人反问道：“你怎么不下去？”

“我晃悠了一圈才上来的。”她顿了顿，突然开启了话题，“跟大家聊了一下最近风头正旺的姜月，就是今天的那个神秘嘉宾。说是请过来镇场子，结果现在还没见到人呢！”

男人也抿了一口酒，问道：“你喜欢姜月？”

“谈不上喜欢。”她笑，“路人罢了，不过刚才在下面听到大家的评价，我想……可能会转黑。有句话说得没错，无风不起浪，她这么多黑料被爆出来，虽说没有证实，但别人也没必要一直盯着她。

“要不是她真的有问题，应该不会搞成现在这个样子吧？做贼心虚似的，一直也不出来解释。”

姜月自顾自地说着，当然也没看到对面的男人手攥得愈来愈紧，只是强忍着没发作。

她敛着眸，回忆起十分钟前在下面跟人“交流”时的那些话。

这几年，她以为自己已经坚不可摧了。这些不好的话语应该已经不能再伤害到她，没想到当她站在别人面前，听到别人这样评价她的时候，还是会觉得一口气堵在胸口。

她有些委屈，但又不能为自己辩解一句话。

其实她接这个活动还有另外一个原因，就是想知道这些人是不是在现实生活中也能说出这样的话，是不是只要隐藏了身份就能对她随意揣测。主办人早就跟她说过了，她现在就站在这个风口浪尖之上，是目前整个娱乐圈话题讨论度很高的一个人，参加活动的话肯定要承受一番恶语相对。

她还是倔强地接下了，想试试自己的承受力到底如何。

灯光迷离，酒气香甜，就连外面的微风吹进来的感觉都刚刚好。在这么完美的环境之下，她竟然在一个陌生人面前说着自己的坏话。

她知道这个人应该不会跟别人一样说自己的不好。姜月能够感觉到他根本不屑于参与这个话题，不然也不会显得这样格格不入。

姜月说完话，还低着头，突然听到不远处的男人开了口，声音沉了几分。

“那些话没有什么可信度。”

男人冷静地说着，听起来像是在分析一件很重要的事情。

姜月听到这句话以后，抬头看了他一眼，还是看不出任何原本的模样，酒杯被他放在一边的台子上，他抱着手臂认真地看着她。

“无风不起浪不应该用在这里，娱乐圈的事情谁也说不清，比其他的大多数圈子都要乱得多。

“不解释可能是没找到合适的时机。”

姜月愣了一下，这是今晚她遇到的唯一一个为她辩解的人，并且还是这个看起来冷冰冰的、丝毫不会参与这样的事情的一个陌生男人。

他继续说着：“姜月很大气，也很漂亮。”

姜月一瞬间有些眩晕，可自己明明只喝了半杯酒啊！男人说得很认真，还有些虔诚。

她勾着唇，问了一句：“你是姜月的粉丝吗？”

他愣了一下，摇头道：“不是。我只是觉得姜月是一个宝石一样闪亮的人，那些污秽的话不应该这样附着在她身上。”

姜月没答，低头小声地用只有自己听得到的声音说了一句：“就算是宝石，也是那种容易碎掉的磷叶石吧！”

不知道什么时候她才能变成坚硬的金刚石。

那边的男人还在给她冷静地分析“姜月到底是不是个好人”。

她突然笑出声，闭着眼随口说了一句：“你这副冷静分析的样子，真是像极了我那个狗前男友。”

姜月这句话说完后，空气似乎又陷入了几秒钟的沉寂。大概对很多人来说，提到前任就是让人尴尬的开端。

姜月闭着眼想起以前许昱给她分析一些事情，说得头头是道的时候，也是这样的语气。

而她想要的根本不是这些逻辑上的对错，只是闹小情绪，想要许昱哄哄她，让她任性一下。

但是许昱的字典里面，似乎没有“任性”这个词。

她闭着眼，没看到男人的手突然收紧，连背脊都僵直了。

许昱看着眼前穿着红色一字肩长裙的女人，心情五味杂陈。他早在进门的时候就认出她了。

她耳后的那颗痣，他曾经轻轻地摩挲。

“狗前男友。”

他不明不白地被分手，第一次跟她说上话，听她提起自己，竟然就听到她骂自己是狗。

前些年他找过姜月，但是她像人间蒸发了一样不出现在他的面前。如果一个人坚持切断与你的联系，那你就真的找不到了。

如果再早两年，他见到姜月的第一件事就是拦着她问为什么要分手。但是三年了，他为了找姜月发过疯，也想了很多办法。

但他还是没有找到姜月，因为她在刻意地躲着自己。

许昱到现在也不知道，为什么姜月会突然提分手，之后又消失得无影无踪。他现在不敢惊动姜月，好不容易见到了她，失去过，所以害怕她再一次逃离自己的身边。

他沉默了几秒，压着变声器的麦，似是玩笑，悠悠地说：“万一我就是你的前男友呢？”

“不会。我的前男友可不会夸姜月是宝石一样闪耀的女孩。”

姜月的声音很轻，伴随着风，很轻柔，却一字一字地重重落在他的心上，像是重石压了上来，让他一瞬间有些难以喘息。

原来，在姜月的心中，他不会夸她吗？

许昱强压着心中的情绪，假装轻松地说：“你前男友不喜欢姜月吗？”

她回答得很快：“嗯，不喜欢。”

许昱的手再一次收紧了几分，呼吸也有些急促，他屏住呼吸问了一句：“你很恨他？”

姜月突然动了动，眼神跟他对上，浓密的睫毛似乎扑闪了一下，语气中难掩几分嘲讽的味道。

“我不恨他，要说恨的话，其实应该很恨以前的那个自己。”

她恨自己那样为了一个人去付出，却没有讨回到什么东西，太傻了。

喜欢一个人的时候，无条件付出的人太傻了。

“被甩了？”他问。

姜月摇头，背靠着窗口，身形单薄得看起来有些摇摇欲坠，让人心生怜悯，煞白的嘴唇没有一丝血色。

“没有，是我甩了他。”

当时姜月主动提出分手，是留给自己最后的尊严。因为她知道许昱不爱自己，所以早点主动分手，不然到最后付出了那么多还被人甩了，只会更狼狈。

许昱抿着唇，冷不丁地问了一句：“要是你发现他还爱着你，会不会选择和好？”

姜月的眼神突然凝住，被他这个问题问倒。她的头疼还没消散，这会儿应该是喝了酒又被风吹的，更加难受了。她都不知道为什么今天会在别人面前提起许昱，也不知道自己为什么会在一个陌生男人面前聊起跟他有关的一些事情。

姜月抬手揉了揉太阳穴，看见楼下的喷泉池旁边依旧是人声鼎沸。

许昱就这样看着她，等待着回答。

很久之后，他才看到女人有些病态的唇微微动了，她有些有气无力地抬手，指了一下下面的喷泉池。

“我要是跟他和好，当场跳进这个喷泉池里。”

她又回身，趴在窗口浅笑。

“实在不行，从这里跳下去也行。”

化装舞会结束以后，许昱回家洗了个澡，凌晨又端了杯酒去阳台上吹风。

今天的月亮很圆，月光也很明亮。

姜月很喜欢赏月，每年中秋节是她最喜欢的节日。以前她总是喜欢在中秋节的时候拉着他一起看月亮，但其实两个人根本就没怎么好好地看过。

第一次，许昱认识姜月的第一年，恍惚记得有一个女生在中秋节的时候送了自己很多月饼。第二次，那时候姜月正在追他，她拿着一盏月球灯笑意盈盈地让他带回去赏月。第三次……

他们在一起第一年的中秋节，原本是约好一起过节，许昱那年没打算回家。姜月为了留下来陪他，还专门跟家里人报备了。

那是许昱最为刻骨铭心的一个中秋节。就是在那一天，原本留下来陪他的姜月突然提了分手，之后再也不见。

许昱把脸上厚重的妆容洗了很久才洗干净，手指上还有些色彩的残留。低头看着自己的指尖，他有些嘲弄地勾了一下嘴角。

时间若是回到三年前，许昱绝对想不到他会为了见姜月做到这个地步。只是为了见她一面，为了跟她说上话，他居然去做以前自己绝对不会做的事情。

见到一面以后所有的隐藏了三年的思念，全部汹涌而来，他想问姜月当初为什么要分开，却什么都没问出口。

开车回家的时候，许昱有些魂不守舍，差点跟对面来的车撞上，洗澡的时候满脑子都是姜月很轻描淡写的那一句——

“我要是跟他和好，当场跳进这个喷泉池里。”

许昱一夜没睡，第二天一大早出门的时候听到隔壁新邻居关了门。律所今天依旧很忙，殷秦过来找他拿了一次资料，翻着许昱递过去的资料，啧声连连。

殷秦也不顾这件事是不是很伤许昱的面子，直截了当地问了一句话：“你是不是对姜月余情未了？你这资料够齐全的啊，连那边经纪公司拿不出的资料你都能有。”

许昱淡淡地抬眸：“办你的事，话这么多干什么？”

殷秦倒是没被许昱冷淡的眼神吓到，能看到许昱在感情这件事情上受挫，看到他情绪这么大的波动是一件非常有趣的事情。

他没走，抽开椅子在许昱面前坐下。

“破镜是可以重圆的，旧情是可以复燃的，分了手也不是不能和好的。”殷秦意味深长地说。

没想到许昱听到“分手和好”这几个字以后脸色越来越沉，直接放下笔抬头，严肃地喊了一声：“殷秦。”

殷秦继续假装耳聋，道：“分手了你也可以追啊，不就是被甩了吗？问题不大，谁还没被甩过了？！”

许昱：“……”

除了姜月，大概也没有人敢这样把他甩了。

殷秦虽然不怎么怕事，但还是没有继续说下去。许昱却是在他走了以后陷入了长时间的沉默中。

晚上的工作饭局结束之后，许昱突然接到了白棋的电话。

“许昱，出来喝一杯？”白棋顿了顿，又说，“我们谈谈姜月的事。”

拒绝的话都挂在嘴边了，许昱突然又改口应了下来。白棋挑了一家很清静的酒吧，没有问许昱，直接给他点了一杯“别有遗憾”。

酒名的小卡片被放在托盘里，许昱在吧台坐下就看到了。白棋把酒杯给他推过来，开门见山地直接问道：“你还爱姜月吗？”

许昱微微蹙着眉，眼神定在酒上。

他其实一直都没有放弃过喜欢姜月这件事。

有一种人，从小到大都是亲朋好友眼中的优等生，这种人看起来很冷淡，从来都不会跟“爱情”这个字眼沾上边，不早恋，也不会喜欢别人。

二十几年都不会见到他心动，直到到了该成婚的年纪才突然收到那人要结婚的信息，大家就会连连感叹，原来这样的人看起来冷淡得像是不会去触碰爱情，最后也还是会有家庭。

许昱差点就成为这样的人，若不是姜月突然闯入他的世界。

姜月太过于耀眼和不平凡，给他原本平静无风的生活掀起波澜。她扰乱一池春水，却又突然假装没有来过。

“你知道我一直没有变过。”许昱抿了一口酒，回答道，“这么多年来，我对她一直没有变过。”

“可你还是不知道你们为什么会分手。”

许昱感觉白棋这句话像是把自己身上的逆鳞刮了下来，鲜血直流，直截了当地刺痛他，尖锐的刀子没入。

“是。”

“分手的理由对你来说还重要吗？”

许昱愣了半晌，倏地轻嘲：“我哪里还有资格在意理由？”

白棋没有再追问，把酒单摆在他面前，动机明显。

别有等待、别有犹豫、别有遗憾。

“如果你喜欢姜月，那就为她付出。”白棋轻晃了一下酒杯，冰块咣当响，“当初如果你能对姜月再坦诚和付出一些，也不会落得如此地步。”

南城的另一端，姜月疲倦地躺在酒店的床上。她刚才拆开了粉丝寄来的一些礼物，看到了一盏有些眼熟的小灯。

月球小台灯。

里面还放着一张字条，看起来是一个小姑娘的字迹，一笔一画地写得很认真，字体有些圆润可爱。

“希望月月前程似锦，希望不要有人再伤害你，月月的守护星球应该是月球吧？这盏小台灯的灯光很柔和，打开就像是把月亮捧在手上啦！”

末尾对方还写了一句百说不厌的话——“愿你被这个世界温柔相待。”

她躺在床上，开着粉丝送的月球小台灯，没太久就陷入沉睡。

大概是因为这盏月球台灯，她今晚很奇怪地梦到了几年前，跟许昱在一起的时候的一些事情。

那一年的中秋节，姜月买了一盏月球小台灯，站在大教室外等人。

她第一次见到许昱也是在这个教室。当时这里正在举办学校的新生辩论赛，姜月原本只是路过大教室，突然听到里面一道低沉的男声，跟前面的人的发言比起来十分沉稳冷静。他坚定轻松地表达了自己的想法，没有任何犹豫。

姜月被这份坚定吸引着，从教室门缝隙往里面看了一眼，那人背对着她，背影挺拔，宽肩窄腰，标准的衣架子身材。他站得很直，很自信，但是带着几分不难察觉到的傲气。

姜月本来要去练舞，却转念间从后门偷偷溜进去看了这场辩论赛。男人的侧脸俊逸，薄唇轻轻抿着。她远远地看过去，印象最深刻的就是他高挺的鼻梁和俊朗的眉眼。

“我是正方代表，法学系的许昱。”

那一刻，姜月觉得自己坠入了爱河。

她对许昱一见钟情了。

后来姜月想等许昱下课给他送东西，却发现他一直没出来。她偷偷往里面看了一眼，才发现他被别的女生拦了下来。她踮起脚悄声走到门边。

“许昱……今天中秋节你有什么事吗？”

“有空的话能一起吃个饭吗？”

姜月屏住呼吸听着里面的动静，半秒后教室内传来男人清冷、简洁的拒绝声：“没空。”

姜月：“噗——”

半分钟后，许昱从教室里快步出来。姜月在旁边唤着：“许昱！”

男人脚步一顿，转过头来，问：“什么？”

她把手上的小台灯递过去，笑意盈盈地说：“给你的中秋节礼物。我猜你不会出去赏月，在寝室开着这盏灯，就算看到了月亮吧！”

许昱垂眸看了一眼她手上的东西，轻吐出两个字：“幼稚。”

许昱转身就走了，姜月却一直跟在他的后面。她跟了一路，直到到了男生宿舍楼下，许昱才停住脚步，从她手上把台灯拿了过去。

“收了，满意了就回去吃饭。”

说完他就头也不回地走了。姜月当时雀跃了很久，因为至少许昱还是收下了她的礼物。

看到月球灯就是看到了月亮，那就是看到了她。

那时候她觉得自己在许昱的心里至少是不一样的，是一个特殊的存在。

几个月后，她终于跟许昱在一起了。

年底，南城下了第一场雪，下雪的那天，姜月一大早就给许昱发信息。

“今年的初雪！！许昱，快下来玩雪！！”

这个时候正是期末周，许昱已经认真复习了一段时间。姜月快两周没见到他了。

为了不打扰他复习，姜月忍着很久都没有找他。她专门看了一下他这两天没有什么考试，这才趁着初雪想要跟他见面。

姜月等了很久都没等到许昱的回复，只能一边百无聊赖地躺在床上刷微博，一边等着他回消息。可是姜月等到睡着，都没有等来他的回复。

直到中午她再一次饿醒，才看到许昱姗姗来迟的回复，一如既往地简单。

“上午在图书馆，没看到信息。你跟你的朋友去吧！”

姜月沉默了很久，手飞快地输入：“可我就是想跟你一起去看呀，今天下午能不能不复习了？”

她打出这句话之后，一直放在对话框里没有发出去。她又想了很久，把刚才输入的内容全部删掉，重新输入了一句话。

“好吧，那你好好复习！一定要考年级第一！”

“那晚上要一起吃饭吗？”

这一次许昱倒是回得很快。

“你先去吃吧，我要晚一点。”

姜月有些烦躁地翻身起床，抓了抓头发，把手机扔在一边。

她很想任性一回，但是又要小心翼翼地不打扰到他。

有人问她，跟许昱谈恋爱开心吗？她总是脱口而出说“开心”。

因为是自己一见钟情并且喜欢了很久的人，努力了那么久终于摘下这朵法学系的高岭之花，她应该是开心的。

唯一的不开心，大概就是作为许昱的女朋友，她要绝对理智、善解人意，不能任性。

所有的委屈和不甘都要吞之入腹。

姜月看着自己给许昱的备注，又在心里默默地念了一句：“小月亮就是要守护蓝色星球啊！”

她当时想了很久，觉得“亲爱的”之类的备注太过于肉麻，最后才选择了这个。

蓝色星球——地球。

月亮一直围绕着它在转动。

第二天早上，姜月没有听到手机的闹钟响。直到宋连一在她的门外敲了很久的门，她才醒来。

她还没有从梦境中回过神来，醒来的时候竟然觉得眼睛有些酸，去给宋连一开门的时候眼睛有点红。

她迷迷糊糊地打开门，宋连一看到姜月的第一眼就看到她要哭的样子，突然慌神，问道：“怎么了？”

姜月还没回过神来，只是呆呆地回答了一句，声音有些哽咽：“我昨晚，梦到许昱了。”

姜月缓了很久才意识到自己刚才的狼狈，有些无力地去洗了脸，出来后跟宋连一一起去化妆。

她昨晚睡得不算好，一夜多梦，就像是从头开始跟许昱谈了一场恋爱，从初次见面到喜欢，再到最后在一起的那段时间。

把这一切都重新回忆了一遍，姜月很难去辨别现在对许昱是一种什么样的感情，喜欢这种情绪似乎已经在这三年里被冲淡了。

但是提起许昱这个人的时候，还是会触及她心底的一个秘密角落，那是一种很奇怪的感觉。

她有时候恨得牙痒痒，有时候又十分淡然。人类是一种很复杂的生物，对一件事情的认知总是在不同的情况下产生不同的反应和想法。

她清醒的时候会有些后悔以前的自己那么愚蠢，当然会有一些怨恨的情绪。她不是什么圣人，不可能做到对许昱曾经的那些做法一点埋怨都没有。

不然她应该也不会失望到先提出分手，毕竟他是自己好不容易才追到的人，最后自己却主动放弃了。

但是每次跟朋友喝了两杯小酒，脑袋晕乎乎的时候，她就会觉得那些过去的事情还是过去了好。

许昱挺好的，只是他们不合适，他适合更理性、更善解人意不黏人的女朋友。

化完妆准备开拍的时候，姜月和宋连一站在旁边候场，现在正在拍的是男主角的单人戏份。

男主角的扮演者是两年前选秀节目出道的怀礼安，他以C位出道。却在刚出道的半年内就遭遇了滑铁卢，被曝光出一系列的黑料，又被经纪公司解约。因为是违约的情况，怀礼安赔得倾家荡产。就在所有人都觉得怀礼安的明星生涯会就此结束的时候，苏溶签了他。

苏溶，最年轻的娱乐公司女总裁，年纪轻轻就已经坐上高位，并且手段狠辣。她花了一年半的时间把所有的事情都处理干净了。虽然怀礼安的事情闹得那么大，他却被苏溶洗白了，并且苏溶还把对家公司——当初跟怀礼安解约的那家公司搞得极为狼狈。

这部剧是怀礼安复出的第一部作品，经过一年半的沉淀，他从偶像转型成为演员。

演员阵容出来的时候，这部剧就立在风口浪尖上，一个怀礼安，一个姜月，这个剧组注定就是不平凡的。

怀礼安的这段戏份第一次没过，又重新拍了一遍。姜月便打开了手机，刚好看到曲佳发来的消息。

曲佳：“小月！殷律师说你的案子很快就能有进展啦！开心吗？”

姜月低声嗤着，念了一句：“律师真是让人安心。”

宋连一听到她这句话，又想到早上开门的时候姜月那副红着眼睛的委屈模样，不由得多想了。

“小月……”宋连一压低声音，小声地问，“你不会还放不下你那个前男友吧？”

她对姜月那个前男友的了解其实不多，因为每次提起那个男人的时候，她总觉得姜月的眼神会流露出一丝不甘和委屈的复杂情绪，所以也没敢往深处问。

宋连一只知道，那个男人是一位很出名的律师。她这段时间听了很多次他的名字，虽然还没见过他长什么样子。

姜月突然说这样的话，让宋连一一瞬间就联系到了她的前男友。

姜月愣了一下，本来准备回曲佳消息的手都顿住了，只觉得有些好笑：“什么？”

“你是不是还很喜欢他？看你今天早上那样……说实话，我真的很担心你。”宋连一自顾自地说着，忘了看姜月的眼睛。

她总觉得提起让姜月伤心的前男友，会让姜月不开心，她不想姜月不开心。

“现在的好男人有很多啊，而且小月你这样的人真的没有必要吊死在一棵树上嘛。哎，我觉得你的前男友这么渣，没什么值得你珍惜的。”

姜月觉得有些无奈，又觉得好笑，抬手轻轻敲了一下宋连一的脑袋。

“谢谢你的关心啦！”她笑道，“我不喜欢他了。”

“只是……”姜月咬着后槽牙，一副很不爽的样子，“被那个梦搞得有些心情不好而已。”

就像被渣男在梦里又渣了一次一样。

她会红着眼睛起来开门，大概是因为这个梦带她回到了很久以前，回到了自己还是一个不懂世事的小姑娘的时候。

不过那是曾经的姜月，不是现在的姜月。

她这几天想了很多，因为许昱这个名字，还有“前男友”这个称谓最近经常出现在她的生活中。在此之前，姜月都以为自己还是放不下许昱，虽然嘴上说着两人不要再见，但还是会关注他的事情。

她这样以为了很久，直到被人问："如果他还爱你，你会跟他和好吗？"她当时的第一反应是"不要"。

而在那时，姜月就明白了——至少现在，许昱不能在她这里拥有姓名。

或许再给她一点时间，她连最后剩下的这么一点点埋怨都会放下。

怀礼安的戏份拍完，导演在那边喊着："姜月、宋连一！过来，到你们俩了！"

姜月拍了拍宋连一的背，笑着露出一口白牙："放心，我真的没有在意。"

不仅是宋连一松了一口气，姜月自己都松了一口气。没想到这么快，她就能够这样坦诚地跟人说出这句话。

我没有再在意许昱了，没有再喜欢他了。

姜月把这个答案告诉别人的时候，似乎自己心里的一块大石头"咚"的一下落了地，让自己也安了心。

大概也是这些原因，姜月今天入戏很快，状态也非常好，所有的戏份几乎都是一次过。到下午最后一场戏的时候，导演专门点名夸了她。

"今天姜月状态很好啊，继续保持。"

人耐不住夸这个道理不是乱说的，最后一场戏是姜月跟怀礼安的吻戏。虽然是借位，但是她好几次都没有憋住，笑场了。

重拍六次以后，导演有些无奈地抚着额："休息五分钟！"

姜月摇了摇头走到休息区喝了口水，宋连一坐在凳子上笑。

"老江湖怎么拍借位吻戏笑场啊？"

"不知道。"

姜月转头看了一眼怀礼安："我怀疑，是不是我不配跟怀礼安这张脸拍吻戏？"

怀礼安长得很俊，标准的偶像脸，细长的薄眼皮和薄唇，挺拔的鼻梁。但是当他靠近的时候，姜月却总是忍不住想笑场。

就连姜月自己都觉得很奇怪。她拍戏这么几年还没有遇到过这样的情况。她能拿到现在这样的资源并不单单是靠外貌，如果没有实力是根本混不开的。

姜月抓了一块桌子上的饼干，有些含混不清地说："这场戏可能会成为我职业生涯中的耻辱。"

五分钟的休息时间结束，姜月和怀礼安再一次回到自己的位置上，准备重新拍一次。

鉴于刚才重拍了太多次，导演这一次在开拍之前特意说："姜月，你注意一下。这场戏很简单，怀礼安这个角色不小心滑倒擦到你的嘴角。你觉得他是故意的，一巴掌打了过去。"

姜月认真地点头。

其实剧情她是很熟悉的，但就是怎么都找不到这一段的代入感，并且忍不住笑场。

姜月深呼吸了一口气，给导演比了个"OK"的手势，开始新一轮的尝试。

她偷偷咬着舌头，让自己不要笑场。好不容易控制好自己的情绪，她这一次没有笑出来，却在刚刚抬手准备一巴掌打过去的时候，听到怀礼安的"扑哧"一声笑。

"合着你们俩逗我玩是吧？这一段不是姜月笑场就是你笑场，有那么好笑吗？"

今天一整天本来都很顺利，偏偏最后这场戏怎么都过不了。怀礼安揉了揉鼻子，没说话。

看着导演正要情绪发作的时候，助理突然匆匆地过来，在导演耳边说了些什么。只见导演挥了挥手，说："让他上来吧！"

说完，导演叹着气，满脸无奈又忍着不发火，说："你们俩再好好想想，今天拍不完这段不收工了。"

周围陷入了一片沉默之中，姜月低着头跟怀礼安讨论这一段戏。

"啧，你笑什么啊？"姜月小声地问道。

"那你笑什么？"

她跺了跺脚："我这不是忍住了嘛，你前几次都没笑，怎么突然又笑了？"

怀礼安："我也不知道，就是很想笑。"

这个回答真是让人一点反驳的余地都没有。

几分钟后，宋连一坐在旁边，突然举手："导演，小月说可能怀礼安跟她的气场今天没合上，所以老是翻车。"

导演被这个说法气笑了："气场没合上？行，那我换个人，宋连一，你去跟怀礼安演，或者你去跟姜月演。我就看看你们换了人以后气场合不合得上。"

宋连一愣了一下，指着自己："我吗？"

姜月冲她挑眉，一脸看好戏的样子。宋连一一边朝他们走着，还一边冲姜月眨眼睛。

"小月，这么土的剧情，谁演得下来啊？2019 年了还脚滑吻到嘴角，编剧也是敢写。"

姜月拍了拍她的肩膀，语重心长地说："唉，再土也得演。电视剧不都是这些剧情，不戏剧一点还怎么叫电视剧呢？"

不得不承认，这段剧情老土也是让人笑场的原因之一。

姜月抬眸对宋连一笑了笑，宋连一却咬着牙，眼神到处飘，渴望能抓到什么人救她一命。

宋连一觉得这个剧情，自己可能也会笑场。那到时候三个人一起被导演骂得狗血淋头，她却还瞎编什么气场不合。

她的眼神飘着，突然看到门口出现了一道挺拔的身影。男人棱角分明，五官立体，薄唇轻轻抿着，带着天生的疏离感，不过有几分面熟。

宋连一没有太在意，悄悄戳了姜月一下："嘿，来了个帅哥。"

她顿了顿，补充了一句："还是你喜欢的那种类型。"

姜月抬眸，悠悠地说："我喜欢的类型？"

她的目光和那人相触，一瞬间就定住了，身形一僵。

宋连一还以为姜月是看到人以后太激动了，说不出话，对导演说了一句："导演，好像来了一个和小月气场合的人！"

姜月："……"

这个时候能把宋连一的这张嘴封起来就好了。

第二章 我曾经很爱你

时间的洪流会带走一些东西，但同样也会留下一些东西，就像泥沙一样不断堆积着。

姜月从未想过自己会在这样的情况下跟许昱再次相见。她站在镜头里，而他站在外面，两个人戏里戏外对视。

他们的目光胶着了许久，直到导演转身看到许昱的时候喊了一句:“许律师！”

宋连一看到姜月的表情，突然之间明白了什么，捂住自己的嘴巴，声音从指缝中溜出来，带着掩不住的惊讶：“是……许昱？”

姜月沉沉地“嗯”了一声，脸上的表情瞬间冰冻，转身看向了怀礼安。

“再拍一次吧！”她很平静地说。

怀礼安的目光越过她落在了刚刚进来的那个男人身上，清俊冷漠，气度非凡，眉眼很深。

他嗤笑了一声，问：“前男友？”

姜月：“……”

怎么这个人猜得这么准？

怀礼安耸了耸肩，笑道：“行，那努力点这条一次过？”

姜月敛眸，语气有些无奈：“你怎么猜到的？”

“你的眼神有点奇怪，仿佛一瞬间降到冰点。如果不是看到什么很特别的人，是不会这样的。如果是你的好朋友，你现在应该已经冲过去跟他拥抱了。”

“那如果是仇人呢？”

“那你现在会冲过去把他杀了。”

“我平时有这么残暴吗？”

“不是残暴，是敢爱敢恨。”怀礼安说着，目光落回在姜月的脸上。

怀礼安很会观察人的情绪，所以为人处世很讨喜。姜月觉得他本来是个天生的偶像，却被那些负面新闻缠身，现在不再当偶像，其实还是有些可惜的。

她也从来没怀疑过怀礼安，因为他是苏溶选择的人，而苏溶的选择是不会错的。

就像她，当时也是被苏溶捡了回去。

虽然刚刚进剧组不久，但是姜月跟怀礼安的关系还不错，两个人都是黑料缠身，大概有些同病相怜的感觉。

姜月转身以后，一直背对着许昱，没有再转回去。对前男友的突然出现，她还没有反应过来，也没那么快接受与他寒暄。

不知道导演跟许昱说了些什么，她只是听到身后的人在交谈，熟悉低沉的男声时不时地钻进自己的耳里。

她觉得自己的后背在灼烧，就像小时候害怕走黑路一样，虽然害怕，却还是想往后面看一眼。姜月忍了许久，结果还是没有忍住转了头。

转身过去的一瞬间，姜月就后悔了。

男人的眼神就像磁铁一样，吸附在她的身上，虽然在跟导演说着话，但是姜月觉得他的眼神没有从自己的身上离开过。

宋连一本来站在远处，看到姜月转过身又顿住了，赶紧跑过来救场，踮起脚挡在她的面前。

“小月！”

姜月回过神来，抬手揉了揉太阳穴，皱着眉间：“连一，你有没有觉得空气有点稀薄，被人扼住了呼吸？”

宋连一单纯地摇头：“没有啊，不是挺好的吗？”

姜月咬着后槽牙：“我觉得我现在被阎王爷盯上了，黑白无常可能待会儿就要来取我的小命。”

宋连一轻咳了一声，神秘地问："阎王爷是许昱吗？"

"是。"

"为什么？"

"我觉得他就是想让我死。"

宋连一眨着眼看姜月的表情，没有太大的异样，虽然愣了很久，但是没有她想的那样，会有悲伤的情绪在眼神里。

看来，姜月是真的不喜欢他了。

"为什么？"宋连一又问了一句。

姜月舔了一下嘴角，微微眯眼，悠悠地说："因为是我甩了他。"还是单方面分手，她什么分手理由都没有给出，之后还单方面地断去了联系。

不过许昱应该不在意，毕竟他从来没有爱过她。

虽然姜月这么想，但还是有些怕许昱找自己算账。毕竟被人甩了并不是一件光彩的事情，而且还是这么高傲的许昱。

三年未见，姜月觉得许昱给人的感觉似乎变了。若是以前，他不会这样直勾勾地看着自己，眼神就这样锁在自己的身上。在姜月的认知里，他应该会不屑一顾地挪开眼神去做自己的事情才对。

姜月跟宋连一说着话，自然地避开了许昱的眼神。两人说着话，听到导演叫了她们一声。

"姜月、宋连一！"

"准备好了吗？我们再拍一次。"导演挥了挥手，"对了，刚才说的，让许律师试试是认真的吗？"

话刚说完，导演便"哈哈哈"地笑了起来，显然是开玩笑，并没有打算让许昱试一试。

宋连一在疯狂摇头，姜月还没来得及说话，一道低沉有力、冷静的男声却突然划破空气。

"什么戏份？"

导演顿了一下，耐心地解释了一遍，又说："不知道为什么，这个借位的吻戏今天一直拍不好，可能是两个人不来电。"

许昱顺着他的意思说下去，眼神看着姜月，有些幽幽的："那来电的人就能拍好了是吗？我试试？"

宋连一："……"

这个男人怎么跟传言中的不太一样？

导演也愣住，怀礼安在远一点的地方听到后“扑哧”笑出声，冲姜月挑了挑眉。

姜月却紧紧地皱着眉，想确认一下自己刚才是不是幻听了。

这是许昱吗？怎么跟她记忆中的那个人不太一样？许昱难道不是该冷漠地拒绝再冷漠地转身吗？

“其实要试试也不是不可以……姜月和怀礼安今天一直没状态，我正想换个人给他们找找感觉。”导演沉吟着。

在定下结果之前，姜月突然抬手：“不不不！导演！再给我们最后一次机会！我们这次肯定过！”

怀礼安也走过来，语气慵懒地说：“之前是我跟她都没找到状态，刚刚交流了一下，现在好了。”

导演半信半疑地看着他俩：“认真的？这次真能过？这一段你们可是卡了七八次了。找了那么久都没找到感觉，现在突然跟我说感觉来了？”

姜月点头：“真的找到感觉了，导演，我们再来一次！最后一次！实在不行再换吧……”

“那行，最后一次。”

“3、2、1——开始！”

许昱认真地看着，环境很陌生，这是他第一次到电视剧的拍摄现场，镜头前的人既陌生又熟悉。

他看不懂她演得好不好，只是在听到导演喊出“好！！完美！！”的时候才了解到情况。

果然最后一次拍得很顺利，许昱抿着唇没说话。伴随着导演的总结，旁边的人开始陆陆续续地收拾东西。

“好，今天就拍到这里，回去多熟悉一下剧本，辛苦大家了！最后一次状态非常好！”

姜月剪了齐肩短发，从许昱身边快步走过的时候，风吹起了脸颊旁的头发。可是姜月的眼神并没有在他的身上停留半秒，就像不认识他。

许昱站在原地，导演转过身来说：“许律师，这件事真的麻烦你了。还辛苦你跑来剧组，今晚先一起吃个饭吧？”

许昱点了点头："那就一起吧！"

如果不是为了靠近姜月一点，他现在也不会站在这里。

几个月前，他接到导演的委托，有一个案子想请他办，许昱本来以自己工作太多为理由推掉了。

直到他决定要追回姜月的时候，才发现这个导演就是姜月新剧的导演。

两天前，他打通了导演的电话。

"您好，之前那个案子，如果还没有找到合适的人处理，我可以接下来。不过之前了解到的情况不太多，据我所知您现在在拍新剧吧？！

"我这边需要收集一些资料，还有很多细节需要取证和沟通。如果方便的话我去剧组一段时间，这样处理起来速度会比较快。"

姜月在旁边收拾东西，听到导演叫大家一起去吃饭的时候，头都没抬，背上包就准备走。宋连一尴尬地站在旁边，压低声音道："小月，导演让大家都去，你怎么办？"

姜月轻"嘁"了一声，说："我要是去了，许昱会不会给我下毒？"

她觉得许昱今天很反常，是来找她的麻烦的。因为他今天的反应太奇怪了，根本就不是正常情况下许昱会做出来的事情。

姜月思来想去，得出这样一个结论——她单方面分手伤了许昱的自尊，他是来报仇的。

前男友这种存在，果然不管是还喜欢着，还是不再喜欢了，都是最好不要再碰面的。

姜月刚刚迈出脚步，就被其他人发现，唤了回去："欸，小月你去哪里啊？不吃饭了吗？"

姜月回头，避开许昱的眼神，扯出一个笑容："我今天不去啦，身体不舒服！"

人群中有人疑惑地道："不舒服？哪里不舒服啊？刚刚拍戏的时候不是还好好的嘛！"

姜月："……"

这人是不懂"身体不舒服"就是"我不想去"的意思吗？

她又摇了摇头，语气很勉强："我还是不去啦……你们好好吃！"

虽然大家不知道她不想去的原因，但都感受到了她的抗拒，之后便没有人再继续追问了。

她的脚还没迈出去，站在旁边一直一言不发的许昱却突然开了口。

“姜月。”他唤得很自然，带着一些没改掉的亲昵语气。

所有人都听出许昱叫她的名字的时候语气中的隐忍和亲密，突然安静下来。

“一起去吧！”

姜月没有回答，空气陷入数秒的尴尬。

有人见气氛不对，赶紧说：“啊，你们原来认识啊？那就一起去吧？”

姜月还是沉默。

以前许昱的要求她从来都不会拒绝，这还是第一次拒绝。

原来不喜欢一个人的感觉是这样的，连他用这样亲昵的语气喊自己的名字叫她一起去的时候，她都可以拒绝。

姜月勾了勾嘴角，敛眸掩去眼神里的嘲讽味道，再次抬眸的时候对众人笑得灿烂，轻松地说：“不了吧！虽然认识，但是其实不太熟。”

她顿了顿，偏头，眼神终于放在了许昱的身上，酒窝若隐若现，笑得很甜：“你说是吧？许同学。”

拍摄现场的气氛降到冰点，清俊的男人紧抿着唇、眉头紧皱，和不远处灿烂笑着的女人形成了鲜明的对比。

姜月无辜地眨了眨眼看着许昱，等待着男人给出答案。

一秒，两秒……

她默数了十秒都没有得到回答，眼神落在许昱眼睛下方的位置。其实她一直都没有看他的眼睛，只是盯着他的眼睛下方。但是从别人的视角看，感觉他们是在认真地对视着。

姜月觉得自己的脸都笑得有些僵了。作为一个优秀的演员，在这个时候应该掩饰住自己的真实情绪，不会露出破绽，但此刻，她觉得自己的嘴角勾着的弧度有些尴尬，这个扯出来的笑容似乎有些勉强。

她甚至在心里问了自己一句：“姜月，你还喜欢许昱吗？”

还喜不喜欢许昱这个问题她今天已经跟宋连一说过了，她是不喜欢了，但是对曾经那么喜欢的一个人，哪里能那么容易完全释怀呢？所以她一点情绪都没有是不可能的。

姜月能确定的是，自己没有像以前一样喜欢许昱了，但是也知道，她对待许昱不可能像对待一个陌生人或者普通朋友那样坦诚。

许昱跟姜月整整对视了十秒，姜月觉得自己背着包的肩膀都有些僵硬不自在。周围也很安静，在姜月说出那句话的时候，大家就安静下来。

沉默的空气最终还是被许昱打破，他紧皱的眉头还没有舒展开，又唤了一声："姜月。"

他似乎抵着后槽牙，声音不是那么清晰，悠悠地反问了一句："不太熟？"

旁边有人吸了一口凉气，甚至还有人发出"嘁"的声音，姜月感觉自己的太阳穴猛地一突。

她就不应该用曾经那个自己熟悉的许昱来预料他的反应：他应该直接走，而不是留她吃饭；他应该不会反驳自己，而不是这样反问她。

姜月在此刻觉得可能真的有必要重新审视一下自己这个前男友了，这个曾经她那么喜欢的一个人，现在看着有些陌生。

她原来一点都不了解许昱啊！

见许昱反常的样子，姜月却开心不起来。虽然跟许昱的那段过往不算美好，她也希望自己从来都没有追到过许昱，但有时候还是会感叹曾经的自己为爱付出的那份坚持和勇气。

现在这样看来，以前自己那么喜欢他，那样付出去了解他，最后还是没有了解许昱到底是一个怎样的人。

她叹了一口气，听起来有些无奈，也不知道这声叹气到底在表达什么，没有人知道她在无奈什么。

姜月抬手拉了一下包，轻笑："好啊，那我去！"

南城一中的学生平时都是在食堂吃饭，所以学校附近没有什么饭店，只有酒店楼下的餐厅看起来还不错，最后聚餐地点便定在了这里。

选座位的时候，似是有意却又找不到任何证据，所有人都和熟悉的人坐在一起以后，留给姜月和许昱的刚好是面对面的位置。

两个人同时看着那两个空出来的座位，许昱倒是很快抽开凳子坐下，姜月的眼眸微不可察地颤了一下。

分别三年和前男友第一次见面，就面对面吃饭，她真的建议把这一项目加入"十大酷刑"中。

在场的人只有宋连一和怀礼安知道他们之间的事。宋连一刚才被别人拉着先坐下了，有些担心地看着姜月，而怀礼安此时都不知道躲在了哪个角落里。

宋连一这会儿不好开口，只能悄悄拿出手机给姜月发消息。

“小月，我把位置让给你好了！你过来坐吧！”

姜月感觉到手机在振动，低头看了一眼，敛眸的时候余光扫过了许昱，此时的他正低着头认真地看菜单。

姜月匆匆扫过一眼，自然没有看到男人看到某样菜的时候突然抬头，还有脱口而出的音节：“姜……”

若隐若现的音节收得很快，没有人捕捉到这一声呼唤。

姜月：“算了，不换了。”

姜月：“我现在倒是真的很想知道许昱到底要搞什么幺蛾子。”

她从来都不会在某件事上处于被动的状态，如果现在避开了，就是完全逃避。就像当初喜欢许昱的时候她愿意主动，虽然她现在已经失去了主动追求别人的勇气，但是不退缩的倔强还是没有消失。

姜月从来都不想让自己处于弱势被人牵着鼻子走，很明显今天许昱的到来不是那么简单。她对许昱的唯一了解，就是他不会做一些多余的事情。

许昱做的最多余的事情，大概就是当年跟她谈恋爱。这件事浪费了她的热情，也浪费了他的时间。

许昱这样出现在她的面前，看起来没有任何惊讶的样子，那么只有一个可能——许昱在来之前就知道她在这里，并且是有备而来。

她是不能服输的。

姜月定了定神，走过去抽开凳子坐下。她这样坦荡荡地坐下，和刚才拒绝参与的样子看起来截然不同。

姜月笑了笑，很自然地问他：“吃什么？”

坐在她对面的人却突然愣了神，半秒钟没出声，回想起上一次姜月这样问他，已经过去了很久，就连语气都没有变。

许昱望进姜月的眼底，那股不服输的劲和当年一模一样。

“许昱！我追不到你之前是不会认输的！”

姜月又问了一遍，他才从回忆中抽身出来。许昱把菜单推过去，伸手给她指了指菜单上的某样菜，图片上的菜被厚厚的辣椒粉覆盖。

“那就点你最爱的水煮肉片吧！”许昱轻声说道。

姜月突然冷笑了一声，随后许昱旁边的人惊讶地开口：“最爱的水煮肉片？认真的吗？”那人看了看姜月，“我怎么记得你从来都不吃辣？上次吃面的时候，有一点红油的汤都快把你辣哭了，之后你还喝了一整瓶矿泉水。”

许昱听着，眉头越皱越紧。他没说话，只是看着姜月。

她把菜单拿过来，翻了一下，随意地说：“嗯，我跟许同学果然不熟，连我不吃辣都不知道。以前是不是没有一起吃过饭？”

“你的口味变了。”他说。

“没有。”姜月合上菜单，“我的口味一直都没有变，我从小就不会吃辣的东西。是不是以前有人跟你说什么让你误会了？”

许昱：“……”

“我真的不碰辣椒的。”她说得很真诚，没有半分虚假之意，也让人找不到任何破绽。

许昱没有多说什么，只是沉声问道：“你要吃什么？我给你点。”

“清炒莜麦菜。”姜月回答。

“别的呢？”

“不要别的了。”她顿了顿，又补了一句，“莜麦菜是我的生命，这一道菜就够了。”

以前姜月“最喜欢”的是水煮肉片，“最不喜欢”的是水煮肉片里面的莜麦菜。

这是只有她自己知道的秘密。

在喜欢许昱的时候，她早就打听好了许昱喜欢吃水煮肉片。他是个很能吃辣的南方人，跟她完全相反。

每次他们出去吃饭，许昱都会说“随便”，而姜月为了照顾他的胃口，又不想被人看出来，就谎称自己最爱吃水煮肉片。

水煮肉片很辣，她每次都是夹起一片肉，在白米饭上疯狂地蹭掉油，再强忍着不让自己喊辣，之后悄悄地喝很多水。但是水煮肉片里面的莜麦菜非常入味，辣味十足，所以姜月不敢碰。

肉片可以蹭掉一些油，还能假装喜欢，但是莜麦菜就完全不行，所以她只能说自己最讨厌吃莜麦菜。

那时候，许昱也问过她："你这么喜欢吃水煮肉片，怎么每次都吃得不多呢？"

她挥挥手，说："表演系很严格的，要定期体测，所以我不能长胖。毕竟以后是要当大明星的呀，要控制身材，我只能少吃点，碰碰味道过过瘾就好啦！"

接着她又说不能浪费粮食，便把菜都往许昱的碗里夹。

姜月最后还是只点了一个清炒莜麦菜，连米饭都没要，盯着眼前的那盘青菜一直吃。

吃饭的时候大家在闲聊，隔壁位置的人说到最近跟女朋友在吵架。

"哎，这不是新剧刚刚开拍嘛，每天都得忙到深夜。但我一有空就给她发微信了，结果她还是不满意，说我冷淡。"

"最近确实挺忙的，不过你们好像已经因为这个理由吵架很多次了啊？"

"没办法嘛，她的工作轻松，比较悠闲，每天找我的时候，我大部分时间不在线。她就整天跟我闹脾气。"

姜月听着，下意识地点了一下头。

"哎！姜月，你说，女生是不是都很需要陪伴？"

姜月没想到自己突然被点到，夹莜麦菜的手抖了一下，随后点头，若有所思地说："嗯，应该是吧！"

姜月回答完，感觉对面的灼灼目光，没回头，自然地避开了他的眼神。

旁边两人还在聊这个话题。

"需要陪伴我可以理解，但是不能不讲道理啊！"男生有些无奈，撑着脑袋感到头疼。

"讲道理？"

"你还想跟女生理智分析？"这人顿了顿，嗤笑，嘲讽的语气满满的，"女生在恋爱的时候就是感性的生物，就像小猫咪一样，因为喜欢你才会黏着你。你会跟猫讲道理吗？"

男生摇头。

"那不就对了？！其实她不是真的想你每天陪她，也不是想你跟她进行逻辑分析。她只是想得到你的关心，闹小脾气的时候哄一哄就好了。"

本来一直都没有说话的许昱突然出声，情绪隐忍："那若是从来都不吵不闹呢？"

那人有些诧异地回头，先是低语了一句："许律师竟然有女朋友……"

随后那名男生马上抬头，开始认真地分析，最后给许昱定了一个结论，一字一句，十分清晰。

"从来都不吵不闹，要么是不爱你，要么是太爱你。"

有几分喧闹的餐桌上，姜月夹菜的手微微一僵，她抬头用余光扫了一眼许昱。他的神色很复杂，复杂到姜月完全没有办法解析出他到底在想什么。

以前许昱的每一个动作、每一个眼神她都知道代表了什么。因为她喜欢，所以把他的每一份情绪都放在眼底；因为她在意，所以会小心翼翼地去分析他的每一个神色。

许昱是开心还是不开心，曾经都是那样牵动着她的情绪。

旁边的人说着说着就打开了话匣子，怎么都关不上，说到"让人恨得牙痒的直男操作"这个话题，坐在姜月旁边的那个女生一直在吐槽。

"有的男生也是，在谈恋爱的时候能不能上点心啊？你们男生是不是以为回消息就等于上心了？"

对面的男生愣了一下，挠头："啊？也没有吧……但是如果大家都很忙的话，又确实没什么事情可以聊，就没有必要一直聊下去了吧！"

女生嗤之以鼻，继续说："行行行，我发现你们直男真的能气死人。有的人啊，过节的时候也不知道给女生送点小礼物。其实送什么不重要，主要是要让人觉得你是在意她的，找个理由让感情升温啊！"

"噢，还有那种说自己学习忙没时间陪女朋友的人，我看这种男的还是跟图书馆过日子去吧！"

许昱："……"

他的筷子碰到碗的边缘，清脆地响了一声。许昱没有太多地参与这个话题，周围的人说得投入，好像忘了他还坐在这里。这一声轻响自然引起了周围人的注意。

女生撑着下巴，认真地问："许律师应该不会吧？我感觉许律师虽然理性，但对女朋友还是挺好的。"

姜月突然“嘁”了一声，女生转头疑惑地问：“怎么啦？”

她摇头，说道：“没事。”

许昱没答，轻轻抿唇。旁边的女生还没倒完苦水，又不甘心地补上了两句。

“你们说我要不要把民政局给他搬脸上？九块钱的结婚证我出了，让他跟图书馆结婚？这种人就应该单身一辈子！”

许昱：“……”

姜月看到许昱的表情渐渐凝固在脸上，脸色越来越沉，突然笑出声，扬眉打趣道：“许律师心事重重啊？是听了排雷以后在想要怎么才能讨好女朋友吗？”

她的笑很虚假，被许昱一眼看穿。

因为他曾经见过姜月最灿烂、最真诚的笑容，所以现在这个笑，虽然看起来甜甜的，但他知道，是没有任何感情在里面的。

确实是排雷，而他好巧不巧把这些雷都踩了，并且是天雷滚滚。

其他人听到姜月这样发问，好几个人竖起耳朵等许昱的回答。稍微有点眼力见的人都看出来了——姜月跟许昱之间肯定是有什么的。

但是具体是什么，就没有人知道了。不过这更能引起人们的兴趣，有人恨不得把耳朵伸到他们的面前。

许昱沉默了很久，拿起杯子抿了一口茶，最后沉声说了一句：“我没有女朋友。”不过他确实是在想怎么讨好女朋友，只是这个女朋友的称呼要加上一个前缀——前女友。

“啊——”有人失望地叹气，“不过许律师这么优秀，应该很多人追吧？”

许昱没答。

“就算现在没有，以前肯定有过，以后肯定也会有的！”

许昱“嗯”了一声，没说什么。这个回答听起来有些模棱两可，最后他也没有确定地回答以前有没有过。

姜月听到他的回答后，放在桌下的手突然收紧，在没有人看见的黑暗处攥紧了拳头。

她的心口突然有些堵，一口气没顺上来，有些无力喘息。

她在许昱的故事里，应该根本不配拥有姓名。

吃完饭，大家也没有多做停留。因为明天还要早起开工，散场后就各自回房间去休息了。

姜月住在十三楼，其他人都住在八楼。

选定房间的时候，就只有一间在十三楼的房间。很多人喜欢热闹，大家住在一层楼也比较方便，而姜月主动提出要住那个房间。

宋连一也问她这样选择的原因，姜月说因为清静，她晚上喜欢待在安静的地方。

姜月回到房间先去洗了个澡，换上睡衣出来还在擦头发的时候，突然接到殷秦的电话。

“之前有些资料里面的情况要跟你确定一下，现在方便接电话谈谈吗？”

姜月把毛巾放下，也没打算去吹干头发，把蓝牙耳机戴上以后顺手在衣架上拿了一件纱质外套披上。

洗完澡有些闷，房间里的热气一直消散不开。姜月觉得不太舒服，胸口像是被什么东西压着，便打算去大平台透透气。

其实她选十三楼，也有这个原因，酒店十三楼有一个大平台，很适合转悠和透气。她出门的时候顺便拿了一瓶水。

“嗯，这个情况确实是这样的。”姜月靠在栏杆上低声回答，“不过这些资料你是从哪里弄到的啊？”

在她的记忆中，这些诽谤的信息的确存在，但是以前没有存档保留证据的意识。而殷秦才刚刚接到这个案子，也不知道他怎么这么快就弄到了这些资料。

殷秦有些干涩地笑了笑，换了一个话题：“好，那就暂时先这样。新戏拍得怎么样？”

姜月也没继续追问，成年人之间的默契就是不要对一些事情刨根究底。她捋了一下头发，轻笑道：“还不错，至少在剧组闭关可以少参加一些活动，自然也能少挨点骂。”

殷秦在那边笑，随口说了一句：“没事，这个案子处理了之后，就没有人敢骂你了。”

姜月倏地一愣，这句话听着有些醉人，眼前却突然出现许昱那张脸，男人的高定西装穿得工整，一丝不苟，他站在她面前跟她说："以后没人敢欺负你。"

她猛地摇了一下头，把自己这个可怕的想法压了下去。曾经她最渴望的画面，大概就是许昱当了律师，而她进娱乐圈打拼。

没有明星不被骂的，她那时候心理承受能力还不行，想着以后自己被人欺负了，被人骂了，这个律师男朋友就可以保护自己了。

事情永远没有想的那么美好，她还没进娱乐圈就跟许昱分手了。

姜月回过神来，跟殷秦开玩笑："你的下一句是不是就是'哥的胸肌给你靠'啊？"

她话音刚落，平台的玻璃门透出一道挺拔俊逸的身影。男人推开门进来，姜月最后那句话刚好落在他的耳里。

姜月看不清他的神色，抬手按了一下耳机："现在有点事，下次再聊吧！"

"嗯，好的。"

电话挂断的嘟声一声一声的，男人也一步步地朝她走过来，最后站在她面前，目的性十分明显。

显然，许昱是来找她的。

气氛瞬间降到冰点，姜月就算穿着薄外套也觉得气温骤降，有些冷冷的。

有其他人在的时候，姜月还能跟他对峙，可以毫不在意地笑，但是一旦只有他们两个人，她就很难去分辨这种复杂的心情，也很难处理两个人之间的气氛。

许昱看着她，一直没有挪开眼神，眼神中似乎带着火焰，想要把她熔掉，空气又是冷冷的，她感觉自己陷入了冰火两重天的境地。

姜月勾了勾唇，微微抬头："你好。"

"……"

"好久不见。"他说。

"是啊，好久不见。"她敛眸低头。

这个时候，没有别的人，他们不得不去承认那曾经的过往，也不能逃开这个事实——他们曾经是恋人。

"你想问我什么？"姜月问道。

许昱的嗓音很哑，情绪隐忍，没回答这个问题，却淡淡地说出了今天晚上那个男生在饭桌上说的那句话："要么是不爱你，要么是太爱你。"

他没问，姜月却懂了。

她背靠着栏杆，虽然后面有玻璃挡着，但她身形单薄，头发随意地散开，显得有些摇摇欲坠。

"许昱，我以前是太爱你。"

许昱得到这个回答，却突然一怔，因为姜月曾经说过这么一句话。

"许昱！如果以后我们吵架了，我说自己一点都不爱你，那就是还喜欢你，只是闹脾气。

"但要是我承认我很爱你，我们还是吵架分开了，那可能……

"那个时候的我，真的已经不爱你了，或者已经感到绝望了。"

空旷的阳台寂静无风，路上车水马龙，高楼灯火闪烁，玻璃上映着男人挺拔修长的身影。

姜月就这样懒洋洋地背靠着玻璃，突然听到天上轰隆一声巨响，下起了暴雨，瞬间刮来的强风把玻璃窗吹得轰轰作响。

"噼噼啪啪"的雨声倾泻而下，打在窗户上，屋檐也开始有水流滑下来。

姜月蹲下身，指尖捻过水瓶，重新起身的时候对许昱晃了晃手上的塑料瓶，说："如果你对我甩了你有什么意见或者不满，我不介意你泼我一身冰水，这样可以两清吗？"

雨声哗啦啦的，盖过了一些她的声音，不太清晰。

而姜月手上的塑料瓶，瓶身外面沁出来一些水珠，顺着她的手指缝隙滑下去，流过手腕，像是小溪流一样一路到弯起来的手肘才滴下去。

突如其来的一场夜雨让空气温度降低了一些，冰水流过手臂内侧的肌肤，她刚洗了澡，本来就不热，现在更是觉得有些发冷，不禁打了一个寒战。

许昱一直没动，也没有从她手上接过这瓶矿泉水。她抬了很久，直到有些累了，便想放下。手垂落下去的那一刻，手腕突然被人握住。

许昱隐隐有些用力，但没有握得太紧。

姜月愣了一下，姿势僵硬，男人指尖的滚烫温度传到她冰凉的肌肤之上，脉搏一下一下有力地跳动着。

也就是这一刻，许昱从手掌上感受到她的肌肤温度的时候，从指尖上感受到她的脉搏的时候……

他突然意识到，自己面前站着的人是鲜活的。

就算这段时间见到她，许昱还是觉得像是在梦境里，包括她的态度转变，都像是梦，因为姜月冰冷的眼神和他在梦里梦到的一模一样。

姜月没动，背脊挺得很直："什么意思？"

男人紧抿着薄唇，皱着眉头，恍惚间，她甚至觉得许昱的手有些发抖。

她敛去眸中的深色，轻蔑地笑了一声。

许昱像变了一个人，所以她开始分辨不清了吗？她竟然觉得许昱像是很在意她，所以情绪不稳。

姜月笑得极为讽刺，抬头半眯着眼说："要我再加一瓶吗？"

许昱听到这句话，突然松了手。

姜月打算扭头就走，觉得自己跟许昱耗在这里也没有什么意义，因为猜不透许昱的想法，那自然也斗不过他。

她还没走出去一步，就被男人的长腿一迈逼了回去。

姜月咬了咬牙，有些动怒："你今晚是要找我打一架吗？"

听到她生气地发问，一直沉默着的许昱突然开了口，声音很沉："姜月，你真的一点都不喜欢我了？"

姜月本来想抬手给他一巴掌，听到这句话时手却僵在了半空中。

"这很重要吗？"

"嗯，很重要。"

"许昱，你觉得我能主动提出分手，在你的世界里消失三年的原因是什么？你觉得我三年中都能做到不回头，现在还会继续喜欢你吗？"姜月放下手，看着他的眼睛。

"那是不是我要当着你的面，晚了三年，再跟你说一次？

"我们分手。"

"是，提分手时我没有经过你的同意，单方面提了分手，但是你会拒绝吗？"

既然当初已经说了那样的话，她对他而言并不算什么，那她提分手也应该会得到他肯定的回答。她自己能猜到答案，就不劳烦他亲自回答了。

姜月觉得自己跟许昱之间没有必要纠结这件事的，因为答案非常明昱。没想到现在许昱会出现在她的面前，跟她提起那段不算断得干净的过往。

许昱的眸中复杂的神色暗涌，似黑夜中涌动着的乌云，还带着头顶的阵阵轰鸣。

“要是我不同意呢？”

“晚了。”

“你怎么知道我想分手？”

“我怎么不知道？”

“那现在呢？”

姜月这一次没接话，拿着塑料瓶的手一松，瓶子“咕噜”滚下台阶，磕磕碰碰地撞到楼梯角。

风声呼啸着，雨滴被风吹动，打在了她的脚背上。

她深呼吸了一口气，才缓过自己的情绪，一把推开挡在前面的许昱，语气发狠：“许昱，你有病吧？

“在一起的时候你从来没说过喜欢我，分手了却来骚扰我？以前从来不在意我的情绪，三年没有联系，你来跟我说现在？

“我们的故事早就定格在了三年前的中秋节那一天，我建议你不要再想我们之间会有未来。

“不仅是未来，就连现在也不能有。”

姜月不想再等他的回答，头也没回地直接往里走。阳台上的倾盆大雨打湿了刚刚洗过的头发，她离开的地方似乎还带着木质的香味。

姜月稀里糊涂地回到房间里，脱了外套扔在一边后，径直去了浴室放水。

她再一次泡在浴缸里的时候，上一次洗澡后墙壁上留下的水汽都还没有凝结成水珠滴完，整个浴室又被水汽萦绕。

她咬着牙低骂了一句：“神经病。”

分手后两个人还在继续纠缠的故事并不少，姜月身边也有朋友在这些事情上感到无奈，但她从来没想过这样的事情会发生在自己身上。

因为许昱是足够洒脱的，当然……他足够洒脱还是因为不够爱她，所以才不会那么在意。

她觉得自己跟许昱分手，根本不需要时间冲淡什么。只要她主动退出，不再缠着许昱，他们之间的红线就会马上脱落。

姜月怎么都不会想到，现在这个主动纠缠的人竟然是许昱。

她的身子往下滑了一点，水没过胸口闷在心口的位置有些窒息，但不管外界怎么让自己感到不适，还是没有当年跟许昱分手那天让人感觉痛苦。

她洗完澡后，出来吹干了头发。吹头发的时候旁边的手机一直"嘀嘀嘀"地响，她并没有马上就看，而是吹完之后才拿起手机。

是剧组的一个小群传来的消息，交际花宋连一拉她进去的。

姜月看着群里的聊天记录，又冷笑了一声。他们正在谈论的对象不是别人，正是今天突然出现、不讲理的她那位发疯的前男友——许昱。

"呜呜呜……许律本人也太帅了吧！！"

"在娱乐圈这么久，竟然还会感叹圈外人好帅——"

"欸，对了，上次看到一个问题，问和金牌律师许昱谈恋爱是什么体验，大型做梦现场，挺适合你们的。"

…………

这个话题进行到最后，姜月看到了刚发出来的那张图。

"匿名用户：渣、贱、床品超烂。"

"我怎么觉得这个回答怪怪的，大家聊做梦现场的时候不会说床品超烂吧？难道……"

"真的是女朋友！！天！！不过许律今天说没有女朋友，那就是前女友啰？好好奇许律谈过的女朋友会是哪个小幸运儿！"

姜月"啪"的一下把手机翻过来盖住。

是我。

幸运个鬼……

一场突如其来的夜雨洗去了许多灰尘，空气中散发着一些潮湿的气味。

姜月点了一块香薰蜡烛，味道淡淡飘散，却始终和空气中那股阴暗潮湿的味道分不开，不断地纠缠在一起，像是被什么东西强行缠绕着。

姜月一夜多梦，回忆起了她和许昱之间最后的故事。

三年前。

九月中上旬夏季的末尾，南城的气温一直居高不下，柏油路被阳光晒得发烫，从地面升腾起来的热气在眼前蜿蜒成波浪。

姜月睡午觉的时候从梦中惊醒，梦到自己跟许昱分手了。

醒来后手心里全是汗珠，她缓了几秒，起床洗了个冷水脸就出去了。许昱马上就要下课，她要跟他一起吃晚饭。许昱忙得不行，本来法学系的课程就很多，现在更没有时间了，算起来这是这一周他们第一次一起吃晚饭。

吃饭的时候，姜月随口问了一句："马上就是中秋节啦，你要回家的吧？"

许昱没抬头，应着："不回，家里人都不在，我很忙，中秋节有很多事情要处理。"

姜月没说什么，只是在回去的路上默默地给妈妈打了一个电话。

电话那边接起来就是很开心的语调，女人的声音很欢快："小月，今年妈妈做了你喜欢的月饼，早点回家吃哟！"

姜月踩着一颗小石头，突然说道："妈，我今年可不可以不回家过节啊？"

"啊？为什么啊？是学校有什么事吗？"

"我想在学校陪我男朋友。"她顿了顿，又说，"他今年不回家，我能不能今年跟男朋友在学校过中秋节呀？"

"你这个丫头啊！"

她软磨硬泡了很久，终于还是得到了妈妈的同意。姜月立马给许昱发了消息。

"可怜的许小昱，你的月大人决定大发慈悲地陪你过中秋啦！"

"中秋节要和家人团圆哟！"

既然你不回家团圆，那我来当你的家人好了。

姜月最后又一如既往地问了一句："许昱，你喜欢我吗？感动吗？"

许昱也是一如既往地没有正面回答。

她又在小本子上记下了一笔：今天许昱也没有说喜欢我。

就算如此，姜月从来都没有觉得许昱是真的不喜欢她。许昱要是不喜欢她，根本不会将就着跟她在一起。他只是不善于表达，不太爱回答她这些肉麻的问题。

姜月说他是嘴硬界的冠军。

中秋节如期而至，放假当天，姜月所有的室友都收拾东西匆匆地离开。姜月窝在床上煲剧，跟许昱约好下午到咖啡馆外等他。

下午六点，太阳西斜，姜月出门抬头看了一眼太阳。今天的天气不错，晚上的月亮应该很好看，她已经开始有些期待了。

她在咖啡馆外等了半小时，许昱还是没有出来，发消息也没有收到他的回复。她最后决定还是进去看看。

大多数的同学都已经回家过节了，这个时间点也没有什么人还在喝咖啡。她进去找了一圈，注意到许昱还在里面的小包间跟人谈事，桌子上放着很厚的资料，他垂着头认真地看着，眉头微微皱起。

男人的侧颜依旧俊逸，和初见的时候一样。不知道为什么，她一瞬间有些失神。她悄悄走过去，发现门帘半掩着。

姜月抬起手，音节快要发出来的那声“许昱”，因为听到里面的人开口又咽了下去。

“欸，说起来，许昱你那个小女友，就表演系那个系花，为什么你们谈了这么久的恋爱，我却觉得你像单身一样呢？你到底觉得她怎么样啊？”

姜月瞬间呼吸一紧，他们都背对着她，她也不敢出声，等着许昱的回答。

会是什么回答呢？

她也不知道会是什么回答。

姜月的心口似乎被重石压着，喘不过气，她竟然有一丝想要逃离，有些害怕在许昱那里听到让自己失望的回答。

旁人还在问：“说实话，我觉得你对她的态度有些冷淡。难道姜月在你心中就是这么没有分量的人吗？”

…………

许昱从一堆资料里解脱的时候，天已经黑了，看手机才发现已经超过了和姜月约定的时间一个多小时。他匆忙整理资料起身，却突然被旁人叫住。

“其实我觉得你应该还是很在意姜月的，因为你没必要委屈自己跟她在一起，不过……你这种不会表达的性格，在恋爱中太吃亏了，听说人家还留下来陪你过中秋节啊？

“喂，刚刚我问你的那个问题，你要不要重新回答？”

许昱皱着眉，问：“什么问题？”

“我问你觉得姜月怎么样啊？”旁边的人有些诧异，“你难道根本就没认真听？”

“是吗？我回答了什么？”

“我问你，她在你心里是不是没有什么特别的？你‘嗯’了一声。”那人耸了耸肩，“这可是你亲口说的。”

许昱的眉头皱得更紧，他完全回忆不起来刚才回答了这个问题。当时他满脑子都是案子的事情，可能只是随口接了一句。

他没多想，把文件拿起来，说：“我先走了。”

姜月应该等他很久了，因为她每次都很准时。这么晚她应该也饿了，他不能让她等太久。

咖啡馆门口有寥寥行人经过，但许昱怎么都没找到姜月的身影，想着她可能又馋嘴去买小零食了。等了十几分钟后，姜月依旧没出现，他这才拿出手机准备给她打电话。

将手机解锁，电话还没有拨出去，他就看到微信弹出来的消息，最后的两条，完全不是姜月平时的风格。

“分手吧。”

隔了五分钟她发了第二条。

“反正你也不喜欢我。”

他永远不会知道，这简单的十一个字，姜月敲在光滑的手机屏幕上，却觉得每一个键按出去的时候都有尖刺在自己的指尖穿过。

俗话说十指连心，她每按一下，都像是有人在自己的心脏上刺了一下。

凶手是许昱。

从今天开始，我再也不勉强你喜欢我。

路上有人在哼着：“人有悲欢离合，月有阴晴圆缺。”

月圆人团圆。

今天的月亮很圆，月光很碎。

这个团圆的日子，许昱猝不及防、毫无征兆地被人甩了——

大概是因为晚上没有睡好，之前又被冷雨淋湿，姜月第二天早上醒来就发现自己感冒了。

刚去片场，她就跟造成这场感冒的罪魁祸首撞了个满怀。许昱拿着两杯冰咖啡过来，杯壁外面还渗着点点水珠，顺着男人骨节分明的指关节流过。

姜月看到他的第一眼，第一时间回想起来的还是三年前那个满月的日子，他那一声冷冷淡淡的“嗯”。想到此，她有些嘲讽地勾了勾唇。

她目不斜视地从他旁边走过去，擦肩而过的瞬间，听到男人低沉沙哑的声音响起：“姜月。”

姜月没有停下脚步，又往前走了两步，身后突然响起另外一道女声，是同剧组的简余。

“姜月——”

简余在剧里饰演姜月的死对头，两个人的对手戏并不算少。姜月回头看她，余光扫到许昱还站在原地保持刚才的姿势没动。简余朝姜月挥了挥手，然后小跑上来。

“早呀！”

“早。”

“今天是不是要拍我们吵架的戏份？”

“嗯，对呀！”

简余倏地一笑，眼神闪闪的，小虎牙增加了几分可爱气。她微微嘟嘴，说了一句：“你这么漂亮，我怎么舍得骂你啊！”

姜月轻笑：“你这么可爱，我也舍不得啊！”

姜月说着还伸出手轻轻捏了一下简余的脸。简余是很典型的娃娃脸，容易让人心生怜悯。

简余笑得灿烂，伸手挽住姜月，这个时候突然注意到一直站在她们旁边一言不发却也没有走开的许昱，疑惑地眨眼。

“许律师早。”

“早。”

“许律师不多睡一会儿吗？这么早起来，不知道的还以为你也是来拍戏的呢！”

姜月被简余挽着抽不开身，只能站在一旁听着，就像不愿意上的数学课，被人押在座位上听课。

她们开拍时间比较早，七八点就起来化妆准备，有特殊妆容的时候甚至六点就要起床。

许昱还没答，简余又注意到许昱手上的两杯咖啡，偏头八卦道：“许律师给谁买的呀？”

姜月愣了一下，突然很想把简余和宋连一的嘴一起缝起来，这两个人好像都是哪壶不开提哪壶。

下一秒姜月就感觉到男人的灼灼目光落在了自己的身上，他一点都没有犹豫，说道：“姜月。”

姜月明显感觉到简余挽住她的手收紧了一下，简余微微张唇，但是没说什么。

场面陷入了有些尴尬的气氛，姜月不得不笑笑，抬眸看着许昱，说：“谢谢许律师，你太客气了。”

许昱神色淡淡的，很自然地说道：“我猜你没睡好，喝点咖啡醒醒神吧，我早上刚买的。”

南城一中的位置不属于繁华区，姜月和简余都看到了许昱手上的咖啡杯的Logo，这家咖啡最近的铺面开车过去也得四五十分钟。

现在是早上八点半。

简余计算完这个时间以后，睁大眼睛差点脱口而出一句：“许律师，你竟然六点起来去给姜月买咖啡吗？”

这两个人绝对有问题。

简余看了一眼神色冷淡的姜月，这样的她和平时完全不一样。记忆中姜月对谁都是很温和的，而不是这样冷冷淡淡的样子。

虽然姜月是在笑，但是十分明显，并没有发自内心地开心。

简余看见姜月从许昱手上把那杯咖啡接过去，十分不自然地避开了会跟许昱触碰到的手指。简余感觉到两个人之间的气氛十分奇怪，先人一步打破了僵局。

“啊，不早了，我们先过去吧？”

姜月点了点头，举着许昱送的咖啡，说了句：“谢谢了。”

她的语气中带着淡淡的疏离之意，很自然地跟许昱拉开距离。

姜月跟简余一起走远以后，简余才回头瞄了一眼许昱，压低声音悄悄问姜月："许律师是不是在追你啊？"

姜月手一抖，差点当场把刚从许昱手上接过来的咖啡扔下去。

"瞎说什么呢，他怎么可能在追我？！"

"啊？那许律师这么关心你，还单独给你买咖啡？要知道咖啡的口味也非常隐私和个人哟，看来许律师很了解你嘛！"

姜月又沉默了半秒。

"毕竟当了几年同学，许律师记性不错。"姜月有些不自然地解释着。

毕竟他们还在一起过一年。

姜月刚刚看了这杯咖啡，果然跟她的口味完全相符。曲佳一直不懂喜欢吃甜食的姜月为什么喜欢喝美式。

这都是她跟许昱在一起的时候养成的习惯。

当然，并不是她去迁就讨好许昱，而是因为一开始姜月不爱喝咖啡，但每次许昱买了咖啡以后，她又会想喝点东西。

许昱每次就会把自己的咖啡拿给她，所以姜月一开始喝的咖啡口味就是许昱爱喝的美式，久而久之就养成了这个习惯。

和许昱在一起的日子，其实并不完全是她在委曲求全和退让。

他们之间也有过值得怀念、闪闪发光的回忆。

这杯咖啡姜月放在旁边一直没喝，许昱后来又过来了一次，拿了一份文件给导演。当时的她正在拍戏，就是跟简余吵架的那段。

她很入戏，跟简余吵完架后潇洒地转身，假装自己一点都不在意，却在转身的一瞬间红着眼睛，泪水决堤。

姜月这次演的角色平时大大咧咧的，但其实是个很敏感的小姑娘。因为她看起来没有别人那么娇柔，没有那么弱小，所以别人对她的看法一直都是——

"你这么外向的性格应该很坚强吧？"

"她是不会哭的，什么事笑一笑就过去了，心很大的。"

姜月很喜欢这个角色，每次入戏也很快。

许昱刚刚跟导演交了一份资料，抬头就看到姜月放在旁边桌上的咖啡，透明的杯子里深色的液体一点都没少，连吸管都没有插进去。

他微微眯眼，一股酸楚感从心间冒出。许昱看着那杯咖啡，心绪有些混乱。

他现在在做什么？死缠烂打本来就不是他应该做的事。

姜月似乎很不想见到他，话也说得很清楚、很绝对，她说他们之间绝对没有可能了。

而许昱连他们分手的原因都还没找到。他一开始也想知道原因，但是这么多年过去以后，又觉得这些都不重要了。

他想了三年，才重新见到她，不想连这个机会都失去了。

当年姜月提分手的理由他也不想问了，他只是希望她能够回到自己身边，什么都不重要，他只想要姜月。

以前是她追在他身后，就算他拒绝了很多次，姜月也会一直问他能不能在一起。所以现在角色对调，许昱想问她：我们能不能在一起？

这次我追你。

刚刚回过神，目光挪向正在拍摄的片场，他听到激烈的争吵声以后，下一瞬，本来正对着他的女人突然转身，往前快步走去。

看似很洒脱，就像当年她提分手后突然销声匿迹一样，一点都不在意的样子。

他却看到姜月转身后，突然红了的眼眶和决堤的泪水。

这是戏，是剧本。

他知道这是戏，也知道姜月是一个优秀的演员，但是这一瞬间，他却觉得自己的心口一疼。

当初她离开的时候，也会这样转身背对着他的时候才哭吗？

她以前每次说“没关系”的时候，是不是也会自己偷偷在角落里抹眼泪？

许昱的脚步不自觉地往前迈了两步，僵住。

垂着的手倏然用力收紧，那么一瞬间，他想要伸手替她把那些眼泪都擦干净，想对她说：“姜月，别哭了。”

许昱从来没有撒过谎，在他的世界里，姜月确实是宝石一般的存在。

他曾经以为姜月不会哭，却突然在戏里看到了她红着眼眶的样子，明明知道这是演戏，许昱却突然被剥夺了呼吸。

这一段结束，导演喊了“卡”。

姜月从助理手上接过卫生纸开始擦眼泪，垂着头微笑着跟人说话，甚至抬手揉了揉简余的头发。

他最后是被一通电话唤回了思绪，电话是白棋打来的。

“你最近在忙什么？都不见人影了，对了，之前你让我帮忙拿去修的那串佛珠弄好了，什么时候来拿？”

许昱听着，望向了姜月干净的手腕，上面什么都没戴，不仅在戏中，在戏外也没有戴过。

那串佛珠大概早就不知道被她扔去了哪个角落。

毕竟姜月连他都不要了，怎么可能还会要他送的东西？

那是他们还在一起的时候，某一次过年，家里人一起去寺庙里烧香拜佛，祈求一年顺利平安，平日里从来都只是一起去拜拜的许昱第一次买了东西。

新学期开学，他把那串佛珠拿给姜月的时候，她开心得不得了，之后就一直戴着，没有取下来过。

许昱的那串他也一直戴着没有取下来过，直到前些日子，跟白棋去喝酒那天，不知道怎么的就断了。

佛珠一颗颗掉在地上发出清脆声响的时候，许昱愣了很久才回过神，就像他跟姜月断了线的感情，一百零八颗珠子一颗颗地全部掉落。

他要把这一百零八颗珠子重新穿在一起，也想要把自己跟姜月重新串联在一起。

那天白棋一直想说些什么，但最后还没来得及说，许昱手上的珠子就断了。思绪被打断，白棋也就没有把话说出口，最后只说等重新穿好佛珠的那天再找许昱。

片场中场休息，周围有些喧闹。许昱迈步往外面走去，学生也刚好下课了。虽然第三教学楼因为要拍戏已经被隔开，学生不能进来，但还是会有人想要过来看看。

有穿着校服的女生追在一个步子极快的男生后面，语气娇斥：“喂，你等等我啊——”

“怎么了？”

“你走得太快了，我根本跟不上啊！”

“你可以早点说，我就会走慢点了。”男生顿了顿，也很无奈，“你不说我又不知道。”

女生气得跺着脚，说：“我不说你就不知道问吗？我不说你就一辈子埋着头走是吧？！等回头发现我人影都不在了，你可能才知道要找我。要是我们根本就没往同一个方向走，你还能找到我吗？”

许昱一边听着，一边跟白棋说：“我在南城一中，看姜月拍戏。”

白棋没有诧异，只是问：“那什么时候有空来拿东西？”

许昱回身，虽然看不见片场内的情形，视线还是定定地盯着那个方向。他说：“就这两天，我顺便回来处理一些事情。”

挂断电话以后，许昱又看到刚才那两个人走过的地方，已经不见了他们的人影。

——“我不说你就不知道问吗？”

许昱眯了眯眼，薄唇紧抿着，心跳突然因为自己好像意识到了什么事情而猛然加速。

他以为姜月很坦诚，什么事情都会告诉他，所以从来没有问过她需要什么，有没有不开心或者不舒服。

在那段感情里，他很被动。

第一次答应别人的追求，并不知道怎么关心对方，所以被动地接受着，一直埋头往前走，直到最后，他回头的时候才发现姜月已经不在他身后了。

身后是很多岔路口，他不知道姜月走向了哪一条，但是他一直埋头走，没有回头才弄丢了她，所以……

他也要奔向不同的岔路口去找到她。

就算最后姜月不再拥抱他，他也想重新试试看。这一次错过了，一定会遗憾，所以他不想这件事变成遗憾。

许昱离开剧组的三天，姜月突然觉得一身轻松。正好第二天的戏在晚上拍，她就叫了宋连一来房间小酌两杯庆祝一下。

夜色浓重，姜月趴在自己房间外的阳台栏杆上，感叹了一句：“你说人怎么就这么贱呢？”

她追在人屁股后面黏人的时候，他爱搭不理，分手了三年他突然又想对她好了。

宋连一喝得晕乎乎的，在旁边一直呢喃陈言的名字，姜月没想到宋连一的酒量这么差，竟然一杯就醉。

她伸手点了点宋连一的小脑袋，无奈地摇头，只能把人拖回房间睡下。

姜月刚刚把宋连一哄睡，又去给自己倒了杯酒，浅蓝色的液体在高脚杯里晃荡。

杯口刚刚才触到她的嘴唇，身后的房门突然被人轻轻叩响。

“咚咚咚——”

一下下，很轻，频率刚好跟她的心跳同频，姜月皱了皱眉。

这个时间点，有谁会一声不吭地敲响她的房间门？

姜月在原地站了几秒，外面敲门的声音未减。她这才走近，心跳速度很快，小心地问了一句：“谁？”

敲门声骤停，姜月屏住呼吸，耳朵贴近门缝，似乎能听到人粗重的呼吸声。数秒后，男人低沉沙哑的嗓音传入她的耳里。

“我。”他顿了顿，“能开门吗？”

姜月：“……你来做什么？”

许昱的声音很低，带着几分很难察觉到的求和，说：“我们好好谈谈吧！”

姜月愣了一下，一时间没反应过来。

她第一次听到许昱这样的语气，犹豫、不坚定，突然就心软了。

是，他们是该谈谈的啊，她跟许昱重逢以后，就没有好好地说过话。

姜月承认当初自己直接甩掉他走开有些坚决，许昱想要知道理由也是正常的。

这样不算愉快地分手，见面以后他们多是要谈谈的。

她打开门的一瞬间，被男人一把拽住了手腕，一股淡淡的酒味在空气中弥散开来，混合着她刚刚喝过的酒，两种味道交融着。

“咔嚓”！房门被关上。

姜月突然被人抵在门后，气息渐重，闻到熟悉的木质香。许昱大概是换了香水，但这个味道她很喜欢。

她伸手打算推开逼近的人，斥了一声：“许昱！”

许昱没动，姜月看到他的眼神，深沉复杂，眸色深入潭水不见底，却又带着一丝被什么东西扰乱的混沌不堪。

“你不是来找我好好谈吗？那你现在是在做什么？！”

许昱抿着唇，沉默了几秒，抬手的时候姜月看到他手上完整的佛珠，眼神微颤，眼底混沌不清明，耳根微红，有些不清醒。

他分明说得很认真，却又让人很难相信。

“姜月，你答不答应？”

第三章 她把许昱还给许昱

姜月刚刚关了房间的灯，只有进门处那盏声控的暖黄色的灯微亮。空气中水果甜的酒味和男人身上的木质香水味混合着，她手上还举着酒杯，高高地举着。

许昱越靠越近，就这样把她死死地压在角落，姜月手上的酒杯向前倾斜了一些。

男人低沉的声音在她的耳边响起，气息有些烫，姜月不自觉地缩了缩脖子。

他在她耳边低声叹息："这杯酒倒下来，能减轻我的罪行吗？"

姜月的手僵在半空中没动。

"许昱，你松开。"

"我不想松开。"

"你对前女友都这么热情吗？"

"只有你。"

他沉默了一会儿，又说："我只有你这一个前女友。"

我没喜欢过别人，也没跟别人谈过恋爱，不会为别人心动，更不会在深夜把人抵在门口低声问她这样的问题。

姜月突然哽住，什么都没说，只是身后突然有人起身的动静。宋连一不知道何时醒了，抓着头发迷迷糊糊地走过来。

“小月……”

宋连一刚叫了姜月一声，下一秒就睁大了眼睛，连酒都醒了一半。

——这人什么时候进来的？

——他为什么把小月压在门后？

宋连一突然出现，姜月手上的酒杯突然“嘭”地坠地，玻璃碎片溅起来划到了许昱的脚踝，但没有人注意到。

姜月和宋连一对视了很久，宋连一微微张了张唇，最后什么音节都没发出来。

姜月冷静地伸手推开许昱，转身把房门打开，自己先一步走了出去。

“许昱，我们好好谈谈。”

上次的谈话不欢而散，姜月也还没想好要怎么面对许昱，但是现在，她做好了比之前更充足的准备。

宋连一还愣在原地，在听到姜月喊了许昱的名字以后，才恍惚之间意识到是他。

许律师这样疏离高冷的人，竟然也会把人抵在门口，附在人耳旁说话？

她挠了挠头，看姜月一副无事发生的样子开了门，地面上的玻璃碎片说明了刚才被撞破那瞬间的狼狈。

许昱跟着姜月一起出去以后，宋连一才回了些神。她刚才是不是看到了不该看的画面？

十三楼的平台依旧没有什么人，姜月闻到风里有自己熟悉、安心的香味，让她有些想要安睡，但现在又无比清醒。

“许昱，你想知道为什么分手，我可以告诉你。”

许昱的眼神有些混沌，姜月不知道他喝了多少酒。她抱着手臂神色淡然地看着他，这个疏离的眼神却刺痛了许昱的心脏，像针扎一样，一点点地扎在许昱的心上。

如果说当初姜月的突然离开对他来说是猛然一刀，那么现在就是酷刑般慢慢撕咬。

“我更想知道怎么重新追到你。”他说。

姜月别开头，笑得轻蔑：“你疯了？”

许昱抬了抬手，在快要触碰到她的唇的时候，顿在半空中，就停在离她的唇一厘米的位置，甚至能感受到温热的呼吸传递到自己的指尖上。

“现在既不能抱你，也不能吻你。”

姜月的目光颤了颤，很快恢复平静。

她不再相信许昱了，更不会相信喝了酒以后的他，许昱喝了酒以后什么事情做不出来？

他们曾经那么淡的感情，他以前分明都不喜欢她，竟然还是会跟她做最亲密的事。

姜月的嘴角噙着笑。

“许昱，晚了。”她说，“我现在已经不喜欢你了。”

“你说你要是早几年来骗我多好？不用跟我讲这样的话，只需要你对我多笑笑，我就会心甘情愿地跟你走了。”

许昱抿着唇，忍耐着情绪一直没有发作。

“你的记忆力很好，所以应该记得我跟你说过如果我们分手了但是我还爱你，那我会躲开你不敢见你。

“但是你看，我现在已经这样坦荡荡地面对你，所以不要怀疑我说‘不再爱你了’这句话的真实性。”

天空中云层很厚，遮住了所有的月光。

“许昱，我真的已经放弃你了。”

我放弃了喜欢你，放弃曾经的过往，也放弃了我们任何可以和好的机会。

许昱站在原地没动，今晚的夜风很温柔，轻风拂过的时候分明是有些凉爽舒适的，他却觉得风带着利刃。

姜月有多倔强呢？

她会在自己拒绝很多次以后依旧坚持，他说不想恋爱的时候姜月也会倔强地跟在他的身后。

以前她有多喜欢多坚持，提分手的时候就有多坚决。

最深情的人往往也是最绝情的人。

姜月回了一趟房间，门口的玻璃碎片还没有清理，宋连一有些局促不安地坐在床边等她回来。

“小月！你跟许昱……”

她的问题还没问完，姜月就已经在自己的行李箱里飞快地翻找着东西，最后翻出一本粉色的笔记本。她拿着本子又要出去，却不忘停下来对宋连一说一句："抱歉，连一，我等一下再跟你说。"

她把本子紧紧地捏在手上，抬头笑得很释然："我决定今天跟许昱彻底做个了结。"

既然他主动找到她，那她就不躲藏了，不如借此机会把两个人之间的关系清理干净。

姜月又急匆匆地拿着本子出去，宋连一在她身后发愣，很长时间都没反应过来。

了结吗？

姜月说了结，那大概就是真的了结了吧。

许昱一直待在原地没有走，姜月回房间拿到本子以后就给了他。

他翻了扉页，上面用浅蓝色的笔写了几个字——《许昱观察日记》。

旁边还贴了几个可爱的爱心贴纸。

那是姜月用了好几年的日记本，里面的每一页都记录着和许昱有关的事，她今天把这个记录着有关许昱的事的本子还给他。

姜月笑着说了一句："看在当初我那么努力追你的分儿上，我提分手这件事能不能就算了？"

许昱拿着本子的手轻颤，薄唇微动："我从来都没想要跟你算什么。"

提分手是她的自由，他做得不够好，所以不能留住姜月。

他从来都只是想追回她，可是……

有时候是他错了，所以很难回头，就像白棋说的那样。

"许昱，这不是你在不在意分手理由的问题，也不是你现在还想不想跟她在一起的问题。

"而是你曾经做过的一些事情伤了人，她不愿意回头了。高傲的白天鹅为你低头，你没有珍惜的话，那她便再也不会为你低头了。"

许昱听到"不会"这两个字的时候，像在一瞬间被人点了哑穴。

——"你知道姜月以前对你有多好吗？"

——"许昱，我以前是太爱你。"

他舍不得，现在却不得不放她走。

…………

许昱把姜月的本子拿了回去。

第二页开始，写着："喜欢许昱的第一天打卡！"

"喜欢许昱的第二天打卡！"

………

"喜欢许昱的第三百天，我决定去追他了，因为他今天在图书馆帮我拿了我喜欢的书，我想这就是机会。"

许昱坐在桌前，昏黄的台灯打在有些陈旧的纸张上，笔迹显然已经过了很多年，却依然清晰。她把这本本子保存得很好，本子的边角甚至都没有卷起来。

他就这样坐着，一整夜，把姜月写的东西看了一遍又一遍。

喉咙间的酸楚不断上涌翻滚着，又被他压了下去。许昱一晚上没合眼，翻到最后一页，只写下了两个字。

"没有。"

最后是残缺的纸张，全是不友好地撕掉的痕迹。

本子的最后，掉落了一张另外的纸张，上面的字迹很新，还有钢笔墨水洇开的色彩残留，字迹娟秀，和以前一样。

"许昱，我把你还给你。"

从此，关于你的记忆，也还给你，把许昱还给许昱，从此他就跟她再无关系。

许昱的眼睛干涩猩红，望向了最后两句。

——"我终于可以麻木了。"

——"再见。"

许昱，你知道姜月以前对你有多好吗？

许昱，你知道姜月以前有多喜欢你吗？

他以为自己知道，没想到，其实从来都不知道，从来都没懂过姜月曾经是怎样爱着他的。

现在他知道了，是她告诉他的。

"我有多喜欢许昱呢？就是看到他会笑，愿意把自己的一切坏毛病都改掉，愿意为了许昱成为最完美的我。"

天边泛起鱼肚白，阳光从窗帘缝隙里透进来，照亮了许昱脚下的那一小块地毯，柔软细长的白色绒毛上不知道何时沾上了一丝红色的血迹。男人干净的脚踝之下，白色的袜子被血迹浸透，他却丝毫没有察觉。

他衣衫工整，和昨晚坐下的时候一样，桌上摊开的本子翻在了某一页，上面的字迹娟秀。

——“现在的我无法想象自己不再喜欢许昱的样子。”

她自己无法想象，却被他看清楚了。

姜月不再喜欢他的样子。

人类是一种很奇怪的生物，上一秒还爱得死去活来，下一秒可能就释怀。人类就是这么奇怪，但又有迷人的神经质，是五彩斑斓、不同颜色的多面体。

也没有人会一直同一个样子，一直不变。

所以姜月变了，变得再也不喜欢他了。

姜月和宋连一都是第二天晚上的戏份，所以姜月当天回去以后跟宋连一促膝长谈了一整夜，也是一夜没睡。

她对许昱到底是怎么想的呢？

“大家都是成年人了，分手也过去了三年，没必要在一些小情绪上纠结，该怎么过日子还是怎么过日子。”

她还有更重要的事情要做，生活不能因为许昱的突然出现被打乱。

今天片场来了一位不速之客，姜月刚跟简余演完对手戏，就听到有一道甜腻的女声响起。

“简余！”

姜月和简余同时回头，看向叫她的那个人。看到来人的时候两个人几乎又是同一时刻皱起了眉，不过姜月的眉头皱得更紧一些。

来人是初晴，算是姜月的对家，两个人的资源总是惊人地相似，双方粉丝几乎是每周都会大吵一架，粉丝通常都会因为资源相近而吵起来，争得你死我活，毕竟没有人希望自己的偶像输。

姜月的粉丝最近还在跟宋连一家的争吵，但至少姜月跟宋连一私底下关系很好。而初晴不跟自己一个公司，而是在竞争对手的公司，也就是怀礼安曾经在的那个公司。怀礼安当时的事情姜月还是知道一些的。

这个公司一点人性都没有，眼里只有利益，但不能否认的是手下确实有一批知名的流量明星。

初晴出道比姜月还要早一些，但是公司早年并不捧她，手上没有什么好资源。她跟姜月不一样，姜月一出道就被苏溶快速捧了起来。

姜月一开始就有最好的剧本、最好的资源，出道演了一部电影就一炮而红。而初晴早年一直接一些烂剧，这些剧的收视、口碑都很差。

不过初晴还算机灵，虽然接的是烂剧，但是自己树的人设倒是一直不错，吸引了一拨粉丝。还有很多人为她鸣不平，说初晴这么可爱灵气的女孩子怎么会接不到好的剧本？

再后来也不知道是什么契机，初晴接了一部网剧。当时这部原作小说正红，初晴演的那个明媚少女又添了一大拨粉丝。

这部剧以后，初晴的人气和资源就一路飞升，现在的势头有要追上姜月的趋势，资源越来越好，也时常跟姜月接到相似的活动，自然而然就会有人把她们俩拿出来比较。

姜月上一次见到初晴已经是某奢侈品品牌的代言，新品发布会邀请了她们俩去。不过当时初晴是中国地区代言人，而姜月是亚太地区代言人。

当时两人的位置被安排在一起，从头到尾她们一句话也没说，气氛十分尴尬。

没有人知道今天初晴为什么会突然出现在片场里。姜月的第六感一直很准，她觉得初晴应该没有表面上看起来那么无辜可爱。

她不得不承认，她也要为了维护自己的人设去做一些根本不想做的事，说一些根本不像自己的话，处在这个圈子大多数时候都是身不由己的。

她们这个场景拍完刚好是中场休息的时间，曲佳匆匆地从外面赶过来，在看到初晴的时候稍微愣了一下。

初晴在简余一下场的时候就把她拉到了角落说悄悄话，曲佳则是瞥了初晴一眼以后，拉着姜月去了另一个角落。

“她怎么过来了？”曲佳皱眉。

“我不知道。”

“你知道初晴之前很想抢你现在的这个角色吗？”曲佳跺了跺脚，“这个女人来这里肯定居心叵测，小心一点，她要是跟你搭话你就装傻。”

姜月笑了笑，转开头的时候余光瞥到一双干净锃亮的皮鞋，往上一点的地方似乎包了一块纱布，她没有看太清，视线里只是一闪而过的工整西装裤的裤腿。

“我理她干什么？”姜月说，“她家粉丝现在恨不得我马上死了，我还去给人送人头？”

姜月从来不觉得自己是个大度的人，粉丝行为不上升到偶像，但姜月就是没有办法不上升到初晴，因为在她遭遇的这些事情里，初晴的粉丝是最恶毒的。

初晴的那些粉丝不比数据、不比实力，造谣姜月抢初晴的资源，说姜月为了角色用尽手段，而初晴则不屑做这些不正当的行为。

她本来跟初晴没什么交集，却每次都被对方的粉丝骂到吐血，当然不会对初晴有好感。

姜月抬眸看了一眼初晴和简余的方向，目光刚刚看过去，初晴就挽着简余的手臂朝她们走过来了。

“哎呀，你之前不是想去那个新品的发布会吗？我可以带你去呀！”初晴笑意盈盈，声音很甜。

“啊？”简余愣了一下，“什么发布会？”

“就是M家的新品，我记得你之前很想去的，说觉得M家这一季的衣服很好看呢！我认识她家的设计师，可以带你去看看。”

初晴的话里透露着与简余的好关系。

姜月没看她，眼神一转看向简余。简余一脸茫然，挠了挠头：“我最近在拍戏啊……”

“你戏份又不多，主角不是姜月吗？看她都有空出去接其他的活动，你请个假也没关系的！可不要毁了自己的星途！”初晴无辜地眨着眼，圆溜溜的鹿眼十分惹人怜爱。

简余沉默了很久，冷不丁地冒了一句：“对了，你说来探我的班，但是我们还没熟到你需要来探班的地步吧……”

姜月：“噗——”

曲佳：“噗——”

她们看到初晴的脸由红转黑，连挽着简余的手都渐渐僵硬，姜月也能猜到一二。

初晴大概就是找个借口来片场，没想到这个理由被简余直接戳穿。简余这姑娘就是娱乐圈的泥石流，说话口无遮拦的，也不想想自己这话说出去会不会招惹到人。

虽然简余的这种性格在娱乐圈很容易吃亏，但她这一回应倒也让初晴吃了个闭门羹。

初晴的表情一瞬间变得有些委屈，她哀怨地说：“原来我们不是好朋友啊……”

简余皱眉。

她们本来就不是好朋友啊！

场面尴尬的时候，姜月突然收到两条曲佳的微信消息。

曲佳：“哈哈哈哈哈哈哈哈！！！这个简余！！”

曲佳：“我们是接受过专业训练的，除非特别好笑，否则我们是不会笑的。”

但是简余拆台的技术实在是太专业了，姜月和曲佳都想偷偷给她竖起大拇指。

姜月抱着手臂站在一旁，别开头偷偷笑了几声，一抬头就撞上一双深邃的眸子。旁边的初晴还在假惺惺地装委屈，曲佳手机按键的声音噼里啪啦响，简余茫然地吸气。

只有她的世界突然安静了。

她的目光被人吸走，像是深不见底的黑洞，旁边即便有光，也陷入了这个黑洞之中。

姜月看到男人的唇微动，没听到声音，却能轻易地辨别出他的唇形，唤了一声：“姜月。”

她还以为，昨天一切都结束了，当她把许昱还给许昱的时候，她已经做好了许昱不再出现的准备。

许昱应该死心的，应该在看了本子里的内容就转身离开的，而不是像这样，用这样的眼神看着她。

他们之间难道不应该结束了吗？姜月看着他的眼神，有些心颤，这个神情似曾相识，不是在他那里看到过，而是在自己这里看到过，那种当对方不喜欢自己的时候，还要坚持着的倔强神情。

我喜欢许昱，虽然有很多人追他，但是我还想试试看！万一就追到了呢？——《许昱观察日记》

姜月就这样定了两秒才回过神。她转回头的时候，初晴不知道什么时候注意到了刚刚进来的许昱。她看到初晴的目光闪动了一下，收起了刚才那副委屈难堪的模样。

初晴鬓角的发被风吹开，她迈了几个小步往前。许昱也直直地朝着她们的方向走过来，最后站在姜月的面前，毫不避讳。

简余看了许昱一眼，默默地微微颔首，也不知道在想什么，而曲佳则是有些疑惑地看了许昱一眼，但没有太在意。

曲佳是不知道许昱的事情的，虽然知道姜月在大学的时候有一个男朋友，但是具体的分手原因和那个男人是谁，曲佳都一无所知。

只是曲佳想起来前几天听剧组的人说南城的金牌律师许昱在追她家月月，这才稍微注意和了解了一些。

寂静的空气最终是被初晴打破的，她软软地喊了一声："许律师，你怎么会在这里啊？"

许昱低头瞥了她一眼，没有太在意，微微蹙眉："你好？你是……？"

姜月："……"

曲佳："……"

虽然她们是不喜欢初晴，但是她真的太惨了，惨到令人无法言语，前有简余说跟她不是朋友，后有许昱问她是谁。

初晴再怎么说也是个流量小花，知名度虽然不如姜月，但也不至于这么被人对待。

初晴脸上的血色再一次慢慢褪色，最后她有些勉强地笑了笑："啊……"

"许律师大概是平时不爱关注娱乐圈吧？"初晴说，"哈哈哈，不过没关系。"

曲佳翻了个白眼。

初晴倒是挺会给自己加戏的。

许昱没太理会初晴，直直地看着姜月，开口说："喝咖啡吗？"

姜月愣了一下，有些勉强地勾了下唇，问："许律师是在问我吗？"

"嗯。"

"不喝。"

“热奶茶？”

“不喝。”

“果汁？”

姜月沉默，抬起眼皮看他：“许律师怎么这么执着要请客啊？”

她顿了顿，又挑眉看向初晴：“我不是很想喝，你可以请其他人。”

许昱答非所问：“第二杯半价，你不喝可以扔掉，但我还是会买给你。”

姜月愣了一瞬，回忆像洪水一般奔涌而来，淹没着她。

这句话很熟悉，因为她自己说过很多次。姜月从小就是被人追求的对象，从来没有遇到哪个人要她去主动追求的。

不管是她喜欢还是不喜欢的，一向都是别人主动，所以一开始喜欢许昱的时候姜月也纠结了很久，毕竟大家都说女生主动是没有好结果的。她没有主动过，也没有这方面的经验。

直到许昱出现。

一开始姜月也没打算主动，甚至在心里想着，大概过一段时间自己就不会喜欢许昱了吧。没想到随着时间的推移，她反而越来越喜欢许昱。

姜月决定追许昱的那天，天气很好，姜月一起床就觉得今天肯定是很棒的一天。那天正好没课，她便在图书馆瞎逛。

原本以为学校图书馆只有那些学习的资料，没想到图书馆里什么书都有。她逛到有一个分类，叫两性情感，凑近一看，就看到最上面的书架上有一本《如何追到喜欢的人》。她踮脚想去拿，奈何身高不够，怎么都拿不到。

微风轻扬，蓝色的窗帘被卷起。

姜月突然听到身后传来一声低沉的轻笑，高大身影投下来的阴影遮住了她眼前书架上的光。她还没回过神来，只是闻到身后的人身上干净清新的味道。

她对这款香水很熟悉，因为之前自己也买过。很清淡的男香，淡淡的香气，安静美好的气息，很干净的味道，像是阳光打在白衬衫上的感觉，但这样的人总是给人一种疏离感。

距离不会太远，但是他也很难让人靠近。

姜月还没回过神，就看到一双骨节分明的手拿着她目光所及的那本书递到她的面前。她回身，低头轻声说道：“谢谢……”

话音刚落，目光落在男人干净的手腕上，衬衫的袖口微微挽起了一点，姜月不禁感叹：怎么有的人连手腕都这么好看？

她把书接过去才缓缓抬眸，那张日思夜想让她夜不能寐甚至发狂的脸出现在了视野里，姜月在那一瞬间觉得自己的呼吸都要骤停了。

是许昱。

是她喜欢了很久的许昱。

姜月走的第一步，就是整天去给许昱送吃的，送礼物、送情书作为第一步肯定行不通。

她每天买两杯奶茶，自己喝一杯，另外一杯就拿去给许昱，不管他是在图书馆，还是在大教室上课，又或者从宿舍出来，姜月总是能把奶茶送到许昱的手里。

“浪费什么都可以，不能浪费食物！”

“从小我们就学了‘谁知盘中餐，粒粒皆辛苦’啊！许昱你这样好好学习的同学肯定小时候就经常拿满分的，更能深刻地懂得这个道理。”

许昱每天都被姜月跟在后面追得没有办法，一向不爱搭理人的他有一天终于没忍住回头问了她。

“你也知道会浪费，就不要买给我了。”

姜月还是笑意盈盈地把奶茶递给了他，说：“第二杯半价，我不买觉得很浪费。”

姜月这招对许昱没用。最后她实在是没有办法了，把奶茶往许昱的怀里塞，语气有些不服输：“第二杯半价，你不喝可以扔掉，但我还是会买给你！”

她说这句话的那天，许昱第一次收下了她的奶茶，所以后来姜月一直都用这句话让他收下。

没想到她再一次听到这句话，不是自己说的，而是从曾经接受的一方嘴里说出来的。

许昱说完这句话的时候，姜月紧紧地抿起了唇，很长时间都没答话，最后敛眸轻声说了一句：“不要。”

以前有人说过姜月，觉得她狠心的时候一定是个很绝情的人，她那时候听到这句话还很不屑。

“这个世界上哪里会有人比许昱还冷漠绝情呀？”

“那你还不是追到了？”

“哼，那是我的努力融化了冰山。”

“那如果你变成冰山了呢？”

姜月那时候根本没将这句话放在心上，在这一刻突然就明白了那句话的含义，原来自己变成冰山的时候是这样。

曾经自己用来打动许昱的办法，他反过来用在自己身上的时候，自己竟然一点都不会被打动。

她眼神冷淡地望向许昱，又说：“许律师还是请别人喝吧，我觉得别人很乐意的。”

只有他们两个人才会明白。

“第二杯半价，你不喝可以扔掉，但我还是会买给你”的意思是“我喜欢你，你不喜欢我是可以不接受的，但我还是会坚持继续追你”。

初晴在被许昱无视的第五十秒，终于没忍住开了口，强行插入这场对话。

“许律师是想喝什么呀？第二杯半价，要不我请你？”初晴笑得很甜。

许昱没回答，眉头轻蹙。

简余突然开口：“喀，第二杯奶茶半价这个借口嘛，并不是为了省钱，许律师又不差钱，就是找个借口要请月月喝奶茶嘛！”

姜月：“……”

简余这个直接的性格不知道到底是好是坏。

曲佳见初晴哽住，又添油加醋地说了一句：“欸！对啦，许律师是不是在追我们月月啊？！”

“我们月月可不是那么好追的！”

姜月从背后狠狠地掐了简余一把，却无济于事。因为，简余接下来又补了一句：“许律师你要努力哟！！！”

姜月的余光扫到许昱，下一秒她听到男人沉声回答了：“嗯。”

“会好好追的。”

姜月：许昱疯了吗？

我喜欢姜月，虽然现在她对我很怨恨，但我还是想试试，万一追回来了呢？——《姜月观察日记》

姜月在剧组待了多久，许昱就待了多久，两个人之间每天都重复同样的对话。

“咖啡？”

“不要。”

“奶茶？果汁？”

“不要。”

“第二杯半价。”

“跟我有什么关系？”

许昱从来就没放弃每天坚持问她要不要咖啡，直到两周后，许昱有一天早上没有再问她，姜月便觉得他大概是放弃了。

许昱突然又不知道从哪里拿出了一罐薄荷奶糖，也没说话，径直地走过来把那个大罐子塞在她怀里，跟当初姜月把奶茶塞到他怀里的行为如出一辙。

姜月低头看着自己手里的糖罐子，有些无所适从，旁边有人起哄。

“我就说许律师那么忙怎么会每天待在剧组，原来都是为了追月月。”

“许律师都送了大半个月的咖啡了，月月看起来一点反应都没有呀……”

“冰山美人名不虚传。”

姜月听着，微微侧目，顺手把许昱给的糖罐放在旁边的桌上，抬眸看向他，嗓音冷漠：“过来一下吧！”

拍摄的场地外，姜月抱着手臂看着眼前的男人。曾经这个人别说是像现在这样每天准时送咖啡给她，只要他愿意每天接受自己的好意，她都觉得足够了。

但是现在物是人非，她再也不是以前那个姜月，不会因为许昱对她好一点就马上回头了。

姜月低头，“许昱，我能问你在想什么吗？”

许昱的回答很认真：“我在追你。”

姜月愣了半晌，轻笑，难掩笑声中的嘲讽意味，说：“追我？”

“我至少还保留着追回你的权利吧？！”

他们是分手了，是变成了几乎与陌生人无差的模样。

“姜月，”他唤着，“你以前能追我，现在我应该也能追你。”

姜月没说话，因为无法反驳。

“就算是陌生人，我也保留着这个权利不是吗？”

男人站在一旁，身形高大挺拔，稍垂着头看着面前的人，好几次想要伸出手轻轻拍她的头却又讪讪地收了回来。

姜月沉默了很久，突然勾着唇说：“嗯，你有。”

她没打算跟许昱讲道理，跟一个律师讲道理是很不理智的，也深知自己说不过许昱。

姜月转身，轻轻留下一句：“随便你。”

她不躲了，一旦躲开就是自己内心还在喜欢他。她不躲了，那就是不再在意。

时间不能倒流，他们也不能回到过去，上方悠悠地传来一句话。

“我希望你同意，给我追回你的机会。”

三天前。

殷秦打电话来，问：“许昱你什么时候回来？最近很忙，之前那个案子的资料我帮你寄过去了，你也是，最近到底在干什么啊？这么长时间都不在。明明在事务所工作要方便很多，偏要给自己徒增工作量。”

许昱当时正看着自己手上的笔记本。他找了很久才找到她这个本子的同款，这一款已经停产了，市面上的库存不多。姜月用的粉色，许昱则是买了深蓝色。

和《许昱观察日记》一样，他在封面上写上了《姜月观察日记》。

“嗯，我能处理，最近麻烦你了。”他说，“我这边还有点事情。”

“对你这个工作狂来说，还有什么事情能比工作还重要？”殷秦笑了笑。

许昱沉默了很久，回答：“追人。”

殷秦：“……”

听筒里传来文件掉在地上的声音。

“许昱，你不是被人下蛊了吧？你怎么可能主动追谁啊……

“别说你主动了，别人主动我也没见你动过心啊，你这颗心竟然还是活着的吗？

“到底是什么样的人能让你放弃这边这么重要的事情专门过去啊？对了，你不是去剧组了吗？”

殷秦一直说个不停。

许昱很久以后才沉声道：“是我喜欢了很久的人。四年前，是她主动追的我，三年前，她把我甩了。”

殷秦那边再一次有东西被碰掉，伴随着他吸气的声音传来。

“既然人家是主动追你，就不应该会把你甩了啊？你是不是做了什么对不起她的事？”

“嗯，算是吧！”

殷秦：“你出轨了？”

许昱沉默。

“那就是你不够喜欢她吧！”殷秦突然又正经起来，“女生会主动追一个人的话，那一定是很喜欢你了，既然她付出了这样的真心，那肯定也希望在你的身上得到回报，对你一次次失望积累下来，才会提分手。”

许昱倏然皱眉，殷秦虽然平时很不正经，但是这个观点他是同意的。

他确实没有给姜月足够的回应，自己处在那种状态下的时候完全意识不到，姜月从来不会跟他说自己不开心，也不会要求他做什么，不会索求。

所以他以为姜月不需要。

直到后来，姜月第一部电影出演了一个很懂事的角色，她在转发微博的时候说了这么一段话——“不伸手要糖的孩子，其实也是很需要大家的宠爱的，甚至需要更多。可是她害怕自己想要的东西太多别人给不了，反而会怪她不懂事。”

那个时候许昱才明白，原来姜月就是那个从来都不伸手要糖的孩子。

“我想把以前那些她应该得到的宠爱还给她。”许昱敛着眸，“不管她最后会不会接受，我都想把这些事情做完。她以前付出了太多东西，这些都是我应该承受的。”

在那场对她来说不算美好的恋爱里，把她没有得到的东西还给她。

这样自己至少在失去她的时候，能够让自己欣然接受这个结局。现在的许昱没有办法接受这个结局，大多是因为觉得自己做的事情远远不够。

所以他从来都不是眷恋被姜月喜欢的感觉，她曾经做过的事情，他也想做一次，她以前对他好，他也想对她好。

当初自己好像也是很冷漠地拒绝，那现在呢？

被姜月同样冷漠拒绝的时候，他也想跟曾经的她有同样的倔强和坚持的心态。

姜月低着头，突然感觉自己的手被人掰开，一个很小的玻璃瓶被塞了过来，里面装了一块贝壳。

姜月突然愣住。

“许昱，以后我们去海边玩，去捡好看的贝壳啊！”

“你喜欢收集贝壳？”

“嗯，我觉得贝壳是海里的星星。”

姜月再一次没回过神，听到头顶传来男人低哑的嗓音：“一颗海里的星星……能换来一次追你的机会吗？”他顿了顿，“你可以拒绝。”

姜月突然哽住，拒绝的话怎么都说不出口。

怎么回事呢？她明明应该很彻底地拒绝的，却在这个瞬间说不出任何反驳的话语。

许昱还记得她喜欢贝壳，也知道对她来说，贝壳是海里的星星。

“你可以不喜欢我，也可以拒绝我，也可以对我冷淡。”他说，“但是，现在我暂时不会放弃追回你的机会，只要你不让我滚出去。”

这是许昱第一次自私任性，他想，大概也是最后一次。

他手上握着海底的星星，却想换天上的月亮。

我都不知道许昱喜欢什么，是不是要送他一整套法律书才能讨好他？——《许昱观察日记》

姜月跟许昱的那次谈话不算愉快，但也算不上争吵，只是两个人心中都怀着不同的想法。

没过几天，许昱还是因为工作回了事务所，嘴上说着在这边追人，但工作还是很重要，他总不能完全放弃自己的人生。

许昱走后，姜月觉得周围似乎安静了许多，其实他话不多，也不会太吵，但一走，姜月那根紧绷着的神经就放松下来了。

不过姜月也没有在剧组清闲几天，三天后有一个品牌的代言活动，好巧不巧又要跟上周来的那位不速之客遇上。姜月当初接这个代言的时候还问过曲佳，怎么又跟初晴接到了同一个品牌？

曲佳对初晴一向不屑，说："那个假惺惺的女人，我们接她同样的代言不得气死她？我们月月怕什么啊？"

虽然姜月跟初晴经常被拿出来对比，但是初晴确实各方面的实绩都没有姜月好，甚至每次同样的代言都被姜月压一头。这一次初晴是口红的代言，而姜月代言的是全线的彩妆和护肤产品。

姜月完全不知道初晴是怎么想的，如果是她的话，肯定早就气得避开了。

每次代言和资源都被压，偏偏还要往这个上面撞，偏要告诉别人自己的资源不如她，初晴这是什么喜欢受虐的体质？

姜月回家的第一晚，收拾行李箱的时候，把里面的某个玻璃瓶拿出来放在了书架上。她站在原地看了很久，重重地叹了口气后转身。

许昱送的贝壳，她不得不承认是自己喜欢的，也不得不承认许昱很清楚她的喜好和眼光，所以非常准确地狙击到了她会接受的点。

她洗完澡后在客厅坐下，随意地穿了一件吊带睡裙，敷着面膜。突然家里大门的密码锁被人"嘀嘀嘀"地按响，她从沙发上坐起来，瞬间屏住呼吸。

这个时候，谁在试她家的密码吗？

姜月从沙发上站起来，顺手在茶几上拿了把水果刀，站在一旁听门口的动静。

"嘀——"的一声长响，门被打开，一道男声传过来，那人"咦"了一声，又接了一句："家里竟然有人？"

姜月握着水果刀的手一松，她拍了拍胸口，对门口那人喊道："阳阳。"

男生闻声，从玄关探头出来，眼神一闪："哟——你怎么在啊？"

"这是我家，我不在我家还能在哪儿？"

男生十分自然地在鞋柜里拿了一双拖鞋出来，吊儿郎当地踩着拖鞋进来，挠着头发，说："你不是在剧组拍戏吗？我还以为你最近不会回来。"

姜月重新躺回沙发上，懒洋洋地回答："有个代言活动，明天要过去，今天先回家，跟剧组请了假，哦，对了……阳……"

她话还没说完，突然被一声粗吼吓到。

姜阳一脸惊恐地站在离她十米的地方，心有余悸地说："姐！！你敷面膜的时候能不能把顶灯打开啊？这个魔鬼灯光之下你真的像个女鬼！"

姜月皮肤本来就很白，这个时候就穿了件吊带，露出大片的肌肤，夜色之下只能看见她白得发亮的肤色和盖着面膜纸的脸，姜阳着实被吓了一大跳。

姜阳缓过神，去厨房拿了姜月冰箱里的最后一听可乐。

姜月敷完面膜去洗脸，还没从洗手间出来又听到姜阳在外面嚷嚷。

"姜月！你赶紧出来！出大事了！！"

姜月："……"

只要有姜阳在的地方，就没有安静的，就算只有姜阳一个人，他都可以叨叨个不停。

姜月擦着脸，有些不耐烦地推开门问："怎么了？"

"你又上热搜了！"

"哦。"

"你这是什么反应！？"

"我应该什么反应？"姜月抬起眼眸，语气很平静，"我隔三岔五被黑上热搜的事情还少吗？"

"你说得对。"姜阳点头，"但是这次的真的很不一般。"

姜月这才接过姜阳的手机，热搜前几条几乎被她的名字和另外一个名字霸占。

"姜月人品"

"姜月欺负新人"

"初晴姜月"

"如果初晴来演夏青空"

"初晴人间仙子"

五条热搜的对比之下，姜月像个无恶不作的后妈，而初晴就是受尽委屈的灰姑娘。

姜阳"喊"了一声，点开这些热搜给姜月看，原来所有事情的起因都是因为初晴发了一条微博。

初晴：上周偷偷溜去看好朋友拍戏啦！之前我也很喜欢这部剧，可惜自己的形象不太合适，所以非常遗憾当时没拿下这个角色。不过现在的主演很棒哟，大家到时候一定要去支持！

末了她还配了个调皮的表情。

姜阳看着初晴的这条微博，连连啧声。

“你说这种‘白莲花’发言怎么会有人觉得她特别善良可爱啊？正常人会在这种时候发微博说想演吗？”

姜月面无表情地把手机还给他，然后转身拿了瓶眼霜，一边开盖子一边听姜阳在旁边吐槽。

“让我看看。

“‘圈内瓜农’爆料，姜月跟初晴曾同时试镜了夏青空这个角色，当时所有人都说初晴更适合这个角色，剧中人物的性格和外形都更像初晴。初晴认真准备了很久，所有人都以为剧组会定初晴的时候，最后却突然定了姜月。

“没有人知道姜月是怎么从初晴手上抢到这个资源的，不过说起来，姜月应该已经不是第一次抢初晴的资源了。之前爆料出来初晴代言的很多东西，姜月都要横插一脚，甚至通过手段拿到了比初晴更好的资源。”

姜阳念完这些，姜月刚好涂完眼霜。

“让我们再来看看这些网友是怎么骂你的。”

姜月：“……”

你有事吗？还专门去看别人怎么骂我的？你还是我亲弟弟吗？

她没说话，就看到姜阳再一次把手机递到她面前。

“姜月这个女人本来就有很多黑料，竟然还有那么多粉丝洗白，也是可怜了初晴，本路人不服。”

这个自称路人的网友，姜阳点进去一看，就发现这人的微博很早之前就关注了初晴，虽然一条微博没发，但是关注列表就说明了问题。

“初晴真的太适合夏青空了啊啊啊啊，好可惜啊，为什么让姜月演啊？”

姜阳轻蔑地笑：“还能因为什么，漂亮呗！”

一开始还是不屑，姜阳看全网都是骂姜月的评论以后，实在忍不住了，火气直往上飞蹿。

“姐！他们怎么可以这样说你？那些黑料明明是外面胡编乱造

的？！”

姜月往客厅走去，把桌上没喝完的可乐递给他：“少看点，多喝可乐。”

“这些人网上冲浪能不能带点脑子？不需要可以捐给需要的人！”姜阳翻了个白眼。

他还没骂完，门铃突然被摁响。

姜月看了他一眼：“你骂人声音太大，扰民了。”

她推了推姜阳，说：“开门去。”

姜阳嘴上还在嘀咕着，却又不得不去开门，打开门的时候嘴上还没停。他看到门外的男人，眉眼深邃，眼窝的阴影很深，突然闭了嘴。

因为这张脸，跟几年前姜月回家一边哭一边扔掉的照片上面的那个人一模一样。

姜阳还没从刚才的愤怒情绪中缓过来，又看到一张令人不悦的脸。他半眯着眼很久都没说话，倒是舔了舔嘴唇，眼神中有些阴谋的味道。

许昱看了他几秒，在心里默认他是之前见到的那个人的男朋友或者暧昧对象以后，正要开口，突然听到眼前的男人对着客厅喊了一声。

“老婆——”

第一秒没人应。

下一秒客厅那边传来模糊、熟悉的女声：“你叫谁啊？”

“姜月。”他的眼神里似乎带着挑衅的味道，“我要喝可乐。”

许昱定在原地，微动的唇突然闭上。

一瞬间，空气中像是弥散开了一阵火药味。许昱将眼神定在姜阳的身上，良久也低念了这个名字。

“姜月？”

我知道姜月喜欢贝壳，这应该没有骗我，因为她说起海洋和贝壳的时候总是很期待的样子，或许要送她一整柜的贝壳来讨好她。——《姜月观察日记》

姜月循声从客厅出去的时候，还在念叨着：“你刚才叫我什么？”

她出去的时候，手里还替姜阳拿着那罐喝了一半的可乐，手臂微微抬起来了一些。落入许昱的视线里的就是女人白皙的手臂，流畅的线条在他眼前一晃。

“阳阳，谁啊？”姜月一边往门外走一边问，话音刚落，就扫到了站在门口的那道身影。

姜月突然停住脚步，脚下像是被千万吨石头拦住了去路，一瞬间呼吸都要止住了。虽然姜阳挡住了那个人的一大半身影，她还是能从只露出的眉眼就判断出那个人是谁。

姜月手上举着的可乐也一瞬间就这样定在半空中，身后的时钟还在嘀嗒地响，呼吸声倏然变重，掩过了这个世界的所有声音，时间像是静止了。

站在门口的男人开口，嗓音低沉沙哑，隐忍着情绪。

“姜月。”他低声唤她的名字。

姜月下意识地往后退了一步，就连自己刚才出来是为了找姜阳算账都忘了。大门打开，外面的风突然灌进来。姜月意识到自己只穿了一件吊带，转头就往房间里跑。

姜月走远两秒后，姜阳才伸手，把原本就没打算进来的许昱拦在门口。

“不好意思，你找谁？”姜阳的语气很冷，“我家小月不太想见外人，所以你有什么事情可以告诉我。”

姜阳把其中几个字咬得很重，许昱一秒就听了出来。

我家小月。

外人。

他眯了眯眼，心跳的频率突然飙升，心中的酸楚感猛然往上冒，喉咙间情绪翻滚着。许昱看着姜阳身后空旷的位置，心脏的位置似乎也被人挖空了一块。

姜阳看着他不适的表情，懒散地往门边一靠，语气淡淡的，却带着很浓的嘲讽之意：“你不会喜欢小月吧？”

许昱没回答，紧皱着眉头又沉默了许久。

姜阳依旧懒洋洋的，十分随意地说：“小月不喜欢你这种类型的男人，不要多想了，再说了——”

“她也不是你可以觊觎的对象。”

许昱就这样看着姜阳这张跟姜月有七分像的脸，打量了很久，姜阳又补上了一句：“你看什么，没看过夫妻相吗？”

他见许昱一直没打算走的样子，往后一退就“嘭”地关了门。

姜阳关上门转身的时候，正好看到穿好外套的姜月从房间里出来，手上的可乐已经不见了。他无辜地冲姜月眨了眨眼：“姐——我要喝可乐——”

姜月的眼神在紧闭着的房门上停留了半秒，心绪不宁。

窗外的雨声透过缝隙渗入屋内，钻进耳朵里。最近是雨季，每天的雨像是下不完。

她很快收回眼神，看了一眼站在门口的姜阳，语气很严肃：“姜阳。”

姜月大多数时候都是叫他“阳阳”，很少会直呼他的大名。

“你刚才叫我什么？”

姜阳嬉皮笑脸地搓了一下手，依旧是一副吊儿郎当的样子。姜阳跟姜月长得有七分像，标准的瓜子脸，只是姜阳的下颌线棱角更为坚硬一些，高鼻梁和薄唇，眼睛微微上挑。唯一不同的是姜阳的双眼皮的褶子稍浅，看起来多情又冷漠。

“我什么都没说！”

“是吗？”

“真的！”

“姜阳，我还没聋。”

姜阳突然泄气，像一只耷拉着尾巴的小奶狗，讪讪地应：“好吧，我……我乱喊了一声‘老婆’。”

“我暂时还没有跟自己的亲生弟弟有不伦之恋的癖好。”

姜阳嘟囔：“我这不是为了把那个男人给你弄走吗？”

姜月沉默了半秒，心情五味杂陈。

许昱怎么会突然出现在这里？他说要追自己，难道是搬家过来了吗？他和隔壁的殷秦认识吗？

这是巧合还是偶然？

她一个都不能确定，也不敢乱猜，特别是许昱的心思，她是永远都猜不透的。毕竟她曾经以为很了解许昱，最后却发现自己并不知道这个前男友到底是什么样的人。

与其说她从头到尾都不够了解许昱，不如说是许昱从来都没有让她了解过。

至于现在许昱突然说要追回她，姜月其实一点实感都没有。她完全不知道许昱在想什么。她猜不到，就没有办法对他的行为做出合理的反应。

姜月叹了口气，觉得头有些疼，转身又要离开，对姜阳说：“算了，你别闹得太过火。这次我就不追究了，不过没有下次。”

“姐。”姜阳突然追上来，有些顾忌，“你不会还喜欢这个人吧？三年了，你们都分手三年了！”

“不喜欢了。”姜月回答得很快，没有任何犹豫，“早就不喜欢了。”

“那他突然来敲你的门干什么？今天我要是不在……”

姜阳还想继续往下说，却被姜月突然打断了：“阳阳，你别多想。”

她转过身，继续说：“分手了不代表以后不会再碰面，我不再喜欢他了并不代表我们俩一辈子都不会有接触。很多事情都是身不由己的，并不是我不想就可以不见的。”

姜阳噎了两秒，才妥协道：“好吧，希望你说的都是真的。”

突然袭来的困意包围了姜月，她给姜阳指了一下茶几上放着的可乐，说：“我去睡了，你也早点休息，家里什么东西都是有的。”

姜月转身上楼，脚步刚刚踩到第一级台阶，回过头看着姜阳。

“哦，对了，这件事暂时不要告诉爸爸妈妈。”她顿了顿，才又说，“我暂时还不想搬家，有点累，而且最近也很少待在家里。”

如果被家里其他人知道许昱似乎跟姜月住在同一个地方的话，大概会连夜让她搬走，不要再跟许昱纠缠半分。

姜阳在她身后欲言又止，最后说：“好。”

姜月没再说什么，默默地上了楼。姜阳却在楼下站了很久，看着姜月傲然的背影，想起三年前的中秋节。

那年原本姜月说不回家了，姜阳还有些不开心，觉得姜月竟然为了陪男朋友就不回家过节了，这让他很伤心。却没想到，他刚刚从厨房拿了月饼，还没出去就听到有人开门的动静。

“月月！”

“小月怎么回来了？”

姜阳飞快地抓起月饼开门出去，撞上的却是姜月那双通红的眼，红得像兔子的眼睛。那是姜阳长那么大第一次看到姜月如此狼狈地哭着回来。

“小月？”

“姐……”

姜月一边抹眼泪，一边含混不清地说："我回来了。"

她哭了很久，没人去打扰她，直到深夜姜月主动敲响了姜阳的房门。

"阳阳，你们男生是不是觉得喜欢的人是最特别的存在？"

他小心翼翼地点头，却看到姜月的眼泪啪嗒又往下掉，一瞬间都不知道该做些什么了。

"我对他不是特别的存在。"她吸着气，"所以分手是没有错的。"

姜阳的眉头皱得很紧："谁？"

"许昱。"

从此，姜阳的仇人名单里就多了一个名字——许昱。

我今天竟然听到有人说许昱的不好，这些人分明就是嫉妒！姜月誓死捍卫许昱的名声！——《许昱观察日记》

姜月原本以为第二天早上醒来微博的热搜会消停一些，没想到她一觉醒来看手机的时候，曲佳已经给她打了十几个夺命连环电话。

微信的留言也快要爆炸。

"姜月，你在干什么？别睡了！！微博都快要瘫痪了！！"

"啊啊啊啊——你怎么不接电话啊！？"

"姜月你醒醒啊！！！"

…………

最后还有苏溶罕见地发来一条消息。

苏总："姜月，醒了回个电话。"

姜月半睁着蒙眬的睡眼，先给曲佳回了一条："醒了，我先给苏总回电话。"

她打电话给苏溶，那边的女声依旧冷淡，淡淡地问了她一句："你醒了？"

"嗯。"

"微博快因为你的事情瘫痪了，也只有你还有心思睡觉。"

姜月："……"

在梦中的时候她哪儿能有心思顾及外面的世界发生了些什么？

"你上微博了解一下情况，公关声明我已经让公司发了，至于你自己怎么解释，你知道该怎么办。”

姜月已经不记得自己回应过多少次了，都是同样的套路，在这些网友眼中，她的否认是没有用的。

她跟苏溶打完电话就上了微博，热搜的第一条后面挂着一个红黑色的“爆”字。

“姜月深夜约会”

紧接在这条话题后面的好几条话题也跟她脱不开关系——

“姜月夏青空”

“姜月 J牌美妆代言”

“‘圈内瓜农’来报——姜月于昨晚深夜在家中幽会一神秘男子，男人年龄不大，看起来比姜月还小一些。本应该在剧组拍戏的姜月为何这个时间点会在家里？是专程为了回家跟自己的情人幽会才回来的？”

“同时，还有另外一神秘男子出现在我方记者发来的照片里，不过只拍到一个背影。”

…………

“不想再看到姜月这个女人的瓜了，烦死了，每次都是这种新闻，可她的资源还是那么好。”

“姜月本来就不适合夏青空，初晴来演多好啊，她又很喜欢这个角色，不知道导演怎么想的。”

“看了照片，那个神秘男子倒是长得不错，姜月眼光还行？不过看起来是小白脸啊，没想到姜月喜欢这种类型的男人。”

“哦，对了，明天J牌的代言活动不是请了姜月吗？现在事情闹得这么大，J牌打算就这样坏自己的口碑？怎么选的代言人啊？”

姜月有些头疼地揉了揉太阳穴，又去看了一下公司的声明。

“今日微博有账号传谣我公司艺人姜月深夜幽会神秘男子的不实新闻，我公司现已委托律师，将会严肃追究其法律责任。”

姜月没有把姜阳的身份说出去，姜阳并不想被牵扯进娱乐圈的这些纠葛，姜月也只有这样做才能保护好他。

她自己再怎么样，受到怎样的诋毁都可以忍受，但是姜阳不行，这也是为什么姜月不喜欢让姜阳单独来找她。自从她进到这个圈子，一举一动都被别人盯着。

姜阳这个时候还在沉睡，不然看到热搜早就炸开锅了。

她起床去洗漱，听到自己家门被人大力地敲响，这个敲门声她只会想到一个人——曲佳。

姜月握着电动牙刷踩着拖鞋去给曲佳开门，开门后一瞬间响起的就是震耳欲聋的怒吼："姜月！！！"

姜月惊得下意识地往后退了一步，抬起一只手捂住耳朵："怎么……"

"你还问我怎么了？！快点洗漱，跟我去趟律师事务所！"

姜月一头雾水。

"赶紧把最新的资料拿给殷律师，顺便说一下最近的情况，交流一下，我觉得真的不能这么纵容这些人乱评论了。"

到了他们反击的时候了。

"这次真的太过分了，怎么这么多事情一起来？"曲佳把姜月往里面推，"你赶紧的！"

姜月被曲佳推着去洗漱，曲佳正说个不停，洗漱间的门突然被一个人打开了。

三个人的目光一瞬间交会在一起，男人打量了突然出现的这个人很久，打了个哈欠："曲佳吗？"

曲佳："……"

这是谁？

姜月家里为什么真的有一个陌生男人？而且为什么他知道她的名字？

姜月嘴里还塞满了牙膏的泡泡，含混着呜咽了几声没说出话，曲佳一脸震惊地看着眼前只随意地穿着背心和短裤的男人，眉眼多情。

"姜！月！"

姜月赶紧把泡泡吐干净，还没来得及回话，曲佳就在旁边叨念。

"你解释一下怎么回事？不是来换灯泡的吗？你到底在家搞什么？！"

姜阳微微挑眉："换什么灯泡？"

"你不是说不喜欢这个类型的男人吗？还真给我玩包养小白脸啊？"

姜阳的脸色一瞬间变沉，语气有些不爽："说谁小白脸啊？"

"你啊！"

“你有病啊？”

姜月听到两个人吵起来，这个时候才好不容易把嘴里的泡泡吐干净，还不小心呛到水咳了两声，赶紧解释：“这是我弟——亲弟。”

曲佳突然泄了气，一脸呆滞：“你说什么？”

“姜阳，我弟弟。”

曲佳：“……我以前怎么没听说过你有弟弟？”

“你们也没问过啊……”

况且，以前姜阳也没有出现过，姜月觉得没有必要跟大家说明自己的家庭情况。姜阳比姜月小几岁，今年才刚大学毕业，所以最近才回到南城。

以前他不在南城，更不会有什么机会跟姜月出现在同一个地方，姜月当然就没有机会介绍给大家认识。

姜阳有些烦躁地抓了一把头发，问：“姐，什么换灯泡？”

姜月还没回答，倒是曲佳抢先了一步说明情况：“昨晚你在姜月家被拍到了，今天八卦消息就出来了，并且上了微博热搜第一，现在微博网友都在猜测你们俩的关系。”

姜阳：“……”

曲佳：“你姐说你是来她家换灯泡的。”

姜阳：“……”

姜阳看了一眼正在洗脸的姜月，说：“我这个弟弟就这么不配拥有姓名吗？”亲弟弟在姐姐家被拍了竟然只能说是来换灯泡的路人？

姜月洗着脸，低声叹息：“阳阳，一旦承认你是我弟弟，你就需要承受更多的东西，而我不想让你承受这些。你只是个普通人，不能因为我而被别人盯上。”

她洗完脸，把毛巾挂回去，对曲佳说：“走吧！”

姜阳皱眉：“你们去哪儿？”

“去事务所，见律师。”

姜阳突然拍手，神色激动：“天，姐？！你终于知道反击了啊？”

他搓了搓手，又说：“等等我！我也要去！”

姜月皱眉，说：“你不准去，出了这么大的新闻，现在肯定已经有记者堵在家门口了。你要是跟我下去的话，我可就没办法说你是换灯泡的了。”

毕竟换灯泡的人不可能在她家过夜。

曲佳去阳台上看了一眼下面的情况，下面的确挤着想要一探究竟的记者。她回头对姜月说：“月月，小区外面已经挤满了各路记者，我们现在出去肯定会被围着问很久。”

“那也没有办法，我们除了这样出去还有什么路可走吗？”姜月一边说着一边开门。大门“嘎吱”一声打开的时候，姜月听到隔壁的门也打开了。

她的目光垂着，再一次从男人干净的脚踝处看了上去，熟悉整洁的西装裤，烫得工整的衬衫，袖口微微挽起，手上拿着一个文件袋。

男人的声音很轻，沙哑中带着很重的疲倦味：“姜月。”

姜月干巴巴地抬头笑，不得不回了一句：“有点巧。”

“不巧。”他说，“我在等你出来。”

姜月：“……”

曲佳从后面出来，见姜月一只腿迈出去以后一直都没动，便往前走，越过姜月，问着：“怎么了？怎么不走？”

话音刚落，曲佳就看到隔壁的许昱，微微张唇：“许律师……”

许昱看着她，轻声应答着：“嗯，早。”

“你住在月月的隔壁吗？”

许昱微微颔首，曲佳却突然皱眉，想起那个照片里的神秘男子的背影，像极了这个男人。

她突然觉得奇怪。

姜月如果早就知道许昱是她的邻居，也不会在剧组的时候对许昱是那样的反应和态度，但是若不知道，也不应该是现在这个样子。

这两个人之间很奇怪。

但是现在的情况根本容不得她多想，曲佳把帽子扣在姜月的头上，又递了一副口罩给她，说：“你捂好，尽量别让人认出来是最好的。”

“怎么可能认不出？”姜月说，“我就算只露出头发丝，这些人都能把我认出来。”

许昱站在旁边一直没走，听着她们俩之间的对话，突然开口：“我送你们，去哪里？”

我以前很不能理解为什么姜月会因为别人觉得我不好而生气，直到有

人在我面前说姜月的不好。——《姜月观察日记》

许昱的话音落下，姜月和曲佳都是一怔，但姜月没说话。

曲佳："这就不用麻烦许律师了吧？我开了车来的。"

"不麻烦，去哪儿？"

"我们去律所……"曲佳还没说完，突然听到许昱再一次开口。

"顺路。"他的眼神看向姜月，"走吧！"

"我也要去律所，如果你们是在找城南律师事务所的殷秦律师，那么，顺路。"

男人修长的指尖递过来一张名片，上面写着："城南律师事务所，许昱。"

姜月："……"

一切似乎都有了答案。

她旁边住的根本就不是殷秦，或许一直都是许昱，她之所以会跟殷秦碰面，大概也是因为他只是过来找许昱有事。

姜月觉得自己果然应该在之前了解一下的，就算自己说了不要姓许的律师，也应该把他所在的律所排除开的。可惜当时姜月并没有想那么多，也没有想那么细。

毕竟那么多年，许昱这个名字都是她不可以触及的逆鳞，别人不提，姜月也不会主动去关注任何有关于他的事情。

不仅不关注，姜月甚至会故意避开，所以就算现在许昱在整个南城名声大噪，她也没有去关注过许昱到底在哪个事务所，也没有看过他上的法制节目。

姜月觉得只要自己主动避开，他们俩之间就真的什么关系都没有了。

没有想到命运就是这样捉弄她的。

"不用麻烦了，我们晚点还有事情，只是去一趟。"姜月敛着眸说。

"顺路。"许昱又强调了一次，"况且，你们这样也不知道什么时候可以到律所。"

姜月家这栋楼离大门不远，站在阳台上的时候就能看见外面的情况，曲佳能从阳台上看到下面蹲守着的记者，许昱当然也能看到。他也看到外面被围了个水泄不通。

许昱有说什么都非常让人愿意相信的能力，以前是这样，现在也是这样。

“我能带你们出去。”

寥寥几个字，就让人相信他可以做到。

姜月和曲佳没有一起出去，许昱先打头阵。他一开单元门，门口蹲着的狗仔就靠了过来，发现后面没有人再出来。

曲佳偷偷往外面看了一眼，压低声音问姜月：“你觉得许律师真的能解决这些人吗？这些人是真的来势汹汹啊……”

“不是你硬要答应跟许昱一起走的吗？”姜月说。

“许律师说能带我们出去嘛！时间不等人啊姐姐，晚上还有活动要参加，赶紧去了律所还要去化妆换衣服，要是被狗仔堵住了，我们今晚的活动怎么办？”

姜月抿唇，也知道曲佳做这些都是为她好。曲佳之前并不知道自己跟许昱还曾有那样一段过往，她这个时候也不能因为自己的一己私欲而任性胡来。

不知道许昱跟外面的人说了些什么，没过多久，那些人就讪讪地要走的样子。

男人再次推开门进来的时候，逆着光，身后的阳光在他身边形成淡淡的光圈，场景像是天神下凡一般梦幻。

若是换作以前，她这个时候的心跳速度一定很快，甚至想要跑上去抱住他，但是此时此刻，姜月站在原地没动，直到许昱再一次站在她们的面前。

“走吧！”

“许律师你跟他们说了什么？他们怎么就走了？”

许昱的神色很淡，说：“没什么，就提了一下这样聚集会影响社会治安，若是报告了什么不实信息还能算造谣，跟安保说了如果没把人赶出去是失职。”

当然，他其实说得没那么轻。

要让那些人短时间内离开这里，他当然必须把各方面情节都说得严重一些才能起到效果。

曲佳若有所思地点了点头，说：“看来有时候多懂一些法律知识还是有用的。”

不然到时候她被人家忽悠了都不知道是怎么回事。

姜月和曲佳最后还是上了许昱的车。姜月刚刚坐进去就看到车上放着一个熟悉的抱枕。

那个抱枕看起来已经不是那么新了，显然是洗了很多次以后有些泛白，但是许昱还把它放在这里。

那是她以前买给他的。

姜月都不知道许昱的这个行为到底是演给自己看还是其他的，但是现在被太多的事情困住，根本就腾不出精力来想关于许昱的事情。

离开许昱的这几年，她最大的成长大概就是再也不是那个生活中除了许昱就是许昱的人了。

以前她年轻，天真不懂事，恋爱脑，觉得爱情占据了自己生命中很重要的一部分，回想起来那个时候的自己都觉得有些愚笨。

后来姜月在圈子里摸爬滚打，才渐渐明白，原来自己一个人也能过得很好，有亲人，有朋友，有喜欢着自己的粉丝，那么多人都在关心着自己。

她不缺别人的关心和照顾，所以也就不需要爱情了。

她默不作声地把那个抱枕扔到了后备厢上方的板子上，坐在许昱身后的位置。这里她不会抬头就看到他。

她故意避开的样子落在许昱的眼中，再一次像是细针一点点地扎在他的胸口。

他的生活中还有很多姜月存在过的痕迹，但是姜月已经开始抽身，甚至想离开得干干净净。这种一刀根本斩不断的感觉让人觉得像是小刀子一点点地折磨着他，一寸寸地没入他的心脏，直到最后停止心跳。

姜月知道许昱跟殷秦在一个律所的时候，眼中闪过的惊讶之色也被他捕捉得清清楚楚。

她会这么讶异，因为……

三年了，姜月从来都没有去了解过他。

殷秦一直问他那么不喜欢抛头露面，到底是为了什么会选择去参加那个节目。

其实只有一个原因。

他希望姜月看到他，如果他再不出现，姜月肯定已经把他忘得干干净净了。许昱早就知道姜月在躲他，不然也不会让他找都找不到。

他还是会在网络、电视上看到姜月，但这几年就是没有办法见到真实的她出现在自己面前。

后座上的姜月闭着眼，神色很平静，没有人看得出来她到底在想什么，或者又根本什么都没有想。

城南律师事务所不远，很快他们就到了。

许昱替姜月开的门，她沉默了半秒，低声道："谢谢。"

曲佳早就和殷秦约好时间，所以他们刚到，殷秦就到门口来接人了。当他看到姜月和曲佳从许昱的车上下来的时候，目光闪烁了一下，随后看向许昱，两个人交换了一个眼神，但没说什么。

"殷律师！"曲佳唤道。

姜月走在后面，对殷秦笑了笑："早啊！"

"姜小姐，不早了。"殷秦耸了耸肩，把两个人往楼上带。

姜月第一次来这边，在知道了这里是许昱所在的事务所之后，心情十分微妙。

"许昱啊，以后你毕业了要把事务所弄成什么样子呀？能不能给我留个小房间？就在你的办公室旁边附属的一个小间？要全透明的玻璃，这样我来的时候就能不打扰你又能看到你啦！"

许昱没有应答她，只是说："还早，以后的事情以后再说吧！"

许昱一向是活在当下的人，而姜月则是喜欢幻想未来的人，一个转眼，三年过去了。

她曾经幻想着的未来都已经变成了现实，并且所有的一切都变了。

她幻想的未来里面自己还跟许昱在一起，她在娱乐圈演演自己喜欢的角色，许昱开一家律师事务所。她不想要太忙，这样就可以经常跟他见面。

跟许昱谈恋爱，如果不经常见面的话，感情一定淡得很快，所以以前姜月为了让自己留在许昱的心里花了不少功夫。没想到现在的她不是想怎么留在许昱的心里，而是想怎么才能离开许昱的心里。

殷秦带她们进了一间办公室，黑白的风格十分严肃，也没有什么乱七八糟的东西。

“你们在这里坐一下，我把上次的资料拿过来。”殷秦说完，就朝办公桌那边走去。

姜月的目光在办公室扫了一圈，却觉得自己的心跳频率竟然有点不自然，她似乎觉得这间屋子有些熟悉的感觉，但是说不上来。

直到她的目光看到了墙边的透明玻璃柜，整整一个柜子放着各式各样、五彩斑斓的贝壳。

姜月愣着，怔怔地站起来，走近了一些去看。殷秦抬头看她，随口说：“这是我们律所别的律师收集的……虽然我们都不明白他这样的人怎么会收藏这样与他格格不入的东西……”

姜月的手微颤，看着透明玻璃里色彩斑斓的贝壳。

每一个单独的玻璃瓶下面都压着一张卡片，但是小卡片被压着，她也看不见下面写了什么。

只在某一个玻璃瓶下面，看到了男人苍劲有力的流畅字迹，露出了一个边角，写着他的名字。

“许昱。”

许昱很少笑，也很少生气，就像一个没有感情的机器，到底要什么样的事情才会让许昱的情绪变化呢？——《许昱观察日记》

姜月看着眼前一整个柜子贝壳，心间像乱七八糟的调味罐全部被打翻，一时不知道要怎么去面对这幅景象。那些色彩斑斓的贝壳像是被阳光穿过的彩色石头，光彩夺目，令人眩晕。

殷秦合上抽屉，抬头看到姜月挺直着背认真地看着玻璃柜里的贝壳，突然眯了下眼。

姜月是许昱的前女友，不知道出于什么原因，两人分手了，但许昱还是喜欢着她，甚至……

许昱还一直在收集着这些与他格格不入的东西。以前殷秦还不知道许昱为什么要收集这些东西，但是今天姜月的突然出现，就把一切谜团都解开了。

殷秦和许昱也很少聊起姜月，他今天早上看到姜月坐许昱的车来的时候，才想起来姜月其实就住在许昱的隔壁。

两个人之间的线条似乎一直缠绕着，混乱得解不开。

不过他现在还是不太了解两个人之间的事情，唯一能够感受到的是姜月的避让，过于复杂的情况他根本无从插手，也没打算插手。

绳结最后解开还是要靠他们自己。

许昱在昨天就已经把办公室收拾了一番，似乎早就料想到了姜月会来。他把这个办公室所有有关于自己的东西都收了起来，唯独没有收玻璃柜里的贝壳。

大概也是因为实在太多他收不过来。

殷秦问他为什么要收起来的时候，许昱说："她不想见到我，也不想这个案子跟我扯上关系，所以尽量不要让她知道这个案子跟我有关。"

许昱明明在躲开，这个时候却又突然主动说明了自己的身份。殷秦也不知道许昱为什么一边躲开，一边又主动承认。

似乎他每一个瞬间的想法都是不一样的，自己作为一个外人就不想去多猜。

姜月看了许久，也只是抬手抚了一下玻璃的橱窗，低声念了一句："真漂亮。"话一说完，她就转过身去，开口说："殷律师，资料已经好了吗？"

"嗯，你看看。"殷秦走过来抽开凳子，"这是之前整理的资料，非常多，之前电话里说不清，终于等到你从剧组回来一趟，两年前一直攻击你的那几个账号我们也查过了，其实是同一个人……"

殷秦一直说着，姜月垂眸看到眼前很厚的资料，心情有些微妙。

这里是许昱的办公室，殷秦在这里拿出了这么多资料，她不得不去怀疑一些事情。

但是姜月再怎么想都觉得是自作多情。

许昱喜欢过她吗？许昱真的在意过她吗？

在姜月这里，这个答案是否定的，许昱从来没用心爱过她，也不会在意她，所以当许昱说要追她的时候，她一副随便他的样子都是因为……

她不会相信的。

在她那样喜欢许昱的时候，他从来都不知道回应，也不告诉她他到底是怎么喜欢她的，现在这样的关系下，她根本没有任何相信许昱的理由。

殷秦的资料准备得很充分，甚至有很久以前的资料。姜月没问那些资料他是怎么弄到手的，毕竟这不是她应该关心的事。

等殷秦快速说完以后，姜月伸手去翻了眼前厚厚的一沓资料，问：“这些我要带回去吗？”

“嗯，你有时间的话就看看。”殷秦顿了顿，眼神敛着，“有什么需要交接的我们再联系。”

“嗯。”姜月应着，“许……”

她沉默了几秒，又深呼吸了两口气，这才说：“许律师，如果方便的话，我可以跟他交接资料。”

这是躲不开的，她躲不开不如自己主动出击。

她不清楚殷秦知不知道他们以前的关系，但是殷秦一定知道她跟许昱是认识的，而且一定知道许昱最近在她所在的剧组，如果躲开就显得太刻意了。

殷秦愣了一瞬，才回答：“嗯，好。”

“那我先走了，谢谢你。”

姜月起身，跟曲佳一起准备出去，推开门的第一眼就看到一楼大厅坐着的男人。他低头接着电话，没有太注意上面的情况。

姜月看了他许久，就连曲佳都觉得奇怪的时候她才回神。

是的，她永远猜不透、看不透许昱。

晚上八点，J 牌的活动现场。

姜月从车上下来的时候，就看到前方被记者围着的初晴，她的妆容似乎很淡。

姜月刚迈下去，细跟高跟鞋踩在红毯上的一瞬间，前方的记者和所有的焦点全部都转到了姜月身上。

她像是个天然的吸铁石，能够轻易地吸引大家的关注和目光，就像苏溶见到姜月的第一眼，就跟她说：“你属于聚光灯。”

所以苏溶当初才会义无反顾地把没有任何经验的姜月签回去，并且花大功夫捧她。

明艳的女人吊带短裙外披着白色西装外套，既妖娆又清冷。

闪光灯在她眼前不停闪的时候，姜月看到初晴的表情似乎一瞬间闪过了一丝不悦之色。

也对。

本来代言咖位被姜月压一头，初晴还被她抢了红毯上的风头。

旁边有人议论纷纷。

“姜月今天的话题度那么高竟然还敢露面……”

姜月听到，没打算回避，转头看了一眼在角落私语的那人，勾着红唇笑：“工作可不能不做呀！”

她缓缓走上去，初晴就站在原地没动，工作人员把签名笔递过来，姜月刚刚接过去，就听到身旁软软的女声。

“我们一起签吧？”

姜月抿唇，眼神有些冷，嘴上却应着：“可以啊！”

一个是全线彩妆代言，一个是口红代言。

也不知道初晴是怎么想的，竟然还敢跟她站在一起，但姜月明显从初晴的身上嗅到了挑衅的味道。

初晴站在姜月旁边先签了名，而姜月则是顺手就在她旁边签了个更大一倍的名字。

初晴的名字写得很圆润秀气，而姜月的签名则是十分大气和潇洒。

原本应该是个人的拍照场合，因为初晴“等着”姜月，所以照片也变成了两人的。

这一次她们的位置不再在一起，所以姜月进场以后就再也没有留意过初晴，倒是突然在想姜阳来修灯泡的事情到底怎么解释。

她知道事情不会那么简单过去的，因为很显然那些人是有备而来，不会就这样放过她。

活动结束之后，姜月刚刚钻上车，前方的曲佳就转过头来晃着手机。

“恭喜姜月女士不知道第多少次喜提热搜。”

姜月对这句话已经快要听吐了，有些疲倦地靠在椅背上。

“小佳，我觉得……”她有些漫不经心地说着，“我的直觉告诉我，这次的事情会越闹越大。我一开始也以为很快就会平息了，但是现在发现不但没有平息，甚至闹得更厉害。”

“而且还是好几件事情一起上热搜，不是以前偶尔一条热搜的那种。”曲佳接话道，“就算你是热搜体质也不至于这样吧！”

“会是初晴的团队做的吗？”姜月微微蹙眉，随后又否认，“我觉得对家不会这么傻，明摆着往枪口上撞。”

“这些你就不用担心了，公司自然会处理。”

“嗯。”姜月抬手按了一下有些隐隐作痛的太阳穴。

她应了这声以后再也没说话，靠在后座就睡着了。这几天连续奔波，虽然看起来没做什么事情，但她身心俱疲，一直到家才醒来。

昨天突然知道许昱住在隔壁以后，姜月回家的时候总是想观察一下前后有没有人，并飞快地输完密码开门进去。

家里没人，姜阳又不知道跑到哪里去了，她开灯看见了留在鞋柜上的字条。

“姐！我出门玩了！有什么要帮忙的事情打电话给我。”

姜月：“……”

她能有什么事情，难道真的需要他换灯泡吗？

她还没来得及换衣服，又看见自己客厅里还有一些东西等待着收拾。这一瞬间，她只希望有人能来帮忙收拾行李。

这边还没安宁，下一秒她又接到新的电话。

曲佳打来的，姜月已经想到了曲佳会说出“热搜说你怎么怎么”的话。可她接起电话，却没听到对方的动静。

几秒之后，她才听到曲佳那边的呼吸声有些急促，声音又悠悠的，还有几分疑惑、八卦甚至是渴求的语气。

“小月，你跟许昱许律师到底是什么关系？”

姜月一怔，心跳的速度猛地变快，感觉呼吸一瞬间逼到喉咙口。她缓了几秒，假装平静地说：“什么？就是老同学，不太熟的那种。”

“不太熟？嗯？”

姜月握着手机的手捏紧了一些，眨了几下眼睛，虽然没人看，她还是摆出了一脸无辜的表情。

“是的，不熟。”

曲佳在那边叹了一声气：“你们不熟的话，他会在这种风口浪尖上站出来为你说话？”

姜月：“……”

“你自己去看。”

姜月挂了电话，皱着眉去看微博，热搜上多出一条——

“姜月许昱”

她看到相关第一条，名为“许昱”的用户转发了一条微博。

原文的内容这样写着：“姜月，请问一下你这种都市丽人职场精英的性感大姐姐是抱着什么样的想法接夏青空这个角色的呢？？你觉得这个角色跟你的形象气质合适吗？？有谁见过你天真烂漫青春洋溢的小甜心的样子吗？？”

微博上各种骂她让她去死的都有，所以这种微博她根本就不会在意。

姜月看完原文，目光往左上方一挪，就只看到三个字。

“我见过。”

姜月很爱笑，我看过她的很多情绪，但我从没见她哭过。——《姜月观察日记》

夜色漆黑如浓墨，浓重的云层遮盖住了月亮的光。屋内的女人突然起身，把身上披着的西装外套甩在了沙发上，穿着黑色的吊带短裙就气冲冲地往玄关走去。

姜月觉得要是自己这个时候用的是很多年前的翻盖手机，大概已经把手机盖掀掉了。她紧紧地捏着手机，屏幕上的光还亮着。

指关节因为用力而微微泛白，姜月感觉自己的大脑一片混乱，甚至已经理不清自己到底在想些什么，席卷而来的情绪冲昏了头脑。

她踩着拖鞋快步走过去打开房门，毫不犹豫地走到隔壁紧闭着的大门前，抬手重重地敲了下去。

她觉得自己敲门的这一下下像是敲在自己的心上，有些隐隐作痛。

许昱为什么要在这种时候帮她说话？

门开得很快，他也没问是谁，倒是直截了当地开了门，姜月几乎是在他开门的第一秒把自己的手机扔了出去，砸在了许昱的身上。

男人吃痛地皱眉，闷哼了一声，弯腰去帮她捡手机，目光刚刚触及她的手机壳的时候，又僵了一下。

纯黑色的磨砂手机壳，上面什么都没印。

以前姜月喜欢用各种各样的手机壳，大理石纹路的，星空宇宙的，海洋的……许昱看到过她的一大堆手机壳，那个时候唯独没有纯色的磨砂壳。

“我是女孩子嘛，当然喜欢各种花里胡哨的东西了，要是什么时候我开始用纯色的，特别是黑色的，那说明我变成了一个……”

姜月想了很久才说：“变成了没有感情的怪物。不会哭也不会笑，任何表情都没有了。”

他把手机捡起来，伸手递给她。

“许昱，你没有什么要解释的吗？”姜月看着他，语气微微发颤，情绪十分不稳。“你知不知道你在做什么？”

许昱敛着眸，姜月看着他没有什么异样的模样，一口气再一次堵上胸口。

他依旧是这样，做了什么事情都一副无事发生的冷淡模样。

姜月从许昱手上一把夺走手机，屏幕的右上角被摔出裂痕，她却丝毫不在意。

男人的声音很哑，他微微凝神说道：“我不想看到别人这样诋毁你。”

“跟你有什么关系吗？”姜月握紧了拳头，“你凭什么做这种事？你是以什么身份说出那种话的？”

“前男友？”她咬着牙，“还是现在，像你说的那个追求者？”

许昱一直没说话。

姜月却止不住地一直往下说，情绪的宣泄口突然被打开，忍耐了这么久最终还是全部倾泻而出。

“删掉，”她冷着脸说，“我不想再在这样的情况下看到你站出来。

“我的事情与你无关，而你也不要一直这样自以为是地觉得是为我好。”

姜月说完，往后退了两步，浓密睫毛轻轻地颤着，像摇摇欲坠的布偶娃娃。

“我根本不需要你以为的你对我好。”

许昱当着她的面删了微博，姜月心里的石头算是缓缓地落了地。

他看着女人突然松了口气的表情，身后的手也倏然收紧，喉咙又是一滚。

她不需要他对她好吗？自以为是？

他不知道姜月需要的好是哪种，就像几年前，他也不知道她需要什么样的好，怎么样对她才是对的。

所以他从来都不觉得自己对姜月有什么不好，却在分手后被人告知：“许昱，你对姜月好过吗？所以你根本就没有资格要求姜月再迁就你。”

那个时候许昱还很不服气，觉得自己已经很努力地在对她好了，却没想到……

在她的心里，他其实从来都没有对那段感情有过回应，等到现在他想要回应的时候，姜月已经不在原地等他了。

她已经放下了一切独自前行，而他在身后怎么都追不上。这是许昱第一次觉得原来要追上一个人的步伐是这么困难。

姜月转身离开之前，许昱差点就要伸手去拉住她的手臂，却又收回手，把自己挂在玄关衣架上的西装外套扯下来披在姜月身上。

今年的南城意外地凉，明明已经步入六月，却还是连绵不断地下雨，气温一直都没能上去。

而她大概是因为急切，连外套都没顾得上穿，只是穿了黑色的吊带短裙。

姜月亲眼看到他删了微博，紧绷的神经一瞬间放松下来的时候，大脑嗡嗡地轰鸣了几秒，这才突然意识到自己刚才对许昱说了许多重话。

他没有说什么，只是默默地将外套搭在她身上。姜月没有直接脱掉，反而是伸手拉了拉，再一次往后退与他保持一定距离后，这才敛下眸，轻声说了一句。

“抱歉，”她顿了顿，又说，“谢谢你配合。”

语气优雅却又生疏。

明明是道歉的话语，却又在许昱的心上划下一道刀痕。这种淡淡的疏离和格外的尊重，无形之间又拉开了两人之间的距离。

姜月转身回家，关门后背紧靠着门，身上的男式西装外套从身上滑了下去。她蹲在地上沉默了数秒，突然觉得眼睛有些酸，但怎么都没哭出来。

她为什么没有把他的外套丢掉？

是因为他办公室里的玻璃柜里的彩色贝壳，还是因为他突然说不想看到别人诋毁她？

身上盖着的外套还有淡淡的雪松的香味，像是神秘的雨后森林的味道。

此刻的姜月，也像是行走在浓雾覆盖着的森林里，一直往前走着，却突然听到有人在后面叫她，转过身去的时候看到浓雾之中有人朝她伸出手。

她继续往前走，虽然现在看不到尽头在哪里，但似乎也比回头来得好。

她倔强地走开，却又觉得身后那个身影让她不得不站在原地多看几眼。

忘不掉，她怎么都忘不掉这个人。

第一次爱的人太深刻了，姜月捂着自己有些隐隐作痛的心口。

“第一次爱的人，他的坏他的好，却像胸口刺青，是永远的记号，跟着我的呼吸，直到停止心跳。”

听这首歌的很多年后，姜月竟然在这一刻突然明白，有的名字，有的味道，有的人，会像刺青一样刺在自己的胸口上。

即便他没有那么好，她也会记一辈子。

姜月一整晚都没睡，从门口站起来的时候一阵眩晕，把许昱的外套搭在椅子上，坐下立马给曲佳打了个电话。

“小佳，那条热搜能想办法撤吗？”

曲佳有些为难，说：“这条热搜有点靠前，撤肯定是能撤的，不过需要花很多钱，苏总那边……”

“我会自己去说的。”

“这几年，这是你第一次要求撤热搜。”曲佳说道，“所以你跟许昱到底是什么关系？”

姜月的指甲陷入掌心，她闭了下眼，沉着声说：“我跟许昱在一起过。”

曲佳：“你说真的？”

“真的。”

“那你们现在……”

“我们已经没有什么关系了。”姜月的声音很沉，掩着几分纠结的情绪，“你也看到了。”

曲佳没多问，毕竟姜月和许昱的关系不是现在她们面前最大的问题。现在她们的问题是怎么摆平那些热搜，特别是姜月和许昱的那条。

曲佳很明显感觉到姜月很紧张。

姜月咬着牙说："小佳，我和许昱的事，以前很多人知道的，所以这次一旦曝光出来我是没有办法躲的。"

别的事情和料她都承受过，但是那些事情终究还是找不出证据的，这是姜月第一次要求公司撤热搜。

因为她跟许昱之间，她根本无法做到问心无愧地跟人说："我跟许律师不认识。"

她也不想让许昱卷入这个圈子的事情来。即便是她提的分手，即便是她不再喜欢许昱了，她还是觉得许昱是高山上的皑皑白雪，是神圣的清澈湖泊，是任何人，包括她，都无法触及的顶峰。

天边泛起鱼肚白，清晨的阳光透过来，落在姜月的视野范围内，她才意识到这时已经是第二天早上。

她刚刚跟苏溶打完一通电话，疲惫地挂断电话后跌坐在沙发上，整个人都陷了进去，世界寂静，只有墙上挂着的钟表"嘀嗒嘀嗒"地响。

姜月觉得自己软绵无力，胸口闷得像是随时都要被那口气堵到窒息，整个人都是飘忽的，灵魂仿佛被抽离。她这些日子太累了，因为接了一些活动，剧组那边就需要加班加点，再加上本来就要处理之前那些恶意评论的事情，现在又突然来了这么一波热搜。

身体的负荷很大，自己的心理状态很复杂，就连姜月都不知道她现在到底想怎么对待许昱的追求。她整个人身心俱疲。

包括跟殷秦说的那些话，姜月明显感觉到殷秦一定是已经知道了一些内情。而她就这样跟许昱联系起来了，她怎么躲都躲不开了。

她的性格一向都是自己躲不开的东西就主动去迎战，但是偏偏这一次的事跟许昱有关。这个决定做完以后，她都不知道自己是后悔还是觉得没有做错。

明明两个人已经分手了，姜月也不想再跟许昱这么纠缠下去，但是……

命运真是太会捉弄人了。

姜月在沙发上靠了很久，才拖着疲倦的身体起来，准备去洗个澡清醒一下。她刚刚迈进浴缸泡上热水，就接到了宋连一的电话。

姜月本来思绪就昏沉，被浴室闷着的热气一熏，似乎更加混乱了。

宋连一的声音很急，她问："小月你怎么样啊？今天是要回来的吧？"

“嗯。”姜月闷闷地应着，倏地听到宋连一那边有一道低沉的男声说着话。

“连一，你早上起来还没吃东西，要不要喝点粥？”

宋连一把话筒拿远了一些，回答着：“暂时不用啦，你先吃，我这边有事情要忙。”

“那我喂你。”

姜月听到男人说了这么一句话，往下滑了一些，浴缸里的水盖过了胸口，气闷在喉咙口。

她闭着眼听宋连一跟那边的人简短交谈，只言片语之间就感受到了那人对宋连一的关心。

她和许昱也有过类似的对话。

那天也是像今天一样明朗的清晨，许昱问她要不要吃早餐，姜月不是很想吃，说了自己不要。

于是许昱就真的没有继续追问，没有问她还要不要。

他们之间似乎一直都是这样的，许昱不是不会关心她，也不是什么都不会问，而是她每次都会考虑很多，如果自己接受了会不会反而打扰他、影响他。

如果她这样做了，或者撒娇了，表达自己想要什么以后，会不会反而让许昱不好做，所以她索性说自己不要。

姜月以为这是自己的选择，所以没有关系，但是没想到最后还是坚持不住。她也想要许昱对自己说那些甜言蜜语，希望他会一直坚持不懈地关心自己，但是到头来这一切都是奢望。

姜月也想过他们分手的原因。她承认自己很多时候也做得不好，想要当一个善解人意的人，不去作，但最后还是想任性。

毕竟她本来就很任性，当初追许昱的时候也非常任性，别人都跟她说过了他们俩不合适，她偏要任性地去追。

最后还是发现不合适，她跟许昱果然不合适。姜月现在已经不想去追究许昱到底喜不喜欢自己了，只知道自己跟许昱不是同路的人。

她是在热带海域的热带鱼，许昱是南极的冰凉海水，她想要活在他的世界之下，实在是太难了。

宋连一跟男生说完以后，这才又转头低声问她：“喂？小月？”

“嗯，我在听。”姜月觉得自己浑身用不上力，越来越往下滑。

“我知道昨晚的事了，虽然现在网络上几乎已经删空了……”

但是她不可能不知道的。

“嗯，怎么了？”姜月的声音有些迷糊，“许昱的事吗？”

“小月，你跟许昱的事情……”

后面的那一段姜月没有听清楚，只是恍惚之间听到宋连一最后问了她一个问题。

“你打算给他机会吗？”

“什么机会？”

宋连一沉默了很久，才说：“让许律师追回你的机会。”

姜月的语气有些懒洋洋，她困倦地反问：“我应该给他机会吗？”

她没有那样直接说不要，是因为许昱在说要追她的时候，太像她曾经做过的事情了。

当年她也是这样任性地追他，现在换成他了，自己到底要不要给他这个任性的机会呢？

她也没有经过许昱的同意就擅自喜欢他了，就擅自一直对他好了，虽然她不知道许昱现在是不是真的喜欢她。

但是姜月有时候觉得，自己都做过的事情，也不能不让许昱去做，她不能双标，不能这样自私。

宋连一又沉思了很久，最后才咬着牙跟她认真地说了两句话。

“小月，我觉得你给他一个机会吧！

“就当也给你自己一个机会，好吗？”

如果什么时候换成许昱来追我的话，我一定会不顾一切地奔向他的怀抱。——《许昱观察日记》

姜月只觉得自己的脑子一片混沌和昏沉，浴室内的空气逐渐沉闷，而自己的身体也被这滚烫的水泡得软绵无力，越来越往下滑。

在陷入昏睡之前，脑海里还是宋连一问她的那句疑问，她连梦都没有做，醒来的时候只觉得自己的眼前一片白晃晃的灼眼灯光。

她不知道自己怎么醒来的，在柔软的床上躺了整整两分钟才缓过神来，身上不知道什么时候盖好了被子，衣服也穿得整齐。

姜月的心跳倏然变快，她从床上起来，双脚踩到地上柔软的地毯的时候才感受到实感。

她刚刚明明在洗澡，到底是什么时候回到房间的，又是什么时候躺在床上的，衣服……又是谁帮她穿好的？

姜月还在思考，突然听到门外有一阵脚步声，不过他故意放得很轻，似乎是为了不打扰她。门外的人不知道在做些什么，一墙之隔，姜月站在门内看着房门，不知道自己这个时候该不该迈步。

她站了一会儿才又回身去找手机，手机被放在了她的枕头旁边。姜月过去把手机抓起来，这才看到未接来电里几十个电话打过来。

有宋连一打的，有曲佳打的，还有姜阳打过来的，最后一个陌生的来电，也是打了很多个。

姜月第一时间是给几个人全部回了一条微信，这个时候已经不知道要先给谁打电话解释比较好，并且她也知道这一个电话打过去不知道什么时候才能把事情讲完。

姜月的微信消息刚刚发过去，没出几秒就听到门外急切的脚步声，伴随着几声同样急切的呼唤。

“姜月！”

她听出来了几道混合在一起的声音，曲佳、姜阳，还有……

许昱。

姜月迈步去开门，头发还凌乱着随意地散开，神色温柔缱绻，却又带着几分倦意。

她一打开门就跟三个人对上，曲佳最先冲过来握住她的手，十分着急地关心道：“你醒了！现在感觉怎么样？”

“我没事……”姜月答着，“倒是你们为什么……”

她的问题还没说完，大家就意会到了姜月的意思和想问的事情，姜阳靠在门框边，依旧一副慵懒的公子哥模样。

“你睡了快一整天了。”姜阳说。

姜月这个时候才注意到外面的天已经再一次黑了下来，她的房间就算是白天拉了窗帘也不怎么透光，所以她根本判断不了时间。

曲佳呼了一口气：“还好你没什么事，你最近太忙了，好好休息一下吧，你说你没事通宵干什么啊？”

姜阳冷笑一声，冷嘲热讽道：“还不是因为有的人根本不知道情况偏要插一脚。”

许昱没回答他，站在离姜月最远的地方跟她说了一句：“给你点了番茄瘦肉粥，等会儿记得吃。”

姜阳翻了个白眼，毫不客气地继续骂：“关你什么事？”

曲佳转身拍了拍姜阳的肩膀，暗示他少说几句。姜阳有些不服气地冷哼了一声，但也没有继续找许昱的碴儿。

许昱看了姜月两秒，有些不自在地转开眼神，说：“那我先走了。”

姜月愣了一瞬。

因为最近的许昱总是她怎么赶都赶不走，现在突然又变回原来的样子，让她突然之间有些不习惯。

姜月最后“嗯”了一声，说：“谢谢你。”

她所说的“谢谢”，没有人知道是因为什么，许昱走了以后姜月才跟曲佳和姜阳一起来到了餐厅里。

餐桌上放了很多东西，整整半个桌子的食物，姜月吓了一跳，姜阳看到才解释。

“全是刚才买的，想着你醒来肯定要吃点东西，昨天也没吃什么吧？”

姜月沉默片刻，说：“那我也吃不了这么多啊……”

“右边那些是我点的，左边的是许……不，隔壁那个臭男人点的。”

“姐，我不准你吃左边的。”姜阳说完，就往那边走，随便拿起了一样东西，“这个什么东西，吃了不就是脏了你的嘴吗？”

姜阳把许昱买的那些东西全部拿起来扔在一旁，说：“姐，吃我买的，你别理那个狗男人了。”

曲佳一脸茫然地看着他俩，姜阳一脸嫌弃和唾弃，比许昱刚才在的时候表现得还要明显。

姜月也没有出手制止他，只是问了句：“我在浴室睡着了吗？”

曲佳点头，说：“是啊，你跟宋连一打着电话突然就睡着了，电话断了以后她再给你打怎么都没人接，这才联系的我，我赶回来刚好碰到他。”

曲佳看着姜阳，努了努嘴。

不得不承认，姜阳和姜月还是长得很像的，但是别人会怀疑姜阳和姜月之间的关系也不是没有原因的。

刚才许昱在的时候，她明显闻到了两个男人之间的火药味，甚至姜阳还一直都在强调“我家月月”，不管怎么样都要跟许昱拉开距离。

两人之间硝烟弥漫，谁也不肯让着谁，许昱是最开始说要给姜月点一些吃的的人，而姜阳看到他买了就不甘示弱地也买，两个人就这样买来买去，最后就摆了这张餐桌的一大半。

姜月疲倦地抽开凳子坐下，问了句：“那他来干什么？”

姜阳这才停下刚才一直絮絮叨叨不停的嘴，有些不情愿地回答了一句：“开门。”

姜月皱眉：“什么？”

“他来开门。”姜阳说，眸子也敛了下去，“我们都不知道你的浴室的密码。”

姜月浴室的门也安了密码锁，当初其实也就是为了保护自己的安全，因为毕竟如果在洗澡的时候被人闯入，是最危险的情况。

所以当时她装修新家的时候浴室的门也安了一个密码锁，不过浴室这样私密的地方，她的密码没有告诉任何人。

曲佳和姜阳不知道，那许昱又是怎么猜到她的密码的？他又为什么会被姜阳和曲佳叫过来？

姜阳啧了一声，把桌子上左边的东西全部拿了出去，还不忘回头对姜月说，“姐，离他远一点。”

晚上十点，许昱接到一个很突然的工作电话，要赶去事务所一趟。他一出门就看到隔壁门口堆放着的垃圾。

外卖的袋子很眼熟，他顿住脚步。

许昱抬手摁住了自己心口的位置，他的心口最近一直绞痛，不知道是因为工作忙碌没有休息好还是其他的原因，像是一点点地被人刮着心脏的每一分每一寸。

门外的世界很寂静，他想屋内大概这个时候充满欢声笑语，不过似乎都与他无关。

他看着那堆砌着的口袋和外卖盒子，有些嘲弄地勾了勾嘴角。

“我从来都不吃辣。”

“许同学，你真的一点都不了解我。”

她一个月之前的话语还在耳边回荡，那些日子的他，到底了解过姜月什么呢？

或许，他现在点的这些东西也很不合她的口味吧，而且现在她身边也有其他人在照顾她。他在她的生活中终究还是变成了一个多余的人。

这一天对许昱来说，又是一个不眠之夜，原来当自己的心被某一个人占满的时候，他只能不断地用工作来麻痹自己。

第二天早上，殷秦来上班的时候见到许昱还如昨天一样的姿势坐在办公室里，吓了一跳。

前台又帮忙签收了一个快递送到许昱的办公室，拆开以后依旧是不知道哪里来的贝壳。

许昱往常都是把这些贝壳直接放在柜子里，这一次却没有动，似乎是犹豫了一会儿，才把贝壳装进了玻璃瓶里。

他头也没抬：“叫前台寄回去吧！”

殷秦愣了一下，说：“什么？”

“寄回去。”

“为什么？”殷秦皱眉问，“你从来都不会把这些贝壳寄回去。”

殷秦虽然没有问过许昱为什么要收集这些贝壳，但是在那天姜月来这里看着那个玻璃柜的时候，殷秦就知道答案了。

放在这里的这些贝壳，一直在等待着它们真正的主人来领。

许昱来到事务所的第一件事，就是开始收集这些贝壳，他收集了很多年，从来都没有断过，现在却突然说要把贝壳寄回去。

许昱没有回答这个问题，只是又补了一句：“之前那些你有喜欢的吗？拿走吧！”

“许昱。”殷秦的语气很严肃，“你喜欢姜月这么久，就这么算了？”

许昱的手倏然收紧。

他怎么舍得就这样算了，怎么可能就想这么算了？

“你等了她三年。”殷秦走过来，紧紧地看着他，“我说得没错吧？”

许昱没说话，抿紧唇。

“你看，你从来都不解释。”殷秦说，“我知道在你这里问不出什么，所以也很少问你跟姜月的事情，不过我长了眼睛。

“你为姜月收集这么多贝壳，为了跟她的圈子有一些关系，还去参加那个法制普及的电视节目，这么说算了就算了？”

许昱敛着眸，眸中的神色深沉。

良久，许昱才抬头说了一句：“她不需要我了。”

所以这些东西，已经变得没有任何意义。他等不到姜月，贝壳也终究等不到它的归属人。

我觉得我跟姜月角色互换，我一定可以坚持很久，因为喜欢她这件事我坚持了很久。——《姜月观察日记》

阳光炽热，天气日渐炎热起来，很多人像患了夏日病一样，在太阳的炙烤之下软绵无力地瘫着。

姜月回到剧组开始拍戏。一场戏结束后，曲佳拉着她到一旁，跟她说了最近的情况。

姜月和初晴之间的战斗依旧没有结束，但是和姜阳的那个八卦已经被压了下去，至于跟许昱的事情她也处理好了。

最后只剩下她和初晴之间的资源之争，姜月忙着回剧组拍戏，对这件事情没有做任何的回应，网络上依旧是吵得不可开交。

由于这场战斗，有人搬出J牌品牌之夜那天的照片，初晴站在姜月旁边笑靥如花，而姜月则只是微微勾起了嘴角，眼底浸着一点点的笑意。

双方粉丝疯狂争论——

“初晴妹妹改名叫初恋吧！呜呜呜太可爱了，我一个女生都觉得这是初恋的感觉。”

“我们月月独自美丽哟，不要带我们出场。”

“晴晴一定就是青春校园剧的女主角吧！言情小说里可爱软甜的女主角！”

“月月拍戏中，劝某家粉丝不要老碰瓷我们。”

“初晴真可爱啊啊啊！人间水蜜桃！”

“可爱在性感面前一文不值！姜月我可以啊啊啊！”

姜月这些天的心思只放在了拍戏上，其他事情她都不想关注，大脑的思路才稍微清晰了一些，新剧已经开拍一个月了。

这一周的进度很快，姜月回来以后就认真投入了工作。许昱倒是也来了一次，但没有找她，姜月也是听别人提起。

“许律师今天来了哟，他好像是给导演递了个资料就走了，竟然没有进来耶……”

姜月听到许昱这个名字的时候，还是稍微顿了顿脚步，但没有太过于在意。她不就是期望回到这样的平静生活吗？没有许昱的日子她已经习惯了，这个人突然再一次出现搅乱她的生活，现在他不再纠缠了，她应该感觉到开心。

又过了一周，姜月的生活依旧非常平静，一切又重新回到正轨。

姜月收到张沛的消息的时候，刚刚洗完澡出来，拧开一瓶蜜桃味的气泡水。

张沛：“月月大明星，最近在忙吗？或许哪天有空出来参加一次同学会吗？没有的话就算啦！”

拒绝的字都打了一半，姜月突然想起今晚收工之前剧组发的通知。

“由于六月中旬的中考，南城一中的所有教室都要设为考场，为了不影响学生们的状态和考试，全剧组在中考期间放假三天。”

姜月翻了一下自己的行程，那几天也确实没有什么事。张沛是她大学时期最好的朋友，毕竟是大学室友，姜月因为工作忙也很久没有跟她见过面了。

她还没回过去，张沛又发了消息过来。

张沛：“这次很多人都会来，老同学好不容易聚一次，不过不止我们系，其他系的好像也一起办，同学会在学校办的。”

张沛：“虽然这次机会不错，但是你工作那么忙，实在不行就算了，我们下次再见，对了……”

张沛：“听我法学系的朋友说，他们叫了许昱。”

姜月垂眸，回消息：“什么时候？”

张沛：“我看看，好像刚好是中考那天。”

姜月的眼神定在许昱的名字上，最后她还是回道：“那几天我们剧组刚好放假，我可以去的，超级想你！”

就算法学系的人邀请了许昱，他也不会去的。

许昱不是一个喜欢参加集体活动的人，应该不会放下手上的工作去参加这样的同学会。

约定的时间来得很快，姜月出门之前给姜阳打了个电话，他那边很吵，有喧闹的人声和震耳欲聋的音乐。

“阳阳！你是不是又在酒吧？”

姜阳的声音从吵闹的环境中传来，他大声地喊着：“年轻不蹦迪，老来没活力。”

姜月：“……早点回家。”

“没事，我跟朋友一起呢，姐，我二十几岁了！”

姜月笑着提醒他：“二十几岁了也要注意，你在外面少喝点酒，别到时候被人吃了豆腐。”

“好了好了，你这个时候就少唠叨我一点嘛！”

姜月最后又补了一句：“不许喝醉！”

她最后才不是很放心地出门，大概是血缘关系中的奇妙反应，她总觉得姜阳今天会有什么事情，怎么都放不下心。

姜月到得还算早，张沛在学校门口等她，在看到她的时候就立马跑上前给了她一个结实的拥抱。

姜月抬手轻轻拍了一下她的背，说：“好久不见了。”

“是啊！”

语气有些感慨，但没有任何不开心和惆怅的情绪，虽然她们都知道这一次聚会以后下一次再见面不知道要到什么时候。

成年人交朋友之间的默契，大概就是很久不见也不会担心感情会消失，因为她们心中永远有对方。

姜月也曾经有过小心翼翼呵护一段感情的时候，可是后来发现不管是爱情还是友情，如果自己太过于在意，反而会让事情变得更糟糕。

所有的一切大概冥冥之中就有定数的，缘分这件事情是真的求不来的。

“今天怎么有空过来啊？”

“剧组刚好放假。”姜月笑着眨了眨眼，“可能上天安排我来见你吧！”

张沛轻轻推了她一下，说：“你又开始了是吗？”

姜月刚刚跟张沛走了没两步，就被人围了起来，现在正是晚饭的时间，很多人出去吃饭。

“姜月？是姜月吗？”

“啊啊啊好像是？？我见到活的姜月了！！本人好美啊……”

“天，太瘦了吧！”

张沛无奈地摇了摇头，说：“完了，跟大明星在一起果然也会成为被人围观的对象。”

话音刚落下不久，两人突然听到旁边也有被人围着议论的声音。

姜月虽然听得隐隐约约的，但还是听到了那个名字。

“天哪！！我们法学系的巅峰！！许昱！！”

“许昱也来了？？”

“哇！！今天什么运气？竟然见到了姜月和许昱！！！”

姜月的目光顿了顿，她没有回头，没有往那边看，张沛很快感觉到了她的异样，默默地伸手握紧了她的手。

“但是……欸，你们有没有听说过一个传言？”

“什么？”

“听说许昱跟姜月在一起过？我不知道是不是真的。”

姜月的心跳速度突然变快，她竟然有一瞬间害怕许昱回。如果他承认了，那之前的解释和公关都是徒劳了，她猛然转过头去。

许昱很高，在人群中也很出众。

她一眼看过去，就跟男人对上了目光，许昱眼底的情绪似乎很复杂，姜月怎么都没看懂。

许昱看了她很久，旁边的人还在议论，甚至已经有大胆的人开始问。

“前辈，你真的跟姜月在一起过吗？？”

他想起自己在微博说的那句“我见过”，之后却被姜月怒气冲冲地质问他是以什么样的身份说出那样的话的。

如今物是人非，姜月是当红的流量女明星，不能被这样的故事和过往绊住脚步。

即便那天他在那条微博之下还给自己留了一条解释的话，说“我见过姜月青春的模样，第一次追星不太懂行，但是以前我们是校友”。

她没有看到已经不是那么重要，他只是不能再给姜月造成那样麻烦的事情，再让她疲惫不堪。

许昱感觉自己的心口又是一绞，呼吸渐重。他压下喉间翻涌的滚烫，挪开跟她对视的眼神。

那双眼睛，依旧和月色一样动人。

喧闹的议论声中，男人嘴角噙着笑，沉着声，强压着自己所有的情绪，回答了这个问题。

“没有，我们没有在一起过。”

如果抛开这段过往，能给她更广阔的未来，那他可以在这个故事里销声匿迹。

第四章 我曾经感受不到你的爱意

许昱说愿意跟我在一起的时候，简直让我不敢相信，原来许昱是喜欢我的？——《许昱观察日记》

灯光幽暗，幽蓝色的光线斜照着房间里的角落，房间里的人玩骰子玩得正高兴，晃荡着的骰子声快要盖过包间内的歌声。

许昱坐在包间的角落，跟白棋喝了几杯就没有继续，这些日子他都不知道自己到底碰了多少这个东西。包间内还在喧闹着，许昱却突然起了身。

刚才白棋说要去卫生间就先出去了，许昱坐在里面觉得自己跟大家格格不入。他是被白棋叫来参加同学会的，原本不打算来的，却被白棋的一句话劝动了。

“我听人说姜月这次会去，你要考虑去见她一面吗？”

许昱是做好这一次见过她以后，之后很久都不会再见的打算的。本来就是他蓄意去接近她出现在她的面前，只要他停下来，两个人依旧是很难相见。

就像那三年一样，他们没有见过面。况且现在的姜月，是真的不需要他了。

许昱回忆起两周前的那天，让他意识到姜月真的离他远去的那一瞬间。

那天清晨，他刚刚整理了一整夜的资料，从一堆资料里抬起头来准备去洗漱睡觉的时候，白棋突然造访。许昱刚刚打开门，就看到隔壁门外的男人低头输着密码。

许昱给白棋开门的时候，白棋正看着旁边的人，低声念了一句：“他和姜月长得好像。”

许昱没回答，想起上次对峙的时候那人说的话，转头看向白棋，问：“怎么突然来？”

“有事问你。”

“什么事还要你一大早亲自过来一趟？”

“等会儿说。”

许昱和白棋交谈中，旁边的人开了门进去，还没关门，就特别亲昵地唤了一声：“小月——我回来啦——”

隔壁没有人应答，那人便又喊了一次，白棋又往那边看了一眼，微微蹙着眉进了许昱的家门。

白棋倒是一如既往地直奔主题，进门就问：“你跟姜月怎么样了？”

许昱抿着唇，皱眉道：“你专程来就只是为了问我和姜月之间的事吗？”

“这很重要。”白棋说，“如果姜月的事情一天解决不了，那你的生活就一天都不能平静。”

许昱没有否认，姜月的存在对他的影响确实很大。他去厨房给白棋拿了一瓶冰可乐，放在桌上。

白棋悠悠地拧开瓶盖，问了一句：“你跟姜月说过真心话吗？”

“说过。”

“是吗？”白棋喝了口可乐，“我怎么觉得你没说清楚？”

许昱的眉头皱得很紧，他不太明白白棋的意思，上次白棋就已经逮着他把他骂了一顿，说他每次做什么事情只知道默默付出，并且还做得一点都不明显，让人感觉不到他的心思。就像是被厚厚的冰层包裹着，藏在下面的是一颗炽热的心，但是没有人能读懂，也没有人能看见，他展现给别人的永远是那冰冷的外表。

“许昱，别人是等不到你外表的冰山融化的那一天的。等你完全展露的时候，别人已经不会回头看你了。”

白棋轻笑，说：“让我猜猜，姜月是不是还是对你有很多不满？你跟她说过真心话的界限在哪里呢？是跟她说你真的很爱她，还是……”

许昱把他的话打断，接上：“我说我会认真追她。”

白棋下一声还没笑出来，突然房门被人重重地敲响，打断了他们俩之间的对话，白棋和许昱同时回头看向门口。

那人敲得很重，十分迫切。

许昱起身去开门，听到身后的白棋说了一句：“如果你爱她，就告诉她你是怎么爱着她的，要等姜月去发现你的爱，是不是太慢太晚了？”

许昱还没品味完白棋的这句话，就给人开了门，映入眼里的是男人那张跟姜月有几分像的脸，他红着眼又有些难以启齿的模样，拳头攥得很紧。

许昱听到隔壁传来的一道有些耳熟的女声，在喊着：“姜月！姜月！

“姜月——

“你在里面吗？”

许昱感觉自己的心跳漏掉一拍，皱眉问：“怎么了？”

“我知道你是谁。”男人隐忍着开口，“姜月把自己关在浴室里了。

“我们打不开门，猜不到密码，试过了好几个密码，都不对。”

许昱大概能懂他的意思，这个时候顾不上去想为什么他们都猜不对密码，长腿一迈就急匆匆地往隔壁跑。

许昱几乎是没有犹豫，输入了一个密码，在另外两个人诧异、纠结复杂的眼神之下，听到“嘀嘀”两声。门开了。

密码是666548，姜月习惯拼的Moonlight（月光）。

许昱本来下意识地要冲进去，被人拦了下来，对方的语气十分不友好：“你进去干什么？”

他的脚步顿住。

曲佳第一个进去，跟他们说：“没事，好像只是太累睡着了，我去房间拿衣服过来给她穿好。”

好不容易松了口气，周遭的空气突然降温，许昱被人用冰冷的眼神看着，不难感受到对方眼神里的敌意。

“你跟我谈谈。”那人说着，“你离小月远一点，不要再给她添麻烦，不要再打扰她。”

“况且你也看到了，现在有我，我建议你这个前男友把自己的位置摆正一些。”

许昱一直没说话，也不知道这个时候自己应该说些什么。

公平竞争吗？

别人说得没错，本来就是他对不起姜月在先，所以也根本就没有跟人公平竞争的机会。

刚才这人的焦急和关心他全部都看在了眼里，能从对方身上明显感觉到他对姜月的感情。

“你知不知道因为你突然在微博上说那样的话，给我……给小月添了多少麻烦？你能不能别这样自私？

“你自以为这是对她好吗？”

许昱敛去眸中的神色，什么都没说，打开手机外卖点了几份粥，随后跟他说：“抱歉。她可能等会儿胃会不舒服，我最后……”

他最后一次这样关心她，就算只是作为普通的朋友。

“不用你点！现在没有需要你的必要了，你可以走了！”

许昱还没转身，被浴室里的曲佳喊住：“小阳！许律师！可以来帮帮忙吗？”

即便这个时候姜阳再想赶许昱走，也没有办法让他立马滚出这个家。

许昱跟姜阳一起过去，曲佳已经帮姜月穿好衣服，但她还是没醒。

姜月每次睡着了都睡得很死，今天应该是很累，不然也不会在浴室里睡着，这个时候更叫不醒了，就连曲佳给她穿了衣服都没能把她弄醒。

旁边的人还在放狠话，说着：“你等下就回去，不要在我家待着，从哪儿来就回哪儿去。”

曲佳虽然非常疑惑为什么姜阳对许昱的敌意会这么大，但是这个时候根本就没有时间去想。

姜月整个人都陷入近乎昏迷的沉睡状态，身体软绵绵的，没有任何力气，一个人根本支撑不起来。许昱和姜阳两个人只得把她扛到房间去。

许昱伸手替她把被角全部都整理好，刚要转身离开，衣角被人拽住。

没有人知道刚才还在昏睡的人现在这一刻哪里来的力气这样紧紧地拽着他的衣角不松手。场面再一次陷入尴尬，姜阳本来准备去掰开姜月的手，但被曲佳拦了下来。

“算了吧！”

姜月就这样拽着许昱的衣角整整两个小时，他在原地站着都已经快僵成雕像。

他就这样看了姜月两个小时，想要把她的眉眼全部都描摹在自己的脑海里，虽然早就已经清晰，但还是舍不得挪开眼神。

最后姜月松手后，许昱才悄声从她的房间出来，再看手机的时候发现白棋给他发了消息。

白棋："我先去上班了，下次再说。"

许昱本来打算直接走，没想到这一次却是被刚才那个赶他走的人喊住。

"你等等。"

"就在这里等她醒，不准进房间。"姜阳的声音十分阴沉，"等她醒了，我们再算账。"

那个账到最后都没有仔细算，许昱跟姜阳坐在一起的时候被他告知了一些事情。

"姜月根本不需要你的任何关心和照顾，你还不知道吗？你除了会给她添麻烦还会干什么？"

不愉快的对话，两人的心思都不明，许昱待到姜月醒来才走，又是一天一夜没有合眼，他再一次出门的时候，看到的却是被人扔在外面的垃圾袋。

"你离开姜月，让一切都回归正轨。"

原来他的出现已经打扰了她的生活，原来自己以为对她好真的只是自以为是。

二十岁不会表达的爱意，大概到了八十岁也不会表达，他可能生来就不配去爱人。

是他自己把姜月搞丢的，又擅自这样重新出现在她面前。在这场感情里，他觉得自己似乎太随心所欲了。

他以为姜月能感觉到自己的感情，以为她能懂，他以为姜月说的不要就是真的不要。白棋说得没错，等他外表包裹着的寒冰融化的时候，她已经不愿意在原地等他了。

同学会许昱提前离了场，他出去就给殷秦打了个电话，说："关于姜月的案子我有些话想说。

“资料我还是会帮忙整理，但是以后就不要在她面前提起我这个人了，就当我不存在吧！”

殷秦吸了口气：“你有病？姜月的案子里面到底有多少资料是你拿来的你不知道？我怎么可能搞到那么久远的资料？姜月肯定会怀疑的。”

那些资料……有的已经过了两三年，没有人手上有，除了许昱。

他以前自认为很了解姜月，知道姜月肯定遇到事情绝对不会自己整理资料，如果以后需要用，姜月的手上是绝对没有的。

两年前，许昱就料想到了她会有想要反击的那一天，虽然那时不知道她之后会不会跟他扯上关系。

许昱还是把那些资料都收集整理了出来，为了姜月有一天想反抗的时候，他能够把这些武器递给她，成为她胜利的支撑。

许昱跟殷秦打完电话，看着自己手腕上的佛珠。他以前是不信神佛的，但是姜月信。

那天许昱第一次对神佛许了愿——希望姜月一生平安喜乐。

他的愿望没有变，所以只要他不再给她增加不必要的麻烦，那她就能平安喜乐地过一生。

许昱打车回家，车拐进路口他往窗外一瞥，这一瞥却让他的心绪完全被打乱，从来没有过的怒气往上升，喝了些酒以后所有的情绪都又被放大。

许昱冷着声音，对司机说：“麻烦在这里停车。”

他大步地迈过去，前面勾肩搭背、嬉笑打闹的人没有注意到许昱带着怒气走了过来。许昱什么都没说，直接往纠缠着的那双人影去了。

姜阳感觉到有人一拳打在自己脸上的时候直接愣住了，女人的惊呼在他耳边响起，他抬头半眯着眼准备看清来人，还没来得及看清就看到那人又挥拳而来。

姜阳这一次手疾眼快地拦住了他的手，这才看清出手的人是许昱。

“你有病吧？”姜阳双手抵着他，两个人的力气不相上下，他也明显闻到了许昱身上的酒味。

“你怎么突然打人啊！”姜阳身旁的女生焦急地出声，又关切地看着姜阳：“阳阳，你还好吗？”

许昱咬牙质问：“你什么意思？你就是这样对姜月的吗？”

姜阳被许昱一拳打下来有些蒙，这个时候才反应过来。女生看到姜阳嘴角浸出来的点点血丝，更急了。

“阳阳，怎么回事啊？”

“我问你，你对得起姜月吗？”

姜阳抬手擦了一下嘴角，勾唇：“我再怎么样也比你对得起姜月，你这个垃圾，我再怎么样都不会让姜月哭的。”

许昱紧紧地咬着牙，扯着姜阳的衣领。

“阳阳！！”女生着急得快要哭出来，“这个人跟你姐是什么关系啊？”

女生这句话一落下，像是陨石撞击了地球。

“你不许说！！！”姜阳转头呵斥她的时候，许昱已经突然松了手。

他往后退了两步。

“他跟你姐什么关系？”

许昱再次看着姜阳那张跟姜月几分像的脸，突然觉得自己的大脑一片寂静和空白，那边的姜阳还在跟女生拉扯。

“你为什么要告诉他姜月是我姐？”

“我不知道……”

许昱站在原地愣了很久，直到姜阳转过头来，对他恶狠狠地说：“好，现在既然你知道了，我就不再隐瞒。

“是，姜月不是我女朋友，我们更不可能在一起，姜月是我姐。

“就算是这样，我也不可能再给你一丝一毫追求我姐的机会。

“我跟你说过了吧，以后有什么别人问起来，我不允许你告诉别人你跟我姐的关系，你不许再给她添麻烦……”

姜阳这句话还没说完，接下来的话语还没说出口，突然被不远处冷淡的女声打断。

“姜阳。”

几个人同时转过头去，女人站在不远处，穿着露腰的短袖，紧紧地抓着自己的包带，声音微颤，随着风轻轻飘过来。

“你在说什么？”

我第一次跟姜月说我很爱她的时候，才意识到自己以前做的事情到底

是有多伤人。——《姜月观察日记》

客厅里，姜月跟姜阳面对面坐着，两个人之间的气氛冰冷，书房里的女生偷偷从门的缝隙中往外面看。

姜月抬手揉着太阳穴，显然十分头疼的样子。她沉默了很久，一时竟然不知道应该如何开口。姜阳的心情也没有平复下来，胸口不断起伏着。

姜阳的嘴角还带着一丝的血腥味，放在沙发上的手紧紧地攥在一起。他看着姜月，又想起刚才在门口自己莫名其妙就被打了的事情，怒气更是直往上升。

姜阳本来就更年轻一些，还正是少年心性，从小到大也没被人这样打过，这会儿更想不通。最重要的是，他还没来得及找许昱算账就被姜月拽走了。

“阳阳。”最终还是姜月先开了口，语气有些难掩的纠结，“你到底……”

姜月的话还没说完就被姜阳打断，他终于等到姜月开口打破这份寂静，才找到机会。

“姐，你刚刚为什么要拉我走？我还有那么多事情没跟他算账呢，这个混账竟然敢上来打我？”

姜月叹了口气：“你跟他说了什么？”

“也没什么，我就是让他离你远一点，不要妄想跟你再搭上什么关系，难道我说得不对吗？他以前那样对你，难道现在不应该避开你吗？他凭什么现在出现在这里？出现在你面前？”

姜月听着姜阳的控诉，本来有几分的生气情绪都消散了，姜阳做的一切都是为她好，她知道。

从小到大姜阳都特别照顾她这个姐姐，明明姜阳是弟弟，但还是一直都想成为保护姜月的骑士。

姜月小时候身体不算太好，漂亮水灵的小姑娘总是会被同年龄的男生“欺负”，姜阳每一次都会挡在姜月面前。

“不准你们欺负我姐！”

姜月已经数不清姜阳为了她跟别人打了多少次架。有一次姜阳被打得遍体鳞伤回去，最后两人一起被家里人数落了一顿。

虽然挨了骂，但姜阳还是红着眼忍着眼泪轻轻地抱着姜月：“姐姐，我长大以后一定会成为更厉害的人，这样就没人能欺负你了。”

姜阳这样宝贝着的姐姐，在二十岁的时候突然有一天告诉他。

“阳阳，我有男朋友了。”

姜阳花了很长时间才去接受这个男人的存在，看到姜月的手机屏幕是他的照片。姜阳承认这个男人长得还不错，那时候还跑去调查了许昱。

家境不错，配他姐也算可以，长得也还不错，虽然姜阳自认为他还是比许昱帅一点。

许昱成绩优异，全院第一的成绩进入王牌的法学专业，唯一的缺点就是，因为条件太好，太多人喜欢，这让姜阳老是担心姐姐的男朋友被别的女人缠上。

他在姜月跟许昱谈恋爱的时候就放下狠话，说要是许昱欺负了姜月，他一定会去狠狠地揍许昱一顿。

但是当姜月跟许昱分手的那天拿着行李箱出现在家门口时，姜月哭得妆都花了一半：“我跟许昱分手了，我提的。”

姜阳当时在想，姐姐那么喜欢他，到底是经历了什么样的绝望才会让她主动提分手？

姜阳原本说要揍许昱一顿的事情也没做成，因为姜月说再也不要见他，也不要自己家里人见他。那段过往就完全被掩埋，一点痕迹都不要有。

所以姜阳这些年只记得了：“一点痕迹都不要有。”

姜月伸手替他擦了擦嘴角，皱着眉有些心疼：“痛吗？”

姜阳被姜月一关心，那些抱怨的话又说不出口了，突然之间被安抚，所有的情绪都回归平静。

他摇了摇头，说：“我没事。”

姜阳又深呼吸了几口气，这才有些小声地说：“姐，你真的不怪我吗？

“我跟许昱说你不需要他，不许他说出你们之间的故事。”

“你没有错。”姜月说着，勾了勾嘴角，“本来就应该这样不是吗？”

姜月的思绪回到下午，她听到男人那句“我们没有在一起过”的时候，不得不承认自己的心颤抖了好几秒。

她的那些付出，那段故事，是不是真的就这样被掩埋了？但这难道不是她自己想要的结果吗？

她现在的确也没有打算公开这段故事，对她和许昱都没什么好处。她现在是话题的中心人物，一旦承认两个人在一起过，事情就没有这么简单了。

以后出了什么事情两人很容易被别人捆绑消费。而且，现在她手上的案子还是许昱那边的律所接的。

姜月抚了一下姜阳的头，安抚着他的情绪，犹豫了片刻又说："你没有做错，只是……阳阳，以后我和许昱的事情，你不要插手了。我已经不是十几岁的小姑娘了，这些事情我知道怎么权衡和处理。"

外面的天空很暗，似乎是把路走到尽头的漆黑模样，也像是电影故事结局的时候的黑暗色彩。

那就这样吧，不管是误会还是什么，她都不想追究下去了，不如就在这样的状况之下画上句号。

过去的事情是永远都解不开的死结，如果解开了就不会是句号了，她没有必要去深究到底中间发生了什么事情。

她没有精力去应对，也没有心思去想。

初晴那边的粉丝还在对她开炮，今天的话题又是说她一整天不务正业竟然去参加同学会。

总是有人觉得，她姜月活在这个世界上就是错误的。这段时间高频率被抬上热搜以后，姜月也真正觉得自己的事情需要解决了。

那些曾经对着她的利刺，她要一根根地去拔掉。

姜月送了姜阳和安书仪回去。她回到家路过隔壁的时候脚步顿了一下，最终什么也没有做，径直开门进自己家。

她洗了个澡，躺在浴缸里。

上次也是这样躺在这里，宋连一问她要不要给许昱一个机会，她还没想明白就睡着了。

今晚她遇到白棋了，许昱的大学室友。

她从卫生间出来在门口洗手，抬头的时候看到那张有几分熟悉的脸，愣了一下，连水都忘了关。

白棋站在她旁边，说了一句："好久不见。"

"嗯。"

她以前跟白棋的交集不算少，因为白棋经常跟许昱在一起，当时姜月还觉得他们俩毕业以后一定会在同一个事务所。

白棋洗完手，目光看向她："你见到许昱了吗？"

姜月顿住，没回答。

白棋轻"嘁"了一声，最后说了一句："虽然我也觉得许昱跟你在一起的时候，有的事情做得不好，你们会分手我也说过他活该，不过……有时候我也觉得许昱挺可怜的。"

姜月还没想明白白棋这句话是什么意思，他就已经不见了人影。

许昱挺可怜的？

他们之间这段感情谁不可怜呢？

姜月洗完澡，回房间点了香薰蜡烛，打开蓝牙音箱随机播放了一首歌靠在床上看书，灯光是暗黄色的，有些暖。

《梦见春天》这本书她看了很多遍，每一次都会想，要是这个女孩追到了那个男生会是什么样的结局，会像她跟许昱的结局一样吗？

她有时候渴望这本书的结局是两个人在一起，有时候又觉得现在的结局才是最好的，果然没有什么故事是美满的。

今天再一次看到最后一页，姜月红了眼眶，吸了吸鼻子准备关灯入睡，突然听到家里的门铃被人按响。她脑海中一瞬间闪过一丝想法，但没有继续想下去，姜月踩着拖鞋去开门。

门一打开，扑鼻而来的浓烈酒气和男人身上熟悉的雪松木质香蹿入鼻间，他低着头，手撑在门框边。

姜月没有马上关门，只是微微皱了皱眉。其实她刚刚就在想，会不会是许昱。

她这颗心似乎已经快要不会为许昱波动了。

男人低着头，神色晦暗不明。姜月站在房内看了他好几秒，又瞥到隔壁敞开的门。

"许昱。"姜月最后冷静开口，"这么晚了……"

她还没问出他这么晚了来敲门是有什么事情，就突然感觉到自己的身体一重，被一道重量压下来。她被许昱紧紧地禁锢在了怀里。

许昱的手攥着她的衣服，呼吸很重，声音低哑沉重："姜月，你知不知道……"

姜月的呼吸一紧，感觉到抱着自己的这个人心跳得很快，胸口不断起伏着，她僵着身体连手都不知道该放在哪里。

这一次许昱沉默了很久，最后只说了一句。

“你知道不知道我真的很爱你。”

我比你想象中，比你了解中，比我表达的那些，还要更爱你。

甚至……比自己想象中的还要爱你。

许昱以为自己已经可以放弃，但最后发现自己还是做不到。

这一次，如果他不再说，大概就真的会永远永远失去姜月了，所以就算只是奢望，他们俩之间还有那么一点半点的可能，他也想要抓住这微弱的光芒，去收集那遗落的月光。

姜月花了很大力气才把许昱扶回去，把他放在自己家的沙发上。说到底，就算只是一个普通朋友，她也不放心把一个喝成这样的人独自放在家里。

安置好许昱后，姜月这才出去帮许昱关门，她原本只是打算去关门，却瞥到了玄关的柜子上放着很多个玻璃瓶。

和当时她在许昱的办公室看到的那些玻璃瓶几乎一样，只是数量少了很多。鬼使神差地，她就进了门，迈进去的那一刻，心跳猛地加速，似乎自己是在做什么坏事。

玄关开着昏黄的灯光，屋内还有没有散开的酒味，姜月不知道许昱到底喝了多少酒，但可以肯定喝了不少，不然许昱根本不可能会那个样子出现在她的面前。

刚才那个拥抱的温度似乎还没有完全散开，手臂上还有着他掌心滚烫的温度。她走到柜子面前，看着那一堆贝壳，这个时候才发现角落里还胡乱地散落着一些东西，混乱不堪。

旁边放了一本笔记本。姜月犹豫了许久，抬手拿了起来，没有翻开，总觉得里面有一些自己不应该看到的东西。姜月没有停留太久，只是多看了几眼就回了家。

她站在沙发前，看着闭着眼的男人，眉眼依旧熟悉，每一寸都曾经被她刻在心里。

她在许昱面前蹲下来，眼前的人却倏然睁开眼，目光深沉地看着她。这个眼神她只在某个夜晚见过，那天他们都喝了些酒，但是不太多，没有醉到不省人事。

那天她见到了她从来没有见到过的许昱，也是第一次在他平淡冷静的眼神中看到了情欲的色彩。

时隔三年，她再一次在许昱的眼底看到了这份色彩，姜月下意识地想要躲开。她匆匆别开眼，起身作势要走，手腕却被人一把握住。

她有些心悸地转头，看到许昱直勾勾地看着她，声音沙哑地低声唤道："姜月。"

许昱的眼神似乎有一丝不安的颤抖，他轻轻启唇道："我说我真的很爱你。"

姜月紧紧地抿着唇没有回答，神色复杂。她等这句话等了多久呢？明明好像不是几年的时间，但是似乎已经过了很久很久，等到她这颗心已经不怎么为许昱跳动的时候，她听到了这句话。

"如果你没听到，我可以再说几次。"许昱说。

姜月垂眸，笑得有些嘲讽，说："你变了很多。"

以前的许昱不会这样对她，应该是冰山一样孤高冷傲。

许昱虽然昏沉着，但还是看到了她嘴角的这份嘲讽的笑意，心脏又是一阵刺痛。他和姜月之间，当年其实不是什么很大的难题，只是他太不善于表达这份爱意了，不善于到让姜月都感受不到。

她需要的本来就很多，需要很明显的表达，需要很大声地对她说爱她，这是许昱见过姜阳以后才知道的。她身边的人都是那样保护着她、呵护着她，只有他自己一个人觉得姜月不需要那些东西。

他以前一直觉得口头上的表达根本就让人感觉不到真心，自己要多做一些实际的事情来表达这份感情。而他又很慢热，做的很多事情都还没有完成，只是有一个雏形的时候，姜月就已经离开他了。

他曾经以为他会有很长的时间来跟姜月让这场感情细水长流，觉得那些轰轰烈烈的东西她都不需要，因为姜月也从来都没有说过要。

在许昱的眼里，姜月一直是那个温柔大方的女孩，她很体贴，所以从来都不会跟他提任何的要求。他如果不做出任何改变，那么现在也不会让姜月感受到一丝一毫的爱情。

许昱挪了挪身子，想要起身，垂着头语气有些无奈，说："如果我再不说，就会永远失去你不是吗？"

“你觉得我们之间还来得及吗？”姜月反问道，“时隔这么多年，你做这些事情还有任何意义吗？”

她已经学会了把许昱剥离自己的生活。

姜月顿了顿，觉得自己的喉咙稍微有些紧，但还是说“许昱，我们……是真的已经错过了。”

但是她在听到那句话的时候，内心依旧是受到了撼动，不知道是不是自己的内心一直在等着这句话，是不是因为一直有遗憾。

令她感到意外的是，自己竟然没有一丝一毫想要就这样跟许昱和好的冲动。虽然当时分手也算是一时冲动，但是现在过了这么久，她早就把自己跟许昱之间的事情想清楚了。

或许他们之间是有误会，或许没有什么真正的谁对谁错，但是说到底，那个慢热、不会表达的许昱，和需要别人关心和爱护的自己，根本就是不合适的。

以前姜月从来都不相信什么合不合适，只要两个人还相爱就一定可以解决掉这些难题，然而事实上生活还没来得及给她这些去磨合的机会，她的耐心就已经全部被磨灭了。

许昱抿着唇，声音很低：“在你眼里我一点机会都没有是吗？”

姜月没有回答，沉默了很久，突然问他：“你知道当初我们分手的真正原因是什么吗？”

许昱摇头。

“我不快乐。”她垂眸，“我跟你在一起不快乐，喜欢你的我太不像自己了。你知道那个时候的我，只要你对我笑一下我就可以开心好几天吗？

“我对你付出了太多心思，导致我自己变成了一个完全不像自己的自己，跟你在一起我再也找不到自我。”

她认真地说着，抬头看着许昱，告诉他：“我讨厌跟你在一起的那个我。

“我不喜欢自己，所以也不会相信你喜欢我了。”

其实姜月这几年都很难自信起来，很难再喜欢上自己。当初她在最低谷的时候被苏溶带着走进娱乐圈，本来应该是万众瞩目的光芒，却变得被万人唾弃。太多的事情这样袭来，曾经那个姜月就连她自己都找不到了。

这样的她，到底有什么值得他爱的呢？

她不再爱自己，所以再也学不会爱上别人。

许昱的眼神颤着，这是他第一次从姜月的口中听到这样的答案。姜月在他的心中一直都是自信闪着光的，她会在追求自己的时候笑着告诉自己："许昱，我相信可以追到你的，你就给我等着吧！"

他那个时候虽然没有回答，却在心里默念过一句：好，那我就等你追到我。

在他心中这样的姜月，竟然在他面前说，她讨厌她自己，这比姜月告诉他"我再也不喜欢你"了还要难过。

许昱讪讪地松了手，沉默了许久。

"那重新开始呢？"他说，"我让你重新喜欢上自己。"

许昱说着，声音有些哽咽和酸楚。原来他错过的已经不是那么简单的事情，他想帮姜月夺回原来的光芒。

他撑着自己昏沉的脑袋，缓缓道："姜月，我不在意你不喜欢我了，但是我希望你重新学会热爱自己。"

许昱说要让她热爱自己，哪有那么容易？

对现在的姜月来说，这并不是一件轻易的事情。有人不能理解她现在被这么多人喜欢着，为什么还会陷入这样的低落情绪里。

成年人的世界真的没有"容易"两个字，姜月这些年被网络上的人攻击成这样，虽然现在已经学会了不要太去在意，但是那些攻击还是给她留下了深刻的影响。

姜月没想到自己最心平气和地去跟许昱谈话，竟然是在这样的情况下。许昱不知道喝了多少酒，眼神混沌却还是撑着脑袋认真地跟她说："我希望你重新学会热爱自己。"

浓墨一般的夜色之下，姜月敛着眸思考着许昱的话。她突然回想起了她这些年受到的所有不公平和那些污秽的话语。

她感觉自己要委屈落泪的时候，突然被拥入了一个怀抱里。他的怀抱如记忆中一样温暖，甚至温度更为灼热，姜月连呼吸都不敢太重。

被人抱着的时候，姜月脑子里一片空白，什么都想不到，也无法去推开眼前的人。

她似乎觉得自己等这个拥抱很久了，总是希望自己能在受委屈的时候被一个人拥入怀里，但这个怀抱竟然是许昱给的。

这个她以为怎么都不会给她温暖拥抱的人。

姜月在这一瞬间甚至开始想，许昱是不是真的没有骗她，是不是曾经真的爱过自己？

她总是不敢去相信许昱会爱自己，毕竟曾经她那样追问，都没有得到肯定的回答，女生在恋爱中的安全感真的太少了。

当年许昱没有做到，现在的姜月也不想再踏上曾经走过的那条路了，不想再小心翼翼地去猜测，不过现在，就在此刻……

她还是无法从他的怀抱中挣脱。

荒唐的夜晚，最终也会随着太阳的升起而消失吧。明天等他醒来，一切就重新回到正确的轨道上了。

六月的艳阳照在柏油路上，道路两旁高大的梧桐树投下枝叶的阴影，光影斑驳耀眼。

姜月坐在树下的椅子上闭目养神，不远处导演还在指导着这场戏。这场是怀礼安和宋连一的戏，跟她没有什么关系。

等到宋连一那边收工了，过来叫姜月一起去吃午饭。

宋连一趁着吃饭的间隙在手机上看比赛的回放。姜月探头看了一眼，说："又在看男朋友的比赛？"

"嗯，前几天放假我倒是去现场看了，这几天再补一下之前的比赛。"

宋连一的男朋友是个《英雄联盟》的职业选手，姜月见过一次，跟宋连一倒是郎才女貌很般配。

姜月轻轻地咬着筷子，笑："有没有人说你们很配，网瘾少女和职业选手的绝妙组合？"

宋连一认真地看着手机屏幕也没忘接话，说："别人说配不一定配嘛，感情这种事情还不是得看自己开不开心？"

"冷暖自知，感情这种事情别人怎么说得准？"宋连一突然说着，"也有人说我跟陈言不配的，跟一个人在一起最重要的还是要自己开心。"

虽然宋连一胡言乱语地说了一大堆，但是姜月觉得她说得没错，最后到底是怎么样，只有自己知道。

吃完饭以后，姜月跟宋连一刚刚出饭馆，突然被人围了起来，姜月被人用力往后推了一下，踉跄了两步。

“姜月！你把夏青空还给初晴！你这个女人凭什么抢晴晴的角色？”

姜月往后跌了一下，稳住脚步后，看着眼前的人。她不认识这个人，当然更不知道这人身边的其他人是谁。

但这些人显然是有备而来，姜月看到有人拧开手上的汽水准备朝她泼过来的时候，极快地往旁边躲了一下，并拉上了宋连一。

“连一！小心！”

宋连一皱眉：“这些人怎么回事？”

那些人显然没打算就这样放过姜月。

有人还作势要往前冲，宋连一紧紧地握着姜月的手，拿出手机偷偷给曲佳打电话。今天曲佳刚好不在姜月旁边，她们就出了这样的事情。

宋连一是听过有的粉丝很疯狂，会蹲点找碴，但是没想到这些人会真的找过来。

姜月把宋连一护在身后，语气冰冷地说：“你们让开。”

“凭什么让开啊？！你姜月排场要大一些吗？你还真以为自己是什么公主格格呢？谁都得给你让路？”

“你抢我家初晴的角色，又抢我家初晴的代言，现在我们晴天站在这里还得给你这个大明星让路是不是？”

“哎哟，大明星姜月又欺负人啦，到底有没有天理啦——”

姜月皱眉，打算直接绕过这些人，却又被人拦住去路。她看到那人手上拿着的矿泉水瓶，心里闪过一丝不安。

她不是第一次被人威胁了，也不是第一次被人泼冷水，这个抬手的动作她太熟悉了。

那人手上的水快要泼向姜月的前一秒，她手疾眼快地抓住了那人的手，反手把那瓶水打在了对方身上。

没有盖着的水瞬间倾泻而出，倒在那个人身上，姜月语气狠厉地说：“有本事自己拿角色，没本事就别来找我的麻烦。”

这瓶水倒下去以后，人群才终于安静。刚才围观的群众也连连嘘声，有人不知道发生了什么，也有人看到了全过程，但这个时候没有任何一个人站出来。

姜月这才拉着宋连一的手往片场走去，刚刚进安保的区域，曲佳就一脸焦急地跑过来，到处检查了一番，又问："没事吧？我就一会儿不在，你怎么就遇到麻烦了？"

姜月无声地笑笑："我遇到的麻烦还少吗？"

"谁的粉丝？"

宋连一："说是初晴的，但是我觉得初晴大概没这么蠢。"

曲佳冷哼一声，说："初晴没这么蠢，但不代表她的某些粉丝不会犯蠢。"

姜月听到这个"某些粉丝"才想起来几天前的一件事，皱着眉问曲佳："之前说我的粉丝去恐吓初晴的事情……"

曲佳愣了一下，又无奈地摇头："还没解决好。"

这也是这两天的事情，有圈内人士爆料，初晴去试镜某个电影的时候，出来上车之前被姜月的粉丝砸了鸡蛋，还被姜月的粉丝泼了水，十分狼狈地走的。

这件事被公司压了下去，不过还是有一些风声流了出来。

宋连一疑惑道："那现在是初晴的极端粉丝来反击了吗？"

姜月摇头表示自己不知道，伸手揉了揉自己泛痛的太阳穴，拍了拍宋连一的肩膀，说："算了，这事情太复杂，等这部剧拍完我们再慢慢算。"

这部剧不会拍太久，因为只是部青春校园的短剧。但是姜月现在还在剧组，有些分身乏术，根本没有空去处理所有的事情。

这些日子关于她的不好的新闻一件件全部冒了出来，比之前来得更多更猛。公司也是加大了对姜月事件的公关力度，但这世界上毕竟还是没有不透风的墙。

有的事情还是会漏出去，就连姜月自己都数不清楚，现在压在她身上的事情到底有多少。一件件地堆积起来，她更找不到合适的时间去解决。

曲佳甩了甩手，拿出手机给公司的人打电话，还没接通的时候，对姜月说："你先认真拍戏，其他的事情交给我们，但是最近稍微注意一下安全。"

"嗯。"姜月点头。

宋连一有些揪心地看了一眼她的脚踝，刚才姜月被人推的时候，宋连一明显看到姜月的脚扭了一下。

"你的脚还好吗？"她问。

姜月微微皱着眉，但是没喊痛，轻咬了一下嘴唇，说:“没什么问题。”

“哎，真是好突然，这些人怎么会来找你的麻烦？”

姜月眯着眼，回想着刚才的画面，说：“可能不是那么简单，那些人其实是有备而来。”

不然对方不会准备得那么充分，也不会一路跟着她们到餐馆，甚至等着宋连一和姜月出来，那些人的目标倒也很明确——只有姜月。

对方并没有打算朝宋连一出手。

如果不是姜月反应快，这个时候应该已经被泼成了落汤鸡。

上午还艳阳高照的天，不知道什么时候突然暗了下来，乌云密布，显然一副要变天的样子，头顶上“轰隆”一声巨响，震得姜月的耳朵一痛。

她低声喃喃了一句：“似乎在变天了。”

晚上十一点，姜月最后一次温习完第二天的台词剧本准备睡下，又被曲佳敲开房门。

她困倦地去开门，曲佳直接拿出手机，跟她说：“你跟初晴的事情还在持续发酵。中午那会儿的事情，有几个初晴的粉丝在网络上说自己被你打了，还说被你泼了冷水，吵着说要维权。”

姜月冷冷地笑：“颠倒是非的能力倒是一流。”

“真不知道那些人哪里来的照片，我看过了，照片上确实是你动手的画面。”

姜月顿了一下，皱眉：“有备而来。”

“我先去一趟公司，这次的事情很严重你知道吗？”

姜月接过曲佳的手机，那条微博上面不仅有照片，甚至有视频，真是她对人放狠话的那一段:“有本事自己拿角色，没本事就别来找我的麻烦。”

对方再稍微添油加醋一点，事情就变得更为严重了。姜月皱着眉，感觉自己心里一慌，有些心跳加速，明显是有非常不好的预感。

“你先不要出来解释，我先回公司开个紧急会议。”曲佳认真地说着，“这一次的事情，会非常严重地影响到你的名誉。”

以前的事情勉强算是小打小闹，都只是有个别人出来爆料，没有太大的可信度，这一次什么证据都有，姜月根本躲不开。

如果这件事不拿出证据，那么姜月将会永远被扣上这个打人的帽子，一辈子甩不开，以后永远都没有出头之日。姜月只会成为一个人人喊打的过街老鼠。

曲佳跟她说明了一下情况，就匆匆地往公司赶，姜月的睡意全无，她当然也知道这个“爆料”对她来说意味着什么。

热搜第一赫然挂着那条“姜月打人”，她点进去看到的除了这个爆料的本身，还有各种骂她的评论。

“姜月还真是把自己当回事啊，这语气也是狂得不行，有本事自己拿角色，她倒是有本事啊，本事都用来打别人家的粉丝了，真是搞笑。”

“早就说过了娱乐圈无风不起浪，不知道姜月背后的金主到底是谁，竟然把她保护得这么好，她现在都还没凉？”

“呵呵，不就是个被包养的女人，狂什么呢？”

紧接着又冒出几条话题——

“姜月滚出娱乐圈”

“姜月你配吗？”

她看着这些冒出来的话题，觉得自己的心口很闷，有些痛，微博的粉丝数明显在掉。那些人除了在大平台上带话题骂她以外，姜月还收到了无数条评论。

她点进去看，无一不是过来骂她的，随便点开两条，那些人既不是谁的粉丝，也没有追星，只是看到了那条热搜以后对她不满。

她看着那些污秽的话语，觉得自己似乎回到了几年前，第一次收到这些消息的时候，崩溃到想要退出这个圈子。

苏溶当时对她说了那句很多人说的：“杀不死你的事，定会使你强大。

“姜月，你没做过那些事情，行得正坐得端，不要担心，那些事情你全部能挺过去。”

时隔三年，姜月觉得自己这颗心已经变强大了，但是这一次……

她还是觉得很委屈，很难受。

白白被人推了一把不说，自己只是正当防卫，现在就被人这样恶意地揣测。她坐在床边，看到自己的微博评论里，甚至有一些人曾经是她的粉丝。

“姜月你真是太令人失望了，我们真的白相信你了。”

“亏我还帮你跟别人吵架，你现在做的是什么事情？你还是人吗？”

“拜拜，爱错人了。”

“现在想想，以前我真是眼睛瞎了才会喜欢你。”

姜月就这样瘫倒在床上，看着天花板，感觉自己的眼眶一热，就快要落泪。她到底做错了什么呢？

“咚咚咚——”迫切的敲门声突然响起，来人敲得很急，没有任何停歇。

她起身理了理衣服走过去，还没来得及开门，就听到门外响起男人焦急的声音，连声调都变高了几个度。

“姜月！”

她的脚步一顿，现在的自己满身狼狈。

“姜月！我知道你在。”他的声音放轻了一点，像是温柔的哄骗，“开门吧！”

她没开，定定地看着房门。

许昱停止了敲门，但人影还在，她有些无力地靠在门边，门外的许昱小心翼翼地试探着：“姜月。

“我知道你没有做那样的事情。

“我相信你。”

姜月突然觉得自己心绪混乱，在这个时候，在别人都不相信她的时候，包括自己的粉丝都对她兵刃相见的时候，这个她觉得最不可能的人出现在这里告诉她，他相信她。

“相信”两个字，简单却值千金。

姜月最后还是给他开了门，开门的一瞬间，看到许昱抬起手直直朝着自己，温热的指尖轻轻地抚过她的脸。

他看到姜月没什么事，才重重地呼了口气。

“你没事就好。”许昱说，“现在有计划怎么解决吗？那些视频和照片很清晰，能看出来是刻意拍下来的，如果能找到证据证明前面的事情就一切好办。”

“不过我刚才去查了一下，那一段路上好像都没有监控。”许昱皱着眉说着。

姜月看着他认真分析的样子，像是看到了很多年前初见的时候，许昱在辩论赛上冷静地发言，但是此刻，他似乎没有那么冷静。

刚才那份委屈还没宣泄出来，被人突然一关心，姜月才觉得自己的心情越发控制不住，眼睛越发酸。

她本来可以自己倔强地坚持着，但是被人一关心，就恨不得把所有的委屈和不安全部宣泄出来，像是摔跤以后本来强忍着没有哭，却突然被人轻轻抚摸着询问疼不疼。

她转身往里面走去，突然后悔给许昱开门，本来就不应该让他看到这样的自己，也不应该让他参与到这样的事情中来。

姜月往里面走着，咬着牙说："这件事不用你管，你也没什么资格管。"

许昱紧跟而来，站在她身后，看着她微微颤抖的背影，垂眸说："那你就当我热心帮忙。"

姜月没回答。

他的声音放柔了一些，说："我说要让你重新热爱自己，不是开玩笑的话，也不是醉酒后的胡言乱语。"

所以第一步，就是让她摆脱这些让她不自信的攻击话语，他将化作姜月手中的利剑。

他都记得，记得自己对姜月的每一个承诺。

以前他也觉得姜月面对这些流言蜚语的时候，一定已经很坚强了，她这样放任不理，大概是真的不会去看，不会去在意。

姜月的肩膀抖了一下，声音哽咽，她只问了他一句："许昱，我这么不招人喜欢吗？"

他伸手想要去触碰她，还没有碰到，又听到她问："所有人都不会喜欢我是吗？"

姜月转过头来，许昱的身形却僵住。他看到她的眼眶很红，却怎么都没哭出来，倔强地咬着嘴唇。

许昱想要再次伸手揽住她，却被人拍回了手，她别开头，语气嘲讽地说："所有人都相信那些荒唐话是为什么呢？还是因为我不够讨人喜欢不是吗？

"你当年，不也一样不喜欢我吗？"

许昱感觉自己心口一紧，按住她的肩膀，认真地看着她说："我一直喜欢你，这一点从来都没有变过。"

"你没有。"她咬着牙肯定地说，"你不喜欢我。"

“喜欢。”

许昱颤抖着，他这声“喜欢”到底错过了多久，才会让姜月如此坚定地确定他没有喜欢过她？

姜月依旧倔强地没有哭出来。许昱看着她，觉得心间五味杂陈，咽下喉咙间的酸楚，沉声对她说：“哭吧！姜月，有难过的事情你为什么要强忍着？”

“因为我是姜月。”她笑着抬头，“姜月是不会哭的。”

许昱的手倏然收紧，他皱紧眉头，语气很严肃：“可你是个人。喜怒哀乐，这些都是你的情绪，你可以笑，那凭什么不能哭？”

姜月愣住，低念了一句：“凭什么呢？”

因为她是姜月，姜月在别人心中的形象就是一直笑着的，带给别人快乐，姜月一直有开心的灵魂。

没错啊，她是个人。

为什么每次她想要难过的时候，都会有人说：“你这样开朗的人应该没什么难过的事情吧？”

“那么开心的一个人，怎么会抑郁着不开心呢？”

她不敢在别人面前表现出自己的懦弱和不开心，只记得自己在别人面前一定要开心快乐，却忘了自己在是姜月之前，首先是一个有着各种情绪的人类。

她发着愣，却突然被人抱紧，怀抱倏然收紧。她靠在男人的肩膀上，却又得到了片刻的心安，头顶传来低沉沙哑的男声。

“哭出来。”

如果我对姜月的爱意有一百分，我想，那曾经我表现出来的大概只有一分。——《姜月观察日记》

姜月很久都没有哭过，今天却把所有的情绪都倾泻而出。她抬起头来的时候，看到眼前人的肩膀衣料已经湿了一大片。

她还没回过神，眼前又被递来一张纸巾。她手上捏着许昱递过来的柔软的纸巾，似乎也是这样捏到了自己心间柔软的地方。

人在脆弱的时候最容易感动和心软，比如现在，姜月开始想自己之前对许昱的要求是不是过于严苛了，她是不是应该像宋连一说的那样，给他一点机会呢？

姜月抚着手上光滑的纸巾，犹豫了许久打算开口的时候，突然听到手机响了一声，这个时候的信息一条都不能错过，因为任何一条都可能决定她的前途。

不是曲佳的消息，也不是苏溶，不是公司的任何人，而是微博来的一条私信，这个ID姜月特别熟悉，那人给她发的内容是："姐姐，救救我。"

姜月呼吸一窒，当即就点开了她的微博，女生的微博第一条是刚刚发出来的求助微博，上面留了家里的地址和她的联系方式，没有太多人注意到她的这条微博。

这是个日常账号，没有太多粉丝，微博内容里面最多的东西就是日常的分享和关于姜月的内容，这个女生是姜月好几年的粉丝。

姜月看着女生求助的微博，突然抬头，也顾不了那么多了，问："能帮我个忙吗？"

"什么？"

"我想去趟西城，现在。"

许昱皱眉，眼神往下垂，看到她手机上的画面，文字看不清楚，但是图片似乎有些触目惊心，似乎看到了上面有斑驳的血迹。

许昱将眉头皱得更紧，沉声道："现在？"

"对，现在，我必须现在过去。"姜月肯定地说着，眼中透露着求助的神色，"不然我现在打车过去。"

姜月自己也知道，这个时间点自己打车过去十分危险，所以才会顾不上那么多地去向许昱求助。不过不管怎么样，现在她都必须去帮这个女孩。

许昱没有多问，伸手在桌上拿了一包卫生纸塞到姜月的手上，说："路上用，那现在就走。"

姜月试着给女生回了私信，但是没有得到回复，偷偷打过去一个电话，也一直没有人接。

许昱几乎是一路高速飙车带她去西城的，中间曲佳打了一次电话来问姜月在哪里。

"我在去西城的路上。"

曲佳愣了几秒，在电话那边咆哮：“你说什么？你去哪里？你现在不给我好好地待在酒店没事出去干什么？！现在是凌晨一点，你知道自己的处境有多危险吗？！”

“我跟许昱在一起。”

姜月说出这句话，就连自己都没有意识到潜意识里认为自己跟许昱待在一起就是安全的。

“那也不行！你给我回来待着！”

“小佳，我就任性这一次。”姜月紧紧地抠着手指，“我没有办法放任她不理。”

曲佳气到没说话，也不知道现在该怎么骂她。

姜月垂下眸，说：“我不想失去这个喜欢着我的人，每一份喜欢对我来说都特别珍贵。”

不管在什么时候，都会守在她身边的人，不管她再怎么被诋毁，也会相信她的人，虽然姜月知道自己的粉丝里有很多这样的人，但这是她记得最清楚的一个。

因为这个女生每天都会给自己发微博私信，虽然每天都是看似毫无意义的早安、晚安之类的问好，时不时会有一些日常趣事的分享。

她每次跟姜月说什么事情的时候，总是会在前面加上一句“姐姐，打扰你啦”，姜月一直没有回过她，却把她的每一条私信都认真地看了。

她不能记得所有人，但还是会珍惜每一个人，也会记得一些很突出、很会表达的粉丝，每一次在热门评论上的那几个她都很熟悉了。

她不是没有关注着喜欢自己的人，其实一直都在看。

曲佳知道再怎么骂姜月都没用了，问了句：“什么事一定要让你亲自过去？”

“她在向我求助。”姜月顿了顿，又说，“她现在很需要我。”

“什么事？”

“她和母亲被家暴。”姜月咬着牙，觉得自己的心跳很快，但这加速是因为慌张，“她没有任何办法，所以才发了微博向我求助。”

“你知道你的身份是什么吗？”曲佳说着，顿了顿，才继续，“月月，我知道你是好心，但是在这个深夜你自己的事情都没有处理好，这样贸然地去管别人的家事……你自己最清楚，这个世界上最不能相信的东西就是网络上的一面之词，现在那么多事件都会出现反转，你这样……”

“我知道。”姜月敛着眸，“但是万一呢？万一是真的呢？我不知道她有没有向其他人求助，可是我想救她。”

姜月知道自己这样的举措有些冲动，但是实在无法放任那个人不理，内心的想法在指引着她，姜月觉得这件事不能再拖下去。

曲佳又没接上话，数秒之后说：“你让许律师接电话。”

姜月顿了顿，往旁边看了一眼，低声问他：“许昱，小佳让你……”

“我知道。”他回答着，眼神定定地看着前方，“开个免提吧！”

姜月伸手打开免提，把手机往许昱那边挪了一点，还没等曲佳说话，许昱倒是抢先一步开了口。

“不要担心，我在的地方不会让姜月有危险的。她保护小姑娘，我保护她。”

曲佳那边沉默了半秒，说：“那麻烦你了，可我还是……”

曲佳肯定是放不下心的，本来现在姜月就是被很多事情缠身，外面的舆论还没解决，其实她最好是不要出去抛头露面的。

再说了，姜月这次要插手的事情并不简单，曲佳根本就放不下心。姜月不靠谱，但许昱是出名的靠谱，曲佳一时半会儿都不知道该不该相信他们。

“我知道你担心。”许昱顿了顿，又说，“我也担心。

“单纯的担心是没有用的，姜月想要做这样的事情没有人阻止得了她，我陪在她身边的话还能护着她，所以……

“那件事就暂且先麻烦你了，对了，资料我也麻烦殷秦开始整理了，刚才临时调查了一下，也不是完全没有办法的。”

至于许昱说的是哪件事，他们都心知肚明，曲佳对姜月是又气又无奈，最后只能再跟许昱说一句：“那拜托你照顾好小月了。”

许昱沉声“嗯”着，看着前方的道路，说：“一定带她平安回来。”

电话挂断之后，车内陷入了很长时间的寂静，姜月觉得自己的心情有些五味杂陈。

良久之后，她听到身旁的男人轻声说道：“先休息一下吧，不知道到了以后是什么情况。”

“你不问我吗？”

“嗯？”

姜月的双手紧紧地绞在一起，她眼眸微颤，问道：“你不问我到底为什么要去，到底是什么事情吗？”

“我相信你。”他说。

我相信你不仅仅是相信你的为人，也是相信你的任何一个决定。

就像他从来也没有问过姜月当初他们为什么会分手。因为许昱觉得姜月一定有自己的原因，他不问也罢。虽然自己也一定会在意原因，但是知道了大概也不会觉得姜月做错了。

姜月往椅背上靠，闭着眼，车内悠扬的音乐给人安心的感觉。

“那个小姑娘喜欢了我很久，并且每天至少给我发两条私信说喜欢我。”

许昱听到这句话，握着方向盘的手倏然收紧，那个让她如此珍重的粉丝，每天都会说喜欢她，而他当年呢？

他似乎从来不会对她那样表达，一方面以为姜月不需要，另一方面自己也不爱表达。就算是对自己的家人，许昱也很少跟他们说“爱”这个字。

她这样珍视会表达的人，那他当年做的那些事情是有多令她失望呢？

沉默了很久，许昱舔着唇，突然问：“你怨恨我吗？

“以前从来不说爱你。”

姜月感觉自己胸口呼吸一窒，没正面回答，别开头睁开眼看向窗外，路边的树飞快掠过，就像匆匆流逝的时间的影子，怎么都抓不住。

车内再一次安静，姜月神色淡淡地看着外面，毫无征兆地悠悠开口：

“有人觉得我是个大明星，一定不会看评论、转发、私信，但是其实我都会看，虽然不能全部看到。

“有人每天打卡跟我说早安、晚安，诉说喜欢，有人为我打榜、剪视频到深夜。

“我当然能记得这些人，她们表达得很明显，我也不能说别的不爱互动的粉丝就不喜欢我，但是……不说的话我怎么感受得到呢？这个时候再回头问我为什么只记得那些人不记得他们，是不是很不讲道理呢？那这样我对那些一直努力表达的人公平吗？

“而你呢，就像是个从来不互动、只点了个关注的僵尸粉，我感受不到你的任何一丝喜欢，或许你是真心的，只是不喜欢那样去表达。”

姜月哽了哽，最后也没有转头去看他，语气有些悠长空灵，气息浅浅的。

“许昱，我感受不到，所以不要怪我绝情。”

曾经我没有保护好她，让她受了伤，那这次我要好好保护她。——《姜月观察日记》

凌晨的高速路上只有少量的车还在行驶，许昱就没有把速度压下去过。旁边的人没有再出声，别开头面对着窗外，侧脸弧度柔和，眼神却是有些冷的。

僵尸粉，大概就是微博互动值排在最下面怎么都找不到的那一种，是关注的，是喜欢的，只是说出来没有人会相信。

他在姜月最需要他的时候没有表达出来，现在不知道要花多少倍心血才能弥补，人类似乎总是在错过和后悔中才能学会成长。

他们到姜月说的地方的时候，已经是凌晨三点。整条街上寂静无人，老旧的小区门口趴着一只流浪狗，昏暗的路边灯光在闪烁，看到那条大狗，姜月下意识地往许昱身后躲了一下。

流浪狗听到动静，抬起眼皮看了来人一眼，又疲倦地耷拉下去再也没有动。它身后的铁门被风一吹就咣当作响，深夜的风很凉，轻轻吹过来也很刺骨。姜月出门很急，也没有想到会这么冷，连外套都没顾得上带上一件。

她看着门内漆黑的通道，小声地开口：“我们现在进去吧？”

许昱皱眉看着这斑驳的铁门，门上挂着陈旧的门锁，在很多地方都已经自动化的时候，这里竟然还是用着手动的挂锁。

“情况我再确认一下，地址没有错，你的粉丝发出来的求救信号是她和母亲被父亲家暴虐待很长时间？”

姜月点头。

许昱又看了一眼前面，深邃的瞳孔与夜色相融。他又看了一眼时间，说：“现在是凌晨，我们冒失地进去肯定是不行的，并且也一定会有些危险。”

姜月开始有些慌张：“那我们怎么办？”

刚才她只想到这个女生处于危险的处境之中，但是并没有去制定一个详细的方案。她太着急了，并且自己也脑子混乱，而此刻身旁的男人依旧冷静。

姜月也想过要报警，但是她看到女生的情况以后又放弃了，这个时候贸然报警并不是一件好事，警察可能根本不会管这种别人的“家务事”。并且她手上没有真实的证据，如果警察来了，别人家一点情况都没有，那倒是变成了她和许昱擅闯。

正在许昱要开口的时候，一道白色的强光扫过了他们，从脚一路往上，直直地照着他们的眼睛，姜月抬手挡住这刺眼的光亮。

“你们……有什么事？”苍老的男声响起，拖拉着拖鞋的脚步声慢悠悠地靠近，来人手上举着手电筒。

老人走近以后，眯着眼上下打量了一番姜月和许昱，两个人的气质和穿着打扮都不像是会来到这种老旧小区的人。他多看了几眼，皱眉问：“你们是谁？这个时候来有什么事？”

姜月刚想开口解释，就被许昱抢先一步，他说：“您好，我们是接到这里某个住户的求助说被父亲家暴，我们觉得她现在处于危险之中，所以现在先想了解一下情况……方便……”

许昱的后半句话还没说出口，老人就重重地叹息了一声，说：“你们说的是余娇家吧？”

姜月和许昱同时愣了一下，姜月默了几秒，点头：“是，是叫余娇。”

他竟然这样都能猜到是谁，这就足以说明余娇的处境到底是什么样的了，连门卫大叔都能瞬间说出来是她。

老人再一次重重地叹了口气，伸手在自己的裤兜里摸钥匙，没有打算继续追问许昱和姜月的样子，叹息着说：“余娇这小姑娘……挺可怜的，唉，她和她妈都可怜……

“晚上她家里又出事了，早些的时候我们还去看了看劝架，现在应该暂时消停了，不过她那个情况……说起来你们这个时间点来……”

姜月说：“因为我们很担心，虽然现在还没有完全了解情况，但我还是觉得过来一趟比较好，看能不能帮上什么忙。”

“唉，也是劳烦你费心了，不过你是她的什么人啊？”

老人打开铁门，往后拉开门，“嘎吱”一响，是铁锈斑驳的顿挫声。

姜月一时间也不知道该说自己的身份是什么，差点脱口而出就说："她是我的粉丝。"

但是下一秒她一想，凌晨三点来造访粉丝家，也太不正常了。

许昱瞥了姜月一眼，对老人说："是朋友，我们收到余娇的求助，所以才会连夜赶过来。"

姜月跟许昱进去以后，她才发现自己这样心急如焚地出来一点准备都没有，包括了解的情况也只是余娇在微博上说的那些。

余娇说她和母亲长期被家暴虐待，父亲经常喝了酒就回家打人，像是间接性发作的神经病。正常的时候家里也没有事，只是一旦吵起来隐藏在这个家庭背后的东西就不太普通了。姜月刚才太慌了，来的路上也只是担心着余娇的安全，并没有想太多。

现在站在小区门口，她才突然意识到，这个时候他们上去，万一现在她家里风平浪静、一片岁月静好的样子，他们拿不到任何证据，就会显得是在无理取闹。

姜月站在通道口感受到那边吹来的风，一件还带着温度的外套盖在了自己的身上，上面还残留着对方肌肤的温度。

许昱站在她的身后，声音有些低："我们先上去看一下吧！如果没什么事就只能等天亮，如果有事……"

许昱说完，又转头看向门卫大叔，询问道："您好，我们现在方便上去看看情况吗？"

"可以是可以……如果你们是来帮娇娇的，我不会拦着你们的……"大叔顿了顿，有些犹豫地哽咽道，"我也希望你们能帮帮那个孩子。"

姜月转头看了一眼许昱，跟他的眼神对上两秒，两个人似乎有一种神秘的默契。许昱下意识地想要伸手去握住她的手，指尖快要碰到的时候倏然一僵，这才意识到不对，便把手收了回来。

他和姜月之间僵持了许久，从重逢开始，姜月就表现得非常抗拒，两个人说好好谈话都谈了好几次，但是竟然没有哪一次是好好谈的。

唯一一次，就是前几天他从同学会回来，迷迷糊糊地敲开她家的门，借着酒劲跟她吐露心声。

他说爱她的那一刻，虽然醉了，还是看到了姜月眼底一闪而过的迟疑。即便是她现在已经这样排斥他，还是会在听到那句话的时候心悸，那当年的她是等到多失望都没有等到自己说那句话？

现在突然之间两个人如此心平气和地待在一起，许昱恍惚觉得他们从来就没有过那样的争吵，直到下意识地伸手过去才意识到自己在做什么。

姜月和许昱按照余娇透露的地址找过去，楼道很陈旧，还是触碰感应的楼道灯。昏暗的灯光照着阶梯，头顶还有小飞蛾在扑扇着翅膀，微弱的光亮时不时闪烁，忽明忽暗。

姜月每走一步都觉得自己的心跳在加速，因为紧张连带着胃里也开始翻江倒海。她小心翼翼地走在许昱身后，熄灭的灯又突然亮了起来。

她看着前面那人的影子突然陷入沉思。

放在半个月之前，姜月很难想象自己现在竟然会跟许昱一起来，并且还是这样的状态，甚至几个小时前，自己还特别没用地在他的肩膀上哭了一通。

人的倔强和脆弱总是在一瞬间出现。

她以为自己这辈子都跟许昱没有牵扯、老死不相往来的时候，他们之间的那堵墙似乎被打了一个小洞，虽然还不算通透，但她像是看到了一丝光透进来。

终于能看到对面的景象，她以为自己会后退，却还是忍不住好奇心往前迈步。姜月明显感觉到她和许昱之间似乎有什么奇怪的东西在变质，在重新见到光。

余娇家在六楼，老小区没有电梯，许昱和姜月一路爬楼梯上去，到的时候姜月已经按着胸口开始喘气了。

余娇家的家门很普通，白色的铁门有些锈迹，正中央贴着一个大大的“福”字，旁边还有对联没有撕下。从外面看这里住着的就是一个普通和谐的家庭，跟刚才路过的每一户都一样，丝毫看不出什么异样。

许昱靠近听了听门里的动静，非常安静，什么声音都没有，门缝中也没有透出一丝光亮，黑漆漆的。

他站直身子，转身对姜月摇了摇头，压低了声音说：“没有声音。”

姜月轻咬了一下嘴唇，微微皱眉：“那现在怎么办？”

“现在能确定的是余娇提供的信息应该是真的，她是真的处于危险之中，不然也不会向你求助。从门卫那边可以看出来他们都对这家人的情况很了解，但是应该有些什么原因不好插手别人的家事。”

也许是现在的人总觉得家暴这样的事情没有出人命就还是人家的家事，因为不能感同身受，大多都是劝和不劝分，想当个和事佬。

一边担心着当事人的安全问题，一边又不想把关系闹得太僵，特别是当事双方都认识的时候，大家几乎是不会去劝分的。

家暴虐待在现在明明已经是非常严峻的问题，但是太多数人都没有重视，觉得这只是人家家里的摩擦纠纷，顶多就是说一句哪家的谁脾气不好就结束，没有人愿意真正去参与到事件里。

余娇应该也是实在没有办法了才会抱着试一试的心态向姜月求助。

没有人能想到，要是姜月不会看消息，事情最后会演变成什么样子。但是既然他们现在到了这里，就必须对这件事负责。

他们在门口站了一会儿，屋内还是很安静，姜月抬手揉了揉沉重的眼皮让自己打起精神来。

她回头一瞥，看到旁边白色的墙壁上有隐隐约约的字迹，非常稚嫩的字体，写得歪歪斜斜的。

“希望爸爸少喝点酒，妈妈每次都好辛苦。”

“今天我和妈妈又被爸爸打了，爸爸怎么会这样呢？……他以前明明很疼娇娇的。”

最后一行字稍微新一点，但是又有一些被画掉的痕迹。

“我想带妈妈离开这里。”

姜月和许昱在门口守了两个小时，直到深沉的天空被一丝阳光穿透，姜月疲倦地靠在墙边，闭上眼却是大脑一片空白。

明明有这么多事情等着她去处理，她这个时候却什么都理不顺。被越多细线交织捆绑，她只会越无从下手。

两个小时内，姜月和许昱相望无言，许昱没怎么出声打扰她，只是跟她说现在的情况可能需要等等。

清晨温和的阳光照在姜月的眼上的时候，她缓缓睁开了眼，却一瞬间对上一双漆黑的眸子，让人猜不到他一丝一毫的情绪。

这双眼睛摄人魂魄，像是无边的黑洞，吸走所有的注意和目光，却又让人看不到他眼底到底藏着什么。

姜月挪开眼神，有些嘲笑意味地勾了一下自己的嘴角，果然，许昱的想法，她不管在什么状态下都是看不清的。

她自顾自想着，眼前视野里的光突然被遮挡，男人干净锃亮的鞋尖出现在她眼前，下一秒听到上方有些沙哑的男声小声说道：“休息会儿吗？”

姜月刚摇了头说“不用”，紧邻着他们的那扇门发出“哐当”一声巨响。姜月下意识地抖了一下，往旁边退的时候差点撞到上面电箱门的边角，头顶上一双手替她挡住了锋利的角。

许昱几乎是下意识地伸手把姜月护在了身后，死死地盯着刚才哐当响的门，只是在刚才那一瞬间，屋内就产生了巨大的声响。

老旧小区的门墙都不隔音，所以声音稍微大一些就会被听得清清楚楚。

两人正盯着剧烈颤动了一下的门，屋内突然传来一道粗犷的男声，骂骂咧咧地吼着：“这都几点了还不起来做饭？我养你这败家娘们有什么用？”

男人粗鄙的话语落下，姜月紧皱着眉突然又听到屋内有东西摔下来的声音，锅碗瓢盆一起砸下来的“嘭嘭”响声。

里面的人也不再出声，但隐约有一些哭声传出来。

姜月心急如焚地想要敲门，往前迈了一步抬起手，手腕却倏地被人握住。男人指尖的温度传到她的肌肤上，姜月用了些力想要挣脱，微怒道：“许昱！放手！”

许昱没松手，默默地把她往后面拉了一些，眉头微动，侧着头对她说：“这件事大概比你想象中更危险。”

在姜月还没反应过来的时候，许昱抬手敲了门。第一次敲下去的时候屋内的响声还没有停止，但似乎是停顿了一下，许昱再一次抬手敲了几次，敲了好几声门以后，门内这才突然停止了摔东西的声音，巨响停止过后透过来的就是小姑娘隐忍着的抽泣声。

姜月的心紧跟着揪了起来，随后白色的锈门被人打开，“嘎吱”一响。

开门的男人身材比较魁梧健壮，黝黑色的皮肤上留着一些伤痕，简单利落的寸头，随意地套着一件白色的背心，踩着破洞的深色拖鞋，一脸戾气地看着许昱和姜月。

开门那一瞬间男人的表情还算柔和，在看清来人以后，他别过头朝地上“呸”了一下，十分不屑地转回头来，眉毛皱在一起，粗鄙地开口：“谁啊？大清早干什么？有病？”

姜月从他身侧往里面看去，破碎的陶瓷碎片凌乱地撒在水泥地上，中年女人头发乱糟糟的，随意地捆着的马尾被扯散，无力地跌坐在地上，手支撑的地方旁边就是陶瓷碎片，附近还有其他的瓢盆扔在那里。

姜月的目光刚刚从中年女人身上挪开就和旁边的女生对上，女生的瞳孔猛地一缩，表情有些许惊恐混合着无尽的惊讶。她张开嘴，难以置信地就要唤出姜月的名字的时候，站在门口的男人再一次不耐烦地开口：“你们谁啊？”

余娇飞快地扶起旁边的人，随后踉踉跄跄地走到门口。她站在男人身后却什么都没说出口，眼底通红布满红血丝，带着求助的眼神看着许昱和姜月。

无助、震惊、犹豫不决、不安、害怕，几种情绪都混合在一起。

两个人她都是认识的，一个是当红的女明星，也是她的偶像——姜月，另一个是南城、极具盛名的律师——许昱。

虽然不知道这两个人为什么会一起出现在这里，但是余娇知道他们肯定是来救自己的，让自己可以逃出这个牢笼一样的家。她如果这一次不抓紧这一点曙光，那么以后可能一点机会都没有了。

余娇攥紧拳头，再一次往前迈了一步，颤巍巍地朝门外伸了手，声音卡在喉咙间呼之欲出。男人突然转身，暴戾地抓住她的手：“余娇？你叫的人？”

男人明显猜到了情况。

小姑娘的手瞬间被捏得通红，在余娇要被人拽着摔出去的那一刻，许昱突然上前用同样的方法抓住了男人的手，力道不轻，但也不算重。

男人脸上的表情越发难看，火气渐重，他粗鲁地甩开许昱的手，狠狠地抓着余娇，手上的力度又变大了一些，余娇疼得膝盖都弯了下去，直不起身子一直喊着“疼疼疼”。

许昱再一次把姜月拉到自己身后，让她处于自己身后的保护之下。他看到这个情景，心情也很复杂，只是能更冷静一些，没有人能在看到别人的家暴画面的时候还置之不理。

“你现在的行为已经构成了犯罪，如果不想事情变得更严重，我建议你就此停手。”

男人不屑地笑笑，松开了抓着余娇的手，拍了拍身上的残渣，说：“犯罪？我们的家事也算犯罪？我发现你们真的很爱多管闲事，哪里来的神经病？再不走我报警说你们扰民了！”

许昱抬眸，毫不退让：“那你报警。”

余远山转头去呵斥：“你们娘俩还长本事了是不是？！一个找人来说我犯罪，一个说我是人渣？我在外面辛苦工作养你们娘俩，现在倒好，联合着外人……”

余远山话还没说完，门口清俊的男人缓缓开口：“你赚钱养家并不是可以家暴的借口。”

余远山忍无可忍，骂道：“关你屁事！你很牛吗？”

他说完，蹲下身突然捡起地上的陶瓷碗碎片，直直地朝着许昱这边划过来。姜月站在许昱身后看得清晰，瞳孔猛地一缩。

在这一瞬间姜月觉得自己的大脑里轰鸣了一声，伸手想要去拉开许昱，也想迈步挡在他前面，但是当碎片划过来的那一刻，许昱下意识地伸手挡着前方，另一只手却死死地把姜月护在身后。

尖锐的碎片滑破他的小臂，鲜血瞬间顺着他的手流下，滴落在铺满灰尘的水泥地上。

“许昱！”

“许律师！”

姜月和余娇同时叫出声，姜月也顾不上其他的，没管余远山是不是还在气头上，直接就站到了许昱身边，皱着眉看着他的手臂。

其实刚才许昱应该能躲开的，但还是抬手挡了一下，伤口很深，鲜血不止，姜月活了二十几年，还是第一次看到别人受这么重的伤。

姜月颤抖着手，想要触碰又不敢触碰，声音都在抖：“许昱……你为什么不躲啊？疼吗？我们还是去医院吧，这个伤口现在就必须处理……”

她要怎么办？许昱为了保护她受伤了怎么办？

许昱垂下手，轻轻地挠着姜月的手心，安抚着她的情绪，手上虽然疼痛，但强忍着没有表现。

他抬眸看了一眼余娇，没开口，却在默默地征求余娇的意见。

如果这个时候他直接说了他们为什么来，那余娇的处境会更难。余娇肯定没想到姜月真的会过来，也不知道她是抱着什么样的想法和心态发出那条私信的。

余娇在原地怔了两秒，紧紧地咬着下嘴唇，说："是我，是我求助的。"

余娇走过来，当着所有人的面，深呼吸了一口气，脚步迈出来刚好踩到地上的那一片阳光。

"我和妈妈常年被他家暴虐待，这在我们小区也不是什么值得隐瞒的事情了。从我记事开始就几天挨一次打，现在身上都还到处是疤痕。"

这边吵闹着，邻居们听到动静也纷纷开门出来看情况。余娇家里的情况他们也不是第一次看到了。每一次余娇和黄小曼被打得很惨的时候他们都会心疼，但又无奈于无法插手别人的家事。

虽然说情况比较严重，但还是被他们归类于别人家的家事，外人最多也就做一下调解，是改变不了什么事情的。

许昱受伤的手臂还在往下滴血，丝毫没有要停止的迹象，暴露在空气中只会让伤口的感染越来越严重。他却根本不顾自己的伤，轻轻地拍了一下余娇的肩膀。

"好啊，都出来看热闹是吧？！我就要看看你们今天是不是要造反！"余远山再一次拿起手中的陶瓷碎片朝这边划过来。

这一次许昱躲开了，还顺便拉开了在他身旁的姜月，把她死死地护在自己怀里。

对门的老太太见状，用拐杖敲着地面，语气悲哀又生气，长长地叹道："余远山动手了……余远山动手了……！"

她颤着手说："还不快点报警？！你们这是想要闹出人命吗？！"

稍微有些眼力见的人都看出来了，余远山这一次可不是闹着玩的，那个抬手的动作显然真的想要伤人。

姜月看了他们一眼，焦急地道："还愣着干什么？！赶紧阻止他！"

"谁来报警！？"

余远山冷笑着："好啊，你们报警啊！我就要看看警察凭什么抓我？！"

许昱护住姜月，伤口拉扯着，他微微皱着眉，把自己的手机拿出来，随手晃了晃，嗓音清澈明朗："凭我有证据。"

平凡的上午突然有警车停在老小区处，格外引人注目，隔壁小区过往的人都议论纷纷，甚至有人站在小区门口开始讨论到底发生了什么事。

“最近治安不好，是不是哪家又进小偷了啊？”

“唉，我们这种老小区防盗的措施就跟没有似的，门卫一到晚上十二点就睡觉，哪来的什么安保？！”

“就是，不过你马上就要搬到新家了吧？那边可就安全咯！”

余远山被警察押上车的时候，在门口看热闹的人还没有散开，有人以为真的是家里进了小偷，把余远山当作了贼。

有眼尖的人突然认出来，微微皱眉，吸了口气说道:“这不是那个谁？”

“哎，我突然忘记了他叫什么名字，不过就是这个小区经常出事的那家人，之前经常听到有人说他们家庭关系很不好呢！”

“竟然不是进了贼吗？”

看热闹的人还没反应过来现在是什么情况，就看到身后接着走出来一群街坊邻居，站在身后看余远山被警察带上车。

姜月和许昱也跟着出来，姜月看到余远山被带走才松了口气，低头又去看许昱的手。她小心翼翼地扶着他的手，眉头皱着：“我们现在就去医院。”

许昱的声音稍显无力，嘴唇微微发白，他放柔了声音像是在安抚她：“我们先把这边的事情处理好，现在我们走了谁来做这些事？”

这个时候也不好放余娇和黄小曼在这里，既然是她们在求助，那么他们就要负责到底。

姜月咬着牙，担心又生气，同时又觉得许昱说得有几分对。她确实不能够抛下余娇她们，不然她来这里就没有什么意义了。

但是许昱的伤口依旧还在流血，刚才在楼上，许昱说出自己有证据的时候，余远山显然还想继续伤人，他已经进入了无法自我控制的状态，只想跟许昱拼个你死我活。

还好许昱躲得快，后面也有人冲上去按住了余远山，这才没有让情况变得更严重。

姜月看着他的手，最后无奈地忧心道：“那你等着我，我去买点东西先给你处理一下！”

许昱点头。

多久都等，不管是需要怎样等她，他都是愿意的。

姜月在附近的药店先买了一些纱布和消毒的用品，手法熟练地给他简单地止血包扎，低着头，神色柔和，眸子里全是紧张担忧，心都揪了起来。

许昱很久没有在她的脸上看到这样的情绪了，重逢后的每一次她都是排斥和远离他。

她处理好伤口以后，余娇才有些怯生生地靠过来。大概是还有很多的顾虑，在这个清晨发生的事情太多，她一时半会儿也没有反应过来。

余娇弯腰真诚地鞠了一躬，这才抬头对姜月说："谢谢……真的很感谢……"

在这个时候除了"谢谢"，她竟然说不出其他的话，言语的表达好像变得单薄，除了真诚的一句感谢，其他的词似乎都不能表现出来。

姜月抬手摸了一下她的头，安慰道："看到你的消息的时候我就非常担心，现在你没事真的太好了。"

余娇听到这句话，眼泪瞬间含在眼里，声音有些哽咽："我真的觉得自己好像在做梦一样……我只是抱着微弱的希望和幻想在向你求助……"

姜月呼了一口气，"还好我看到了，不然我也真的很难想象你到底在过什么样的日子？"

"你们没事就是最好的，后续的事情你可以交给我们，不要太担心，现在就好好调整一下心情吧！"

许昱也开口："我了解过情况，现在也收集了一些证据，如果要向法院申请离婚判决是可以的。"

许昱下车之前，就在车上拿了自己放在车里的微型摄像头，律师在面对案子的时候，最重要的就是要有证据和资料。

他想，如果情况真的是像姜月说的那样，那这个小女孩的爸爸妈妈还没有离婚一定是有一些其他的原因，比如证据和材料不足，就算向法院申请判决离婚也很难成功。并且现在确实有很大一部分的人都对法律知识欠缺，不太明白要怎么合理地利用法律来保护自己，所以在面对这些事情的时候，就会特别无助。

许昱抽出自己的名片递给黄小曼："既然我们答应了要帮你做这件事情，那么就一定会帮到底。

“这是我的名片，有任何问题和需要帮助的地方你都可以联系我。”

黄小曼颤颤地接过名片，看到名片上写着“南城”这个地址，微愣了一下。身后的门卫大叔说着：“这两个年轻人，今天凌晨的时候到的，天还漆黑就在你家门口守着……”

深更半夜地来帮助一个陌生人，黄小曼怎么也想不到自己会受到这样的帮助，并且这两个人还不是什么泛泛之辈。

她都知道的，一个是自己女儿喜欢了很多年的女明星，一个是南城著名的青年律师。

黄小曼此刻同样也是除了“谢谢”，说不出其他的话。

一开始余娇喜欢姜月的时候，黄小曼还很不能理解，并且那个时候她也看到过一些关于姜月的负面消息。她当时还说过余娇，问余娇为什么会喜欢这样品行的人。

余娇总是处处维护姜月：“妈妈，在真正了解一个人的内在之前，一定不要下这样的结论。你这是对姜月的不尊重，同时也是对我的不尊重，你要相信我喜欢的人绝对不会错的。”

那时候余娇就告诉她，在看一个人的时候千万不要看别人说的那些一面之词，就算是当时姜月的风评不好，余娇也坚持喜欢着她。

现在黄小曼终于明白了。

自己女儿喜欢的人真的非常优秀，也非常值得人去喜欢。

黄小曼收着许昱的名片，把余娇揽进怀里，一遍遍说着：“娇娇果然没有看错人……姜月真的很好……很好……”

余远山因为故意伤人被警察拘留，姜月他们从警察局出来的时候，外面的阳光正好，甚至有些刺眼。

许昱一直强忍着手上的伤，说一定要看到她们平安无事才安心，姜月怎么都拗不过他，只能让他一起去了警察局。

临走之前，余远山还给黄小曼和余娇放出了狠话，说他就算出来也不会放过她们娘俩。

他永远都不知道悔过，也不会明白自己到底做错了什么事情。他的世界里，所有的事情都是理所应当的，他永远学不会“尊重”两个字怎么写。

姜月帮余娇和黄小曼找了个地方先住下，她们回去收拾一些东西，而姜月和许昱去往医院。

去医院的路上，许昱坐在副驾驶座上给殷秦打电话。他也没有避讳，而是直接开了口。

“姜月的资料已经全部准备好了吗？

“那尽快，你联系一下曲佳那边，可以开始了。”

他们准备了这么久，终于可以踏上战场了。姜月最近依旧被恶言缠身，甚至更严重，他们终于等到反击的时刻。

姜月听到他的通话，紧紧地握着方向盘，用力到指关节都有些发白，呼吸不稳，胸口起伏着。

她沉默了许久，低声问了句：“许昱，我的资料大部分是你收集和整理的吗？”

许昱愣了一秒，没有回答，也没有否认。

“我就觉得奇怪，殷律师手上怎么可能有我那么多年前的资料，连我自己都没有，甚至小佳、公司其他人也没有。”

她承认，那个时候为了获得一些话题度和流量，公司让她走了一段时间的“黑红”路线。虽然这样不算好的手段，但确实有效。

适当的营销也是一种手段。

刚出道的姜月什么都不懂，一切都是按照公司的指示来做，被骂得很惨。但是她从来没有想过要给自己留下证据，因为那个时候的她并不认为有一天她会反击。

姜月以前也不会知道现在的自己很需要那份资料，公司同样没有太重视。毕竟当时他们也是想要炒作，所以有的事情就任由其发展。

可偏偏殷秦有这份资料，偏偏他跟许昱是同事，偏偏……许昱还是她的前男友。

许昱自知事情肯定是瞒不住的，也没打算继续瞒下去。他看着手上的纱布，抬眸转头。

“嗯。”许昱看着她的表情，“是我。”

姜月没敢看他，不知是不知该如何回应，还是真的在认真看路无暇分心，她一点余光都没有扫过去。

姜月只是觉得心脏猛地受重击，一下下的，声音巨响，不知道哪里增加的一份紧张情绪，连手心都渗出了细密的汗珠。

良久，身旁的男人缓缓开口，明明是她先问的，这个时候处于被动状态的却又是她。

车内的空气躁动不安。

“姜月，你没什么要问的吗？”

许昱知道，她提出这样的问题得到肯定的答案，不会就这样简单地结束。

姜月听到自己脑子里很小的嗡嗡声，像是电流声。她又沉默着，最后再一次收紧手指，有些小心翼翼地试探道：“许昱。”

“你是不是……”她悄悄吸了口气，“真的爱过我？”

对姜月来说，如果能听到许昱真正说“爱过”这样的话，大概也不会对往事那样不想回首。就算他之前说过了，自己却没有认真相信，毕竟他是醉了，她要怎么信？

但是这些日子姜月总是在想，许昱是不是真的像自己之前认为的那样，一点都没有爱过自己，还是他真的动过心？本来坚定不移地以为他从未爱过自己，但是随着一件件事情揭开面纱，姜月也有点怀疑自己的判断了。

姜月发现自己还是没有办法做到在面对许昱的时候完全冷静，也没有办法对自己在他心中的样子一点都不在意，她还是会很在意。

这个自己那样爱过的人，到底是怎样认为的？

姜月屏住呼吸，虽然紧张，但又觉得自己心里有什么事情放了下来，变得舒坦。她紧张地等待着许昱的回答，就像当年的那个中秋节，她听到别人问他问题的时候一样。

时隔三年，自己的心脏再一次因为这个人而剧烈地跳动着。

这一次换许昱沉默了良久，久到姜月眼里的光又黯淡了下去，然后她倏然听到身旁的男人开口，声音慵懒，带着十足性感的沙哑。

“我不能说爱过。”他说，“应该说一直爱着。”

爱着姜月这件事情，对许昱来说从头到尾就没有变过。姜月从来都没有察觉到，这并不能怪她。

许昱知道要怪只能怪自己，以前根本不知道如何去表达感情，不知道到底要怎么样才能让她知道自己的心情。等到真正失去她，自己才恍然大悟，原来爱意是需要表达的。

即便对方没有主动说需要，他也要表达。虽然经常有人说爱意这种东西就算捂住嘴也会从眼睛里跑出来，但是最能给人安全感的，还是大声地说出来。

姜月把车停在地下停车场里，只有一点不算明亮的光。许昱回答完那个问题以后，姜月一直没有说话，停好车以后垂着头解开安全带。

许昱也没有继续问，这个时候再缠着她问，对两个人都不好。他们之间的事情需要慢慢地过渡和接受，也需要慢慢地把过去的一些事情呈现在对方的眼中。

这都不是三言两语能够说清楚的事情。

许昱的伤口有些深，先去缝了针。后来在说注意事项的时候，医生看着许昱，皱着眉说："先处理一下，之后记得每周来换药，伤口有点深，还好避开了要害，算是比较严重的皮肉伤。"医生一边说着，一边摇头，"怎么弄的？"

许昱笑，语气平淡地说："见义勇为吧！"

医生抬头看了一眼一脸紧张的姜月，说："救她？"

许昱没答，医生又接了一句："救姜月这样的事情，说出去应该粉丝会每天都给你献花吧？！"

姜月嘀咕道："就知道这个时候逞能，说早点来看医生也不来。"

语气像极了抱怨男朋友的小女生。

他们重新回到南城的时候，已经近黄昏，天边的云被夕阳映成了粉色。她没有停歇，直接去了剧组。

许昱的手不方便开车，姜月本来想先送他回去再自己回剧组，没想到许昱说自己过去正好有事，两个人就一起过去了。

姜月刚刚下车，就突然被无数的相机和话筒围了起来，像是突然涌上来的浪潮，让人猝不及防。

有的面孔姜月十分熟悉，这些人都是每一次她有什么事情的时候会围上来的。之前姜月还跟曲佳开过玩笑，说不知道这些人怎么那么厉害，永远跑在八卦的最前列。

人群拥上来，姜月被挤到一边，背靠着车门，相机的快门声"咔咔咔"地不断响着，话筒越来越近，而许昱也从旁边绕了过来站在她的旁边。

姜月抬手挡住了那支快要送进她嘴里的话筒，说了一句：“你们是想请我吃晚饭吗？话筒不是很好吃。”

记者还在往前挤，不顾姜月的反抗和不悦，直接开始给她抛下一个个问题。

“姜月，我们想问一下你之前动手打初晴的粉丝这件事是真的吗？”

“对方图片和视频都有，现在网上闹得沸沸扬扬的，你为什么不站出来解释？是因为这件事是真的，所以你没有底气吗？”

“请问你作为一个公众人物为什么要随便出手打人呢？”

“之前传夏青空这个角色本来定的是初晴，你抢了初晴的角色不说，你的粉丝还去骚扰初晴说她其实根本就不配，对吗？”

一个个问题，像是重石压在她的身上。但姜月没有动，稳稳地站着，背脊挺得很直，一身傲骨怎么都无法击垮的样子。

只有姜月和站在她身旁的许昱知道，虽然早就猜到了一定会遇到这样的问题，她这个时候其实已经快要被这些逼问打得粉碎。

虽然知道一定会这样被人揣测，但是当这些问题和话语砸下来的时候，她也难以去承受。

没有人愿意这样被人恶意揣测，并且自己根本没有做过这样的事情，甚至明明自己才是受害者。

姜月背在身后的手偷偷地紧握着，肩膀微微颤了一下，只有靠得很近的许昱能察觉到。她声音带着怒气，十分冷淡地回答：“我没做过的事情，为什么要解释？”

“你真的没做过吗？到了这个时候还是不愿意承认吗？对方证据确凿。姜月，这件事你根本没有任何辩解的机会。”

“听说今天是有你的戏份的，你为什么这个时候才出现呢？就这样翘班好吗？之前也有人说过你接了剧却经常不在，而是出去参加活动捞金，那为什么还要接下来呢？”

姜月这一次没有回答，远处突然有一道女声大声喊着：“让开让开！！都让开！！”是曲佳的声音。

但是没有任何用，没有人听曲佳的，也没有人想听姜月说这样否认的话，在他们的心里，其实就是希望姜月承认这些事情都是真的。

似乎她成为一个恶人，对他们而言是一件非常值得报道和庆祝的事情。

姜月垂眸，视线里突然出现一只手，小臂上缠绕着纱布，男人手臂上的青筋明显，伸手挡住继续往前的人。

“如果你们被眼前所谓的证据迷惑，那你们根本就不配成为记者。

“在了解到事情真相之前就妄下定论，什么都白学了。”

许昱的话语冷冷落下，人群安静了半晌。曲佳也终于从人缝中挤了进来，站在姜月面前，用自己单薄的身体挡住那些记者。

“有什么事情我们之后会一一解释，你们没必要现在对着我家艺人追问。事情的真相我们一定会还原给公众。”曲佳认真地说着，还喘着气。

“什么真相？现在对方的证据这么充足，这难道就不是真相？”

“你们现在还是在逃避，也打算跟以前一样蒙混过去吗？”

有人这样说着，随后就马上有其他人连连附和。

许昱也把姜月护在身后，对着前方的那些记者说道：“如果我们还原事情真相，最终发现你们所报道的一切都是错的，那你们就道歉。”

道歉？

记者们面面相觑。他们做这一行就没有给谁道过歉，说到底很多消息都是相互利用，艺人要炒热度，而他们也需要这些消息吸引人的眼球。

许昱丝毫没有任何退让的意思，一字一顿地认真说道：“为你们这些年来做过的所有事情道歉。如果不道歉，那就付出代价。”

姜月听他冷静地和记者对峙着，眼眸微微颤了一下，抬眸看向他。他这副模样，像极了当年她路过大教室看到的许昱。

她陷入爱河的一瞬间。

许昱和曲佳同时挡在她面前，在她前面筑起围墙。

姜月愣神，低垂着眼帘，原来，现在的她还在这样被人保护着吗？

安保人员来把这些记者分开的时候，姜月还被曲佳和许昱护在身后。记者们当然也不会就这样轻易地放弃，虽然被人拦住，但还是一个个地往前面挤，话筒递到许昱和姜月的面前。

“请姜月女士正面回答一下这个问题，你现在是不是做贼心虚了？”

“我们这边同时也想问一下许律师为什么会在这个时候跟姜月一起出现？据说姜月几乎是消失了一天，你们俩这一天是去做什么了呢？”

“之前也有传言说许律师跟姜月之间是有一段故事的，我们现在也想知道这件事是不是真的？不然这个时候你们怎么会在一起？”

记者们咄咄逼人，甚至是愈演愈烈。

姜月转头，眼神有几分厌恶，说：“我的私事不需要告诉你们，至于你们所说的那些事情，我没有做过。具体的情况我们会召开发布会一一说明。”

他们费了很大的力气才甩掉这些人，安保一路护送着姜月进了化妆间。她需要先去化妆换衣服，准备夜场的拍摄。

余娇那边，姜月虽然是急匆匆地赶过去的，但还是不忘跟曲佳说明了情况，也跟剧组这边请了个假。

曲佳和许昱没跟着进来，记者也没有办法继续追到这里。片场里面的安保措施更加严密，他们只能在外面等着。

姜月并不知道曲佳和许昱在外面谈了些什么。她化妆的时候整个人的思绪都是乱的，太多的事情堆积在一起，她回想起昨夜和今天的事情，像是发生在梦中。

曲佳跟许昱谈完进来的时候，姜月也刚刚才换好衣服从更衣室里出来，抬手理着头发，眼底有些疲色。

曲佳过来塞了一颗强劲薄荷糖给她，又在她的太阳穴周围涂了一些清凉油让她勉强支撑一下，提提神，有些心疼地说着：“昨天一夜没睡吧？看你都快要虚脱了，那边的情况我已经问过许律师了……月月，辛苦你了。”

姜月摇了摇头：“没事，给你添麻烦了。”

本来就在很重要的事情关头，她还这样任性地跑过去，一定是给公司特别是曲佳添了不少麻烦。

曲佳伸手轻轻拍了一下她的后背，又说：“你做得很对。

“姜月果然还是那个姜月。”

姜月温柔、美丽、善良、大方、热心肠。

别人可能觉得以姜月的身份和名气她一定不会做这些事情，甚至有人觉得真实的她是个孤高冷傲的人，但其实她往往是最温柔的那一个。

她的温柔隐藏着，需要有心的人去发现。

外面固有的形象给人留下的观念里，姜月似乎和“温柔”这个词一点都不沾边，但是曲佳一直都是知道她的性情的。

曲佳低低叹了口气："不过你还是要多注意一下自己的身体情况，这样下去怎么行？"

姜月最近的身体状况明显不好，长时间的精神紧绷和各种事情、工作的堆积，再加上一些乱七八糟的事情，让她整个人都非常疲倦。

姜月有些牵强地扯了扯嘴角，说："我没事，等这段时间忙完了我再好好休息一下。"

"嗯，我已经跟公司说了，拍完这部剧以后我们先休息一段时间，你之前不是也提了申请的吗？我们就休息一段时间不接活动。"

"我会不会没有粉丝了啊？"姜月笑。

"怎么会？！"曲佳说，"喜欢你的人会一直等你的，也会理解你要休息的原因。"

姜月在很久之前就跟苏溶谈好的，今年上半年认真工作，虽然这样对她自己的身体负荷很大，但是她想换一个假期。

不知道为什么，今年她很想一个人去海边走走，什么都不想，只是去一个小镇上待上一段时间。

现在拍的这部剧并不长，是很少见的那种短剧，这也是姜月上半年最后的一个主要工作。就在快要迎来假期的时候，姜月突然被重重的问题包围了。

她们一边说着，一边往片场去，路上曲佳跟姜月说了一下这些事情的安排。

"网络上的那些流言，之前的资料殷秦律师已经全部准备好。律师声明我们今晚就会发出去，马上就可以步入正轨，这一点你倒是不要操心，我和殷律师一定会做好的。

"至于最近你跟初晴的这场'战争'，苏总已经安排人去查幕后的推手是谁了。你应该也能猜到这不是初晴做的，她不会这么蠢的。"

毕竟初晴心里清清楚楚姜月什么都没做，现在往姜月身上泼的这些脏水如果最后被找到了证据，那么第一个遭到反噬的必然就是她。

"还有……"曲佳顿了顿，才继续说，"你那个粉丝的事情，是叫余娇对吧？这件事……"

姜月定了定神："嗯？余娇的事……"

她现在最在意的其实还是余娇的这件事，自己受的那些委屈虽然真的不舒服，自己也非常不开心，但是她还是相信公司和殷秦的能力的。

同时，其实她也相信许昱对这些资料的把握。

当她知道这些东西其实是许昱准备出来的时候，自己的心确实动摇和颤抖了一下，更多的还是松了口气。虽然她对许昱还有许多看法，但是不得不承认，许昱对资料的整理和把握能力是一流的。

所以这场战斗应该会比较顺利，她还是比较有信心的。赢下来也只是时间的问题，顶多就是自己这些日子再受一些委屈和骚扰。

然而余娇的事情，姜月是完全没有底的。在看到余娇的真实情况的时候，姜月就有些慌神了，她是不会让这个小姑娘再回到那样的炼狱之中的。但是自己竟然真的拿这件事没有什么办法，现在唯一能做的就是给她们母女俩找个安全的地方安顿下来。姜月觉得自己除了出钱，似乎一点用都没有。

甚至现在余远山的拘留原因还是故意伤人。许昱细心地留下了证据，但这次很难给余远山判刑，也不知道余娇那边有没有保留一些证据。

就算是法院判决了离婚，也不能保证余远山那样的人以后不会继续找余娇她们的麻烦。在姜月看到余远山那样的暴力倾向以后，真的非常担心余娇她们之后的安全。

曲佳看了一眼姜月担心却又无力的眼神，伸手握了握她的手说："小月，这是许律师让我转达给你的。"曲佳轻轻地收紧手，"许律师说这件事他会负责到底的。他知道你很担心，也知道你在害怕和紧张，但是他一定会把这个案子做得完美，保证余娇她们母女俩没有后顾之忧。"

姜月不动声色地抿了抿唇，左边的眼皮突突跳了两下。

"许律师说……你不要担心，只需要安心地继续做自己。"

姜月垂下眼帘，语气有些嘲讽自己的意味："这件事到最后，我还是帮不上什么忙吗？"

"他很了解你。"曲佳说。

"实话说，刚才许律师跟我说明情况，说你的想法和反应会是什么样的时候，我都愣了很久。我以前以为我们朝夕相处三年下来，我是一个非常了解你的人。

"但是我没想到，这个世界上还有别的人也是这样了解你，甚至比我了解得更加深入和透彻，这让我这个做经纪人的都有些惭愧了。"

姜月的身形微微一僵。

许昱真的很了解她吗？还是说只是他的分析能力很强，分析起谁来其实都是轻而易举的？

“他知道你一定会被这些事情缠绕着，所以说这件事就交给他了。不过许律师始终有些不放心，刚才就很担心你会不会觉得本来这应该是你的事情，又突然被他揽了下来，反而让你心情不佳。”

姜月叹了口气，没答。

曲佳继续说着：“他还说，这件事需要动用的法律知识和专业内容非常多。”

所以如果姜月来做，确实很难完美办好。

“那就交给他吧，就算我欠他一个大人情。”姜月说，“这件事许昱来做，我也会更放心。”

曲佳点头，再一次轻轻地拍了一下姜月的后背，说：“虽然现在摆在我们面前的难题很多……但是你要知道，每一件事大家都站在一起，不是你一个人在面对。你一定要有信心，知道吗？”

“好了，去拍戏吧！”

姜月弯着眉眼，温和地答：“知道啦，有你们保护着我，我本来就应该什么都不怕。”

这些年来她被诋毁、被泼脏水、被人嘲笑、被人误解，但还是有人站在她的面前筑起高高的城墙，保护着她。

当真正的她展现在别人面前的时候，她是否能得到更多的喜欢呢？

几天后，南城迎来了一场暴雨，豆大的雨点倾盆而下，天空被浓重的乌云层层堆叠覆盖着，所有的云都堆积在了一起。

天气很阴沉，连天空看起来都变低了。整个南城都笼罩在低迷沉重的气氛之中，让人的情绪很难高涨起来。

原本预定的外景戏现在也只能先拍室内的。收工的时候姜月站在教室里看外面的狂风暴雨，天边紫色的闪电一闪而过，一瞬间晃到她的眼睛。

“小月，不走吗？”宋连一走过来问道，“这么大的雨还是先回酒店待着吧！”

姜月答非所问，反问宋连一：“连一，你觉得这样的暴雨以后是什么样的天气呢？”

宋连一愣了一下，虽然不知道姜月问的是什么意思，但还是认真地回答了：“不是都说雨后会见彩虹吗？我觉得之后天气一定会很好的。”

“夏天的雷阵雨确实让人心情不怎么好呢！”宋连一说。

姜月转身，身后的窗帘被风吹起，没有关紧的窗户缝隙中有雨滴落进来，溅在了她的脚背上。

“那就等天气好了再召开发布会吧！”姜月微微一笑，迈腿走过去搂住宋连一的肩，“走吧，回去了。”

宋连一低声轻笑，终于意会到姜月说的是什么意思，说：“嗯，一定会好的。”

她们没有任何一个人是一直顺利的，宋连一虽然现在口碑不错，但其实早年也是被人诋毁过的。因为她长得过于艳丽，就有人说她是狐狸精相。

但是当这些事情都过去的时候，就会像暴雨过去一样，虽然还是会在空气中留下灰尘的味道，但是整个世界都会变得焕然一新。

一如往常平凡的一天，星娱集团发了一条公告，说将于一周后召开一场记者发布会，解释姜月最近发生的事情。

全网都在等待发布会的召开。

记者发布会召开那天，姜月还是早起化了个妆。她是从家里出发的，曲佳敲门来接她的时候姜月正在挑发卡，最后拿了一个月牙状的出了门。

她开门的时候，在听到自己开门“嘎吱”响的瞬间，同时也听到了隔壁开门的声音。曲佳和姜月几乎是同时往那边看了一眼。

男人依旧气质高冷，烫得工整的西装和扣得一丝不苟的衬衫扣子，十分严肃，冷冽的眉眼忽而瞥过来，薄唇动了动。

“早。”

曲佳先答：“许律师早呀！”

姜月微微颔首，没有退步，反而是往前迈了一步靠近了些，说：“早。”

简单地打完招呼，三个人一起走向电梯间。姜月没有转身，自然也没有看到身后那个清俊的男人眸中微动的情绪。

她不再逃离，也不再避让了，这对许昱来说，是一个很重要的转变。

他也说不上来两个人之间又是从什么时候开始改变的，但就是这么一点点地，现在的姜月终于还是有那么一点愿意靠近他了。

许昱是跟她们一起去的，只是他是开着自己的车出来的，一路跟在姜月她们后面。

曲佳从后视镜里看到很多次，许昱不管是拐弯还是等红绿灯没跟上，都会在不久之后又追上来，但是绝对不会超过她们，就一直这样跟着。

她轻声笑了，说：“许律师这样跟在我们后面跟狗仔似的。”

姜月偏头也从后视镜里瞄了一眼，脸上没有什么情绪的变化，应着：“有一点。”

两个人说完这话，车内突然就陷入了沉寂，直到曲佳轻咳了一声，斟酌了很久，有些犹豫地开口：“小月啊……”

曲佳还没来得及说出下一句话，被姜月抢先了一步。

“关于许昱的事情，你想问我什么？”姜月悠悠地说道，语气很轻松。

把时间回调到两个月之前，姜月是不愿意提起许昱这个人的，甚至觉得自己肯定会在看到许昱的时候转身就走。

原本以为三年不见能够淡化对他的情绪，但是姜月在重逢后第一次见到他的时候，在接触到他的时候，才发现许昱这个人的样子是深深地刻在心上的。

想要摆脱是摆脱不掉的，她想假装不认识，想假装从未跟他相爱过，想让自己再也不去在意，再也不想他，但他毕竟还是留下了记忆和痕迹。除非失忆，否则她应该是真的忘不掉这个人了。

既然如此的话，她还不如把心态摆正一些，勇敢一些，像以前那样勇敢，正面面对他。

曲佳被姜月这个反问问倒，刚好停车等红绿灯，她的手指敲了几下，又想了很久，这才说：“你跟许律师……怎么分手的？”

姜月的手也倏然一僵，她敛下眸，几秒后轻声回：“他不爱我。”

眼前亮着的红灯还在倒数着，姜月看着眼前的倒计时数秒，从侧视镜里看了一眼身后紧跟着的车。

“从来没有哪个人让我想对他那样好。我以前觉得‘爱情让人变得愚蠢’这句话是错误的，相信自己还是能在喜欢上一个人的时候保持理智的，但是后来发现一旦坠入爱河，就是不能保持理智。”

“我一边想保持理智，一边发现自己的情绪不受控制。”姜月说着。

曲佳听到这话，突然插了一句：“所以你觉得连自己的情绪都控制不好，开始自我怀疑了吗？”

姜月稍愣了一下，没有回答，却算是默认。

一个人会在什么时候讨厌自己？

当发现很多人都不喜欢自己，开始怀疑自己是不是真的那么差劲的时候，当自己意识到自己有缺点，发现心里明明知道自己是错的，还是控制不了的时候，那种无力感让人自卑。

这种感觉让姜月厌倦和疲惫，所以在这样的时候，她总是很希望得到自己最喜欢的人的宠爱。

前方的灯亮成黄色。

“其实这种事情没有什么的，就像大部分的人不到假期的最后一周不会赶作业。那我们也知道应该做正事啊，但是人类的自控力……

“这真的是一件很难的事情，很难有人能做好的。”

姜月笑了笑：“嗯，只是我太想做好。”

车子重新启动的时候，曲佳舔了舔唇，认真地对姜月说：“关于你说许律师不爱你这件事，我觉得还有待商榷。”

姜月脱口而出：“为什么？”

曲佳：“因为我觉得他很爱你。”

现场已经聚集了很多人，记者都跃跃欲试，被拦在台下。曲佳把车停到门口的时候，姜月看到旁边空出来的那条路，红色的地毯铺满，竟然还有个拱门。她摇下窗户笑了一声：“明明是发布会，搞得像婚礼现场似的。”

曲佳熄了火，说：“在你之前好像确实是一个婚礼的活动，现在只是还没来得及拆。”

“做得那么喜庆。”姜月说完，伸手去开门，“嗒”的一声开了锁，还没来得及继续抠住开关拉开门，车门突然被人打开。

她的视野里出现干净的鞋尖，连脚踝都是性感的，白色的短袜刚好在脚踝下，裤腿被风吹起，在她的眼里晃荡了几下。

这像大摆钟“铛铛”悠长的声音，挥之不去，慢悠悠地在她的心间晃了几下，直到背后响起曲佳关门的声音。

“下车吧！”低沉沙哑的男声灌入她的耳中，似风在耳边挠痒，有一丝丝的酥麻感。

姜月这时候才把自己的视线往上移，望进许昱的眼睛。两人对视了半秒，她看到男人修长分明的手摊在她面前，另一只手挡着她头上的位置。

曲佳刚好绕过来，理了理挎包的带子说：“走吧——”

说完，她看到许昱的手一直摊在姜月面前，也不管姜月到底接不接，但许昱又很合适地留出了一个距离。

那是一个姜月可以选择的距离，她可以直接下车，轻巧地绕过去，也可以选择伸手搭着他。

姜月看着他的指尖，再往上看一点，伤口还没有完全愈合，深色的结痂昭示着一切，她低语了一句："为什么？"

他为什么要在这个时候伸手？

许昱的语气似乎很淡，却又很认真："我怕你害怕，紧张的话，要不要握紧？"

姜月的瞳孔猛地一缩。

——"许昱，我害怕！这个过山车太恐怖了！我好紧张，可不可以握紧你的手？"

——"握紧我就不紧张了吗？"

——"嗯，有你在我什么都不怕了。"

——"好。"

两秒之内，姜月从车里钻了出去，抬了抬手，终究还是没有安心地把自己的手放到许昱的手上，只是用指尖轻轻点了一下。

她的指尖和他的掌心触到的那一刻，许昱的身形微微顿了顿。姜月敛下眸，不带着任何一丝抱怨情绪地轻声说着："开完发布会。"

她顿了顿，想了许久才又说："我请你吃顿饭。"

男人的声音闷闷的，但又带着一些上扬的愉悦尾音，他回答道："嗯。"

姜月走在最前面，目不斜视地走过去，对旁边的目光丝毫不顾，也没有关注那些在自己眼前不停闪着的闪光灯。

殷秦已经在位置上坐好，和平时吊儿郎当的样子不同。他很严肃地坐着，旁边就是姜月的位置。

殷秦坐在姜月左边，而曲佳坐在姜月右边，下面的人群越发躁动。姜月坐下后十分淡然地扭开水瓶喝了口水，扫了一眼下面的那些人。依旧是熟悉的面孔，不管是在自己的事情里还是在别人的事情里，这些人永远都是冲在最前沿的。

她扫了一圈，殷秦倾身过来压低声音说道："跟许律一起来的？"

"出门碰巧。"姜月说，"说起来你为什么把他一起叫来了？"

姜月的委托律师是殷秦，虽然许昱跟他是一个律所的，但毕竟不是同一个人。当姜月听说许昱也要来的时候还是很诧异的，但没有回绝，也没有多问，不得不承认许昱在她的事情里面有不可磨灭的功劳。

殷秦叹了口气，微微扬眉："你也知道了，那些资料是许律给你准备的，毕竟我也是抄他的作业，还是本人来更妥当吧？这也是为了帮你把事情办好。”

许昱和姜月一起回来那天，殷秦看到了网络上的报道，无非那些猜测议论的话题，许昱回去律所就被他逼问姜月的事情。

后来才得知原来姜月已经知道了那些资料其实都是许昱搞定的，一开始殷秦还觉得有些羞愧，想了一会儿干脆将计就计，便跟曲佳商量让许昱一起过来。

姜月瞥了他一眼，“啧”了一声：“原来就是抄别人的作业，自己都没有过程解析，只抄了个答案，结果被老师点名问你过程。”

殷秦：“……”

以前也是别人抄我的作业的，好吗？

殷秦怒而不敢言，默默地“嗯”了一声，姜月笑了笑没再理他。

曲佳在桌子下面偷偷地捏了捏姜月的手指，动作很轻，让姜月还感觉有一点痒意。她们交换了一下眼神，没有说话，但也明白情况。开这个记者发布会，最紧张的其实不是姜月，而是曲佳。姜月是她带过的最用心的一个艺人，虽然不是第一个，但在姜月之前也没有什么其他人。

曲佳当时也是作为一个新人经纪在跟姜月一起成长，两个人一路跌跌撞撞、磕磕绊绊的，才有了现在的姜月。不过关于姜月在外面的名声，曲佳一直都很遗憾和抱歉。她知道姜月是个好姑娘，所以一直都很想替姜月解释，但是很多时候都是无奈的。现在终于等到这个机会的时候，曲佳比姜月本人还要紧张。

姜月应该拥有光明磊落的宽广前途，应该被更多的人喜欢和接受，而不是现在有着这样的负面影响。

记者发布会在上午十一点准时召开，曲佳开始认真、冷静地对最近的事情进行发言。

“首先，我公司决定从此以后再也不对任何人以任何形式对旗下艺人姜月的诋毁、诬蔑、造谣等行为宽恕，涉及以上情况的所有行为我们都将追究法律责任，现已委托城南律师事务所的殷秦律师作为我们的特聘律师。”

“对此前网络上的一系列造谣，我公司现在已经发出了律师函。”

大屏幕上显示的正是前一周发给各位造谣网友的律师函，姜月出道这么久一直被一些谣言所困，这次因为和初晴这件事的契机，姜月及其团队开始反击。不仅仅是针对这一件事，而是针对过去的所有事情，所以在宣布即将召开发布会以后，她们还做了一件事——把曾经那些造谣的人全部告上法庭。

许昱手上证据充足，互联网也是有记忆的。

“第二点，关于之前网络上争议的姜月抢初晴的角色这件事情从未存在过，选角上从来没有决定过是初晴。”曲佳顿了顿，摁了一下自己手上的笔，身后的音响响起。

“各位好，我是《青空一夏》的导演，在这里跟大家证实一个消息，夏青空这个角色一开始我们的选择就是姜月。初晴是来面试过，也是一位非常优秀的演员，这点我们不否认，只是在这个角色的形象上，我们斟酌以后还是觉得姜月更为合适。

“这件事不存在抢角色一说，因为一开始定的就是姜月。”

曲佳放完这个短语音，垂眸继续说道：“由于各方记者的报道和围攻，用舆论引导让人误解是我公司旗下艺人姜月抢了初晴女士的角色，但这件事从未发生过。现在这件事已经对姜月的名声和正常的拍摄工作产生了影响，我们一定不会姑息任何一家造谣的公司。”

她抬头看着下方，目光坚定：“对前两件事情，各位还有没有什么疑问？”

先是有人摇头，随后马上就有人举手提问：“既然你们说姜月没有抢初晴的角色，那我们想再问一下之前闹得沸沸扬扬的姜月动手打初晴的粉丝的事情打算怎么解释？”

这个人提完问题，下面就有人随声附和。

“是啊，那动手打人的事情怎么解释？这个怎么洗白？”

曲佳刚打算开口，就被姜月拿走了话筒，女人的声音很轻：“我为什么要洗白？”

姜月带着冷意的嗓音扫过整片空气，她连眼底的温度都是凉的，虽然唇边还勾着笑，但是没有一点开心的味道。

“你们对‘洗白’这个词有什么误解吗？”她笑了笑，“我哪里需要洗？”

言下之意非常明显了，她本来就是清清白白的，本来就不是污秽的，觉得再继续带着这个黑名一直下去，可能连自己都会怀疑是不是真的做过那样的事情。

下面的人说着：“你什么意思？意思是我们泼脏水还是怎么？”

姜月无声地笑了笑，这一次没有继续咄咄逼人下去。她没说话，话筒却被递到了许昱那边。

男人慢条斯理地点开眼前的电脑文件，身后连接着的屏幕亮起来。他往前倾了一些，靠近话筒，先是试着“喂”了一声。

确定话筒没有问题以后，许昱也淡淡地扫了一眼台下的那些人，声音跟刚才姜月的冰冷如出一辙，甚至比刚才姜月的语气还要凉，如南极冰山一样，瞬间能冰冻空气。

“姜月说得没错，为什么要洗白？”

许昱的话音落下，抬手按下空格键，视频开始自动播放，这个视频不算特别流畅，一看就知道不是同一个视频，而是很多个视频拼接起来的，一眼看过去的是街道旁边的树和小店，过往的行人。画面一直固定在同一段街道上，定神一看才发现是街边某家店门外的画面。

姜月和宋连一站在门口却突然被人拦了下来。

接下来他们看到的就是姜月抬手把她面前那个女生手上的矿泉水瓶打翻的画面，水洒在女生的身上，那人往后退了一步，柔弱而踉踉跄跄的样子。

许昱按了暂停键，说了句：“是这个画面吗？”

“你们看到的……”他顿了顿，嗓音里有些明显压不住的火气，“你们看到的这个就是事实吗？”

“这就是你们所认为的事实？”

下面的人一片沉默。

许昱是谁啊？许昱是南城的金牌律师，接手的案子几乎就没有失败的。

许昱之前接过一个所有人都不看好的案子，那个案子很难，他的辩护人被告似乎一点胜算都没有。但是最后许昱竟然还是赢了，并且把人们误解的一切事情摆在大家的面前。

从此，甚至有人会开玩笑说：“城南律师事务所的许律师就是真理，就算你觉得不是，他也会告诉你那个事实就是。”

虽然这人是开着玩笑说的话，但也是许昱的名声在那里，他总是有把大家认为的事实反转过来的能力。所以在这一刻，许昱说“这就是你们所认为的事实”的这一刻，所有了解他的人都沉默了，不敢再多说。

果然，许昱再一次点开了另外一个视频，上面写着“完整版”，依旧是敲下空格键，前面跟之前那个视频没有区别，依旧是断断续续的拼接画面，唯一的区别是这个视频在姜月把水瓶“扔过去”之前多了一段。

姜月和宋连一说着话出来，突然被人拦下，视频里没有声音，但是大家能看明白原本那位“受害人”女生的咄咄逼人，她仰着头质问着姜月什么。

几秒后，姜月把宋连一护在身后，女生扭开矿泉水瓶盖准备把水泼过来的一瞬间，姜月伸手挡了回去，水瓶转向女生，水悉数泼在她身上。

无声的视频，画面里矿泉水瓶落地的一瞬间，似乎是落在了这个台上，发出“咚——”的一声巨响。

空气陷入了长久的沉寂，所有人都噱声。

虽然在许昱说出那句话的时候，他们就已经猜到事情一定会有所反转，但是没有想到这个打脸的瞬间到来的时候还是让人沉默。

与其说是沉默，不如说是他们现在开始感到了有那么一丝丝的害怕。以前不是没有人被告造谣这个罪名赔过钱，只是所有人都觉得事不关己高高挂起。

就算自己也在做着同样的事情，但没有死到临头，就绝对不会承认自己做的事情是不对的。这些年来，姜月的形象一直都不是很好，公司的公关看起来软绵无力。

这也给了一些人想要“欺负”她的理由，以前大家都是胡编乱造一些小事，虽然会有影响，但更多的只是给别人看一些戏剧化的东西，作为路人看客最喜欢的就是这样的剧情。

而现在，他们也深知之前说姜月动手打人这件事有多严重，不然这段时间姜月的势力值也不会跌到最低值，甚至让姜月的很多粉丝都脱了粉。

没有人出声，许昱没有关掉视频，而是一遍遍反复地在身后的大屏幕上播放，就像把人死死地摁在耻辱柱上，一次次地刺下来。

“我之前说过一次，如果你们连事实都不调查清楚，就这样妄下定论的话，根本不配做一个记者。”

"我也说过，"男人低沉的嗓音回荡着，"真相还原的时候，你们要给姜月道歉。"

许昱这句话音落下，姜月的身形稍顿了一下。

她这些年在这个圈子里变了很多，一开始被人说的时候自己很想反击。后来苏溶和曲佳告诉她，这虽然不是一个好的方法，但是有些小的所谓黑料出现的时候，不急着解释反而能炒作热度。

这个圈子里有很多厉害的人，姜月经常自愧不如。她绝对不是最厉害的一个人，也不是最漂亮的一个人，新人要拥有姓名是很难的。

所以这些年来她的那份脾气似乎都被磨得没有了，甚至可能会让人觉得有些软弱，她被那些流言攻击了这么久，还是第一次有人这样跟别人说："给姜月道歉。"

这个人是许昱，她曾经喜欢了很久的人，也是最用心去爱的一个人。

许昱提到"道歉"这个字眼以后，下面安静的人群又开始喧闹起来，虽然他们现在看到了视频，但还是不愿意去承认自己的错误。

"道歉？我们为什么要道歉？"

"姜月走到现在这一步难道不是公司和自己作的吗？他们早点出来公关不就好了？怎么什么事情都让我们背锅？"

"就是，早点把视频放出来不就完了？现在偏要等事情发酵了以后才来怪我们，早点说明不就什么事都没有了吗？"

曲佳放在桌上的手倏然收紧，她说了一句："早点公关？哪一次你们的报道出来我们没有第一时间发声明？早点把视频放出来？"

姜月的事情，虽然苏溶一开始决定是公司这边放任一些，不去管，但还是发了解释和声明公告的。

他们所谓的不太作为，其实就是没有真正认真地对姜月的事情做过严肃处理罢了。

公关并不是一件简单的事情，这个市场似乎变得很奇怪，明星被人造谣了，若是打官司告人，有时候还会被人说小气。

大家都被误解、都被黑，怎么偏偏就你家事最多？

但是姜月的情况太严重了，公司再也无法坐以待毙了。

曲佳继续说着："如果我们也能像造谣者一样放出那样清晰完整的视频，还用等到现在吗？"

他们迟迟不召开发布会的原因不是在等好日子，而是在等这个视频的资料最终收集完成。

曲佳的情绪有些激动，她脱口而出道："这个视频你们也看到是怎么拼接的了，为了找这些零散的证据，许……"

她差点呼出一个名字，倏然止住，顿了顿重新说："我们花了多少精力和时间去收集？"

下面的人再一次沉默了两秒。

是的，没错，当时初晴的粉丝放出的视频和照片都非常清晰，清晰到一看就是刻意录制的……

怎么会有这么巧的事情，姜月动手打人流出来的视频是那样清晰流畅？当时也是有人怀疑的，但是受害人一直一口咬定，说这个视频的拍摄是因为当时看到姜月心情比较激动，所以拍下来的。

没有人深入地分析过这个视频到底是什么情况，看到的情况就是姜月动了手，证据确凿。

"那你们怎么证明这个视频不是你们在作假呢？！毕竟那么不清晰！"有人说道，"我们也看不清楚情况，现在你们随便做一个视频不就好了？！"

"是，做个视频是不难。"曲佳"嘁"了一声，"甚至可能比我们去找到真实的视频还要简单，但是我们不会像你们这样去掩盖事实的真相！"

这个时候许昱直接点开了另外一个文件夹，里面的文件一个个被编号，许昱凑近话筒。

"这是视频原件，你们不嫌麻烦的话可以拿出来给各位单独看一下各个视频，我们是为了查看方便才拼接到一起的，如果各位怀疑这个视频的真实性，可以现场检验。"

没有人会怀疑许昱拿出来的证据，这就是他这几年的名声。许昱从来都不会做假资料，拿出来的东西绝对不会是假的。

人群窃窃私语着，但还是没有人说出任何一句道歉的话语。

他们对姜月是有错的，但不是全部都错了。

曲佳开口的语气非常强硬，这一次她是一点都没打算让步："你们这半个月来写了些什么不堪入目的报道自己心里应该清楚，今天你们必须向姜月道歉！”

“真正放出视频造谣的人你们不追究，这个时候倒是怪起我们来了？”

曲佳的拳头握得很紧。

是，造谣的女生当然可恶，但是让事情扩散开来并且愈演愈烈的就是这些人。本来是很小的事情，他们偏要煽风点火。

放火的人纵然可恶，但是这些在旁边要让这场火更大的人，甚至比放火的人更可恶。

这场争论还没有结束，曲佳和台下记者之间的战火有愈演愈烈之势。此时旁边突然一阵躁动，身材高挑的女人走了过来，身旁跟了几个安保人员，长鬈发微动，高跟鞋踩在地砖上响了两声。

她的出现吸引了不少人的目光，姜月和曲佳同时微微张唇，惊讶得说不出话。曲佳甚至觉得自己刚才的那份怒意都被惊讶盖了下去，因为没人跟她们说过今天苏溶会亲自到场。

她站在台上，拿了桌上最近距离的话筒。

“各位好。”她的气息很稳，“我是苏溶。”

苏溶，业界内最年轻的女总裁。

“关于我公司旗下艺人姜月的事情，我还是希望你们道歉。”

苏溶的话音落下，台下又是一阵喧闹，从来没有哪一个公司的总裁亲自来发布会的现场，让媒体给公司的艺人道歉的。

“否则，我司会追究各位的法律责任到底，虽然这并不是一件轻松容易的事情，但我们已经做好全部的准备。

“不管是人员，还是资料，经过这些日子的整理，已经全部到位。”

只需要苏溶一声令下，现在就能给这些造谣的记者都发一份律师函。苏溶从来都不是只说不做的人，这么年轻能坐到这个总裁的位置上，手段是很强硬的。

软弱的人不可能这么快走到这一步。

“殷律师。”苏溶敛眸，转身看向殷秦，示意他可以发言。

殷秦微微点头，在众人的注视之下，把自己放在下面抽屉里的厚厚一沓资料拿了出来。

“这些资料全部都是你们这几年对姜月的报道。”他弯了弯唇，“知道我为什么要打印纸质的吗？”

殷秦随手翻了一下这厚厚的一沓资料，说：“让你们更直观地看清楚，这些年你们到底对姜月做了些什么，每一张薄薄的纸，都代表着你们往姜月身上捅的刀子。”

这么厚重的一沓，要是真的换成锋利的刀子一刀刀插在人的身上，那人早就是千疮百孔了。

实际上，姜月确实已经快要千疮百孔了。

许昱帮殷秦点开电脑里的某份资料投在屏幕上，殷秦按亮手上的激光笔，红色的小点照着大屏幕。

“姜月深夜幽会小鲜肉，疑贪图年轻肉体重金包养。”

“姜月与小鲜肉不得不扒皮的故事。”

“惊！当红一线女演员竟然包养年轻男大学生！”

标题一个个起得很大，十分引人注意，殷秦往下面翻了几页，语气悠悠地说：“这些都是你们写的吧？

“就用这一个事件举例。

“你们知道这个男孩的真实身份是什么吗？”

下面一片嘘声，最终还是有人带头说：“姜月不是自己澄清说是来换灯泡的吗？！谁信啊！这么拙劣的谎话！”

殷秦：“所以你们选择用更恶毒的语言来对姜月进行报道对吗？”

“我就不把你们的报道拿出来再公开处刑了。”殷秦轻笑着，“可能你们自己都会觉得不堪入目。”

下面的记者没有出声。

从许昱放出视频的那一刻起，台下的记者就像被钉在了耻辱柱上不停地摩擦，第一下被打脸的时候还能嘴硬，还能甩锅给始作俑者和姜月公司的公关人员。

而这一条条报道又被人拿出来“鞭尸”时，这种感觉真是一点都不好受。

他们对自己写了些什么样的报道，当然是知道的。这些年来，姜月的公关看起来最好“欺负”，所以他们就真的这么认为了。

没想到，这些人狠起来，比任何一个人都要狠。

他们倒也不是没有接到过律师函，但很多时候都是不了了之的。而这次他们明显感觉到，姜月和其所属公司是真的会追究到底的，是真的不会放过任何一个人的。

殷秦看着台下默默不语又显然有些顾虑的人，冷笑道：“那我们就帮你们还原一下真相。”

殷秦调到下一页，照片上笑得十分灿烂的两人揽着对方的肩膀，少年显然已经比旁边的女孩子高出一截。

女人的脸他们非常熟悉，是姜月，而她身旁的人有几分眼熟。

记者们几乎是同时缩了缩瞳孔，大脑高速运转着，以他们的经验来看，这个搂着姜月的少年，就是他们的报道里的那一位年轻小鲜肉。

但为什么，这个人和姜月长得那么像？

“姜阳。”殷秦念出这个名字，“姜月的亲弟弟。”

“什么？！”

“姜阳？？？”

“姜月竟然有亲生弟弟？？”

姜月的指甲陷在掌心里，心跳频率很快，她垂下眼帘，看了一眼远处。

她一直想保护姜阳，一直不想让他的身份曝光，不想让姜阳跟这个圈子扯上关系。姜月知道姜阳的身份一旦暴露，那么他的生活也会被人注视着。姜阳是一个自由的灵魂，不应该受到这样的约束，也不应该受到这样的打扰。

姜月觉得自己的任何一个小举动都在别人的监视下的感觉非常不好，所以不希望姜阳也过这样的日子，这么多年她一直做得很好。

但是……

就在这个发布会召开的前一周，姜阳突然自己找到了曲佳，让曲佳带他去见负责姜月事件的律师。

姜阳是自己提出来的，在发布会上给那些记者一击。

姜月是听曲佳转述的。

“小月，阳阳说，一直都是你在保护着他，他其实一点都不介意跟你一起面对这样的事情。

“因为你们是亲姐弟，不是别人。”

曲佳和姜阳说了很久才说服姜月，姜月虽然最后妥协，但是殷秦公开姜阳的身份的时候，还是心跳加速了。

这对她来说是一个新的开始，对姜阳来说也是，人们对未知的、新的未来，都是憧憬又紧张的。

殷秦说完，苏溶再一次接过话筒，说："这只是一件事，你们也看到了我们手上收集起来的资料有多少。"

她笑了笑，又说："我苏溶从来都不打没有准备的仗。"

苏溶一旦出手，就没有要失败的打算。

这些人当然也是明白的，此时此刻，证据摆在他们的面前，完全无所遁形，像是被人扒光了衣服。

"苏总，你这也不能怪我们乱写，你们以前也没有解释过对吧？！"有人硬着头皮顶了一句。

这是最后的办法，不然他们根本说不通，毕竟事情已经做了，报道也写了，殷秦那厚厚的一沓资料，不知道隐藏了多少东西。

他们不知道那边出起手来到底是怎样一个生灵涂炭的画面。

苏溶轻轻地握着话筒，嗤笑了一声。

"所以你们……

"我们不解释你们就乱写？这个世界上的所有事情在你们的眼里无非就只有一个选择。"

"跟异性出去吃饭就是有新恋情曝光，跟导演关系好就是潜规则上位，身体不舒服没有出席活动就是耍大牌，在你们的眼里……"她顿了顿，气息浅浅地说，"无非只有这些东西罢了。"

明明一件事情是有很多种可能性的，但是在娱乐记者的眼里，只有一种可能性，很多艺人连交个朋友都战战兢兢的。

跟异性朋友出去吃个饭、聚个会都不行，整天做什么事情都提心吊胆，就害怕被这些狗仔跟踪，最后就算是否认也还是落下话柄。

苏溶的最后一句话，掷地有声："所以——道歉。"

下面的人沉默不语。他们真的从没有给哪个艺人道过歉，做狗仔这么多年，对哪个艺人不是这样的？

记者见人说人话，见鬼说鬼话，给钱就写好的新闻，其他的就按照他们圈子的一个不成文规则来发展。

苏溶没说话，眸中带着几分嘲讽的意味，再次开口却话锋突然一转："是，我们也有做得不对的地方。"

还没来得及让大家的情绪发酵和反应过来，刚刚还态度强硬让他们道歉的女人，突然像是换了个人，苏溶敛眸收紧手中的话筒，缓缓开口："我代表公司先跟各位道个歉。

"这些年来我们对姜月的事情确实显得有些不闻不问，公关的处理也不够好，在各方面也给各位媒体添了不少麻烦。"

她的声音很柔，让这个发布会的气氛瞬间变化。苏溶的这声道歉诚恳，让人猝不及防。

没有人会想到苏溶会亲自出现，并且现在还亲自道歉，这句话音落下以后，沉默着的人群都喧闹起来了。

姜月和曲佳更是愣在位置上，刚刚还是那样强硬的态度，下一秒就自己先主动道歉。

苏溶转过头来，给她们俩投了一个安心的眼神，唇微动，再一次开口："道歉并不是一件困难的事情，我们所有人都会做错一些事情。

"不可否认，各位的报道对姜月产生了很大的伤害。虽然造谣者可恶，但是作为传播信息的媒体，大家更应该严谨，而不是去扩大这些负面的信息。

"所以我还是希望各位在今天的发布会结束以后，能够道个歉，不只是对姜月。"

苏溶说完，把话筒放下，走到姜月旁边，轻轻拍了拍她的后背，弯下腰在她耳边轻声说："会过去的。"

苏溶没有多做停留，公司还有很多事情等待她去处理。她出现在这里是因为早就预料到会有这样的情况。刚才停留的几分钟说的那些话，她想这些娱乐记者还是明白的。

道歉明明是一件很简单的事情，但是很多人都做不到，总觉得说声抱歉好像很难。而她只是想告诉这些人一件事——说一声抱歉并不困难。

她想告诉这些人，公司不是没有手段的，不是好欺负的，姜月也不是他们完全不保护的对象，用了硬的手段，最后再"服个软"。

所谓的先给一巴掌再给一颗糖也就是如此。

苏溶走后不久，发布会继续进行着，有人问了一句："之前有人说你的粉丝去攻击初晴，这件事情我们想问一下姜月小姐是真的吗？或者你这边有什么想说的吗？"

姜月拿过话筒，慢悠悠地开口："我们这场发布会没有对外公开，没有直播，为的就是能给大家一个畅所欲言的机会。

"实话说，我对这件事不是非常了解，最近一直在组里拍戏，也关注不到所有的事情。你们也知道的，我有时候对自己的事情都顾不过来。"

姜月的工作一直很忙，这一点大家都是知道的。

"但是如果真的是我的粉丝做的，这件事我会代表我的粉丝给她道个歉。"她说。

"最近你和初晴经常一起上热搜，关于你们的一些话题也是很多的。我们也想问姜月小姐是不是真的跟初晴十分不和？"

姜月张了张唇，突然笑道："哪儿来的和不和，我和初晴小姐……其实根本不熟悉。"

姜月的这句不熟悉，就把整个关于初晴的话题都终结了。下面的人在本子上写写画画了几下，又只得把话题绕了回去。

曲佳这才找回主场，刚才苏溶来了几分钟就像给她们打了一剂强心针，也让曲佳生出的怒气压了一些下去，苏溶说得没错。

这件事情大家都是有错的。

曲佳稳了稳声音，说道："前两点我们已经说明了，那么接下来我们解释一下第三点，关于各位说的姜月因为接其他的工作活动而不拍戏这一点。我们已经在尽力地减少姜月的活动，有的活动是实在改不了的，比如作为代言人必须出席的活动……拍了这么久的戏，也只出席了两场活动，并且所有缺的戏份我们都是加班加点拍完的。

"这一点很感谢剧组的各位工作人员的支持，但是我们绝对是认真对待这部剧的。"

曲佳说完，看向台下等人提出疑问。

"那上一次我们在剧组外碰到姜月和许昱一起下来是什么情况呢？当时也不是有什么活动吧，据我们所知当天其实也是有拍摄的。"

曲佳："那场拍摄确实是漏掉了，但我们这边也是紧急地请了假，之后就抽空补上了戏份，的确是很抱歉给剧组添了麻烦，但是并不存在消极工作和旷工一说。"

"是什么事情会紧急请假呢？"大家依旧穷追不舍。

曲佳顿住，这件事情并不是很好解释，也不是一时半会儿可以说清楚的，姜月也一定不会想把自己粉丝的私事放在这个地方来说。

就在曲佳不知道该如何回答的时候，姜月突然开口了：“不好意思，这件事暂时不方便透露，但是我可以保证以后会给大家一个交代。”

姜月的语气很柔，没有任何强硬和不耐烦之意，下面的人竟然也没有再追问，在底下小声议论了一会儿。

“各位还有没有其他的问题？”曲佳问，“我们这边已经把最近的情况跟大家说明清楚了。”

“这几件事倒是没什么问题了，只是……姜月和许昱是什么关系？”

台上的人同时顿了顿，殷秦在旁边看戏，敲着桌面的手指微微一顿。

两人是什么关系？这个问题倒是问得好。

曲佳有些尴尬地笑了笑：“许律师对我们提供了许多法律上的专业意见，也是我们公司聘请的律师。”

殷秦：“……”我何时才能拥有姓名？

他不是发言人，也不是委托律师，却在这里帮姜月解释了许多事情，再加上……

之前姜月和许昱之间也是有些风声的。

曲佳正在头疼，身旁的姜月突然开口：“朋友。许律师是我的朋友，之前我也是有很急的事情需要他帮忙。”

姜月扬眉：“还有什么需要解释的吗？”

曲佳本来以为姜月会回避这个问题，确实，许昱这个时候出现在这里有些牵强。

男女关系是最难猜的，也是最难解释的，信不信都是看听者愿不愿意。姜月的解释也就到此为止了，没有再说下去的必要。

许昱跟姜月的关系到底是什么样的，也不是今天讨论的重点，即便是好奇，大家也没有继续追问下去。

许昱的目光落在姜月的侧脸上，灯光柔和，她的眼神也是。

朋友。

他们终于是朋友了，就算只是一个普通的朋友也好。

发布会持续了一个多小时，记者又提了一些烦琐的小问题，曲佳都一一耐心地解释。记者也非常识趣地没有再提起初晴，而是专注问关于姜月的事。

从一开始双方的针锋相对，到后面双方的人都平静下来认真地谈这些事情，发布会还算是愉快圆满地结束，虽然那些记者没有发表最后的看法。但是大家都看得出来，他们在今天的解释中看到了一些事实真相，也看到了姜月的公司这一次的态度。这一次他们将追究到底，甚至不惜花重金请到了殷秦和许昱。

他们应该退让，并且对方的态度还不错，苏溶甚至亲自过来道歉说以前的事情做得不对，他们也没必要继续强硬下去。

发布会结束后已经过了午饭的时间点，姜月上了车，曲佳正想问姜月中午要吃些什么，姜月就先开了口："小佳，我约了许昱吃午饭。"

曲佳一脚下去差点把刹车当油门踩，还好身体的反应没有那么快，她握着方向盘转头惊讶地道："你跟许律师？"

"嗯。"

"就你们两个人？"

"嗯。"

曲佳突然敲了一下方向盘，不小心按响了喇叭，自己吓了一大跳，但还是没有听到姜月说那句话的时候震惊。

什么时候姜月已经接受跟许昱单独"约会"了？难道这两人真的要旧情复燃？

曲佳疑问的话还没问出口，姜月就知道她在惊讶和疑惑些什么了。

姜月撑着下巴，声音悠长，像是积蓄了很久的情绪慢慢地释放出来，小溪流般缓缓地流淌。

"许昱帮了不少忙，我也没有那么忘恩负义。那个视频是他弄出来的对吗？"

刚才姜月分明在曲佳脱口而出的话里听到了那个非常明显的字眼。

自己的事情到底有多少是许昱帮忙的？

一开始的资料是许昱那里整理的，她去余娇那里是许昱陪着去的，没想到连这次事件的视频也是许昱弄到的。

曲佳干笑了笑，挠头："也不全是，是许律师出的主意又去帮了忙，这才搞定的。"

姜月看着窗外，问："怎么搞定的？"

“对方给的视频，那我们也只能用视频反击，但是那段路没有监控摄像，路口和店铺都没有，你也看到了那段视频……是用各个路过的车辆的行车记录仪的视频拼接的。

“再往前几百米，学校的路口有一个监控，许律师建议我们去调那个监控，最后推算出了路过的那些车，去找他们车上的行车记录仪。”

姜月：“……”

“真是疯了。”姜月说，“谁能保证一定能找到路过的车辆？谁能保证一定有行车记录仪？”

曲佳叹了口气：“是的，我们都不能。

“但当时那是我们唯一的希望，你知道如果我们拿不出证据，你会被人说成什么样子吗？”

姜月突然泄了气，手都在微微颤抖。

曲佳给她说安心拍戏不要在意那么多，事情都会解决，但是她没想到这件事会这么难。

他们到底是做了多少工作，花了多少资源和人脉，才在那样的车流中硬是把那几秒的视频找了出来呢？

“所以我才说许律师是在意你的，”曲佳转了话题，“去哪里？”

姜月想了很久，最后才说：“回家。”

“不是请许律师吃饭吗？”

“回家请。”

许昱的这些帮助，她要怎么才还得起？

路上，姜月闭眼养神，突然回想起很久之前自己泡在家里的浴缸里，听筒那边有人跟她说：“给他一个机会，也当给你自己一个机会。”

发布会结束后，暂时没有其他的事情，剧组那边也是知道这一情况的，特意给全剧组的人放了一天假。因为这一点，苏溶还说忙完后请全剧组的人都吃个饭，所以现在姜月打算先回家。

她在网上点了些生鲜的外卖送到家，曲佳把她送回去就先走了，临走之前姜月紧紧地抱了她一下。

“小佳，辛苦你了。”

曲佳轻轻拍着她的背，安抚着：“这些本来就是我们应该做的，说真的，小月，其实你现在最应该感谢的人是许律师。”

姜月当然也明白，没有多说，已经知道许昱这些日子为她做的事情。她不知道该怎么回报他，只能默默地打开外卖软件点了一些新鲜食材。她刚刚站在电梯外点完食材，电梯门“叮”地打开，抬眸的时候对上里面那人也刚好抬起来的目光。

三年后，第一次，姜月和许昱对上眼神的那一刻空气中有火花碰撞，心情像是被摇晃后的可乐扭开瓶盖那一刻的声响。

第一次，姜月觉得这片心湖又被什么东西吹起了涟漪。

他朝旁边挪了挪位置，摆动了一下手腕上的表，眼神定在姜月的身上没有挪开。

姜月迈步进去，跨进去的那一刻却突然屏住了呼吸。她沉默了很久，看着电梯一层层地往上。

十八楼，姜月终于开了口。

“许昱，等会儿有空吗？”

“嗯。”

“来我家吃饭吧，我请客。”

“好。”

又安静了两秒，姜月有些不安地补了一句：“为了答谢你的帮助，最近谢谢你。”

男人的声音很沉，应答着：“嗯，我知道。”

他哪里敢多想，又哪里敢过多地去奢求？姜月现在能这样跟他相处已经很不容易了。

电梯到达，两个人各自朝自己家走去。姜月回去收拾了一下东西才等到外卖来的食材。她没那么早去隔壁敲门，而是自己拿着食材进了厨房。她一如既往地给自己买了紫薯、玉米和莜麦菜，给许昱买了肉片和小半只鸭。

她打算今天就做一个水煮肉片，再炖个老鸭汤。家里的厨房已经很久没有动过了，上次姜阳过来的时候还说过她。

“姐，你这个厨房装修得这么漂亮怎么不用啊？简直就是浪费，要是让妈知道你从来不在家里开伙，肯定会杀过来的。”

“那你就别给爸妈说。”

姜月虽然工作忙，常年不在家，但姜母还是希望她自己能开伙，因为厨房是最有生活气息的地方。姜母一直把做饭当作一件趣事，也想让姜月明白无论如何，都不能忘了享受生活。

当然，每次姜母做了很多菜以后，都会被大家“扫荡一空”，最后当然是姜月和姜阳灰溜溜地滚去洗碗。

姜月搬家以后这个厨房还是第一次开伙，她已经很久没有自己下过厨了，把食材拿过来看着开始发呆的时候，这才开始后悔，自己为什么要做这个决定？

她只能凭借着自己的记忆去做，虽然有些生疏，但好歹也是锻炼过的。以前还没搬出来自己住的时候，她就经常被姜母拖进厨房做饭。

姜月以前老是说自己不会，姜母就一副哀怨的样子，说：“看了这么多，小猪都看会了，我们小月怎么这么笨？！”

姜月最终无法承认自己比猪傻，硬是每天跟着姜母一起做菜。在工作忙起来之前，她的厨艺还是非常好的。大学时期姜月也经常想做东西给许昱吃，但在学校根本无法施展身手。

那个时候她每天期盼的事情，最后没有实现，命运的作弄却让这一个环节挪到了现在，她已经跟许昱分手了这么久的时候。

忙了一个多小时，姜月才终于歇下来，去隔壁敲门。她摁了好几下门铃都没有人应，拿起手机想打电话给许昱，才猛然想起来自己竟然连许昱的手机号都没有——更别说微信好友了。

她在门口等了几分钟没人应答，正要转身离开的时候，突然听到屋内传来几声巨响，似乎是撞到板凳挪动的声音，在地板上滑出了不友好的声响。

姜月顿住脚步，慢慢地准备转身，刚刚转过来，门就开了。

许昱微微喘着气，胸口起伏着，显然是着急地过来开门。她这才注意许昱只是随便套了一件T恤，头发没干，还在滴水，头上搭着毛巾，水滴顺着他俊朗的轮廓往下滴落，竟然有一种特别的吸引力。

姜月稍微愣了半秒，这才说：“可以过来吃饭了。”

“嗯，等等我。”他说。

“好。”

简单的对话后，姜月回到家，坐在沙发上抱着旁边的抱枕陷入长久的沉思中。

她和许昱这样心平气和地说话已经过去多久了呢？原来他们还能这样相处吗？

她和许昱到底在朝着什么样的方向发展呢？

姜月抱着抱枕在发呆，几分钟后许昱来摁了好几次门铃她才反应过来。她从沙发上跳下来，甚至忘记穿鞋就去开门。

开门的一瞬间，她下意识地说了一句："你来了？"

"嗯。"

她侧身，示意许昱进去，许昱却没很快迈步。他站在门口突然长长地叹了一口气，有些若有所思，目光幽深。被漆黑的眼瞳看着，姜月有些退让。

"我没想到我们还会这样。"男人缓缓开口。

"哪样？"

"现在这样。"

两人如此心平气和地跟对方相处，没有任何奇怪的情绪，也没有怨气。

姜月耸了耸肩："我也没有想到。"

姜月以为这一生跟许昱一定是老死不相往来了，以为那段感情是绝对不能回顾的，也以为自己这辈子都不可能再跟许昱牵扯上关系。

自己那样喜欢又让自己那样痛心的一个人啊！

最终兜兜转转，不是画了个圆回到了起点，而是一个沙漏里的沙子已经倾泻完，沙漏被翻转过来，从另外一边开始慢慢地往下漏。

姜月扶着门，许昱还是没有迈进来。她的手倏然收紧，紧紧地扣着门，声音有些小，喊了一声："许昱。"

她想说的一些话，最后却哽在了喉间，现在好像不是最适合开口的时候，姜月又把想说的话咽了下去，最后只是低声道："先进来吧！"

许昱这才进来，虽然姜月家他已经迈进来很多次，但这还是第一次这样名正言顺地被主人邀请。

离饭厅还有一段距离，许昱却已经闻到了饭厅传来的香味。滚烫的香油浇在辣椒上的香味十分明显，许昱立马就猜到了是什么。

果不其然，走近以后，许昱就看到桌上摆着满满一大盆水煮肉片，旁边还摆着一份酸萝卜老鸭汤，都是他一直爱吃的东西。

他看着那两道菜出神，轻声笑了笑，不知道是苦涩还是有些喜悦，心中的情绪十分复杂。

“你还记得？”

姜月一边放碗筷一边回答：“嗯。”

“没有那么容易忘得掉，我也没有必要骗你。”她顿了顿，筷子刚好放在旁边，滚了两下，“我也想让自己忘记你，但是那段记忆抹不掉。”

她抬头对上许昱的眼神，有些颤抖地说：“所以我选择面对它，寻找新的方法。”

“比如呢？”

姜月偏过头：“释怀？”

许昱的身形瞬间一顿，身体僵住，如果姜月是在他心口的尖锐利刺，那么这一句话就像是要把那根刺拔出来，让他血流不止。

令人最心痛的永远不是对方一直的怨恨，而是释怀，如果连怨恨都没有了，那就什么都没有剩下。

姜月垂着眸，几秒内没有发现许昱的反常，也并没有意识到自己刚才脱口而出了什么词汇。

她重新抬头的时候才看到许昱一闪而过的痛苦和失落，没有看得很清晰，姜月也没有仔细去思考他在痛苦和失落什么。

“先吃饭吧，这个姗姗来迟的午饭，做了些你喜欢吃的。只是我太久没有做过饭，可能不太……”

“没关系。”

许昱坐下，第一件事竟然不是去夹泡在辣椒油里的肉片，而是先给姜月夹了一片她喜欢的莜麦菜。

“是不是太晚了？”他说，“现在才知道你的喜好，我以前的认知竟然一直是错的。”

姜月握着筷子：“这不怪你，我也有错。”

是她自己说喜欢吃水煮肉片的，是她自己要那样为许昱付出，却根本没有问过他需不需要这些。

许昱又给自己夹了一片莜麦菜叶子，但是直接丢进了水煮肉片的辣椒汤里，垂着眸道：“这样也是可以的。”

他们其实根本不需要去迎合对方的喜好，就算是同一样食物，也可以有多种做法。

姜月突然就读懂了他的暗示，但没有追问，也没有继续这个话题，而是话锋一转：“许昱，谢谢你。”

谢谢他在每一件事情里的付出，姜月不是瞎子，也不是没有长心的怪物，终究还是个有情有义的活人。许昱为她做的那些事情，她还是看在眼里的。

姜月不至于在许昱这样帮助她的情况下还无动于衷，还去怨恨他做得不好。

不管是谁，她这个时候都应该感谢。

许昱抬眸看着她，姜月放下筷子继续说：“视频的事情我听小佳说了，要在千万的车辆中找出那几辆车……”

她顿住，许昱顺势接了话：“是很不容易，但是我们很幸运，准确地说，是你很幸运。”

姜月的瞳孔微微缩了一下，她很幸运吗？她真的是幸运的吗？

她还没有想完，听到许昱又补上了一句：“我也是幸运的。”

“嗯？”姜月下意识地接话，看着他，许昱却突然也放下筷子看着她，眼神深不可测。

“比如。”他沉声道，“千千万万的人中我刚好遇到你，这比找出那几辆车还要难。”

还需要有更多的缘分和机遇。

姜月没接上话，低着眉，很突然地问了一句：“许昱，你到底是怎么看我的呢？”

她的手滑到桌下，偷偷地扣紧，双手十指交错在一起，像自己打不开的心结。

她再怎么样还是难以忘记，当年决定分手的时候听到的那句话。他们之间的感情绝对不是因为那一件事，但那一件事是最后的导火索。

所以姜月一直很在意，自己在许昱的心中到底是一个什么样的人？

“明媚闪耀。”他说，“猝不及防地闯入我的世界，让我有些不知所措。

“比数学公式还难解，很长一段时间不知道该拿你怎么办。”

“但是解出来的时候比任何时候感觉都要好，”他突然舔了舔唇，“像炎炎夏日的一杯气泡水。”

恋爱感和喜欢，会像气泡一点点蔓延上来，涌在心上。

姜月放在桌下的手突然松开，她眨了眨眼睛，思索着许昱说的话。她以为自己一点都不了解许昱，结果到头来，自己还是很了解许昱的。

许昱对人最高的评价，大概就是闪耀。

因为姜月曾经问过他，如果很喜欢一个人的时候要怎么形容这种感觉，他说："闪耀到让人睁不开眼，眼前被照得一片白光，却还是想要伸手抓住光，想要穿过光。"

那时候姜月不太明白他的意思，又追着问了好久为什么要这样形容，他抬手轻轻敲了一下她的脑袋。

"因为爱情让人盲目。"

闪耀到让人看不清眼前，却还是想要前行，还是想要紧紧拥抱自己的爱人。

她觉得这个时候再不问，就真的没有机会了。反正她和许昱已经走到这一步，也没有什么好隐瞒的。姜月深吸了两口气，终于鼓起勇气。

"那……当年你对别人回答觉得我没有什么特别的时候呢？"

许昱的眉头倏然皱紧。

他当然记得这件事，因为那天他忙完案子从旁人那里听说的时候，自己也很惊讶。姜月对他而言，怎么可能普通呢？

他大概是太投入地在看手中的资料，根本没有认真听对方说的话。那时候他也没有在意这句"嗯"带来的影响，想着姜月大概等了很久，就急匆匆地去门口找她。

没想到，他最后等来的却是她说分手。

那天对许昱来说十分难忘，所以他当然把这件事记得清清楚楚。许昱皱着眉，抿唇很久，才有些不能肯定地问她：

"姜月，这就是我们分手的原因吗？"

若是换在之前，姜月绝对会反问许昱，分手的原因还重要吗？

但是现在没有，姜月盯着眼前的辣椒油，也不知道是不是被辣意熏到了眼睛，突然有一瞬间向上翻涌着酸楚情绪，差一点就要落泪。

回想起那个时候自己听到那句话的伤心和绝望，那种被人推下悬崖粉身碎骨的感觉实在是太痛了，她以为那个人把自己推下悬崖了，所以心如死灰，再也不想活过来。

而现在，她似乎看到了那人伸手想要拽回自己的画面，即便他已经浑身是血，还是不肯松手，即便她努力地掰开了很多次，还是被他死死地拽住了。

并且，现在自己还有一丝想往上爬的冲动。

菜没有继续吃，姜月抓起旁边的纸巾，没有擦眼泪，却不知为何狠狠地擦了一下手指，一系列不安的动作，就已经替代言语回答了许昱的问题。

他很久没有说话，半分钟后才沉声说道："对不起。"

"如果当时的我更在意他在问什么，就不会有这样的事情发生了。"

姜月吸了吸鼻子，声音微哽："不管有没有那件事，我们都会分手的。"

"姜月。"

"嗯。"

"你愿意给我一个解释的机会吗？"

姜月愣了一下，呢喃道："解释……解释什么？"

"解释这些年来，你在我这里到底是什么样的。"

八年前的秋天。

初秋的十月，夏季的热气仍久久不愿离开，和秋天的发丝纠缠在一起。大学城内黄了几片叶子，气温却没见降低。

许昱作为法学院的代表参加了一场新生辩论赛的活动。经过一段时间跟队友磨合之后，许昱被推选为正方的一辩。辩论赛那天似乎与往常无异，只是许昱出门之前不小心碰碎了桌上的玻璃杯。

室友当时回头看了他一眼，微微诧异："许昱，你也会这么不小心？"

许昱这个人似乎从来都是严谨的，连摔碎杯子这件事都不应该发生在他的身上。只是碎了一个玻璃杯，许昱并没有在意。

没想到这个例外，就是从摔碎杯子开始的。

这场辩论赛的观众来得不多，大学内虽然这样的活动很多，但是真正愿意去看的人很少。

辩论赛这样听起来就很无聊的活动，愿意去当观众浪费娱乐时间的人非常少。开赛之前还有人开玩笑说，应该先做个大型的宣传，把许昱的照片贴上去，这样大教室肯定会坐满人的。

当然，这也只是玩笑话，他们参与这个辩论赛的目的也不是要很多观众来看，而是比赛本身。

一切都井然有序地进行着，许昱这边很早就拿下了优势。辩论赛进行到一半，他的余光扫到后门有人做贼似的溜了进来。许昱觉得这人偷偷摸摸的样子有些好笑，稍微转头看了一眼，虽然隔得远，但他还是看到来人。

女生身材比较高挑，很随意地穿了一套运动服，扎着干净又不失可爱的丸子头，皮肤很白，眼睛很好看。

这是许昱对姜月的第一印象。

辩论赛结束后，姜月坐在前排睁大眼睛一动不动地看着他，眼神直接，丝毫不避让。即是他的眼神挪了过去，姜月也像是没有看见一样，还是直直地与他对视。

这个女生胆子也很大。

他们对视了两三秒，许昱旁边的人拍了拍他的肩膀，挑了挑眉："怎么，感兴趣啊？"

"表演系的新生，系花，姜月。追她的人能从这里排到操场吧！人长得漂亮，成绩也不错，文化分好像也是表演系的第一名，你要是有兴趣的话，以你的……"那人的话还没说完，就被许昱打断。

"没兴趣。"

"真的假的？"那人鄙夷地看了许昱一眼，心想：没兴趣你盯着人家看什么看啊，还看了那么久！

后来许昱也想过自己为什么会盯着姜月看那么久。他一开始以为是姜月进来的时候过于好笑，甚至有几分可爱，这才引起了他的注意。之后许昱才发现，其实这些都是表象。

实际上，是因为姜月对他有一种神秘的绝对吸引力，就像是找到了磁极的磁铁。

许昱跟姜月对视了几秒，她突然对自己粲然一笑，露出脸颊旁边甜腻的浅浅的酒窝。许昱当时也没太在意，仅仅觉得这个人算是自己这些年见过的，比较让人印象深刻的一个人。

不知道出于何种原因，她会来看这场辩论赛。姜月一副云里雾里听不懂他们讲的道理的表情，实在让人难以相信她是喜欢辩论赛才来看的。所以许昱以为，这是第一次，也会是最后一次看到姜月。

但……

许昱又见到她了，第二次，第三次，第四次。

辩论赛要进行很多场，观众也渐渐多了起来。辩论赛进行了几次以后，才有人听说许昱参与了这个比赛。消息陆陆续续传开，观众一次比一次多，而姜月总是能想办法坐到前排的位置。

虽然，每一次她都一副没有听懂的样子。

许昱观察了她好几次，发现她是真的不知道他们在说些什么。甚至最后一次比赛的时候，姜月听到一半直接趴在桌上睡着了。

最后散场的声音都没能吵醒她。

许昱没走，等其他人都走了以后，走到了姜月的位置旁。本来他想伸手敲一下桌子让她醒过来，但是她睡得很沉，有几缕头发贴在脸上。他差点下意识地伸手帮她捋开，快要碰到的时候，才意识到自己好像在做什么流氓事情。

他第一次心跳得那么快，有些羞愧，有些难以想象自己在做什么。

他怎么会想对一个陌生的女孩子伸手？

许昱还是没走，隔了几个位置坐在她的旁边，翻开手上的资料，却什么都没有看进去。安静的大教室里只有他的呼吸声最为清晰，旁边的女生睡得很安稳。明明隔得不近，许昱却觉得似乎有滚烫的温度传到自己的肌肤上，这种感觉很奇怪。

最后教务处的老师来锁门，才发现教室里面还有人——姜月和许昱都还没走。

"欸？怎么还有人啊？"老师站在门口询问，"同学，赶紧走了啊！"

许昱回过神，合上书起身，再一次犹豫要不要叫醒姜月。他还没开口，门口的老师就大喊了一句："同学，记得把你女朋友也带走啊！怎么在这里睡着了？"

许昱愣住，手上的资料差点掉下去。

女……女朋友？

这个称呼，这个误会，怎么会让他有些不知所措？

许昱根本没有反应过来，旁边的女生突然动了动，似乎快要醒来。他突然一阵慌乱，匆忙地先出了教室，背靠在教室门口的墙上，听着里面的对话。

"同学？同学，醒醒。"

"啊？！不好意思，不好意思！！"

听到教室里传来“嘭嘭”起身的声音，许昱赶紧迈步往外走，那种感觉就像做了坏事要赶快逃离现场。他匆忙地离开了教室，身后传来姜月跟老师交流的微小声音。

“嗯……真的不好意思，我昨天练习到太晚，基本没有睡觉。”

“没睡觉还来看辩论赛啊？”

“有一个很想见的人，所以……”

渐渐地，她的声音消失。

直到走远，许昱才低头看了一眼自己的手，指尖的血色微红，心里跳出来的想法，再一次吓了他一跳。

刚才那张脸，他碰到的话会是什么样的感觉？

从此，许昱见到姜月这个人都想绕道走。他为自己心里的这个想法感到不安，但更多的是羞愧，甚至有些不敢去面对她。

那时候他根本不知道这是情窦初开的小男生的复杂心情。

姜月撑着脑袋听许昱讲故事，听到这里的时候，突然抓紧了自己面前的餐桌布。

她有些犹豫地问了一句：“最后一场的字条，是你留的？”

“是。”

姜月：“……”

那天她在大教室里醒来，看到自己旁边贴了一张便利贴，上面写着三个字——早点睡。

她想了很久都没有想通会是谁留的字条，万万没想到，在很久后的现在，会得到这个答案。姜月抿了抿唇，小声地问：“所以其实你一开始就在注意我吗？”

“嗯。”许昱回答着，“从你第一次从大教室的后门溜进来开始。”

虽然那个时候许昱不知道自己是不是喜欢她，但能肯定的是她在他的世界中一定是一个特别的存在。

以前姜月觉得自己陷入爱河的那场初遇只有她动心，没想到，其实许昱也早就注意到自己了。

除了感动和震撼，姜月还觉得有些苦涩。这样跟他交换故事后，她才发现原来他们两个人的认知有这么大的差别。她以前从来没有听许昱谈过这些，要是他以前就会这样跟自己聊故事，跟自己表达心情——

要是她早一点知道这个版本的故事，那自己大概也不会一次次地失望，自己的一次次热情也不会被他的冰冷态度浇灭。

她才知道，原来在许昱的世界里，自己竟然是这般。

许昱还在继续讲着，那是许昱世界里的她。姜月感觉了解到另外一个世界的自己和许昱，推翻了所有的，姜月曾经的认知。

故事的后来，许昱以为自己跟姜月再无牵扯的时候，这个姑娘突然黏上了自己，并且说喜欢他。一场突然到来的，连他自己都没有意识到的心动，似乎重新回来。

但是这个时候的许昱，已经被时间磨掉了一些心思。他或许曾经注意过姜月，但后来两人长时间没见，他也就没有多想了。

姜月在追许昱的事情传得尽人皆知，许昱也经常被人问起。

“许昱，表演系的系花这么喜欢你，你就不动心吗？”

他没答，无奈地弯了一下唇。

对姜月不动心的确太难了，许昱本来想远离她的，但是一次次地，他已经被姜月搞得措手不及。他不知道该做何反应，只能冷冷淡淡地拒绝。

许昱发现“喜欢”这种感情太陌生、太奇怪了。

也有人说：“喜欢许昱的人多了去了，还差姜月一个？万一许昱不喜欢这种类型的女生呢？”

“最后谁能搞定许昱，还真是令人期待。”

许昱淡淡地瞥了他们一眼，说：“为什么不能是我搞定别人？”

“嘁——”

“你哪儿会追别人啊？我们才不信，别人那样对你，你都无动于衷。”

其实他哪里是无动于衷，根本是不会表现。许昱也想过，要是自己真的喜欢谁，大概也不会太主动。

许昱觉得自己对姜月大概是一时好感，恋爱什么的对他而言还是不需要的。后来，不知不觉地，这场感情的拉锯战竟然持续了快一年。

他从未意识到自己到底是怎样喜欢姜月的，以为自己对她没有什么特殊的感情，直到有一天听到姜月说：“许昱是不是不喜欢我，要不我还是算了吧？这么久了，石头都会开花了，我不想再打扰他了。”

那天，他觉得自己的心口绞痛，放不下，舍不得，最后跑到女生的宿舍门口拦住她。

“姜月，我们在一起吧！”

那天他在姜月的眼底看到了花。

和姜月在一起的那些日子里，许昱笨拙地恋爱，什么都不会做，心高气傲的少年也什么都不愿意问，以为自己偷偷摸摸对她好就可以了。

比如他记得她喜欢的东西，记得她的小愿望，再比如买礼物给她。

他以为自己做了男朋友应该做的事情。

直到两个人分手。

跟姜月分手那天，他很急地想去谈好那个案子。这个案子许昱本来是不想接的，但是就在之前不久，姜月跟许昱说今年想去海边，想跟他一起去捡好看的贝壳。那个时候许昱已经不问家里拿钱了，所以想案子结束拿着佣金去满足姜月的小愿望。

中秋节离国庆节很近，许昱已经看好了去海边城市的机票，打算快些做完这个案子陪她过去。

但是故事最终没有走到那一步。

戛然而止的故事，再也没有后续，姜月的眼眸颤抖着，声音发抖：“所以……所以那段时间你是想跟我一起出去的吗？”

“你说想去，我藏着想给你一个惊喜，没想到这个惊喜最后也没有给出去。”许昱垂眸，有些自嘲地笑了笑，“如果当时我早一点告诉你就好了。”

姜月没说话，情绪快要到达临界点。

她以为许昱从来没有爱过自己，但其实他从两人的第一面起就一直在关注她。她以为一直都是自己一个人在为那段感情付出，但其实许昱也一直在默默地做一些事情。

只是那一切都还没来得及表达出来，姜月就毅然决然地转身走了，一点机会都没有给他留。

筷子滚落在地上，姜月没有任何心思去捡起。

这场感情，到底是谁做错了？

许昱看着她，想要伸手握住她的手，却悬在半空中，跟她的手保持着几厘米的距离，说：“这是我的解释。”

姜月却是久久没回神，最后说了一句：“许昱，我想自己静静，可以吗？”

“嗯，好。”他收回手，“早点休息，明天还要回剧组。”

饭没怎么吃，就被故事和思绪填满了，姜月微微摇头：“下次再请你吃饭……”

许昱刚刚起身，脚步迈出了一步，准备给姜月留一个单独安静的空间。他刚刚踏出去，袖子倏然被人紧紧抓住，姜月的声音很轻，情绪不稳：“留个……电话号码。”

许昱顿住：“我的电话号码一直没换。”

虽然有些自作多情，但是许昱一直保持着这样的想法，希望姜月什么时候想找他的时候，打通这个电话他就能马上接到。

姜月没说话，轻轻咬了咬下嘴唇，应着：“嗯。”

许昱的电话号码，她还记得。因为以前记得太清楚，已经刻在了心里，就算主观上她想要忘记，有的东西还是能下意识地脱口而出。

许昱走后，姜月也没有收拾东西，坐在沙发上缩成一团，抱着手边的抱枕，脸埋在里面。她想了很久，却依然想不通自己该怎么办，便拿出手机给宋连一打了个电话。

宋连一接得很快，声音轻快：“喂？怎么啦小月？今天的发布会情况怎么样？”

“嗯，挺好的。”姜月的声音有些沉闷。

“怎么了？不开心？”宋连一问，“是不是有什么其他的事？”

姜月犹豫了很久，才缓缓开口：“连一，我该怎么办？”

“我以前一直以为许昱一点都不喜欢我，但是今天才发现不是的，其实他也是喜欢我的。我突然觉得自己当初那样的行为很过分，现在不知道怎么面对许昱。”

她也做过很过分的事情吧，那样对他。

姜月絮絮叨叨地把情况一股脑地说给宋连一听，也不知道自己的表达正不正确。因为她现在脑子一片混沌，不知道该怎么解释。

宋连一听完后叹了一口气，语气无奈：“这件事没有绝对的对与错，只是以前你们两个人都不够成熟，对待感情的方式不正确，所以才会造成这样的结果。”

“你看啊，你们都只是不知道对方的想法，一个以为只有自己在付出，另外一个人不爱表达却觉得对方能感受到，连付出和准备惊喜都是默默去做。你们俩这要是不误会，谁误会啊？”

姜月：“……”

“小月，你也不用觉得愧疚和可惜，没有什么可愧疚的。在那场感情里你对许昱没有亏欠，已经用了自己最想表达的方式对他付出了所有的爱意。就算现在许昱把一切都告诉了你，你也不算做错。

“但是我们不能否认，许昱以前从来都不解释，也不表达，你怎么才能不误会呢？”

“你是不是觉得可惜？”宋连一问，“两个人明明是相爱的，却产生了那样的误会而分开，明明是可以一直走下去的，却分开了这么多年。”

姜月没有回答，却有些默认的意思。

她今晚回想起来的，竟然全是跟许昱在一起点点滴滴的趣事和甜蜜画面，再想起以前还怪他从来都不喜欢自己，想起自己那样毫无征兆地跟人提分手，愧疚不安，也一定会有一些可惜。

宋连一那边有勺子碰着陶瓷杯子的声音，说：“没有什么可惜的。”

“我倒是觉得，你们的分开是为了更好的未来。你想想，要是你跟许昱没有经历这样的事情，还在一起，迟早也会被不完美的双方击溃。”

那个时候的许昱不懂得如何去正确地爱别人，其实姜月何尝又不是呢？

只是许昱的偏差太过于明显，不会表达爱意这一点，对大多数人来说是最致命的，而姜月哪里又是全部对的呢？她为许昱付出的那些东西，自以为懂事，不向对方说明自己到底想要什么，她却还期望着对方领悟。

太难了。

曾经的姜月和许昱要顺利在一起太难了，分开也是迟早的事。

姜月吸了吸鼻子，问：“可是现在呢？”

现在她应该怎么办？

宋连一的语气突然变得严肃，问了一句：“你觉得呢，你现在还爱着许昱吗？如果你还爱他，那就试试看从头来过吧！”

姜月沉默着，竟然回答不上。

自己还爱着许昱吗？她真的不知道对许昱的感情是什么样的，到底是对那段感情不甘心，还是听完故事以后愧疚，抑或是许昱出手帮忙以后自己想要感谢？

姜月对许昱的感情和想法，似乎不是三言两语，也不是一天两天就可以想明白的。

宋连一跟姜月认真地谈了很久，最后姜月才说："嗯，我知道了，我会考虑好再告诉他的。"

宋连一本来打算挂断电话，又匆忙地补上了一句："不是和好，而是重新开始，你懂我的意思吗？以现在的姜月和现在的许昱这两个身份重新开始。

"曾经的你们，是真的不合适，不般配，如果你们都没有改变，那么现在也会是同样的结果，不会破镜重圆。"

通话结束后，姜月起身去了书房。书房书架上面空缺的位置很明显，那个本子她已经还给许昱了，她已经把自己以前喜欢的那个许昱还给他了，说好从此再也没有牵扯。她从柜子深处抽出一盒佛珠，依旧还有淡淡的木质香。

她的这串早就断掉了。

以前她戴三圈太松，四圈稍紧，姜月强行戴四圈，说到底就是大小不合适。她的手腕围没错，佛珠的长度也没错，后来有一天里面的细线就断了，珠子一颗颗地掉落。

姜月看着这盒珠子，陷入沉思。

那，她要重新穿起来吗？

姜月说要静一静，而后好几天都没有跟许昱联系。几天后的晚上，姜月在阳台上趴着，目光偷瞥了一下隔壁那户的阳台。

干净整洁的阳台上摆了一张书架，姜月甚至都能想象到，许昱坐在阳台上开着暖黄色的灯光，在灯光的照耀下，轮廓柔和，认真地拿着一本书在翻动。

一开始知道许昱住在旁边的时候，姜月还会感叹命运作弄，甚至想过自己要不要搬家。但是那段时间忙于拍摄，根本无暇顾及这些生活的琐碎事，震惊之余更多的是想怎么去接受这个事实，她也没有什么好逃避的。

而现在，姜月竟然觉得，有时候他住在旁边会给自己一种安全感。

大概是因为前些日子余娇的事情，姜月都无法想象，要是自己一个人莽撞地去了，最后事情会发展成什么样子？

因为担心一直喜欢着自己的粉丝，她就一点准备都没有，莽撞地往前冲。要不是许昱陪她一起去，她一个人应该很难正确地处理那件事情。

许昱的处理也给了她安心感，所以现在他在旁边，姜月并不会排斥。

五天后，姜月正在拍一场争吵的戏，在戏里跟怀礼安吵得不可开交。这一幕收工结束，姜月活动了一下自己有些发酸的手腕，正打算去旁边休息一下，一抬头就对上不远处那道灼灼的目光。他似乎在渴望着问题的答案。

下一场戏跟姜月和宋连一都无关，姜月刚下戏就被宋连一拉住。她拉着姜月的手，声音压得很低，小心翼翼地问了一句："你跟许昱最近怎么样了？"

姜月越过重重的视野阻挡，目光与许昱对上，又低垂着头说："没有怎么样，没有谈话，也没有见面。"

"那你到底是怎么想的呢？"

"自己想好像永远都想不出一个结果。"她说，"不知道哪一个方法才是最好的。"

宋连一笑了笑，挽着姜月转身，说着："哪儿能有什么最好的办法，不是什么事情都得你自己……"

这句话还没有说完，转过身去的一瞬间宋连一看到了许昱。她有一种在背后议论被人当场抓包的感觉，还好自己没有说什么过分的话。

宋连一看到许昱，轻轻地推了一下姜月："要不现在就谈谈吧？"

她说这话的同时，许昱也迈步朝她们走过来，站在了宋连一和姜月的面前。宋连一轻咳了一声，说："等一下有我的戏，我先去准备一下，你们俩先聊会儿吧！"

姜月："……"

等一下哪里有她的戏，还不知道要过几场才能轮到她！宋连一这个退场表现得很礼貌，给他们俩留够了私人的空间。

姜月和许昱僵持了许久没有说话，最终还是许昱打破了两个人之间有些尴尬的气氛。他没有马上提之前的那件事情，而是认真地夸了她一句："刚才那场戏演得不错。"

"我以前没有看过你生气的样子，还以为你从来都不会生气。"许昱停顿了半秒，"原来你生气的时候是这样的。"

许昱的语气有一些怅然失落。

姜月以前是从来不会对他生气的。不管她当时的心情是不是不好，不管她是不是觉得委屈，任何情况下，姜月都没有在许昱的面前表现过任性和生气的模样。

她那时候太喜欢许昱了。

其实姜月也是第一次谈恋爱，想让自己在恋爱中当一个善解人意的女朋友。因为她看过很多情侣分手的原因都是女生太过于任性和不讲道理，所以觉得自己不能够这样做。

她对自己的要求非常严苛，却没有意识到这种所谓的善解人意，其实根本就没有把自己想要的东西传达给对方。

所以有人说，恋爱中适当的“作”是情侣之间的相处之道。

姜月有些无奈地耸耸肩，叹息着说：“是啊，毕竟我也是个人，当然会有喜怒哀乐各种情绪，当然也会生气啊！”

许昱：“我倒是希望你有什么情绪都能够表达出来，不管是开心，还是觉得受了委屈。”

许昱看着她，又说：“其实我都想要知道。”

他想要接受的，不仅仅是她明朗快乐的一面，也想帮她接收她的阴郁。

就像天气的变化一样，虽然晴天会给大家带来好心情，但是有时候阴雨天同样可以让人开心。艳阳高照也好，大雪纷飞也罢，都是自然的规律，都是最正常不过的事情。

姜月低着头，没有很快回答。

其实她明白许昱的意思，但是现在她也不知道该怎么回答。现在要两个人和好显得有些仓促，而且她也没有什么信心。毕竟不是误会解开了，两个人就还能继续相爱，就能够让一切都重回原点。

姜月沉思了很久想，以前的问题应该就是两个人都不够坦诚，总是在拐弯抹角，自顾自地想，也自顾自地去猜忌，从来就没有跟对方好好地沟通交流过。

人类总是在无聊地浪费与人相爱的时间。

但是，经历了这么多的事情以后，姜月决定让自己做一个坦诚的人。她发现这种自以为是的懂事和善解人意，对别人来说反而是一种错误的信号，便决定以后有什么事情，一定要坦坦荡荡地跟对方进行交流。

她以前太沉迷于自己的世界中了。

"许昱。"姜月认真开口，"这么多年都过去了，你和我都不是当年的那个人。我不能肯定我们是在变好还是在变坏，也不知道我们现在到底还合不合适。

"我不是想吊你的胃口，只是不知道现在的我们到底应该走哪条路。"

"我很感谢你的付出，也很感动你曾经做过的那些事情，更愧疚于自己以前从来都没有好好地去了解过……但是现在……"

虽然还是觉得有那么一点可惜，因为这样不会表达而产生的误会让两个人分开，比其中一方根本就没有在这段感情中付出还要让人难过，让人觉得遗憾，因为他们明明可以有很好的结局。

但是不能否认，他们现在这种状况也是因为不合适而造成的。以前的他们不合适，现在他们也不一定就合适。如果现在就这样贸然地和好，谁也不能保证他们以后不会再吵架、再分开。

姜月当然不想两个人和好以后再经历一遍那样的事情。

她渴求的一直都是永远，虽然很难，但这是她的愿望。如果这场恋爱两个人注定要分开，那还有在一起的必要吗？

她的愿望是跟一个自己很爱的人谈一场不分手的恋爱。

姜月说完，许昱当然也就领会了她的意思。他的薄唇抿成一条细线，弧度平缓，让人猜不到情绪，良久，他说了几句很熟悉的话。

"那如果不是和好呢？"

"所有的一切我们都重新来过。"他说，"过去的事情就让它过去。"

宋连一之前也对她说过这几句话。姜月微微仰起头，看着他漆黑如墨的瞳孔，男人的声音低沉沙哑，尾音沉下去，却又带着几分非常特别的魅惑力。

"我们重新来过，这次换我追你。"

这件事许昱提出来以后，姜月想了很久，最后还是答应了。

其实她自己也想过了，就像宋连一说的那样，她有时候需要给许昱机会，也需要给自己一个机会。经历了这么多，姜月暂时没有打算把自己和许昱相关的所有东西都扼杀掉。

他们或许真的需要一个重新开始的机会。

许昱的行动力非常惊人，姜月一点反应的时间都没有，就开始被这个男人追求了。这种感觉非常微妙，八年前自己还因为一场偶遇陷入爱河，主动热情地去追求许昱，没想到在她以为这场感情绝对不会有结果的时候，两人的角色互换了。

许昱的话提出来没几天，他就住进了剧组，并且他的房间就在姜月的对面。

某天早上，姜月开门准备去片场的时候，对面的那扇门"嘎吱"一声也开了。男人穿着简单的休闲服，一副舒适悠闲的模样，但是头发依旧打理得一丝不苟。

两个人目光相触的那一刻，姜月稍微愣了一下，反应过来以后问了一句："你在这里干什么？"

许昱淡淡抬眉："近水楼台先得月。"

这个"月"字指意明显。

姜月还没有说其他的话，手机"叮"地响了一声，低头看发现剧组的工作人员已经在催她过去化妆了。姜月没有久留，只给他留下了两句话。

"近水楼台先得月？怎么个得法？"

姜月去了片场进行今天的拍摄，一切都非常顺利。下午的时候，许昱再一次出现在片场里，手上拿着一杯蜜桃气泡水，淡粉色的液体跟他的气质很不搭。他一出现就赢得了人们的关注，甚至比有的明星受到的关注度还要高。

姜月和宋连一对接的时候，宋连一挑了挑眉说："看样子好像是来等你的。"

姜月轻声"嗯"了一声，但是没有多说。

此后的几天，许昱不是来给姜月送喝的，就是给她送吃的，时不时还会带一些小玩意儿过来。

要是别人还看不出来他们俩之间是什么情况，就只能说明那些人太没眼力见了。不过没有人敢去问，大家也只能在私下猜一猜。直到许昱亲口承认他在追姜月，这件事情才渐渐传开。但这一消息也仅限于在剧组内流传，大家好像有一种默契，都没有把事情往外说。

姜月和许昱之间的气氛非常微妙。

对许昱这么热情强烈的追求攻势，姜月没怎么表达过自己的看法，而许昱好像也不在意，一如既往地做着自己该做的事情。这样的状态大概持续了一周，姜月在某一天被许昱拦下来，那也是一个她从来都没有见到过的许昱。

不再是以前那个不解风情的冰山，不再是那个对什么事情都无动于衷的冷面人，许昱似乎有一些苦恼，拦下姜月以后神色微颤地看着她。

“这么久了，你一点反应都没有吗？”

难道是自己用的方法都不对吗？

姜月轻笑：“你觉得我应该给出什么样的反应呢？”

“至少我想知道你有没有一点动心？”

他是真的很在意姜月的想法，她对他的举动却无动于衷。

姜月看了他一眼，一开始没有说话，后来还是觉得有些于心不忍，转身回房间之前说了一句：“那就加油吧！”

她没有一点动心、没有一点动摇吗？

这是不可能的。

其实姜月也不是不想回应他，更不是想吊着他的胃口，只是连她自己都觉得，在爱情里面不能因为别人对她好，产生感动的情绪以后就这样匆匆忙忙地在一起。

对她和许昱更是，他们更需要一个长时间的考验来确定两个人到底合不合适，仅仅是像现在这样，是不够的。

许昱这段时间做的事情，她也看在眼里，记在心里，并没有无视。只是这种普通套路的追求已经不适用于他们两个了，这很难检测出来他们到底合不合适。

日子慢慢地过去，两人的关系并没有太大的变化。某天晚上，姜月准备休息时，接到了余娇的电话。

电话号码是姜月留给余娇的，因为姜月还有自己的事情，没办法帮余娇把每一步都做好。姜月也麻烦了一些朋友去跟进余娇的事情，而她也会时不时地打一个电话过去询问一下情况。

姜月跟余娇通完电话以后，犹豫了很久才去敲响对面的房门。

许昱一直都没有过来开门。姜月在门口等了很久，最后听到男人不慌不忙的脚步声和慢悠悠地过来开门的声音。

在他开门的瞬间，姜月本来已经准备好问他为什么听到敲门声还一直不开门，并且还一副不着急的样子，可在看到他开门的时候，僵在了原地。

姜月下意识地往后退了一步，甚至想抬手捂住自己的眼睛，耳根都是红红的。

“你不能先穿好衣服吗？”

许昱裸着上身，只围了一圈素色的浴巾在腰间，头发丝还有水滴在往下落，顺着脸颊流下去。她匆匆瞥了一眼。

只是一眼，她就看到他的锁骨和胸膛肌肉，紧实而不失柔和的线条，一切都显得刚刚好。

许昱靠在门口，挑了挑眉：“怎么了？”

姜月：“……”

许昱怎么突然不回避一下？怎么突然变得有点……骚气？

他这是受到了什么刺激吗？怎么突然变成这个样子？

姜月隐隐约约觉得许昱一直隐藏着的某种她没有发现的属性，在慢慢地觉醒。

不过她这个时间过来是有正经的事要跟许昱说，而不是为了看什么美男出浴图。但突然看到许昱这副样子，姜月又觉得自己血气升腾。

最后姜月跟他拉开好几米的距离，背都快贴到自己的房门上，转头别开眼神，花了好几秒才让呼吸平稳下来。

“许昱，我有事情要问你。”

许昱的声音悠悠的：“嗯，好。”

“我要穿衣服吗？”

姜月：“……不然呢？你难道还想这样裸着？”

许昱笑了笑：“你要是想的话，倒也不是不可以。”

姜月：“闭嘴，穿衣服！”

姜月让他回去穿好衣服，这才愿意去他的房间。两人坐下后还没进入正题，姜月又被许昱调侃了一番：“大半夜的孤男寡女，你来我的房间安全吗？”

姜月再一次沉默。

今晚的许昱到底是怎么回事，两个小时前不是还好好地跟她说话吗？

姜月还没想出个所以然，许昱尾音上扬，又接上一句：“更别说，我还喜欢你。”

姜月脸一红。她也不是十几岁的小妹妹了，当然能听懂他话里的深意，这个成年人不避讳的话题。

不过，这些不太像是许昱会说出口的话。

姜月被打断思绪，小声地吐槽了一句：“你今天受什么刺激了？鬼上身了吗？”

许昱目不转睛地看着她，微微颔首，随后就摇了一下头，有些无奈：“以前比较假装而已。”

他怕有的行为和话语会吓到姜月，他印象里姜月就是个小女孩儿。

之所以在短短的两个小时内会变成现在这个样子，都是因为许昱给白棋打了个电话，和白棋说了一下他现在和姜月的情况。

许昱倒是没想让姜月很快接受自己，只是现在一点希望都看不见，所以想知道是不是自己追人的方式出了问题。

他对追女孩儿这件事不太擅长，毕竟也是第一次做，没有人指导，也没有经验。

最后他想不明，才无奈之下给白棋打了个电话。

白棋问了一下他的情况，听完以后笑了很久，说：“你以为你哄小孩儿呢？

“什么年代了还这样追姑娘？”

“那要怎么追？”许昱问道。

“勾引她啊！”

许昱：“……”

不过也确实是一语惊醒梦中人。

姜月问出答案，沉默了几秒，只是淡淡地吐出一句：“看来是真的。”

“什么？”

“每个男人都会说这种奇怪的话。”

许昱轻笑：“那你喜欢吗？”

姜月：“……还是闭嘴吧！”

说不上喜欢或者不喜欢，姜月一时半会儿还没有那么快能接受这样的许昱，感觉人设崩塌了。

他们胡扯了一些话，这才慢慢地进入正题。要不是刚才接到余娇打来的电话，姜月都快忘记要跟许昱谈一谈这件事了。

自从把这件事交给他以后，姜月就没有太多地去操心，而且曲佳那边也在帮忙。

姜月每次都想要做很多事情，但是分身乏术，想要照顾到每一件事、每个人是不可能的。

“许昱……”姜月还是有一点难为情，因为把这件事情交给许昱以后，就很少过问了。

更多的时候是他们主动跟她交流信息，姜月这边只知道余娇没有什么危险了，事情也算是在顺利地进行。

其实现在想起来，她还是有些羞愧的，毕竟当时急匆匆地要去管这件事情的是她，却把后续的事情都交给了他们去做。

虽然当时曲佳说了这件事情全权交给他们来做，让姜月不要过多地操心，毕竟她的工作很忙，但是现在想起来，姜月还是觉得自己应该再关心多一些。

“我想跟你谈谈余娇的事。”

许昱坐直身子，恢复了正经严肃的样子，说：“余娇的事情你不用担心，我这边在负责。你想要达成的事情已经全部做到了。”

姜月的眼神落在他的手臂上，当时那个伤口虽然不算太深，没有伤到筋骨，但是作为皮肉伤已经算严重的了。伤口已经拆线，最近处在恢复期，但手上的那一条疤痕还是十分明显。

姜月听许昱说完，这才明白为什么余娇会跟她说事情已经处理得差不多了，因为许昱确实处理得很好，每一个方面都考虑到了。

姜月垂着眸，说：“许昱……其实你很忙吧！”

余娇的案子本来不应该给他的，这会不会成为许昱的负担？

“嗯。”他没有否认。

“但是余娇的案子是你给我的机会，我一直想接一个类似的案件。”许昱能猜到她的想法，“我会把它做好，但这不仅仅是因为你，所以这件事你不必担心。”

“嗯，我相信你。”

关于余娇的事情，她现在很安心，因为姜月知道许昱一定会做得很好，他不会让她失望，也不会让她操心。

但是……

姜月目光一挪，眉头微皱："还疼吗？"

许昱撑着下颌，语气突然变得轻佻："嗯？"

"我说疼，你要吹吹吗？"

姜月："……"

她还真是煽情不来。

不过她似乎更喜欢这样的许昱，虽然感觉有点微妙和奇怪，但是至少能感觉到他的感情流露，而不是要她去辛苦发现。

"许昱，再给我一点时间吧！"

他们还需要一点时间，毕竟恋爱太难，就算现在两人之间的相处没有什么问题了，但是要在一起还是有点困难。

确定关系的一瞬间，两个人的心态都会发生变化，如果走错了一步，就再也回不了头了。

姜月跟许昱谈过余娇的事情以后，觉得心里的又一块石头落了地。还好，这件事有他在，她就不用太担心了，而曲佳也一直在跟殷秦交接，帮她解决那些恶意报道和评论。

律师声明已经发出去了，和预料的差不多，粉丝感叹经纪公司终于拿起法律武器保护姜月了，而剩下的路人都是"吃瓜"状态。

看明星发律师声明已经不是一件稀罕事了，但是很多人都是不了了之的。所以即便是他们发了律师声明，也有很多人不当回事。

殷秦了解到这个情况的时候笑了笑，说："现在他们可以不把我们发的声明当回事。但之后我们胜诉了，他们就知道什么才叫事儿。"

这块巨石已经悬在了半空中，就像是对那些恶意报道和评论的人发出的警告，如果他们采取行动或者做出回应，这块巨石就会落下。

因为这块石头从来没有落下过，所以很多人觉得这块石头应该是落不下来的。

最近的生活有些平静，唯一不平静的只有许昱偶尔给她带来的一些惊喜。明明应该开心，但姜月还是隐隐约约觉得有什么事会发生。

曲佳说姜月多虑，因为所有的事情分明都在正确的轨迹上运行着。

姜月找不到任何自己心慌意乱的原因，直到……

一周后，依旧是风平浪静的一天，与往常无异。

当天晚上，突然有一个微博小号爆料——“知名演员姜月擅自插手别人家家事，致使一家人妻离子散。”

这一次，根本不等事情发酵，公司就出手了。原本那些每次都会黑上姜月两笔的营销号也突然转性不再说她不好。

公司的律师声明刚发出去就有娱乐营销号转发，配文基本都是——

“姜月公司声明，绝不姑息造谣者。”

“真相到底是什么？”

大家没有慌忙地站队，而是站在中立的位置。

这个消息曝光的当天，剧组的人都为快要杀青而开心不已，因为只有最后一两周的戏了。姜月这一次也没有太慌张，反而在事情出现以后镇定不已。之前她就觉得哪里埋着一颗定时炸弹，现在炸弹自己露出来了，反而让人觉得安心。

她终于能看清敌人了。

当天，公司会议结束后立马让姜月发了微博声明——

姜月：从未破坏过别人的家庭，谢谢各位的关心，也感谢粉丝的信任，我一定不会辜负大家的期望。这件事的真相也会在这几天整理出来，好给大家一个解释。

当天，“姜月声明”“姜月破坏他人家庭”“姜月公司声明”几条热搜连在一起，大广场上议论纷纷，话题持续了好几天都保持着高关注的现象。就算是这样，姜月也没有影响剧组的正常拍摄工作。只是某天殷秦突然来了一趟剧组，而且是和许昱一起来的。下车以后，殷秦见到姜月的第一句话就是：“许律师无事献殷秦，非奸即盗。”

姜月：“……”

许昱：“……”

因为殷秦才是她的负责律师，所以他过来一趟还是有必要的。那个造谣的微博小号已经被调查出来了，是南城某家网吧的 IP 地址，看来对方非常谨慎，不是没有准备的。

那条微博的内容大概就是说姜月怂恿粉丝和粉丝的母亲离家出走，用谎言欺骗了粉丝，让他们一家人妻离子散，而配图是一家人以前温馨的合照和现在冷清的家的现状。姜月他们看到这条微博内容的第一眼，只会想到一个人——余远山。

这确实是余娇家里的那件事没错，但是余远山没有这么聪明。

许昱早就调查过了，余远山在一个建筑工地上班，平时看起来热心老实，是大家都喜欢的热心肠的人，不过因为事情老做不好经常被批评。他一向都是沉默不语。可就是这样一个人，回到家里竟然会对自己的妻子和女儿动手。

这件事突然被曝光，显然是一场蓄意明显的行动。

“你觉得他的目的是什么呢？他明明知道自己理亏，动手伤人，被警察拘留那么多天以后还有底气出来泼你的脏水吗？”殷秦说。

姜月摇头。

“他的目的可不是泼你的脏水这么简单，毕竟只要余娇和黄小曼出面，所有的事情都会真相大白。”

姜月：“那他们的目的是什么？”

许昱在旁边，声音很冷地道：“话题度、固有观念和成见。”

许昱接着说：“我们不得不承认你前几年的事情给一些网友留下了不好的印象，所以一旦是关于你的事情，都会被无限地放大，特别是这些不好的新闻。就算公关部门解释了，对你有成见的人还是不会改变看法的，他们永远会觉得你是错的。那么对方就算是泼脏水，使用了这种低劣的手段，也能达到他们的目的。”

“因为网友睁眼瞎。”殷秦敲了一下桌子，“所以，我们一定要把暗地里的那个人找出来。你有什么对家吗？”

姜月想了一会儿，说出好几个名字。

许昱：“……”

殷秦：“这也太多了吧，你怎么搞的？”

姜月无辜地眨了眨眼：“女明星的市场就是这样，很多戏大家都想拍。苏总捧我，总是能给我拿到好的资源，对家自然而然就多了起来。”

殷秦：“人红是非多。”

许昱点开手机，对姜月说：“我们已经商量好了，让余娇明天下午出面解释，这件事处理起来倒不算难。”

“只是，幕后黑手是谁？”许昱眯了眯眼，显然没有打算放过那个人。

姜月看着他们，突然觉得虽然前路有些难，但是很心安，毕竟自己有这样一同前行的人。

第二天下午。

余娇和黄小曼一起到达南城，来到了姜月的经纪公司，做好了解释一切的准备。姜月的经纪公司这才对外放出消息，说所谓姜月拆散他人家庭一事已经找到当事人出面解释，下午四点开始现场直播。

直播开始之前余娇十分紧张。

因为明明是姜月帮了她，现在她却给姜月惹上了这样的麻烦事。余娇也知道那条微博绝对不是余远山发的，因为余远山都不怎么会用电脑，更别说上新浪微博引起话题度了。

下午四点，直播准时开始，临时接到通知的媒体蹲守在直播间里。直播画面里出现的那个女孩，就是之前曝光出来的照片里那个“女儿”，而她旁边的女人正是照片里的“妻子”。媒体不知道姜月的经纪公司是怎么请到这两人的，但凭着记者的直觉，他们都觉得这场直播信息量会很多。

余娇一直双手紧绞，紧张不已。她盯着摄像头，在全国观众的面前揭开了父亲的罪行，并解释了姜月在这件事中充当的角色。

“二十天前，我抱着微弱的希望给姜月发微博私信求助。我也没有想到会收到回复，更没想到她会连夜赶过来帮助我。网络上那些说她怂恿我爸妈离婚的话都是在泼脏水，是她救我和母亲逃出那个地狱般的家，是她帮助我们重获自由……

“那条微博完全是在颠倒是非，现在我和母亲的身上还有被家暴的伤痕。如果大家不相信的话，我们可以把之前上交法院申请离婚的资料拿出来，里面有很多我们受伤的纪录。”

余娇把照片调出来展示给网友，一张张照片触目惊心。

直播很快结束，余娇和黄小曼把事情说明之后，大家才发现之前那个小号爆料的内容是真的蠢到没边。那个人竟然敢拿着两张这样的照片就开始瞎编故事。

发布会结束后，微博上一片道歉声，现在一群跟风黑的网友被这场直播狠狠地打了脸，剧情也有了一个大反转。

事情看似解决好了，一切回归到了风平浪静的模样。当天晚上，姜月回到剧组时，大家也收工了。她回到房间正打算去洗澡，房门突然被人敲响了。听敲门的节奏频率，她已经判断出来人是谁了。

许昱站在门口，微微皱眉：“方便叫曲佳也来一趟吗？”

姜月愣了一小会儿才点头。

许昱显然是有很重要的事情要说。上午许昱和殷秦过来的时候，就已经提前给她打过预防针了，说就算余娇出面简单地解释了这件事，隐藏在背后的人也绝对会有下一步。

这时，微博热搜还挂着对姜月有利的话题——

“姜月深夜救粉丝”

“人美心善姜月”

她却不敢有一丝松懈。

曲佳匆忙赶来以后，第一件事就是关心姜月：“小月！你没事吧？”

姜月摇头：“没事，我这不是好好的吗？”

曲佳在电话里听到他们那么严肃的语气，吓得不行，赶过来的路上也一直在担心。她进门后就扭开一瓶矿泉水猛灌下去，半分钟后才微微喘着气问：“这么晚了，什么事这么急？吓死我了。”

许昱表情很严肃地说道：“是应该着急的。”

曲佳愣了一下，说：“为什么？”

现在的局面看起来对他们是有利的，姜月帮助余娇的事情也说清楚了，网络上一片好评，问题基本解决了。律师声明发出去之后，有一个经常黑姜月的号也被正式起诉，成了被告。

他们准备了那么久的绝地反击，资料非常充分，绝对可以让对方无力反驳。

许昱的声音很沉，像是这漆黑的夜色一般，他说：“不觉得奇怪吗？”

“突然出现的小号曝光了这件事情，这不会是余远山做的，那么就是有人处心积虑地在调查姜月到底做了些什么事情。而且对方也知道这件事曝光出来以后他们是没有胜算的，因为我们可以轻松地把真相展现给大家。”

曲佳听着，突然也皱起了眉。

没错，这个料出现得很快，解决得也很快，可谓解决周期最短的一件事，并且反转还如此之大。

“虽然现在网络上出现了一片好评声，但是……”许昱顿了顿，又说，“万一对方的目的就是这个呢？”

曲佳突然回过神来，有些不确定，毕竟真的很少有人会这么做。

她皱眉，声音有些不确定地说：“目的其实是……不管是好是坏，都让姜月处在话题的中心？”

“因为，在那个引人注目的位置，一旦姜月有一点半点差错，就会被群起攻之。”

但是人怎么可能是完美的呢？

姜月一定也会有做错事情的时候，往后她做的任何一件事都会被人无限放大。到时候就不是几个黑粉造谣这么简单了，只要姜月踏错一步，就会成为人人喊打的过街老鼠。

这件事其实就跟许昱和殷秦说的一样。

余娇的解释，只是事情的开端，看起来是澄清的结束，却达到了对方的目的。经过许昱的分析，姜月才明白，原来对方只有一个目的——

让她处于风口浪尖之上。

第六章 我的男朋友不是许昱吗?

盛夏八月，空气中的热浪一波波地蔓延，此时的室外只有在建筑物的遮挡下才能感受到一丝清凉之意。

不知不觉，《青空一夏》的拍摄接近尾声，姜月总算是过上了真正平静的日子。这部剧拍摄的时间不长，只有两三个月，但这么短的时间里，竟然发生了这么多事，姜月觉得有些恍惚。

马上就只剩最后一场戏的拍摄了。因为姜月的事情给剧组添了不少麻烦，姜月的经纪公司便派了几个人过来安抚人心。

苏溶说要请全剧组的人吃饭可不是说着玩的，不过她的工作太忙来不了，就只能安排公司的人过来。

许昱当天也在场。

姜月杀青的时候，所有人都围了上去。许昱一直等到人群散开才终于跟姜月对上眼神。

她捧着别人送的花走过来，浅笑着说：“你辛苦了。”

许昱顿了顿，一字一句顿念出四个字：“众星捧月。”

两人没说太多，曲佳就过来搂住了姜月的肩，问道：“许律师一起去聚餐吗？”

许昱还没回答，旁边响起几声附和的声音。

“去吧去吧，一起去！”

“对呀，许律师也一起去呀，大家都认识的嘛！”

最后还是姜月轻声说：“一起吧！”许昱这才应下来。

这大半个月里，许昱依旧忙碌着手上的各种案子。虽然他为了追姜月专门搬到了剧组，但其实许昱大多数的时候还是在忙工作。姜月是在某天晚上许昱突然来给自己送水的时候从他没有关的房门里看到的。

书桌上堆满了成山的资料，还有一直开着的电脑文档。

她那天接过他递来的水，低声说了一句：“好久不见。”

其实两人也就三五天没见上面，但由于许昱这段时间一直在她眼前晃，追人的方式依旧是俗气的送花送水送温暖。姜月没有一丝动摇是不可能的，有一个人每天坚持对你好，久而久之，谁都会心动。

“工作忙。”许昱说，“抱歉，最近缺了几杯。”

姜月没说什么，只是最后在道别的时候忍不住关心了一句：“注意休息。”

大概是因为剧组杀青，这场聚会大家都放得很开，就像是学生时代毕业后的那一次聚会。很多人都喝了几杯酒，有些晕乎乎的，气氛还算火热。聚餐接近尾声的时候，导演上台讲了一通话。

“其实拍这部剧我的感触还是很多的，但之前忙着拍戏，也一直没跟大家多多交流。这个青春的故事我很喜欢，我相信这一定会是一个很感人的故事。”每个人的青春都不一样，但是又经常能在这样的故事里，在各个角色身上看到自己的影子。

导演显然也是喝了些酒，虽然没有醉，但是“酒后吐真言”这句话是真的，连平时比较寡言的导演此时此刻话都多了起来。

“首先，非常感谢各位演员，能把这些角色表达得这么好，说到这个，我还是觉得姜月是最适合夏青空的人，她把夏青空身上的那股青春气息表现得特别到位……”

姜月被夸得飘飘然的。她是多久没有听到别人这样的夸奖了？寥寥数语，她就觉得万分感动，眼眶微微泛红。

所有人都转头看着台上发言的人，姜月偷偷转头想拿一张纸巾，就看到一双好看干净的手拈着两张纸递给她。她抬起头，落入许昱的眼底。

他的唇微微动了动，声音很轻，但是姜月还是听到了。

“你的确就是最好的，世界上独一无二、无可替代的你，所以……”

许昱的话说到一半突然顿住，他的眼神落在递给她的卫生纸上。

姜月有些茫然地打开第一张，上面一片空白。她怀疑自己是不是有点自作多情了，便把两张纸都捏在一起准备擦眼泪，却突然听到男人补了一句。

“下一张。”

姜月愣了一下，打开下面那张被她捏得皱巴巴的卫生纸。

黑色的墨迹展现在她眼前，在柔软的纸上写的字有些歪歪扭扭的。

——“所以你也要爱自己。”

下面还有一行字，墨迹换了一个颜色。

——“我也爱你。”

姜月看着自己手上柔软的纸巾，柔软微痒，心里似乎有什么东西融化了，像看到可爱生物的时候被融化的感觉。

导演的讲话很快就结束了，所有人都回过神来。

姜月看到大家的动静，倏然收紧手，有些慌乱地把手上的纸巾塞回手提包里，装作什么都没有发生过。

姜月垂着眸，却突然觉得这两张纸像极了她和许昱。她带着一份期待打开了第一张纸，却发现里面是一张白纸。

所以她理所应当地认为另外一张纸也是空白的，如果没有许昱让她打开那一张，那姜月就会把两张纸都丢掉，因为她想保住所谓的最后的坚持和尊严。

是她自认为没有自己期待的东西，所以就自顾自地放弃了。

聚餐接近尾声，姜月却突然猛灌了两杯酒，脑子里轰鸣着，晕晕乎乎的。

她有些恍惚，无力地往后靠，听到大家热火朝天地讨论起了一个话题。姜月一直没有参与，直到宋连一在旁边轻轻拍了她一下。

“小月，问你呢？”

姜月眨了眨眼睛，十分迷茫，小声地问：“怎么了？问我什么？”

“刚刚导演在总结嘛，我们就聊到了‘青春’这个话题。有人提了一个问题，你二十岁的时候最难忘的事情是什么？”

关于“青春”这个话题大家是真的怎么说都不会厌烦和腻味的，这也是在饭桌上的一个经久不衰的话题。

姜月听完，往前倾了倾身子，手轻轻放在桌上，抬眸对上许昱的眼睛，换作平时她可能已经收回眼神了，但是这个时候她没有。

酒壮㞞人胆。

本来聊得热火朝天的一桌人突然安静了下来，所有人都在等待着姜月的回答。一两分钟后，姜月才突然呼了一口气，握着手边的玻璃杯。

她低声重复了一遍："二十岁的时候最难忘的？"

二十岁啊！

她那个时候生活算是平静的，从小都是听话、优秀的代名词，生活中没有什么事情不顺心，一切都很顺利，但是同样，也没有什么事情会让她特别开心。

她的生活没有波澜，直到许昱出现。

许昱说是她的出现打破了他平静的生活，而她何尝又不是呢？！那个时候喜欢上许昱，她才发现原来自己的生活还有另外一种色彩。

姜月沉默了很久，这才勾了勾唇，五味杂陈的情绪翻滚着，她的语气有些淡："二十岁，最难忘的事情大概就是喜欢他吧！"

姜月话音落下，本来等待着的所有人突然屏住了呼吸，每个人都怀揣着不同的想法。

喜欢他？

这个"他"是谁？

众人还没有得到答案，姜月又补上一句："不过喜欢他太累了，所以难忘吧！不怎么样，难追又没品，挺没意思的。"

有人差点惊呼出声。

什么？！竟然是姜月主动追的人？难以置信！

"喜欢"这种情绪真是让人既心酸又甜蜜，心里想的是一回事，她说出口的又是另外一回事。

姜月其实想说的话很多，比如自己喜欢的许昱是会闪光的，比如她喜欢他的时候虽然很累，但同时又收获了许多东西。

也不知道是不是因为喝了酒，她想说的话到嘴边就转了弯。话一说出口，她都不敢抬头看许昱的眼睛。

其他人都没有说话，也有明眼人感受到了许昱有些不对劲。只有怀礼安这个时候看热闹不嫌事大，摇晃着手上的酒杯。

他的语气依旧慵懒，一副事不关己的懒散样子，慢悠悠地挑眉，问了一句：“后悔吗？”

怀礼安的话一出口，他明显感觉到坐在旁边的许昱身形僵了一下，再也没有平时的那份淡定和从容。

宋连一都已经给怀礼安递眼色让他少说两句，但怀礼安还是一副无所谓的样子，还想把这件事搅得更乱。

怀礼安抿了一口酒：“既然你都说很累了，那肯定是后悔的吧？

“喜欢一个人让你感觉到很累，那就没有坚持下去的必要了。”

宋连一：“……”

你能闭嘴吗？

她在桌下狠狠地踹了怀礼安一脚。

就连平时看起来缺根筋的简余都没说话，嗅到了空气中不自然的气氛。

姜月没有回答，一只手撑着脑袋一副十分困倦的样子。怀礼安轻声笑了笑，没有再说话。

宋连一凑近去看姜月，发现她已经闭上眼，睫毛微微颤动着，明显没有睡着，但是也没有力气再跟他们多说。

还好这个时候已经陆陆续续有人离场，宋连一这才开口说：“好了，就到这里吧！我等一下让小佳送小月回去，这件事……”

简余赶紧摆手：“我们不会说出去的！吃完这顿饭就全部消化了！”

虽然姜月没有说那个男人是谁，但是大家也猜到了几分。姜月和许昱的微妙关系，之前不是没有风声的。

许昱在微博帮姜月说话的那次，虽然热搜很快被撤了下去，也有很多人不知道这件事，但剧组的人还是略有耳闻的。

人的嗅觉是很敏锐的，许昱突然站出来的时候可能没有想那么多，但是语气中的那份暧昧暴露了所有关系。

哪些事情应该当作不知道，这张桌子上的人是再清楚不过的了。

宋连一让简余帮忙看着姜月，她去叫曲佳过来。这桌的其他人也暂时还没有离席，快要散场的时候，怀礼安站起来看了一眼没有动的许昱。

“刚刚漏掉了许律师。”怀礼安顿了顿，“你呢？”

许昱嗤笑一声，没有回避，而是很快地回答了：“初恋。”

他敛着眸：“如果重来一次，我会主动追她。”

他的难忘，还带着一份遗憾，没有好好追过她的那份遗憾。

这次倒是换成怀礼安沉默了好几秒，很久以后，他看到宋连一领着曲佳过来才悠悠开口：“那就好好弥补啊！女孩子最难哄，但也最好哄。”

曲佳没想到自己一会儿没有在姜月的身边，她就喝成这样。姜月酒量很一般，酒品……说不上烂，但是绝对也算不上好。

她每次喝完酒就爱一直“咯咯咯”地笑，每次喝完酒胆子就非常大，壮着胆说一些平时根本不敢说的话。

曲佳过去看到姜月那副样子，第一反应是看了一眼许昱，真是怕姜月不小心说出了什么不该说的话。不过许昱的神色看着还算正常，曲佳稍微安心了一些。

她过去轻轻碰了一下姜月的脸，轻声问：“欸，还好吗？”

姜月的声音很轻，比平日里多添了几分娇意，睁开眼睛，伸手就去戳曲佳的脸，说着：“小佳，你来啦！”

曲佳：“……”

唉，丢人！

姜月塑造了那么久的女神形象，在醉酒以后马上就功亏一篑，她就不该把姜月单独放在这桌。

身后的宋连一有些抱歉地搓了搓手，说：“不好意思……我应该看住小月的。”

曲佳无奈地叹气，又摆了摆手，说：“算了，没事的。”

曲佳虽然对姜月喝了酒以后的情况有些担心，但转念想想又觉得未尝不是一件好事。这几年姜月一直隐藏着自己的情绪，都没怎么好好地释放过。

曲佳带了她这么多年，印象中她就只有喝了酒以后才会把所有的情绪释放出来，任何情绪憋久了都会让人难以承受。

曲佳扶着她，给同桌的各位道别，说道：“感谢大家对我家月月的照顾，麻烦你们了，那我们就先走了。”

“好的，路上小心啊！”

“回家记得报平安。”

“需要帮忙吗？”

曲佳摇了摇头：“没事，不用了，到家以后我会在工作群里跟大家说的。”

她带着姜月出去，走到许昱旁边的时候，姜月突然顿了一下脚步，脸靠在曲佳的肩膀上，却回头看他。

“许昱，你不走啊？”

许昱还没回答，姜月又拍了一下曲佳的背，说：“好吧，许昱不走，那我们先回去吧！”

许昱：“……”

他什么时候说过了？

曲佳觉得姜月这个情况也不适合多留，只能对许昱说：“我们先走了。”

其实姜月是能自己走的，就是走得有些轻飘飘的。刚刚走出大门，姜月就喃喃着：“小佳，我的头怎么晕乎乎的？我刚才都不知道自己说了什么。”

曲佳见旁边没有其他人，这才说了她一句：“所以让你少喝点酒，我不在你旁边，你就别碰酒这种东西！”

姜月撇了撇嘴，说：“好吧！”

可她刚才为什么喝了那么多酒呢？喝完以后自己到底说了些什么呢？

她记得自己叽里咕噜地说了一大堆话，但是好像声音越来越小，她也不记得自己最后有没有把想说的话说出口。

她沉思着，跟着曲佳上了车。靠上座椅的那一刻，姜月觉得突然再一次眩晕，甚至觉得快要失去意识。

曲佳启动了车，打开火的一瞬间，听到旁边的人大声问了一句：“我的男朋友呢？为什么不让他跟我一起回家啊？”

曲佳：“？”

“你说什么？你有个鬼的男朋友……！”

姜月突然又安静了，看样子是酒的后劲上头。就在曲佳觉得不会再有事的时候，姜月又低声开了口，语气还带着几分怨念和委屈。

她说：“我的男朋友不是许昱吗？难道我们分手了？”

曲佳：“……”

疯了。

姜月一路上都不安静，一直在跟曲佳叨念自己的“男朋友”。曲佳是一点都不想理这个发疯的女人，但是一旦不回答就被姜月缠着，让她不得不发表意见。

“我的男朋友太厉害了吧！

“你知道他经常在各种大赛上拿奖吗？每次出去告诉别人这是我男朋友的时候，我都骄傲极了！

“我的男朋友人帅又可爱，还不是花瓶，成绩超级好，唉，这么好的男朋友去哪里找啊？”

曲佳：“……”

之前姜月告诉曲佳关于她和许昱的事情时，可不是这么评价许昱的。曲佳怎么都想不通，那个在姜月嘴里“又渣又贱又难追”的许昱，怎么在她喝醉了之后就成为世界第一好男友了？

到底哪一个许昱才是她心里真实的模样？

还是说，以前她觉得有多好，后来才会觉得有多渣？

曲佳好几次想停下车把姜月的嘴封起来。姜月回家后，一打开门，就朝黑漆漆的家里喊：“许昱——我回来啦！”

曲佳忙活了好一阵才帮姜月换好睡衣，把她扛到床上去。姜月一碰到床突然就老实了，不说话，也不乱动了。曲佳站在床脚观察了几分钟发现姜月真的不再动以后，才松了一口气。她凑近去看了一眼，确认姜月呼吸平稳，似乎陷入了沉睡。

这是曲佳见过姜月酒品最差的一次，具体表现在——觉得自己跟许昱还没有分手，疯了一般跟她聊许昱的事情。

不过还好，她现在不再闹腾了，曲佳在旁边找了纸笔，给姜月留了一句话以后才走。

曲佳在迈出姜月房门的时候还是有些不放心，犹豫再三，给许昱发了条微信消息，说：“许律师，小月喝太多了。要是她今晚来骚扰你，你就把她按回去。”

许昱洗完澡从浴室出来看到这条消息的时候，反反复复地看了好几遍。

骚扰他？

姜月今晚说的话似乎都还在自己的耳边，所有人都说酒后戏言不得信，但是他认真听了，也认真信了。

“难追又没品。”

她说得有错吗？似乎是没有的，难追是真的，当年姜月硬是追了快一年，许昱才答应下来。当时自己到底是怎么想的？这个问题现在的许昱都想不明白。

他没品，也是真的。

毕竟她对他那么好，他却没有实实在在地表达过喜欢她，把一切都归结于情窦初开的羞涩和不敢说、不敢做。

今晚的姜月好像回忆起了什么不好的事情。她已经很久没有这样一副要远离他的样子。姜月说那些话的时候，他有些怅然若失，好不容易看到的希望感觉又要抓不住了。虽然知道她是喝了酒在胡言乱语，但许昱还是很在意她说的每一句话。

这样的状态之下，姜月来骚扰他，根本就是不可能的事。

但许昱还是礼貌地回复了：“嗯，好的，辛苦了。”

他把手机屏幕锁上，扔在床头柜上，没有马上睡觉，而是走向旁边的桌子打开了电脑加班。他最近手上的工作是真的很多，不能有一点懈怠。

许昱抬眸看了一眼墙上的时钟。

看来今天又是一个不眠夜。

夏天的夜晚依旧燥热烦闷，即便房间内开着空调，也能让人感觉到外面空气的沉闷。许昱工作做到一半觉得有些犯困，起床去泡了一杯咖啡。路过窗台的时候，许昱看到外面的天气竟然还不错，星星铺满了天空。

许昱的第一反应竟然是这样的好天气，他想跟姜月一起看，下一秒转念就想到她这个时候早就不知道在梦里看了什么风景了。

他回到房间里继续处理没有做完的事情，一杯咖啡还没有见底，突然听到门铃响了。

许昱站在家门口准备开门，却发现刚才一直响着的门铃突然停了。他将手按在门把上，还在犹豫着要不要开门，门外传来一道带着困倦慵懒意的女声，打着哈欠，语气轻软。

"许昱……"

没能等到对方下一句话开口，许昱飞快地在半秒内就打开了门，明亮的走廊和她身后落地窗映出来的漆黑夜色形成鲜明的对比。

姜月穿着一件吊带睡裙，手上抱着一个抱枕，白皙的腿露了一大截在外面。她伸手揉了揉眼睛，又打了一个哈欠，问："许昱，你不睡觉吗？"

许昱没有听出她现在是醉了还是醒了，只能"嗯"了一声，认真回答："还有工作没有做完，倒是你……"

他的问题都没问完，姜月就往前迈了一步，跟他之间的距离骤然缩减，鼻尖刚好在他的喉结边缘，温热的呼吸洒在他的肌肤上。明明是炎炎夏日，许昱却突然被惹了一身颤意。

"可是我想睡觉了，工作不能白天做吗？"

许昱的声音很低，姜月神志不清，也没能辨别出有什么不对。他说："那你乖乖的，快回家睡觉，这么晚了还跑过来……"

许昱说完，准备拽着她回她自己家的。姜月却突然抓着他的领口没撒手，抬起头，眼神有几分茫然，显然是还没有醒酒。

"可是我想跟你一起睡呀！我自己又睡不好。"

许昱："……"

两个人就这样对视了很久，姜月可怜巴巴地抱着抱枕偏头看他。这是许昱从来没有见到过的她，一时没反应过来不说，更多的还是觉得自己有些受不了。

他沉默了许久，伸手在她的额头上轻轻地点了一下，说："乖一点，去睡觉。"

姜月轻哼了一声："你都不想要我吗？"

"……"

许昱血脉偾张，浑身上下的温度都被点燃，尚存的一丝理智告诉他不能再这么下去了。他十分无奈，按住姜月的肩膀，连哄带骗地轻声开口："那我陪你。"

姜月瞬间绽放出笑容，说："嗯，好呀！"

"我刚刚还跟小佳说，我男朋友最疼我了。"

许昱再次沉默了，"男朋友"这个称呼真是久违了。他瞬间一怔，没想到姜月此刻竟然是这样认为的，看来她已经醉得不知道自己到底在做什么了。

姜月喝了酒在胡闹，他倒是清醒，却不能跟着她一起胡闹。许昱心间微痒，像是有一万只蚂蚁在心上爬过，连掌心都是酥麻的。

如果她是醒着对自己撒娇多好。

许昱拿姜月没办法，最后只能送她回到她自己的房间。他感觉在哄小朋友，帮她把被子全部理好，硬是把她按了回去让她好好睡觉。

姜月却怎么都不安分，翻身侧头看着他，眼睛半眯着，说："许昱，你不睡吗？"

"嗯。"许昱沉声回答着，"你先睡吧！"

"好吧！"姜月有些委屈，"那你要看着我睡着哟……"

"嗯，我看着你睡。"

"真的吗？"

"真的。"

"那你要跟我保证。"

许昱"咊"了一声："怎么保证？写保证书还是发誓？"

姜月没有回答，目光锁定在他手上戴的戒指上。她从被子里把手拿出来，晃着白皙纤细的胳膊，对他说："我要那个，你要是走了我就不还给你了。"

许昱抬起手，神色有些复杂，问："这个吗？"

"嗯。"

姜月伸出手等待着他把东西递过来，许昱看了她很久，最后才把卡在自己手指上的戒指取给她。姜月翻身伸出另外一只手想要把那枚戒指套在自己的手上，却没有找到适合那个圈的大小的手指。

她尝试了好几次，戒指套上去以后都从她的手指上滑落下来。最后姜月把戒指拿起来，有些不开心地赌气。

"哼，什么嘛，我根本戴不上。"

她拍了拍自己面前的被子，有些小情绪的样子。许昱看着，开口安抚道："这是按照我的手指尺寸做的，你戴不上也没有关系的。"

"我戴不上你的戒指是不是因为我们根本不合适？"

"没有。"

许昱顿了顿，说：“会有一枚专属于你，适合你的戒指。”

姜月还好没有太在意这件事，撇了撇嘴，说：“那好吧，那以后你要给我准备大小合适的，我要……”

她打算说出自己喜欢的样式，被许昱抢答了。

“你要底座是贝壳形状的戒指，里面放钻石，像是被贝壳孕育的，闪闪发光的，”他顿了顿，才继续，“爱情。”

姜月迷迷糊糊地点头，“嗯”了一声后低念：“果然还是你了解我……”

她说着，声音越来越小，呼吸渐渐平稳，本来就是半夜突然醒来，又跟许昱瞎闹腾了这么久，这个时候困意自然袭来。

许昱就这样看到她陷入沉睡，低低念了一句：“你后悔吗？”

没有人应答。

喜欢他这件事，真的像怀礼安说的那样，她真的后悔吗？

许昱没有走，既然答应了姜月不会走，那就真的不会走。

不管是什么时候，在什么情况下，对她的承诺都不能食言，最后许昱确定姜月睡熟了，不会再醒了以后才动身。他此时已经保持着同一个姿势在床边坐了好几个小时。

他再一次回去的时候，天空已经微微亮了，盛夏的日出本来就早，六七点就开始有太阳的光线照亮天空。

他回去以后看着自己桌前摊着的一堆资料，和做到一半戛然而止的工作，抬手揉了揉自己的太阳穴，继续完成半夜没有做完的事情。等到天空大亮的时候，他才给殷秦打了个电话。

“本来今天要跟你谈的那件事情推后，我没做完。”

殷秦打了个哈欠，问：“什么？还有你做不完的工作？许律师不是晚上不睡觉都要赶工作的典型代表吗？”

殷秦又回忆了一下刚才许昱的声音，有很明显的困倦和疲惫之意，音色沙哑，显然是昨晚没有休息好，甚至是根本没有休息。

他更疑惑了，吸了一口气又问：“不对啊，你昨晚又没睡吧？”

“嗯。”

“那你干什么去了？熬一整夜都没做完？现在还在做？南城猝死先锋第一人啊许律师。”

许昱：“……”

“行了，赶紧说你干吗去了，什么事情让你既不睡觉又不工作的？”

许昱沉默了很久，无奈低念：“哄小女孩儿睡觉。”

殷秦：“……”

姜月第二天早上七点就从睡梦中醒来，有些头疼地看了看手机时间。

她好像每次宿醉之后第二天早上都醒得很早。

姜月醒来的时候觉得头有些沉重，昨天晚上的记忆停留在大家问她关于二十岁最难忘的事情上。

姜月当时觉得情绪突然上来了，酒劲也开始慢慢上来，没过上一会儿世界就变得昏暗，她的记忆也戛然而止。更准确地说，她还记得一些零散的片段，但又感觉那些片段虚无缥缈，像是梦境。

昨夜好像还做了一个有点荒唐的梦，她虽然不记得自己在梦里具体做了些什么，但隐隐约约记得自己在对某个人撒娇，而那个人好巧不巧还是许昱。

姜月翻身下床，脚刚刚踩到地毯上，余光一扫就看到床头柜上放了一张字条，是曲佳的字迹。姜月看到那张字条上的内容以后就愣住了。

“小月，你可醒醒吧，你跟许律师都分手几年啦！”

姜月：“？？？”

曲佳为什么会突然说这句话？姜月有些心慌意乱，立马拿出手机接连给曲佳轰炸了好几条微信信息。要不是现在时间太早，姜月都想打连环电话了。

这张字条是什么意思？她昨晚做了什么让曲佳给她留这样的字条？

曲佳很久都没回复，姜月一直等到七点半，那是曲佳的闹铃会响的时间。她卡着时间打过去，甚至可能比曲佳的闹钟都要积极准时。

曲佳大概以为是手机闹铃在响，前几次都直接给摁了。姜月接连打了好几个电话过去，曲佳才接通。

曲佳的声音含混不清，她问道：“你醒了？状态怎么样啊？有没有哪里不舒服？”

姜月语气沉重：“我不太好。”

身体没什么不舒服的，她就是觉得心里怪不舒服的。

“你给我留的那张字条是什么意思？”姜月有些不确定，小心翼翼地问。

曲佳叹了一口气，有些好笑又有些无奈地道："就是昨晚啊，你喝了酒以后就开始发疯，一直在我面前夸许律师，一路上我的耳朵都要听出茧子了。"

姜月："……"

曲佳继续说："对了，你昨天一直在问我，你是不是跟许律师分手了，我说你们就是分手了，你听到之后还很不开心呢，就差没当场把我打一顿。之后一路上你就跟我念叨男朋友的好，又帅又会宠女朋友。"

姜月："……"

帅是真的，即便是现在，姜月也不得不承认许昱那张脸还是自己的口味，怎么看都看不腻。就算不喜欢他的时候，她也没觉得那张脸不好看过。

不过，他宠女朋友，这也太荒唐了。

她咬着嘴唇，听完以后有些艰难地吐出一句："你就不能阻止我吗？"

曲佳笑了笑，睡意全无，说："我怎么阻止你啊？我又打不过你，看着柔柔弱弱的，却超有力气，一巴掌下来我真的会原地去世好吗？"

曲佳叹了一口气，调侃道："爱情这杯酒，还真是谁喝谁上头。"

姜月沉默不语，只想穿越回昨晚把自己的酒杯摔了。

这两杯假酒是真的上头！

姜月跟曲佳通完电话以后，心情更为复杂了，也不知道自己有没有疯了一样对许昱做什么事情。只是在曲佳面前丢丢人就算了，要是她还去许昱那里丢人……

她不活了！！

姜月待在家里不愿意出门，面对昨天的事情只想逃避。她在家待了一整天，中途点了外卖，其余时候都把自己关在家里自闭。

晚上，姜月盘腿坐在沙发上看电视节目，综艺上的嘉宾也是她认识的人，这种感觉有些奇妙。

她有时候还是很想过普通人的生活，不被关注，自由自在，自己想做什么就可以做什么。眼前摆着一杯迟迟未动的奶茶，杯壁的水在茶几上留下了一摊水渍。她看着电视节目发呆，突然听到门铃响了一声。

这个时候会是谁呢？

姜月还没反应过来，自己的手机突然响了。手机屏幕上的来电显示有些熟悉，她低声念了一遍以后，这份脱口而出的顺畅让她立马就意识到了这个电话是谁的。

是许昱打来的电话。

姜月今天不知道怎么的，总有点做贼心虚，觉得自己做了什么对不起他的事情，只想躲开。手边的手机响了很久，姜月都没有去接。门铃又响了一声，她抓着手机匆匆忙忙地去开门。

手握着门把的时候，手上的手机又响了，两边的声音同时夹击之下姜月有点没反应过来，她开门的时候顺手就接了电话。

“喂？”

话音落下，门“嘎吱”被打开，外面的光透进来洒在她的脚下。姜月听到自己头顶和蓝牙耳机里同时传来那道沉稳的男声，低声道了一句：“终于来了？”

尾音微微上扬着，但没有一丝一毫的不耐烦之意，姜月握着手机，手僵住，又抬头看着他，果然瞬间跌入他深邃的瞳孔之中。

“许……”话没说出口，许昱倒是先问了她一句：“昨天睡得好吗？”

“还不错……”

“那就好，早上起来有没有喝粥？”

“嗯，喝了。”她乖乖地回答，丝毫不敢多说。

两个人之间的空气再次陷入沉寂之中，姜月再一次抬头，发现许昱站在原地一动不动，没有要准备离开的意思。他朝门边微微一靠，扬了扬眉：“收工了就好好休息一段时间吧，最近打算做什么？”

姜月很快回答：“想在家当咸鱼。”

她什么都不打算做。

“噗——”

许昱笑完，眉眼温柔地弯着，突然问：“能把戒指还给我吗？那枚戒指对我来说很重要。”

姜月愣住，在脑海里疯狂寻找着这段记忆，但是怎么都想不起来，最后只能硬着头皮问：“什么戒指？”

姜月觉得自己昨天肯定做了什么丢人的事情，并且还是在许昱面前丢人。本来以为只要不在许昱面前丢人就能躲过一劫的，但是果然，她还是跑到许昱面前去闹腾了。最可怕的是她根本就不知道自己对许昱做了些什么，而且还不敢问。

不问她心里难受，问了又怕丢人，还真是怎么做都不好。

许昱轻笑着，看透她的纠结情绪，轻声说："昨天你缠着我……"

要拿走戒指。

不过许昱这句话还没说完，姜月突然着急地伸手，一把按住了他的唇，堵住了他后面说的所有话。女人柔软的掌心贴着他的唇，双方的温度一个传到掌心，一个传到唇上，温热湿润的呼吸洒在她的掌心里，被呼吸包围着。

在这一瞬间，两个人都愣在原地，瞳孔同时微缩了一下。姜月都不知道自己这个时候应该收回手，还是继续捂住他的嘴不让他说完下面的话。

刚刚的那个动作没有经过她的大脑思考，姜月只是不想让许昱把剩下的话说出口。她在听到他说"昨天你缠着我"这几个字的时候就大脑一片空白了，慌乱着急地只顾着伸手去捂住他的嘴不让他说下去。

不喝酒了，她真的再也不喝酒了。

再喝她就是狗。

明明是姜月先出的手，这个时候率先红了耳根的也是她。耳根后的肌肤灼热滚烫，被热度灼烧着，她感觉大脑快要停止思考了。

姜月有些讪讪地收回手，低头开始一股脑地胡言乱语："啊，我昨天喝多了也不知道自己在做什么。如果我做了一些不好的事情，我给你道歉。至于你说的戒指我实在是记不起来了，我等下帮你去找一下吧，如果找不到了……我再赔给你一枚，但是我发誓我真的没有故意……"

"故意什么？"许昱轻笑，姜月总觉得他的语气中带着几分调侃，"没有故意不让我休息、工作对吗？还是说，没有故意拽着我不撒手？"

姜月一时语塞。

她现在真的头皮发麻。

她昨天到底对许昱做了些什么啊？啊——但是她又不愿意通过他知道，这实在是太羞耻了，姜月有点无法面对自己。

许昱靠在旁边笑，眉梢一扬："你就不好奇你对我做了什么？"

姜月："……"

她好奇是好奇。

但是她什么都不敢说，什么都不敢问。

“真的不好奇？”许昱又问。

姜月往后退了两步，手扶着门，一副作势要关门的样子，她赶紧说：“我不好奇！”

“你先回去吧，我等会儿找到你的戒指的话给你送过来。”

姜月一说完就开始关门，就在门快要关上的时候，男人的宽厚的手掌伸进来一把卡住了门。他的指节弯着，姜月的力道不减，突然听到门外传来男人认真的声音：“发生了这样的事，你就不打算对我负责？”

负责？负什么责？

本来已经准备关门的姜月这个时候不得不再把房门打开，有点不敢看许昱的眼睛，小声问了一句：“什么？”

许昱这个语气，她难不成还能把他强了？不可能啊，她不可能做这种事情，就算真的有，总不可能一点记忆和印象都没有吧？！

许昱见她有些窘的样子，决定不再逗她玩，认真地解释道：“也没什么。”

“就是你昨天晚上凌晨三点来敲我家的门，让我陪你睡觉。”

姜月：“……”

她咽了咽口水，眼皮微微抬起来，继续小心地问：“我没对你做什么事吧？”

姜月还真的不能确定。她对自己的酒品不是很放心，万一自己真的做了什么出格的事情那怎么办？

许昱轻声笑着说：“没有。”

姜月听到回答，突然松了一口气，抬手捂了一下自己的胸口，心都快要跳出嗓子眼儿。她确认了一遍：“真的没有吧？”

“没有。”许昱顿了顿，又笑，“还是你希望有什么？”

“我才没有！”姜月反驳道，有些气鼓鼓的，“我才不会这样！”

许昱跟她开完玩笑，看着她的眼睛，说：“但是戒指是真的很重要。”

“知道了。”姜月敛眸，“我去给你找找，你在哪里给我的？”

“你的床上。”

姜月：“……”

她今天到底要沉默无语多少次？

姜月有些头疼，硬着头皮说：“知道了，我现在就去帮你找。”

但是姜月还是没有给许昱留出让他进门的位置，往后退了两步，准备再次掩门：“你的戒指我会负责的，但你还是回自己家等着吧？”

就算得到了许昱那样的回答，姜月还是有点难以面对他。许昱要是进来跟自己一起找东西，她一定会觉得压力很大。

许昱站在原地看了她几秒，身影这才动了动，说：“嗯，好，那我在家里等你。”

分明是没有什么问题的话，但是今天的姜月怎么听怎么觉得他的每一句话都有些暧昧。

许昱没有再逗留，姜月匆匆关了门就去房间里找戒指。她到底为什么要拿走许昱的戒指？

姜月是真的一点都不记得了，但是姜月可以肯定的是，许昱的戒指她肯定是戴不上的。以前两个人还在一起的时候，姜月就去偷偷量过许昱的手指围，知道他戴几号的戒指。

但是他的号数，自己不管戴在哪一根手指上都是不行的。她之前去试的时候都发现一定会滑下来，所以……

她如果拿走了许昱的戒指，那就很容易弄丢。

姜月在房间里找了很久，几乎每一个地方都被她翻完了，都没有找到戒指。她觉得可能会掉在被子、枕头下面，也可能会掉在桌子、床下的角落里。

但是那些地方她都找过了，连戒指的影子都没见到。她有些泄气地坐在梳妆台前，余光一瞥，突然看到首饰盒里有一样有些陌生的东西，不是她的耳环，也不是她的手链。

那枚戒指竟然安稳地躺在她的首饰盒里。姜月微微皱眉，抽开透明的盒子，把那枚戒指拿出来放在手上。

很简单的款式，看起来没什么特别的，姜月把它放在手心上的时候，突然有一段记忆的匣子被打开了。

大概还是深夜四五点，她迷迷糊糊地感觉到自己的背后压住了一个有些硬的物件，让她觉得不舒服。她当时意识模糊，但还是伸手摸到了那个东西。

她最后起身，没有把东西随手放在旁边，而是拉开了首饰盒把它好好地放了进去。她当时还低声念了一句："是许昱的戒指呀，要好好保管，千万不要弄丢了。"

她在那样的状态下，怎么会想到要好好保护许昱的东西呢？

姜月没有马上把许昱的戒指还给他。戒指摊在她的掌心上，她看到指环里面好像刻了几个小字，有些引人注意。

姜月犹豫了一小会儿，她凑近看了一眼，银色的指环内刻了两个字——"姜月"。

清晰、干净、简单、利落，就这样在他的戒指里面写着她的名字，姜月坐着，僵住。

"那枚戒指对我来说很重要。"

她是不是又在自作多情了？她对他真的很重要吗？

姜月最后什么都没说，什么都没问，把许昱的戒指收好放在一个小盒子里拿给了他。虽然姜月没有问，但是许昱早就猜到了姜月会看到里面的字。

他伸手接过戒指的时候，指尖不小心碰到了她的指尖，柔软的肌肤触碰后，像是瞬间通上电流。

她下意识地想收回手，抽开手的时候没有拿稳手上的小盒子，戒指盒瞬间掉落在地上，盖子打开，里面的戒指躺得好好的。

姜月愣了一下，弯腰要去捡，还没有捡到的时候，戒指就被许昱先捡了起来。

她原本想回避那个问题的，但是许昱开了口，语气轻松，像是早就在他的意料之内。

"看到了？"

"嗯。"

他没有再问，听到姜月这声肯定的回答就足够了。因为以前他们之间的感情不是谁不喜欢对方，仅仅是因为两个人都不够成熟。

他本来就木讷，需要别人提醒，姜月却又懂事，从来不会要求他什么。

白棋说他们之间最大的问题是不会表达，他以前把姜月的名字写在各个地方，但是从来没有让她知道。

现在他想让姜月知道，不是想感动她，不是想让她因为这些回心转意，只是想把这些年空缺的、没有表达的东西重新传达给她。

许昱重新戴上那枚戒指，抬头说了一句："晚安。"

"嗯，晚安。"

姜月回去以后又想了很久，那枚戒指许昱真的戴了很久，从他们还没有分手的时候就在戴了。

而她从来都不知道，那枚戒指的内侧原来一笔一画地刻着她的名字。

姜月又在家里度过了几天"颓废"的生活，觉得自己的精神状态好了很多。有时候过久了过于充实的生活，还是需要当咸鱼补充一下能量。

她这几天都没有见到许昱。好几天晚上她都会在阳台上趴着，想他会不会也来阳台上吹风。但是她一直都没有等到他，隔壁最近几天一点声音都没有。

姜月又不好意思去问，毕竟自己跟许昱也没有什么关系，直到殷秦联系她谈事情。

在跟他谈完事情之后，姜月假装无意地顺口问了一句："最近怎么不让许律师给你当传话筒了。"

"许昱？他出差了，最近不在南城。"

姜月低低地"哦"了一声，没有继续问，挂了电话就回房间去看之前没有看完的书了。她今天晚上打算早些睡，因为姜阳这段时间也刚好没什么事情，吵着要来她这边玩几天。

姜月和姜阳其实很少腻在一起，特别是在姜月毕业以后，姜阳虽然还是很维护姐姐，但是也不可能像小时候那样无时无刻不黏着姜月。

《青空一夏》拍完以后姜月就很闲，之前也确实说好的，等姜月拍完这部戏以后就好好地休息一段时间，既没有戏拍，也没有出席什么活动。

姜月觉得这段时间大概是太闲了，才会想要跟人说说话。刚好许昱是离自己最近的那一个，所以她有时候才会很想见到他，想跟他谈谈。

晚上睡觉之前，姜月突然收到一条来自苏溶的信息。

苏溶："对了，之前有一件事没有说。公司是允许你谈恋爱的，所以不要担心，要谈恋爱也不需要给我们打报告了。但是作为朋友，你还是可以告诉一下我们是谁哟！"

姜月："……"

她去哪里谈恋爱啊？

姜月没太在意这条信息，想着明天姜阳要过来，终于有人能来陪陪无聊的自己了，于是早早地睡了。

不过在等待着姜阳来的前一晚，她竟然梦到了许昱。

梦到许昱往她的手里塞贝壳，最后她快被那些五彩缤纷的贝壳所淹没了才突然惊醒。

她都不知道那到底是美梦还是噩梦。

姜月从早上起来就在等姜阳过来，等了很久都没等到，最后只等来了姜阳的信息。

“姐，堵车了，晚点到，不要等我吃饭。”

正好姜月不饿，就在家里默默地等着。虽然姜阳说不要等，但姜月还是决定等他。

晚上九点，姜月家的门铃突然被摁响，她有些疑惑，为什么姜阳知道密码还要摁门铃？不过姜月还是踩着拖鞋去开门了，门一打开她就愣住了。

站在门外的不是姜阳，而是本来应该还在出差的许昱。

他手上提着一个很大的袋子，姜月闻到袋子里散发出来的味道，垂眸看了一眼。

是她最喜欢吃的那家小龙虾的味道。

以前的夏天，姜月经常爱说“夏天就是属于小龙虾配冰可乐”，她常常拉着许昱一起出去吃小龙虾。

他吃麻辣的，她点一份蒜香的。

姜月僵在原地，听到他悠悠地问了一句：“吃小龙虾吗？蒜香的。”

姜月抿了抿唇，神色有些惊讶：“我怎么记得你在出差？”

“你怎么知道？”

“殷秦今天告诉我的。”

许昱看着她，眉梢一扬，说：“殷秦主动告诉你的？”

她总不能说是自己问的吧？

姜月没说话，转移了话题：“你的工作忙完了吗？”

许昱笑了笑，说：“没有。”

姜月听到这个回答更愣了一下，确认自己看到的这个人是许昱没错，又眨了眨眼。

许昱拿起手上的袋子，哗啦地响了响，认真地问她："所以，要吃小龙虾吗？"

姜月本来想说"不吃"，但是这个时候肚子非常没有出息地"咕噜"一声响，再拒绝也不行了。

她撇了撇嘴，说："好吧，那就吃一点。"

姜月说完就往屋内走，没有关门，显然是给许昱留了门。他站在她的身后，拿出手机回了殷秦一条消息。

"已经到了。"

今天上午，许昱刚忙完没多久，突然收到殷秦的消息。

殷秦："姜月今天问我你怎么不在，有点失落的样子哟！"许昱握着手机，只回了三个字："知道了。"

回完殷秦的消息，许昱马上买了一张回南城的机票，从机场赶到店里给她打包了一份她喜欢吃的小龙虾，最后在这个时候出现在她家的门口。

殷秦："……我服了，人间有真情，你坐几个小时的飞机回来给姜月送夜宵？"许昱在迈进门的前一秒回了他。

"她值得。"

晚上十点，姜阳赶到姜月家的时候，十分熟练地输入了密码，"哐当"一下把自己的行李箱放在地上，拉开鞋柜把自己的那双拖鞋找了出来。

他没顾得上把东西收拾好，就闻到屋内飘来的香味，十分熟悉的蒜蓉香。

姜阳不仅跟姜月长得像，口味也跟姜月很像，所以姐弟俩吃什么东西都是一起的，以前姜月就很爱跟他一起出去吃蒜蓉小龙虾。

不过这几年因为姜月工作忙，他们很少再有机会一起出去吃虾，就连一起吃饭的机会都屈指可数了。在此之前，姜月因为有了男朋友，也很少跟他在一起，有了男朋友就忘了家里还有个亲弟弟。

他想姜月今天大概是知道他要过来，所以给他这个弟弟准备了一些好吃的。姜阳搓着手兴奋地往餐厅走去，走路的步伐很轻快。

"姐——姐——"

姜阳的呼喊声落下，在偌大的房间里空空回荡，掷地有声地响了好几下。姜阳刚想夸一夸姜月，就看见了眼前的这一幕。话在嗓子眼里快要溢出来，但他最终什么都没说出口。

饭厅里的男女面对面坐着，头顶上暖黄色的灯光洒在饭桌上，照亮了他们的那一方，同时也照亮了……他们面前泛着诱人色彩的一盘小龙虾。

男人手边摆了很多双手套，手上的工作没有停下来，低着头认真地剥虾，顺手就把自己手上剥好的虾放进了姜月的碗里。

姜月倒是在听到姜阳的声音时回头看到了他。不过这个很久都没有见的弟弟还是没有眼前的美食诱人，姜月跟姜阳的目光对上，等到许昱把虾放到她的碗里便马上夹起来送进嘴里。

“阳阳！”姜月弯了弯眉眼，脸颊边的酒窝浅浅的，“你来啦？”

姜阳：“……”

合着他千里迢迢一路堵车好不容易赶到姜月家，看到的竟然是这两个人在愉快地进行小龙虾饭局？

姜阳还一动不动地像个雕像一样站在那里。

直到——许昱手上的下一只小龙虾又成功剥落虾壳，他转过来语气悠悠地说：“要吃吗？”

姜阳：“我不吃！”

这个狗男人，一只小龙虾就想收买他？

许昱没有什么反应，这一次没有将剥好的虾放进姜月的碗里，而是抽了一个干净的碟子放在里面，姜月撑着下颌轻笑。

不久之前，姜月才跟许昱提到姜阳的事情，说：“等会儿我弟弟要过来，你什么时候走？”

“怎么？”许昱挑眉，“你弟弟来了就没有我的容身之处了？”

“我怕他揍你。”

“嗯？”

“我弟弟不喜欢你。”姜月顿了顿，又说，“你是他最大的仇人，见面他不揍你一顿就算好的了。”

“有多不喜欢？”许昱轻声问。

“势不两立。”

许昱：“……”

要知道，他在追姜月，而这个时候又不可能不过姜阳那关。许昱想了很久才想明白姜阳为什么会不喜欢自己。

虽然他之前就已经知道姜阳对自己非常不满，但是没想到姜月都已经跟他和平相处的情况下，姜阳还是不会轻易地放过他。

“那怎样才能收买他呢？”

姜月顺手夹起一块盘子里的小龙虾，语气轻快地说：“很简单啊！请他吃小龙虾。”

许昱愣了一下，无奈地摇了摇头：“你们姐弟俩这一点倒是一模一样。”

他们看似很难搞定很倔强，看起来很难拐，实际上只要一顿让他们毫无抵抗力的小龙虾就能把他们拐走，和外表的倔强不认输完全不一样。

所以姜月本来一副倔强不愿意的样子，现在还是被许昱带来的夜宵勾了魂，最后跟他面对面坐着聊琐碎的日常。

许昱看着她，几秒后出声：“噗——”

他垂下眸，轮廓被暖黄色的灯照得很柔和，语气很无奈却又带着万分的宠溺：“有点可爱。”

所以姜阳来的时候许昱才会不慌不忙地把小龙虾剥好放进盘子里，虽然他一脸抗拒，许昱还是叠好了一圈虾以后，冲他挑了挑眉。

“真不吃？”

姜阳依旧在嘴硬：“你不要以为这样就可以收买我和我姐啊！”

许昱：“嗯。”

姜阳转头看着姜月，着急地想让她也说一些话，但是姜月一直在默默地吃东西。

“姐！”

“嗯？”

“怎么什么人给你送吃的你都吃啊？！”

“没事，不会死的，阳阳，饿了吗？”

“有一点。”

“那过来吃饭吗？”

姜阳默默地咽了咽口水，依旧倔强地说：“不要！”

十分钟后，姜阳还赌气似的站在原地。许昱见他一动不动，作势要把那盘给姜阳准备的小龙虾倒给姜月。

姜月抬手挡了回去，语气淡然地说：“吃饱了！倒了吧，我真的吃不下了。”

并且这个摄入量也超标了，姜月怀疑这个假期之后会被曲佳狠狠批评一顿，说她在家都不知道管理身材了。

姜月伸手扯卫生纸擦了嘴，一副真的已经结束了的样子。许昱这才有些可惜地把盘子拿起来，往垃圾桶那边倾斜了几度。

手腕的弧度没有压下去，旁边传来急切的男声：“等等——”

“我觉得……”姜阳咽了咽口水，“我还能再忍你一次。”

许昱：“……”

姜月说得没错，姜阳真的是一顿小龙虾就能收买的。

一顿小龙虾收买一次，两顿小龙虾收买两次，那么……

姜月接到一个电话，便去阳台上打电话。饭厅里只剩下许昱和姜阳两个人，姜阳一边吃一边咬牙切齿地说：“我不会就这样原谅你的。”

这语气像是当年被许昱伤了心的不是姜月，而是他。

许昱转身，看着他认真地问：“那要怎么样你才能原谅我呢？一顿小龙虾原谅一天，那我每天请你吃小龙虾？”

姜阳：“有病。”

骂完这句姜阳就当作无事发生过，继续吃盘子里的小龙虾，许昱有些无奈。

“你是不是觉得我这个渣男根本配不上你姐？”

“废话。”姜阳顺口接话，“你这种一点都不懂得珍惜的人配跟我姐和好吗？”

“我们没和好。”

“……”

姜阳：嘴瓢了。

“总之呢，我姐以前对你那么好，你跟个死鱼木头一样一点反应都没有，那还谈什么恋爱？你还是回去跟你的资料和案子过日子吧！”

“哪儿有女孩子谈恋爱不需要哄的啊？你就说你会不会哄女孩儿吧？瞧你以前把我姐气的！”

“不会。”许昱乖乖承认，“你会吗？”

“屁话，你这种人能谈到恋爱都是三生福气好吗？我姐当年也是心地善良才会选你这样的人谈恋爱。”

许昱眯了眯眼："那你教教我可以吗？"

姜阳被一口肉噎住。

"我教你？"他顿了顿，"我教你去哄我姐？我疯了吗？"

他都不可能同意姜月跟这个狗渣男再在一起，怎么可能还教这人怎么哄女孩儿？

许昱的声音有些带着笑："那万一我又追到你姐了呢？"

"不！可！能！你想都别想！我不会同意的！"

姜阳话音刚落，身后传来轻柔的女声，问："不同意什么？"

姜月站在后面，撑着姜阳的椅背，问他："怎么样？好吃吗？"

"还不错。"姜阳戳了一下盘子，"本来味道是十分的，可惜是某个人点的，所以扣一点。"

姜月笑了笑没说话，许昱默默地把东西收拾好以后起身，说："那我先回去了。"

"嗯。"姜月回答着，等他走出去两步，又接上一句，"谢谢，下次补上，该请你了。"

姜阳瞬间转过头来："啊喂喂，什么啊，补什么？姐——！"

姜月瞪了姜阳一眼，他才闭上聒噪的嘴。等到许昱出去以后，姜阳立刻站了起来。

"姐，你们怎么回事啊？我这才多久没有见到你，你们俩就……"

"就一副要死灰复燃的样子？"姜月挑眉，帮他说了后半句话。

亲生的姐弟在这种时候绝对是有心灵感应的，大概也是这个原因，在姜月跟许昱分手的时候，那份伤心也像是刻在了他的心里。

那样温暖的姜月竟然会因为这样的事情哭，那是姜阳十几年都没有想到的事，到了现在他都还会回想起姜月那张哭花的脸。

姜月无奈地叹了一口气，知道自己现在跟许昱之间的这种气氛让姜阳很不适，但是她也是经历很多、想了很多以后才这样选择的。

"阳阳。"她认真地说，"以前我以为许昱一点都不喜欢我，所以我们分手了。"

"但是我现在发现他不是这样的，我和许昱之间的事情并没有谁对谁错，我们那个时候都太年轻了。"

姜月把最近的情况讲给姜阳听，他听完之后皱了皱眉，沉默了很久。

姜阳之前一直不喜欢许昱，但是姜月也三令五申地跟他强调不要乱插手。

姜阳跟姜月一样，曾经都对许昱有偏见，但是听姜月这么认真地把那些事情说了一遍，听到姜月说许昱是怎么保护她的，忽然觉得有点心软了。这样的保护，这样的真心，他听完这些故事怎么可能感觉不到？

毕竟自己也有喜欢的女孩子，姜阳太明白男人喜欢一个人的时候是什么样子了。

最后姜阳有些无力地往椅子上一靠，十分无奈地说："姐，我以前是不相信破镜重圆的。"

"现在呢？"

"其实我也不相信，破碎了的镜子再怎么重合也会有裂痕。"他说，"但是你说的有一点是没错的。"

"你和许昱之间大概不是破镜重圆，而是重新开始。"

姜月伸手揉了揉他的头发。

"嗯，我只是想试试，如果不行的话，那我对这段感情也没有什么遗憾了。"

以前总觉得自己跟许昱的那段感情里有一根拔不出来的刺，但是现在她觉得即便她没有跟许昱在一起，也能回忆起那段感情中的美好的事。至少他们是真正相爱过。

姜阳来姜月家的第一晚，怎么都睡不着。姜月的事情他怎么都放心不下，更严格地来说是姜月和许昱的事情。

这些年来姜月受的委屈他也看见了，但是作为弟弟，他一直以来都没能为她做什么。

可是许昱可以，许昱真的能保护她。

凌晨三点，他实在是受不了了，蹑手蹑脚地小声出去，站在隔壁家门口，但最后没有摁门铃。

半夜三点他摁门铃算扰民吧？？

他站了没太久，转身准备回去时，背后的门突然"嘎吱"一响——开了。

姜阳吓得往后猛退了两步，定神下来和门内出来的男人对上眼神。

"姜阳？"

"你……"姜阳揉了揉眼睛，"活的？"

"不是活的还能是僵尸吗？"许昱笑了笑，理了理衬衫，"看来你们姐弟俩都喜欢凌晨三点蹲在别人家门口。”

一个撒娇一定要一起睡觉，另一个……

许昱迈出来关上门，抬手扫了一眼时间，确认再逗留几分钟不会迟到。

姜阳上下看了他好几秒，男人穿戴得工工整整，完全不像是凌晨三点应该有的样子。别人都在梦乡里，他怎么一副要去上班的打扮？

“这是什么公司啊？凌晨三点去上班啊？”

“我五点半的飞机。”

姜阳一脸疑惑的样子。

“明天早上九点有在北城的会议。”

“那你怎么不提前过去？”

“这不是回来给你姐送夜宵吗？”许昱挑了挑眉。

姜阳：“……”行。

许昱又问：“你这个时候来做什么？”

姜阳沉默了几秒。

“过来教你怎么哄我姐。”

许昱忙着要去北城，姜阳跟他加了个微信好友就再次偷溜回去睡觉了。这一次像是放下心里的负担，他后半夜睡得很好。

甚至可以说是——他睡死了。

第二天下午，姜阳猛地惊醒，看着照在床上的晃眼阳光，陷入沉默。他伸手去摸手机，看到时间显示已经是下午两点。

姜阳：“……”

姜阳从房间里出来的时候，姜月已经惬意地窝在沙发上看电视了，她只是淡淡地扫了姜阳一眼。

“起床了？”姜月问，“昨晚干什么去了？”

姜阳身形一僵，思考着昨天偷溜出去的事情是不是还是被姜月知道了。按照别人的话说就是，姜阳只要一抬嘴皮子，姜月就能知道他会说出什么话。

以姜月对姜阳的了解，他做什么事情都逃不过她的眼睛，所以姜阳这个时候合理地怀疑姜月已经知道了昨天的事情。

他收起平时吊儿郎当的样子，十分乖巧地走过去，还没走到两步，又听到姜月问："我还以为你昨晚出去偷人了呢，你女朋友一会儿要是找上门来，不要怪姐姐不保护你。"

姜阳笑笑："得了吧，她才不会找你。"

姜月看姜阳那个别扭的表情，睨了他一眼："你跟颜洛吵架了？"

"没吵架。"

"闹别扭了？"

"也不算。"

姜月伸手拿杯子，抿了一口茶，语气悠悠地问："那你在不开心什么？"

姜阳："……"

即便他极力否认，姜月还是看出来他跟颜洛之间有一些问题。

姜月蜷着身子，手上捧着杯子，垂下眸，语气悠长又有些叹息："其实不是所有的感情都有可以回头的机会。"

"我一直挺看好你跟洛洛的，希望你们不要走我和……"姜月顿了顿，才又说，"不要走我们的老路。说没有任何的遗憾是不可能的，人生是各种遗憾组成的。

"但是阳阳啊，我希望你能抓住现在，明白吗？"

姜阳撇了一下嘴，重重地躺倒在沙发上，说："嗯，知道了。"

人类，大多数都欠收拾、欠教训，明明看过很多例子，也明白这些道理，偏偏事情到了自己身上又不信邪。

姜阳起身时看到姜月正看着电视节目发呆，大概她自己都没意识到她在看什么内容。

姜阳听着熟悉低沉的男声从电视里传出来，摸出手机给某人发了一条信息。

"早点回来吧，我感觉我姐可能会想你。"

姜阳再次抬头，画面上的男人眉眼清俊，认真地分析着这个典型案件的情况。

几秒后，他的手机微信消息响起。

许昱："嗯。"

许昱回南城那天，姜月的生活与往常无异。她早上起床后去超市买了一些今天要用的食材回家，开门的时候目光往旁边挪了一下。

一周了。

许昱出差一周了，她已经一周没有听到隔壁有动静了。姜月觉得自己都快忘了旁边住着这个人。她今天买了很多东西，没有空余的手去按家里的密码锁，只能把一提提袋子放在地上。

袋子放在地上的时候，她听到身后响起一阵脚步声。这阵声音稳稳地落在她的耳里，身后距离很近的位置有淡淡的书墨香水味。

她愣了一下转身，落入她眼里的不是男人一如既往工整的衬衫，也不是男人雕刻般的五官，而是他伸过来的手。

许昱不知道什么时候站在她的身后，手心上摊着一个精美的小盒子。

“礼物。”他说。

姜月愣了很久，目光上移跟他的眼睛对上，有些不解。

“出差的时候看见的，觉得你应该会很喜欢，所以买了。”

姜月迟迟没有伸手拿，自己家的门突然打开，姜阳打着哈欠看着门外的景象，瞌睡醒了一大半。

“姐，早啊！”

他又看了一眼许昱，语气比之前好了很多，说：“哟，回来了？”

许昱：“嗯。”

姜阳看着他们，又看了看姜月放在脚边的两大袋子食物，突然开口：“许律师过来吃饭吗？”

许昱微默了两秒，笑答：“好。”

许昱倒是不客气，帮姜月拿着东西就直接进来了。姜阳还是很困的样子，哈欠怎么都打不完。

许昱进去放东西，姜月瞄了一眼姜阳。

“你什么时候跟他关系那么好了？”

姜阳不以为然，挑了挑眉：“你不是说我一顿小龙虾就可以收买吗？”

“我被许昱收买了。”

姜月无奈地笑了笑，没有追问，姐弟之间在这些时候根本无须过多言语。她知道姜阳的这份改变是因为他听进去了她之前说的那些话。

姜阳大概也在接受许昱了。

姜月跟姜阳去厨房的时候，许昱已经站在灶台前面解手腕处的扣子，微微挽起来一些的干净袖口，露出清新骨感的手腕。

姜阳靠在厨房门边：“你做饭？”

姜月往里面走，伸手要去拿他手上的东西，说：“放下吧，我来做。”

“不用，今天我来吧！”

“……这是我家，你抢着做什么？”

许昱舔了舔唇，半眯着眼说：“想做点好吃的东西好好哄一下许久不见的小女孩儿。”

姜阳：“……”

他寻思着自己还真不是人，站在这里根本不配拥有任何姓名。

姜月很快反应过来，被他这一句话给撩得心神不定，心跳加速。她耳根一烧，转头就往后退。

“随便你！”

姜月觉得自己几乎是落荒而逃的，就像青春期情窦初开的时候被喜欢的男生说了句好话一样，有青涩的心动和难以自抑的脸红。

她还以为这么多年以后，看惯了这世间，也看够了所有的感情，再也不会有这样心潮澎湃的时刻了，没想到只是被人的一句话就说得脸红。

姜月不得不承认，最近的许昱越来越像卸下了伪装的狐狸。

姜月出去以后，姜阳还是懒洋洋地靠在厨房门边，笑了声，说：“挺会的啊！”

“有人教得好。”

姜阳嗤了一声：“知道我姐喜欢吃什么吗？”

许昱顿了顿，再一次想到了重逢后那一面。姜月当时跟他说，她从来不会吃辣，那一刻他的心情五味杂陈，即使现在想起来，他还是会觉得有些难过。

她以前为了自己做过哪些勉强的事情呢？这些事情都不得知了，许昱只知道，曾经的姜月是真的很喜欢他，想要把整个世界、自己的整颗心都给他。

她想把她那颗柔软，也并不是那么强大的小心脏放在他那里，轻声地告诉他：“你要好好珍藏，好好保管。”

但他没有做到。

许昱回过神来，面前的自来水“哗啦啦”地流着，他沉声应着：“嗯，我知道。”

姜阳回头看了一眼，姜月早就不知道躲到哪个角落待着去了。姜阳这才又问："你什么时候能追到我姐？"

姜阳突然的积极态度让许昱有些不适应，之前还在对他恶言相向的姜阳现在却成了他的头号助攻。

许昱轻声笑了笑，问："你怎么突然愿意把你姐交给我了？"

姜阳轻哼了一声。

"其实我很好说话的，当然，我也不是那么简单地因为你请我吃了小龙虾就同意了，更多的还是……"

"嗯。"

"我看到了。"姜阳说，"看到在你的珍藏里，处处都是她来过的痕迹。"

他的生活，他的习惯，他的心思，处处都有着姜月的影子，姜阳从来不奢望他能做到什么，要求很简单，只要那个人诚心对姜月好就足够了。

至少，姜阳现在看到了，许昱真的对姜月好。

当天晚上，突然出现在姜月家门口的许昱做了一顿饭给姜阳和姜月，但饭桌上三个人都没怎么说话。姜月还没缓过来，而许昱和姜阳不知道在想什么。最后许昱临走的时候，才把手上的盒子推给姜月，说："记得拆开看。"

姜月点了点头："嗯。"

等他走了以后，姜月才叹着气问姜阳："我这样是不是不太好？"

"什么不太好？"

"你看呀，我接受许昱给我的礼物，也接受他来我家，我们还能这样心平气和地相处，看起来一切都是这么自然，但是……"姜月咬了咬唇，"但我还是没有办法这么快接受他。"

就算姜月觉得自己似乎重新对许昱有了一些感情，但也没有办法接受和好。

姜阳当即放下手中准备拿去洗的碗，说："哪儿能让他这么轻松追到你啊？你同意我都不同意！"

"在这样的情况下，你不接受不代表就要马上拒绝他，他不需要磨合观察期的啊？"姜阳说，"总之你是没有错的。"

姜月敛上眸没有说话，沉思着去浴室洗澡。她从浴室出来的时候随手刷新了一下朋友圈。

“给人带了个礼物，不知道她喜不喜欢。”

配图是他送给自己的那个盒子。

她看到下面几个共同好友评论：“哟，铁树开花，追哪家的姑娘呢？”

“许某也会主动送女孩子礼物了呀？”

姜月滑回去之前点了个赞，没回，打算去休息。她犹豫了很久，久违地发了一条微博。

姜月：收到朋友出差带回来的礼物，很喜欢。

当天晚上，话题上挂着一条：“姜月喜欢什么样的礼物？”

与此同时，微博上突然蹿出另外一条神秘的热搜——“许昱喜欢什么样的女生？”

姜月是睡前看到那条热搜，点开看了看，第一条上附着视频，是一个采访的短视频，视频里许昱坐在镜头前。

“我们想问一下最近许律师怎么不上那个法制普及节目了呀？大家可是很期待你参与录制的。”

许昱：“我最近工作很忙，没有时间参与，其他律师做得也很好，并且……我已经让某个人看到我了，最近暂时不需要再露面。”

视频下面的评论热议：“许昱说的这句话是什么意思，让某个人看到了？”所以，他以前会意外地接下这个活动，仅仅是因为想要离那个人更近一些，更容易让她看到他一些，不然以他们的圈子距离，大概两人是很难再相遇了。

姜月神色微动，再一次想起很久之前跟许昱之间幼稚的对话。

——“许昱，你说要是以后我们分道扬镳了怎么办？我要不要努力成为很厉害的人，让你每天都看到我？”

许昱那时候对她的想法嗤之以鼻：“想看到的人怎么都会看到，不想看到的人怎么都看不到。”

当初的许昱可谓不解风情到极致。

姜月很快就把自己说过的这句话给忘了，但是没想到这么久以后，会做那样的事情的人不是她，而是许昱。

他们的圈子隔得很远，他想站在那个地方被姜月看到，而她也确实像许昱说的那样，不想见到怎么都看不到。

许昱的名气在南城甚至是全国范围内都不低了，但她那些年里还是很少看到他的消息，并不是因为许昱出现得不频繁，而是因为那时候的姜月根本不想见到许昱。

她不关心，不关注，也不去看，所以根本没有在意过许昱出现在了哪里，更不会知道他在她突然离开的几午里到底做了些什么事。

姜月辗转反侧了很久，犹豫再三，给许昱发了简单的几个字。

“我看到你了。”

她看到了，看到了他做过的努力。

姜月有些不敢看他的回复，关了手机，所以更不会知道在几个小时内，网络上的热门话题已经有了这么一条——“许昱的初恋白月光”。

这个话题爆出来以后，在网络上喧闹了好几天，热度一直没能下去。众网友在微博、豆瓣、知乎扒了几天都没能扒出这个人是谁，最后只扒出一个重磅消息，说许昱的“白月光”的名字里有一个“月”字。

众人想了很久，把所有带着“月”这个字的人都拉出来遛了一圈，其中当然也包括姜月。不过姜月和许昱的名字一起出现在讨论话题里的时候，大家的想法都是一样的。

姜月和许昱是最不可能的组合。

姜月在家休息了半个月也没有打算复工的意思，不过之前接了一个活动推不掉——巴黎的时装周。

她这天惬意地在家吃着葡萄，好久没有联系的曲佳突然打来了电话。

“小月啊，这半个月玩得开心吗？”

“还不错呀，能再多玩玩就更好了。”姜月靠在沙发上，“反正我也赚够钱了嘛，回家开个奶茶店养老好了。”

“你有没有梦想？你还想不想红遍亚洲、红遍世界了？”

“没有。”

曲佳：“……”

曲佳轻哼了两声，才说：“记得你之后的活动，我会提前去接你，对了，之前一直黑你的那个微博账号我们已经起诉了。”

“嗯。”

“这些我们都会处理，总之呢，你该工作工作，该休息休息，就别一天到晚瞎操心这些事情，行吧？！”

“我知道啦！”

曲佳说完，本来要挂电话，突然又想起什么，问：“你跟许律师最近怎么样啊？这段时间你们俩这网络话题讨论度还挺高，要不是之前公司封锁得干净，你和许昱的事情早就瞒不住了。”

“最近呢，也要注意点，之前跟许律师说的那件事你还记得吗？”曲佳的语气突然变得严肃，“就是有人想把你推到话题中心这件事。”

“记得。”姜月回答，“不过我都半个月在圈子里查无此人了，这人怎么还在挂念我？”

“你就算半年查无此人，这人也不会放过你吧！”曲佳说着，“我估计对方是真的想你在这个圈子里混不下去。”

姜月无声笑了笑：“什么仇什么怨啊！”

曲佳顿了很久，突然说：“让这些事情缠身对你来说真的太辛苦了，小月，你想休息吗？”

现在没有揪出幕后黑手，姜月依旧在被人误解，曲佳能感觉到后面的路会更难，姜月知道曲佳说的这个“休息”是什么意思。

经历这么多事，她怎么可能不累？姜月觉得自己其实有些身心俱疲了，早就想休息了，但一直没有做决定。

姜月心思微动，又听到曲佳说：“你决定好了告诉我，所有的事情我们都会帮你解决的，这是苏总的意思。”

“好。”

姜月跟曲佳通完电话，看着碗里空荡荡的，打算起身再去洗一些葡萄。这时有人敲响了门，她打开门一看，许昱拿了一大碗洗干净的葡萄站在门口。

看到这一情景，她已经不那么惊讶了。许昱会时不时地给她送来夜宵，送来水果，送来不知道在哪里买的小礼物。

“你怎么突然来了？”姜月问。

“今天刚好有空，明天我要去一趟西城，余娇的案子我要过去交接一下，做最后的交代。”

“那我也去。”

“嗯？”许昱把满满一碗葡萄递给她，“你也去？”

“我最近没什么事情，正好可以过去看看她。最近你也忙，这件事我也不好一直麻烦你，本来就是与我有关的事情。”

“好，明天早上九点。”他说完没走，伸手拦住姜月的去路，扬眉问，“最近我们俩的八卦有点多。”

姜月：“许律师还有时间关注八卦？”

“是关注你。”

“……”

她还是觉得最近的许昱话有点多，以前什么都不说，现在是什么都敢说，连个过渡期都没有的吗？

姜月还没回答，许昱突然拿出手机，调开了某个八卦网站。姜月看他点开了一个话题，匆匆一眼瞥过去，顿时有点慌。

几秒后，他将手机放在她面前，纤长的手指给她指了一下屏幕上的那句话——“渣，贱，床品也超烂？”

姜月僵在原地，觉得有点难以动身，像被什么东西定在了原地。她想往后退，想逃跑。

早知道她当时就不应该冲动地去参与这个话题！她脑子坏了吗，为什么要回答这个问题？

许昱的声音里带着几分惬意的调侃：“渣、贱我认了。”

“我以前对你不好。”他说，“又很难追，让你追了那么久还不懂得珍惜。”

“不过，床品超烂这件事……”许昱的尾音微扬，“是不是有待商榷？”

她手上拿着刚才许昱递过来的大碗，根本抽不出手来推开他，此时此刻的姜月甚至怀疑许昱是故意的。

他就是故意把东西塞给她，让她没有手去做其他事。她有些匆忙地别开眼，含混着回答：“商榷……没什么好商榷的吧！”

男人一步步逼近，姜月身后的门“咣当”一声关上，她背靠着自己家的家门，感受着门把卡在腰间的冰凉之意。

“真的很烂吗？”

姜月还是没敢看他的眼睛，余光瞄了一眼，发现许昱眨了几下眼，靠得很近。她已经瞄到了男人浓密的睫毛，以前她就经常感叹许昱的睫毛很浓。

姜月曾经以为男人的睫毛很浓密会很娘气，但是许昱完全没有，立体的五官搭配起来刚刚好。再说，睫毛这种东西除了近距离能看到，一眼看过去的时候根本不会注意到。

这一瞬间，姜月别开头开始想着许昱刚才在自己眼底晃的睫毛，还有眨着眼睛带着几分委屈的语气。

真的很烂吗？

好吧，她承认也不是很烂，那一次姜月记得很清楚，到现在也还没有忘记。

那天她也是喝了点酒，但不算是醉酒，只是多了几分勇气，黏着许昱不放手。姜月那天甚至做了一些勾引许昱的行为，后来认为许昱不爱自己的时候，又告诉自己，即便是那样，许昱也不一定是真的爱她。

看到这个问题的那天，她大概不开心，又回忆起了一些不开心的事情，想着这是个匿名网站，随手就回答了。

但是姜月怎么也没想到，在很久以后这个回答竟然被当事人拿着问她，并且这还真的是自己做的事情，而她不太会撒谎。

许昱靠得很近，姜月甚至已经感受到他温热的呼吸洒在自己的脸上，脸上细细的绒毛感受着那份轻柔。

“你可以否认。”许昱笑，“说不是你回答的。”

姜月几秒没说话，最后小声地回答：“我要是真的说不是我回答的呢？我哪儿有时间去参与这种无聊的八卦话题呀？而且……也是匿名呢，万一有人诬蔑我呢！”

“噗——”

“你还是很不会撒谎。”他说。

姜月轻轻咬了一下嘴唇，头也没抬，小声地说：“真的不是我……你怎么就不相信呢？！”

许昱越靠越近，还好两个人中间有一个大碗挡着，阻止了他们的距离继续拉近。许昱微微偏头，差一点就碰到她的耳朵。

“你说呢？”他反问道，“我就你这么一个前女友，并且也没跟别人做过。会知道我床品好不好的人，也只有你了。”

姜月：“……”

这个时候她还真的不知道自己应该哭还是应该笑，应该开心自己是许昱唯一一个交往过的人，还是烦恼于自己做什么事情都被他看透了。

无奈之下，姜月只能承认：“其实我也没那个意思，你也知道我那时候是……”

姜月的话还没说完，许昱抢先一步回答：“那个时候很讨厌我？”

“嗯。”姜月小心翼翼地点头，没敢多说，生怕被许昱给算计了。

姜月以前就觉得许昱这个脑子要是算计起人来，肯定特别让人害怕。还好许昱不腹黑，不然自己迟早得被他玩死。

以前的庆幸都变成了现在的后悔。

她现在发现许昱不是不腹黑、不闷骚，是以前她没有发现过，或许也是因为他的这份属性没有觉醒。

许昱的余光看到姜月渐渐泛红的耳根，站直身子不再靠得那么近。姜月感觉到两个人之间的距离拉开，这才转身慌张地去输密码。

门打开，她准备迈步进去。姜月的第六感告诉她，许昱想说的可能不是这么简单，自己的小心脏有点顶不住如此多变的许昱。

姜月刚刚迈步进去，身后的男人又唤了她一声：“姜月。”

她顿住脚步。

这一声像是把她的名字放在舌尖上细细品味。

“你看，你不满意的话，那什么时候做到你满意？”

末了，他还添上了一个意味不明的字：“嗯？”

姜月：“……”

她“啪”地一踹，飞速把门给关了，关了门还是觉得有点心绪不定，心脏狂跳。

怎么回事？

许昱刚刚对她说了什么？

第二天一大早，许昱就来敲姜月家的门。她已经熟悉到许昱刚刚摁响门铃就知道是他。

她今天起得很早，久违地化了个妆。她看着衣柜想了很久，认真思考起今天应该穿哪条裙子出去。但是不一会儿，姜月就意识到事情有点不对劲。

她跟许昱出去挑什么裙子？！

认真什么？！

姜月最后赌气似的随便选了一件 T 恤套上就出门了。

她到达西城的时候已经临近中午，艳阳灼烧着大地。姜月一下车就被太阳晃得有些头晕，直到一把遮阳伞撑在她的头顶上方。握着伞柄的手指纤长，青筋微微凸起，皮肤白却不娇，一切都恰到好处。

姜月眯了眯眼问他："现在去哪里？"

"律所。"

"啊？"

"是一个我在这边的朋友，今天也跟余娇那边约好了在律所见。"他顿了顿，又说，"西城这边我有时候顾不上，前期的工作我已经做好了，资料也已经全部整理好，今天过来交接给这边的朋友。"

姜月点了点头，说："嗯。"

"不问吗？"

"什么？"

"不问问和我交接的那个人靠不靠谱？"

姜月抬头看了一眼不远处的律所，说："我……相信你。"

这个世界上只有一个许昱，一个人根本做不了那么多的案子。而且他本来就已经分身乏术了，还接了余娇这个案子，已经很辛苦了。

她相信许昱是准备好了所有的事情才交出去的，这些不需要多的言语，即便是分开了那么久，她还是了解他的。

和余娇碰面的第一秒，姜月就朝她笑了。

女生有些拘谨地站在窗边，看到姜月以后微微张了张唇。她是知道姜月要过来的，但是看到姜月过来的时候还是有些惊讶。

这是她这辈子想都不敢想的事情。

自己喜欢的人，那样遥远的一个人竟然为她做了这么一系列的事情，为了保护她深夜来到她家，把她和母亲从炼狱中救出来，甚至把后面所有的事情都安排好了。

姜月朝余娇招了招手，余娇被旁人轻轻一推才小步走过来，最后站在她面前。看到她的脸色不错，状态也很好的样子，姜月放下心来，问："最近没什么问题吧？"

余娇摇头："没有，都很好。"

"那就好。"

"我以为这件事会很难，但是……又被变得很简单。"余娇说着，"我什么都不用做就受到了这样的恩惠和保护。”

姜月笑着揉了揉她的头发：“没关系，以后会更好的。”

姜月和余娇在这边说话，许昱就进了办公室跟里面的人交接工作。

办公室里的男人看着门外站着的姜月，有些惊讶，随后又笑了笑：“没想到，还是姜月啊！”

“后悔吗？”他问。

“后悔。”许昱说，“在我知道我们分手竟然是因为你问了我那个问题之后。”

“嘁。”易明不满地说，“这哪儿能怪我？我就随口问问，要怪就怪你当年不好好听，不好好回答。”

“我没有怪你。”许昱顺势把资料推过去，“跟以前一样，所有的工作我都做完了，你只需要……”

“只需要做个代打罢了。”易明说着，顿了顿，“表面上看起来律师是我，其实是你。你说你这些资料都已经做得这么完善了，怎么还让我来收尾？”

“你是最了解的。”

易明听到这句话，无奈地笑了笑，没反驳。

他从大学开始就跟许昱有很多合作，那会儿他的能力比不上许昱，什么事情都得许昱带着自己一些，也是那些年的合作才造就了现在的易明。

他可以说自己比殷秦和白棋更能领悟到许昱的想法，所以只要是许昱整理出来的案子交给他，他一定可以做到与许昱本人出马没有什么差异。

正巧，易明毕业后就回了西城。

两边都谈了很久，许昱给易明做好所有的交代，姜月在外面跟余娇和黄小曼交谈。几个小时之后，黄昏晕开橙粉色的云层。姜月感觉有些疲倦了，余娇和她妈妈也有别的事情要忙，见了面聊完之后，她们就先回去了。

道别后，姜月在外面沙发上坐着等了一会儿，撑着下颌百无聊赖地东张西望。她似乎很久都没有这样等过许昱了，又过了半小时，看着里面还没有动静的样子，打算去问问情况。姜月起身轻手轻脚地靠过去，门没关好，开了一道小缝隙。

她伸手要去开门，听到里面的交谈声，对话有些熟悉，连说话的人声音都很熟悉。

“你觉得姜月怎么样啊？”

回忆如浪潮般汹涌袭来，姜月的身形微微一僵，余光扫到缝隙中的场景，和记忆里的画面重叠。

里面是同样背对着，没有看到她过来的两个人，她又站在门口偷听许昱的回答。

记忆里的那道声音问道：“姜月对你来说难道没有什么特别的吗？”

她还陷在那场回忆中，突然听到男人的声音低沉悠长地传来。

“她很重要。”许昱说着，“我很喜欢她。”

另外一个人笑了笑，椅子往后一靠。

“这才是你真实的回答，当年的那个回答……”他顿了顿，继续道，“你当时随口一答，根本没听清我的问题，却不知道产生了多大的误会。”

“过去的事情，是我的错。”许昱敛了眸。

两个人之间的交谈戛然而止，易明侧头的时候看到了姜月，许昱也很快回头看过来。

姜月往后退了两步，微微闭了闭眼。

她还在想着许昱的那一句：“我很喜欢她。”

此时此刻，姜月才明白，即便是自己说着重新开始，原来自己一直活在过去，一直留在某种阴影之中。

刚才跟余娇谈了那么久，余娇一直在说一件事。

“你真的很好，如果因为一些不好的声音而否认自己的话，那是不值得的。你看啊，那么多人喜欢你。”

负面的情绪很容易扩大，这也是姜月为什么有时候很难开心的原因，但是今天安安静静地跟别人说完这件事，姜月才真正醒悟，她不应该这样的。

她要相信自己值得，值得被别人喜欢。她虽然有很多缺点，但还算是个不错的人，要站起来反抗，而不是否认自己。

在回南城的路上，姜月突然问了许昱一句：“许昱，你觉得以前的事……”

她的问题没问完，许昱却理解到了她想说的话。

“过去的事情就让它过去。”他看着前方的道路，“我们还有更好、更值得期许的未来。”

未来。

这是一个美好的字眼，让人心生期盼。

姜月深吸了一口气，突然转头笑了："那等我把事情处理干净后，可以跟你一起期许未来吗？"

等这些事情都解决完，趋于安定以后，他们就和好吧。至少她现在还不想事情都还混乱的时候，就把他也卷入混乱局面中。

姜月等了很久，才听到许昱沉沉的一声应答。

"可以两个人分担的苦痛，为什么要你一个人扛？"

姜月怔住。

"姜月。我能接受任何理由，唯独不接受你说要自己去解决困难。"

许昱握着方向盘的手越来越用力。

"让我保护你。"

"好吗？"

第七章
我还是想跟你一起看看未来

“让我保护你。”

这大概是姜月最近听过的，最令她动容的一句话，他说喜欢也好，说后悔也罢，她都还是有一些担心和不安的。

她对这场感情不再那么有信心，不再像以前那样，以为两个人在一起就不需要担心任何事情。

最终姜月还是没有很快回答，敛着眸，说：“再给我几个小时。”

她一定要做出最后的决定了，能在一起就在一起，不能的话……那就到此为止。

回到家的时候时间已经不早了，姜月一开门姜阳就迎了上来，他瞥了一眼姜月身后关着的门。

姜阳语气悠悠的，有些试探的意思，说：“姐，你跟许昱……？”

姜月顺手把包挂在旁边，说：“阳阳。”

“你觉得我和许昱真的合适吗？”

姜阳愣了一下，随后马上拍了一下姜月的肩膀，一副语重心长的样子：“合适啊，怎么不合适？”

姜月嗤笑着，说：“你倒是变得很快。”

以前姜阳是怎么抵触许昱的她不是没看见，现在姜阳却又完全被许昱收买了，站在他的阵营上。

“姐，我可是你的亲弟弟，会做害你的事吗？”

姜月摇头。

“你也知道以前我是怎么对许昱的。我以前巴不得这个狗男人别出现在你面前了呢，但是为什么现在会帮许昱说话呢？”

“因为我相信许昱是真的在对你好。”

这些日子里许昱是怎么对姜月好的，姜阳作为一个旁观者看得很清楚，有些细节姜月没有注意到的，他都看到了。

他是真的被许昱的真诚说服，而不是被那一顿小龙虾贿赂。

“你在担心什么啊？！”姜阳轻声嘁道，“如果只是因为你担心两个人还是不合适，还是会因为各种问题分手，那这些都是没有必要的担心。

“姐，不试试看，你怎么知道现在的你们不合适？”

姜月的手僵住，整个人都愣在原地。这些道理她都懂，但是每次这种事情一轮到自己就很难去抉择。

姜阳看了一眼手机，不知道是何人发来的消息，他看完以后，咬了咬嘴唇，话锋一转换了一个说法。

“姐，再这么下去可就是你对不起他了。”

本来之前的那段感情就没有绝对的对错，姜月和许昱都知道自己曾经的问题，那么现在，姜月如果还陷在那种担心中而对许昱没有回应的话，那这场感情就会是她错得更多。

姜阳跟姜月说完这句话，看着手机又说：“好了，我出门了啊！今天不回来了。”

“去哪儿？”

“找颜洛，哄女朋友去。”

“知道了，注意安全。”姜月的目光变得柔软。

姜阳冲她笑了笑，最后说了一句：“姐，早点给答复啊！”

“嗯。”

姜阳走了以后，姜月去洗了个澡。

她没有办法静下心来想事情的时候，洗个澡的话好让自己的脑子清醒一点，思路也会清晰很多。

果然，姜月没泡多久澡，就得到了答案。

其实她早就想过了，只是一直在犹豫要不要一锤定音。

这么长时间，发生了这么多事，她没有必要继续这样下去，一直不做决定只会一直做不了决定。

今晚许昱提出来的那句话把两个人的关系逼到了一个临界点。

她决定的一瞬间，连澡都没泡完就起身去穿了衣服。明明那个人就在自己家隔壁，姜月却还是捏着手机，有些紧张。

像是从来没有在一起过，也没有那些过往，她只是一个情窦初开的小姑娘，看着微信上的聊天框。

她刚刚打开，就看到上面显示着：对方正在输入……

两秒后，许昱的消息发了过来。

“方便出来一下吗？”

她很快回复：“方便。”

许昱每一次似乎都出现得很及时，就像是在她的身上安了一个监控器，每一次都在她踌躇或者困难的时候出现，犹如天神降临。

有的人出现在生命中就是这样一个神奇的存在。

姜月打开门，许昱身后是漆黑的夜色，大雨瓢泼般倾泻而下。楼道很空，回荡着雨滴落下的声音。

许昱站在门口，手上拿着一本本子。姜月看着，下意识地皱眉思考着，觉得有些眼熟。蓝色的本子，跟她以前那个记录喜欢许昱的粉色本子很像，直到许昱把本子完全展现在她的面前。

姜月这才看到，本子不是很像，是真的一模一样，只是颜色不同。

那本本子已经是她很多年前买的了，也不知道许昱是怎么找到的同款。他的眉眼很温柔，似乎猜到了姜月的疑惑。

“找了很久才找到这本本子，还真是不好找。”许昱说道。

就跟找她一样，很难，但就算这样放弃是不可能的，他都能找到她，也一定能找到那本本子。

“太难的话你可以不找的……”姜月的声音很轻，她还是疑惑于许昱为什么要去买这本本子。

“你把你的本子交给我以后，我就去找了一样的。以前你做过的事情我都想再做一遍，不仅仅是说要追你那么简单而已。”

他想写一本情书，写一本情书给她，让她感受到这份喜欢。

姜月眼神微动，轻轻地舔了一下嘴角。

“说实话，我很担心。”许昱轻声叹了一口气，“因为你说今晚要考虑几个小时，我没有办法做到平静地等待。”

“那要是我跟你说我们不合适呢？”

“嗯，我想过这个结果，所以来把这本本子交给你。”许昱敛了敛眸，声音有些颤抖。

大多数的人觉得女生在感情里会更细心，会想更多事，会担心更多问题，但其实所有人都是一样的，男生也会。

许昱也会有这样的顾虑，不是不会害怕的人。如果得到的回复是拒绝的话，他也想把一些东西传达给她。

姜月接过他手里的蓝色本子，随手地翻了几页，晃过去两眼，就看到熟悉的苍劲字体，认真地一字一句写下所有对她的思绪。

小女生一样认真记录，姜月想都不敢想许昱会做这样的事情，这太不像他了。

《姜月观察日记》的最后一页一片空白，什么都没有写，显然是专门留着的。

跟她那本一样，最后本来还有一半的空白页，全被她撕掉了。

她是因为没有继续，许昱可能也觉得，过了今晚，这本本子也不再会有后续。

她的最后一页写了两个字——没有。

当初到最后她都没有听到那句喜欢。

许昱的这一页空白页，似乎就是在等着她的答案，才能填满。

不管是什么样的答案，都是画上句号的一页。

姜月心中已经有了答案，许昱却还在等待着她的回答。她轻声笑了笑，抬头问他：“有笔吗？没有的话我回家拿。”

姜月转身进门，还好她原本在进门的柜子上就放了笔。笔尖点着手上的本子，她抿着唇提笔。

原本是想只写一个回答的，但是她想了想，写了很久，写了满满的一页字。许昱一直默默地站在她的身后，没有说话。

许昱等了很久，姜月才转过身来把本子还给他——

“我原本是不相信的，我以为你的追求只是对那场感情的不甘心，只是因为我甩了你以后你想要找回来的倔强心理。

我躲了你三年最终却还是没能躲过，没能躲过自己还喜欢你的这份心情。我还以为自己早就不喜欢你了呢！

但是谁能想到第一次爱的人竟然是那样刻骨铭心，你听过那首《第一次爱的人》吗？第一次爱的人，他的坏他的好，却像胸口刺青，是永远的记号。

你是我心上永远的记号，名为爱情的记号。

我是什么时候开始动摇的呢？大概是看到你办公室玻璃柜里收藏的满满的贝壳，我想你大概还是知道我喜欢什么的吧，后来才知道原来那些对我不好的言语你都记得。

比我自己记得还认真。

其实我很好骗的，只要你说你爱我，所以第一次你说的时候我就心动了。但是不可以，我害怕自己盲目心动。

我跟你说我不会爱自己了，因为这些年我经常陷入自我怀疑之中，但是你在一次次帮我打破这份怀疑，不管是直接行为也好，还是间接也罢。

你会直接告诉我我的好，让我知道其实我没有别人说的那么差。那天跟余娇聊天我才知道，原来你跟她说，希望她能够更多地给我看到一些正面的喜欢。

余娇带来的那份喜欢，真的为我注入了新的能量，我知道自己值得。

虽然我有很多缺点，也不能百分百确定我们合不合适，但是不能再否认自己的心。

我给你写的情书已写到了结尾，但是这个时候我收到了你写的那一份情书。”

最后的一句，姜月还换了一种颜色的笔写。

她靠在门边上，心跳的速度像外面不断下落的雨点。许昱的双手紧紧地握在一起，越来越用力。

她自己在写东西，却比看的人还要紧张。

许昱也看到最后一句话。

“我还是想跟你一起，看看未来。”

夜晚静谧，时间嘀嗒流逝，窗外的雨声跟挂在墙上的时钟一起协奏着。

姜月坐在床边，看了一眼手机上的消息，伸手拿过手边的抱枕抱着发呆。她想了很久，总觉得缺了点什么。

最后姜月轻轻咬了咬嘴唇，给许昱发了一条消息。

“你……睡了吗？”

许昱回得很快。

“没有。”

这样的夜晚没有人能安心睡过去，分别以后两人隔着一堵墙，却还是觉得心跳不稳。

姜月暗暗做了个决定，抱着自己的抱枕踩着拖鞋就往外面走去，一分钟后站在隔壁家门口。

许昱开门的时候看到的就是小姑娘穿着吊带睡裙，手上抱着抱枕，白皙的胳膊暴露在空气之中，明明没有喝酒，脸上却带着意外的一丝绯红。

“这么晚了……”许昱开口说着。

“一起睡吗？”

许昱：“……”

姜月有些不好意思地低下头，说：“我睡不着，老是想你，又觉得刚刚在一起是不是要矜持一点？”

可她还是想。

毕竟她跟许昱也不是第一次谈恋爱的小朋友了，以前什么事情都做过，现在重归于好，虽然说是重新开始，但那些记忆还是不能抹去的。

许昱轻声笑了笑，眉梢一扬：“自己送上门的小白兔？”

姜月听到这个称呼愣了半秒，转而一笑，说：“不是的，我是小狐狸。”

许昱没说话，却一把握住了她的手腕，另一只手带过她的细腰，片刻之间就把人揽进自己的怀里。

两个人之间还抵着一个毛茸茸的抱枕，但姜月还是感受到了对方剧烈的心跳。

这个拥抱来得太快，姜月有些猝不及防。

他们俩之间就像是闹了别扭的小情侣，现在把这个别扭解决好了，来了一个和好的拥抱。

她正在想着，卡在中间的抱枕突然被男人长手一伸，拿走了。

许昱的声音带着几分笑意：“怎么，我是抱你还是抱抱枕？”

姜月盯了一下他手上的抱枕，眨着眼：“还是……还是抱我吧！”

她本来就是巴不得时时刻刻都跟人黏在一起的人，只是这些日子一直在忍。答应许昱的那一刻，她也终于成全了自己。

许昱轻声嗤笑，拉着她往屋里走去，路过沙发的时候，顺手把抱枕扔了上去，可怜的小抱枕被扔在柔软的沙发上还顺势弹了弹。

姜月被他牵着，在后面嘟囔了一句：“你就不能对它温柔一点吗？”

那可是每天陪她入睡的最爱抱枕。

许昱停下脚步，姜月抬头看到他伸手解了一颗睡袍的纽扣。

她不动声色地眨了眨眼。

以前所有的情绪都在压抑，包括她对许昱的想法，现在这么一看，她还真是……

对许昱的每一个动作都毫无抵抗力。

比如现在许昱只是伸手自然地解了一颗纽扣而已，她就觉得自己的心跳加速，只想目不转睛地看着他。

许昱瞄了她一眼，低声笑道：“我对你温柔就够了。”

姜月霎时间耳根一红，敛下眸没说话，乖乖地走在他的后面。

房间门“咔嗒”一声关上，像是启动了什么神秘按键的开关。

姜月站在门口一动不动，男人的指尖勾住她的下颌，轻轻抬起来：“小狐狸，怎么不动了？”

姜月抬了抬眸，有些不自然地舔了舔唇，看着男人一张一合的薄唇。

她慢慢地伸手勾着许昱的手，指尖在他的掌心里打转，泛着痒意。

此刻的许昱才觉得自己从掌心痒到心坎，但又不敢乱动。

“我可以撒娇吗？”

“可以。”

“我可以胡闹吗？”

“可以。”

“我不开心的时候可以发脾气吗？”

“可以。”

“那你会哄我吗？”

“哄。”

姜月呼了一口气，抬了一只手压住自己的心口，心跳的频率很快。

她沉默着，听到许昱的声音沙哑性感。

“你不是说你男朋友最疼你了吗？”

“嗯？”姜月眨了眨眼，有些茫然，“我什么时候……”

话没说完，眼前的视野里突然覆盖下浓重的阴影，挡住了她的所有视线，她眼里唯一能看见的就是男人浓密的睫毛靠近，高挺鼻尖靠近。

下一秒这人就抵住了她的鼻尖，湿润的呼吸、温热的鼻息袭来。

他靠得很近，姜月觉得自己的心脏都快要爆炸。

“男朋友疼你啊！”

男人的手轻轻抚过她的后颈，在她脖子后面的娇嫩肌肤上轻轻抚过。

她以为自己对爱情死心了。

现在这颗心又活了。

许昱没有吻下来，笑着控诉她之前醉酒时的罪行：“你知道你之前是怎么做的吗？”

“半夜三点抱着抱枕出现在我的家门口，问我……”他顿了顿，声音里带着万分的魅惑感，沙哑低沉，“问我想不想要你。”

姜月：“……”

原来她喝醉了说要跟许昱睡觉，还真不是简单的睡个觉。

她鼓着脸，声音小小地说：

“那我现在没喝醉。

“你想要我吗？”

他们都是渴望对方很久的人，只是等待着那道墙塌掉才能再次拥抱。

许昱低头凑近，精准地捕捉到了她的唇，唇瓣相触的时候，感受到了对方唇上传来的柔软和温度。

他们很久没有这样亲密，姜月下意识地抓着他的肩，指甲渐渐陷入。

许昱十分轻易地就撬开了她的牙关，缠绕着她的唇舌。吻过以后姜月就开始微微喘气，耳根红得不像话。

平静了几秒以后，姜月的大脑还在轰鸣，听到男人用调笑的语气说了一句：“怎么，只是接个吻就不行了？”

姜月：“……”只是接个吻？她都被吻得晕头转向了。

姜月觉得自己浑身上下的力气都被抽干了，只能软软地靠在他的肩上，语气很轻：“我……我需要缓冲一下。”

她没想到三年后，自己还是这么轻易地被打败，还以为可以更能耐一点，没想到真的像许昱说的那样，接个吻就不行了。

跟喜欢的人在一起，别说是接个吻了，就连牵个手心跳的速度都不一般。

姜月缓了好几分钟，最后被人轻轻抱到床上。

“睡吧！”许昱替她压好被子，“好好休息，不折腾你了。”

她伸手把被子拉过头顶，睫毛颤了颤，声音闷闷的：“嗯。”

没过几秒，许昱也钻进被子，一只手自然地揽过她的腰。

“像是做了一个梦。”他说，“我们从来都没有分开过的梦。”

“为什么？”

“别人刚谈恋爱哪儿有第一晚就一起睡的？”

“……”

有点道理。

她探了探手，环住对方的腰，靠过去了一些，语气悠长，甜甜地唤了一声。

“男朋友，我想再亲一次。”

刚才随便吻了一下她就开始晕头转向，现在回过神来马上又开始索吻。

不过女朋友提的要求是要满足的。

许昱闷声嗤笑，说：“怎么，这么想我？”

她的脑袋还埋在被子里，声音传出来有些闷闷的，不太清晰。

“想。”

是她内心失望所以提出了分手，但许昱是她那样爱着的一个人，她故意回避，故意躲开不去了解、不去看，但还是会想念。

只是曾经的那份理智让她不能那样流露自己的感情，理智反而让她变得一点都不像自己。

人类有时候需要表达自己浓烈的感情和爱意，比如此时此刻。

沉积了这么多年的喜欢，想要撒娇的情绪，隐忍着的想要表达的爱情。

许昱没有掀开她的被子，微微撑起身来，侧过去，手从缝隙中抚过她柔软的头发，手指插在发丝之间。隔着轻薄的被子，许昱低下头，在被子上落下一个很轻的吻，没有任何其他的含义，也没有其他的情绪。

“我也很想。”

许昱的声音很沉，黑夜中的沙哑魅惑嗓音，隔着被子落入姜月的耳中。

姜月沉默了很久，从被子中探出头，眨了几下眼睛，头发凌乱，白皙的脸上映着一点点窗外的光亮。

像是隔了一整个世纪，想了很久，姜月才终于说出一句曾经说过很多次的话——

“许昱。

“我喜欢你。”

男人轻声笑了笑，压下身来，附在她的耳边轻轻地回答：“嗯。

“姜月。

“我喜欢你。”

时隔多年，听到作为男朋友的他说喜欢自己，姜月这一刻觉得自己做的事情值得了。

还好，还好。

她最后还是得到了自己想要的爱情，虽然前方的路还是不那么清晰，但是这一次，这一场感情，终于不是她一个人在孤身前行。

喜欢许昱——

曾经是让她最后悔的，但这也是她最不后悔的事。

第八章 隐退吧

姜月就这样过了几天神仙日子。今天的姜月终于从自认为有些颓靡的生活中回过神来，便收到了曲佳的一条信息。

“小月，有空的话看看这个？小说 IP，已经在筹备拍摄了，现在在面试演员，剧组第一个联系的就是你。”

姜月当时拿起手机正想问许昱晚上吃什么，所以第一时间就看到了曲佳的信息。姜月很快就回复了。

姜月：“嗯，好，什么小说？”

曲佳：“《晚风与斜阳》，你可以去看一下。”

姜月：“什么类型的？”

曲佳：“都市职场文。我去看了一下，网站上的评论还不错，评分也挺高的，说是作者对职场的把握也很好，不像有的小说只是打着职场的幌子，女主是一个性感大姐姐！”

姜月退出去在百度上搜索了一下这部小说，各个网站上的评价都很不错，这样的小说 IP 接起来其实风险很大。

虽然她自带粉丝的流量，但是一旦没有演好就会出问题，因为小说可以给人无限的遐想。姜月读初中和高中那会儿也很爱看小说，看完之后还会跟朋友讨论对男女主角的印象。

最后她发现每个人的认知都是不一样的，明明看的是同样的描写，在不同的人脑海中生成的样子却是截然不同的。

这大概就是一千个人眼中有一千个哈姆雷特。

《青空一夏》那一部剧姜月都是犹豫了很久才接的，那一本的原著并没有《晚风与斜阳》的名气大，不过姜月还是体验过了作为原著书粉在某些方面的苛刻。

比如有人说她的形象一点都不符合夏青空，有人说她的气质跟夏青空一点都不吻合。姜月理解大家的那份顾虑，因为自己以前演的角色不是这个风格的女孩子，固有的思想和形象是有很大影响的。

姜月看了很久，才回了一句："什么时候需要回复？我这边想先了解一下再做决定。"

作为一个演员，她要很清楚自己的戏路在哪里，也要清楚自己更适合演什么样的角色。

曲佳："你先不用急，好好考虑一下我之前说的那件事，要是不想接活动你就告诉我们，苏总会给你准假的。"

姜月顿了顿，很久以后回了一个字："好。"

姜月回完曲佳，再退出去看许昱的消息的时候，发现他回了自己好几条。这几天的相处里，许昱总是会很快回她的信息，即便是没有及时回复，也会在之后补上一个解释。许昱也会在有事情需要忙碌的时候提前告诉她，但是也会在忙完以后马上给她回信息。

这是从来没有过的，特别的安心感，她知道自己被别人惦记着，没有被晾在一边。

姜月："刚刚去看剧本啦，等你回家我们再说吃什么好了。"

许昱："什么剧本？"

姜月："刚刚小佳发过来的，小说 IP，书名叫《晚风与斜阳》，我正在想要不要接。"

许昱："嗯，好。"

姜月像一个乖乖给家长打报告的小朋友，把情况一五一十地告诉了许昱，唯独没有说这个女主角的人设是性感风的。

她还没有演过那样的人物，但是一直都想尝试这种风格，不过不确定现在的许昱会不会吃醋。

以她对许昱的了解，她觉得许昱应该会因为这种事情吃醋。

算了，她不告诉他了。

反正自己也还暂时处于观望状态，别说接这部剧了，甚至可能其他的都不会接。

许昱到家，十分熟练地输入了姜月家门的密码开门。这几天两个人互相串门，姜月没事的时候不是待在自己家，就是待在许昱家，两个人就差把中间的那堵墙给敲碎了。

他进门的时候，姜月坐在沙发上看那本小说，连许昱回来都没有发觉。男人走了过来，伸手在她面前晃了晃。

男人的手掌挡住了她看小说的视线，姜月才猛地回过神来，惊得手机“啪嗒”一声掉落。

本来只是打算了解一下，但是姜月意外地入了迷，说好的随便翻翻，结果却发现自己已经陷入了小说的精彩情节中。

她又顿了几秒，这才回过神来，抬头眨了眨眼：“回来啦？”

“嗯。”他松了一下手表的表带，重新扣了一圈，“晚上吃什么？”

姜月弯腰去捡掉在地上的手机，拍了拍手机上沾上的细碎绒毛，有些小心翼翼地问了一句：“我能晚点吃饭吗？”

“怎么？”

“我想快点把这本小说看完，让我看完最后一点好不好？”姜月看着他，伸手轻轻扯了一下他的衣服下摆。

姜月以前从来不敢撒娇，因为怕打扰到他，怕他觉得自己不懂事就不喜欢她了。

但是最近几天姜月天天撒娇，并且发现许昱真的很吃这招，就算她的要求再怎么不在理都会答应。

她想，今天大概也可以。

许昱没回答，突然伸手覆在她的上腹部，轻轻地摁了一下，扁平的。

姜月往后一缩，伸手拦住他。

“欸，欸！！”

“饿了吗？”他抚到的地方，明显感受到平坦得什么都没有装，也不知道姜月就这样看了多久的小说。

“是有一点。”姜月撇了撇嘴，随后马上反应过来嘴硬地摇头，“啊，不饿不饿，我不饿，你先吃！”

"我……"她继续说着，但是这一句没能说完。

"你看完了再来吃饭，是吗？嗯？"

"嗯！我看完马上来吃饭！"

"话倒是接得挺快。"许昱轻声嗤笑，从她的手上抽走手机，"但饭还是要按时吃。"

姜月觉得心里像是万千蚂蚁爬过，痒得不行，这个作者的剧情卡得很好，让她实在忍不住想要继续往下看，每一章节都让人挠心。

姜月很多年没有看过这么好看的小说了。原来看小说真的还是会让她茶不思饭不想，就像是回到了很多年前自己还是个小姑娘的时候。

她念书那会儿上课偷偷看小说，有一次连老师叫她的名字她都没听到。

许昱瞄了一眼她的手机，看到右下角有一个语音播放的按键，顺手点开，有些机械，没有什么感情的女声传了出来。

"第，八十五章，黎明。"

姜月："……"这是什么魔鬼语音断句？

她最后还是拗不过许昱，只能乖乖地吃饭，但是许昱"大发慈悲"地同意她打开语音读书的功能把那一段看完。

姜月本来是唾弃的，表示十分不屑。这种没有感情的机械读法，简直就是玷污这本好看的小说！

她刚想完，没过多久，安静地坐在饭桌上的时候，却还一直想着刚才没有看完的那个情节。最终她还是没能抵抗住自己的好奇心，便点开了小说的语音朗读功能。

虽然声音是有些没有感情，是有点机械，但是为了知道后面的剧情，姜月觉得自己还能再忍一会儿。

最终屈服的姜月还被许昱笑了一通。

"还是忍不住了？"

"是个人都忍不住。"姜月戳了一下碗，"都怪你不让我看。"

许昱"哦"了一声，没有回答。

饭桌上只有筷子轻轻碰到碗的声音和姜月手机里传来的机械女声，两个人之间陷入长久的沉寂之中。

直到——

“如果你，爱我，的话，那么，现在就，抱我，她这么说着，朦胧的水汽里面，暴露，在空气中的，肌肤似乎格外诱人。”

姜月：“？？？？”

许昱：“……”

姜月手忙脚乱地去抓手机，手上的筷子都没放稳，两支都掉在了地上。

以她看言情小说那些年的经验来看，下面的剧情十分明显。

这几秒内，手机里还在读着接下来的描写和对话，她慌张地关掉声音以后，一抬头就对上对面那人意味深长的目光。

“我女朋友还有这样的嗜好？”

“什……什么嗜好？”姜月把界面关掉，“不就是看了一本小说吗？我二十几岁了耶，总不能还只看人家牵牵小手吧？！”

明知道她的筷子掉在地上还没有捡起来，没有筷子可以用来夹菜，许昱竟然还夹了一筷子菜到她的碗里。

他轻声笑了笑：“听别人读片段的嗜好？”

姜月：“谁叫你不让我看的！”

“好，怪我。”许昱唇边的笑意逐渐扩大，他起身重新夹起她碗里的菜，抬手送到她的嘴边。

姜月瞪了他半秒才张嘴，把他夹来的菜吃了以后，还很不服气地紧紧咬住了筷子头。

姜月咬得狠，怎么都不松口，像是在发泄他不让她看小说的愤然。姜月肯定自己松口的时候筷子头上会有一排浅浅的牙印。

许昱倒也没有抽回筷子。

就这样坚持了好几秒之后，许昱语气悠悠的，低沉着嗓音说了一句：“咬那么紧干什么？”

姜月：“……”

第二天，许昱说在家里给她留了粥。姜月打开保温桶，里面升腾起来的热气扑在脸上，还没等到粥凉，她的手机突然又收到了爆炸一般的消息。

每次有这样的情况出现的时候，姜月知道，一定是因为她又被爆料了。她叹了一口气，还没点开手机信息就嘀咕了一句：“果然过不上几天清闲的日子。”

她最近什么活动都没接，什么剧都没拍，每天窝在家里当一个失踪人口，甚至都没有跟许昱单独出去约过会。

姜月先看了曲佳的消息。

曲佳：“小月！！又！！出事了！”

紧跟着曲佳就配了图。

“重磅消息，据传姜月即将饰演《晚风与斜阳》的女主角。”

姜月看了一眼就知道了大概的情况，回了曲佳一句：“好的，我知道了。”

她回得淡然，心里却已经无法平静。

又是她，又是爆料。

曲佳：“我这边跟公司商量一下，先把这事压下去。”

在她确定要接这部剧之前爆出来这样的新闻并不算是好事，没有确定的事情就被大家摆上台面来议论，对演员和剧组都不太好。

姜月时隔半个月上了微博，发现关于她的消息多得无从下手。她没有发微博，而是看了一眼刚才曲佳发过来的那条爆料。

不算是诬蔑和造谣，对方的用词非常谨慎，好几个账号都发了这一消息，但都是“据说”“据传”这样的字眼。

评论里果不其然有她的粉丝控评。

“非官宣不约，抱走我们小月亮。”

“请大家多多关注《青空一夏》哟，姐姐的夏青空超绝！据传的消息就不要轻信啦！”

很多年前姜月还很不能理解粉丝控评这件事，后来才明白，大家其实也只是不想让别人诬蔑自己喜欢的人。

可能这样的事情对别人来说没有任何意义，但对他们来说，这些事情虽然琐碎，每一件却意义非凡。

不久后，姜月的经纪公司发了声明。

“谢谢大家的关心，今天网络热传的我公司旗下艺人姜月接下《晚风与斜阳》一事并不属实。”

声明简单干净，绝不多说。

姜月本以为声明发出来大家就可以消停一会儿，没想到没过多久，她的名字再一次一条条地挂在了热搜上。

这似乎已经是常态了，但是这一次姜月明显感觉有一些不对劲。以前她经常挂在热搜上是因为公司的解释来得很慢，因为她的事情总是被人强行曲解。而这一次公司声明得很快，并且在上一次的发布会之后，把造谣的人告上法庭，众多营销号和记者都停止了对姜月的攻击。

大家全都老实了。

但是依然有哪里不太对劲，公司已经处理得很快很好了，也没有大的营销号在带节奏，她的名字却一直挂在热搜上面，高居不下。

姜月窝在许昱家的沙发上跟曲佳打电话。

“小月，你觉得会不会是之前那种情况？”

“哪种？”姜月问了句，很快反应过来，“制造话题度？”

“是，我想对方最近应该沉不住气了。”

姜月皱紧了眉头：“是因为我最近太安静了吗？”

这两周，几乎没有任何关于她的消息出现。

除了粉丝，最爱盯着她的消息和情况的就只有对手。粉丝知道姜月最近处于休息期，都很乖，没有去打扰她。而且姜月的粉丝看到姜月上热搜的时候，其实比姜月本人还要紧张。她什么都没有做，却要被扣上那样的帽子。粉丝相信她的为人，每一次都去解释，却没有人愿意听。有的人看到诬蔑姜月的话，都不去验证一下真假就跟风黑。很多时候粉丝宁愿姜月不要有这样的热度，不要上这样的热搜，不要再受到跟风黑的伤害。

所以姜月和曲佳都知道，这些热搜绝对不是粉丝安排的，甚至粉丝团那边的置顶都换成了这样一条公告：

“很重要的事！！姐姐最近在休息！！大家也放松一点！！期待我们小月亮的新作品，不要去跟热度！！”

姜月看着，觉得脑子昏昏沉沉的。这都是些什么事？上次的事情才处理好，怎么没过多久又来了一波？姜月觉得身心疲惫，忽然又想起曲佳问她想不想休息一段时间的事情。

其实不算是突然，她已经考虑了很久，从刚拍《青空一夏》的时候就开始考虑了，只是现在刚拍完剧，也在过渡期。

如果她要休息，那现在这个过渡期就正好是做决定的时候。

曲佳：“对了，我暂时没有给你接新的活动。不过现在也有很多剧本找上了你，当然，也有很多广告和代言活动有意向和你合作。”

如果姜月不休息，那马上又会忙碌起来，像现在这样一直被制造话题，又要负重。

姜月想了很久才回复。

姜月：“小佳，我想好好考虑一下你之前说的事情。”

积攒了这么久，她真的有些承受不住了，已经没有力气面对汹涌而来的一件件事。这次她本来只是看了《晚风与斜阳》的小说，和有接触这个剧组的意向，却没想到又被挂上了热搜，营销号又开始胡编乱造。

一次次上热搜，一次次被人诬蔑，一次次被买营销，她原本已经在考虑曲佳说的“休息”一事，才没过几天清闲日子，就又有压力向她涌来。

这件事成了压死骆驼的最后一根稻草。

姜月想了很久，直到许昱回来她都还坐在客厅发呆。许昱挂好衣服过来伸手抱住她。

“怎么了？”许昱问。

“我在想一件非常重要的事情。”

“嗯？”

“许昱，”姜月叹了口气，“其实我累了。”

神经紧绷了太久，她真的太累了，累到感觉每一天都是拖着沉重的身体和心灵在前行。

“虽然我知道现在还有人盯着我，但是我好像已经没有力气再坚持到最后了。”

姜月觉得现在脑子一团糟，大家为了找出幕后黑手努力了那么久，她却想要临阵脱逃。

“我这样……”她小声说着，“真像个逃兵。”

她敛着眸，倏然被人拥入怀中，许昱伸手轻轻抚着姜月的背，一下下的，动作很轻很温柔。

他说：“没关系，你站在我们的身后。

“我们都会保护你的。

“你努力了这么久，已经足够了。”

苏溶的电话打来的时候，许昱还在姜月的旁边。苏溶很直接，开口就问她：“姜月，你现在累吗？”

苏溶的判断力和执行力都很惊人，说做什么就做什么，绝对不拖沓，所以她才能这么年轻就坐上现在这个位置。她已经猜到了这件事一定会压垮姜月这么久的坚持。

姜月握着手机的手松了松，最后她才呼了一口气："累。"

"那我给你放个长假。"苏溶那边有笔尖点着本子的声音，"一年，够吗？"

苏溶继续说着："至于其他的事情，你根本不用担心，我和许律师还有小佳都会帮你处理好的。

"姜月，你从始至终都不是一个人。"

姜月转头看了一眼许昱，他听到了她们之间的通话。许昱摸出自己的手机，修长的手指在屏幕上敲动，将打好的一句句话给她看。

"休息吧！"

"今年在家里当我的公主。"

"姜月的光芒不是一年就会消失的，相信我。"

"如果觉得累，那就来我的怀里。"

"我在你身边的职责，就是让你活得轻松一些。"

"这一年的时间做什么都好，你要记得……"

"我爱你。"

"我愿意接受你的一切，也尊重你的决定。"

姜月看完，觉得眼眶有些红红的。她垂着眸思考了很久，才给了苏溶一个回答。

"星娱旗下艺人姜月，申请隐退休假一年，望批准。"

苏溶似乎也松了一口气。

"准假。"

隐退一年对一个事业上升期的明星来说其实不算是一个很好的选择，可姜月觉得这对自己来说是一个最好的选择。她真的累得直不起腰了。

姜月家境不差，从小就养尊处优，本来对未来抱有很多美好的期待，结果没想到一进圈子就遭到这样的对待。

和公司商议后，大家最后决定在巴黎时装周的采访里宣布这件事。

隐退，休息一年后她再以崭新的样子面对大家。

第九章 和初晴合作

几天后的巴黎。

此次的巴黎时装周也是在时尚界享有盛名的。姜月拿了多个国际代言，自然也就受邀出席这次的活动。纤细腰肢、皮肤盈白的女人穿着露出后背的长裙，裙摆曳地，光滑的后背、漂亮的蝴蝶骨、傲人的天鹅颈，让人移不开眼睛。

姜月从车上下来的时候，鞋跟刚刚踩到红毯上，就听到记者们不停响起的快门声。她优雅地走过去，一副矜贵的模样。

这次初晴又跟她走到一起，不过这一次初晴是在姜月后面。

其实初晴的资源一直也是不错的，只是在某些代言上被姜月压了一头，但偶尔初晴也会拿到一些很好的资源。初晴一如既往地挑了偏清新可爱的风格的服饰，鹅黄色的小礼服，衬得初晴的皮肤非常白。

姜月回了一下头，余光一瞥，就扫到身后的人不小心踩到了什么，一个踉跄。

初晴没有摔倒，而是被姜月扶住了，姜月明显感觉到初晴的身体僵了僵。

她硬着头皮对姜月说了一句："谢谢。"

姜月微微抿唇，声音压得很低："小心一点啊！"

初晴没有回答，站直身子，姜月却没有走，手悬在半空中。

“与其让别人觉得我是在扶你，不如就这样一起上去吧！”

初晴僵了很久，愣是没想明白姜月为什么要给自己解围。她给的这个台阶太大了，最终初晴的手还是搭了上去。红毯的最后，姜月是让初晴挽着自己的手一起走过去的。

签名的时候，这一次也是初晴先签了名，姜月没有在她的名字旁边签下名字。上次姜月的签名写得那么大，也不是挑衅。

她写字的风格本来就是这样的，并不是想要跟初晴结仇。虽然她跟初晴的关系本来就不太好，两个人也会有资源的争夺，但是说上结仇，还没有那么严重。

进入会场落座后，姜月便一直看着前方，旁边的人陆陆续续地进场落座。她在发呆，没有太注意，再回过神来的时候发现初晴坐在了旁边。

姜月余光扫到她的时候，有些诧异，但是没有说话。虽然刚才她是帮初晴解围了，但她们俩还算不上朋友。

帮她解围，姜月觉得是自己一时的同情心作祟。当时她可能是散发出了人性的光芒，而且并不想让初晴在这样的国际活动中丢人。

姜月不说话，并不代表初晴不想说话。她犹豫了很久，才说：“姜月，你为什么帮我？”

姜月轻声笑了笑：“别误会，不是喜欢你的意思。”

两个人之间的气氛有些尴尬，初晴一时语塞，而后才笑了一声。

“我知道，毕竟我也没见得多喜欢你。”

抢资源、抢角色，这样的对手即便不结仇两人也很难互相喜欢，更不可能成为朋友。如果她们之间有什么帮助对方的事情，那更多的可能只是因为自己也是受利的一方。

姜月一直看着台上，没有再搭理初晴。过了许久，初晴再一次问了一句：“你是打算接《晚风与斜阳》吗？”

姜月目前并没有接这部剧的打算，毕竟已经决定要休息一年了。

“什么？”

“你就不用骗我了，我们都是圈子里的人，没那么好骗，也没那个必要。”

姜月还是没回答。

她觉得自己接不接《晚风与斜阳》跟初晴一点关系都没有，多说多错，至少此时此刻不想跟初晴深入地讨论这件事。

“姜月。”初晴转头，有些嘲讽地勾了勾嘴角，“你还不知道吗？”

“知道什么？”

初晴的唇边挂着的意味不明笑，不知道是嘲讽还是看戏。

“今天又有新料爆出这部剧的女主角确定是你们公司的演员。”

姜月皱了皱眉。

姜月还在想着，初晴补上了一句：“小说作品《晚风与斜阳》被曝光抄袭。而你，就是前几天曝光出来的要演抄袭小说改编剧本的女主角。”

活动还在如火如荼地进行着，台下的姜月却很长时间都没有融进去。

姜月皱着眉低头在想这件事情。她拿出手机点开微博，想看看最近关于自己的新闻，一旦有关于她的消息，一定第一时间就会在微博上爆料的。但意外的是，姜月没有在微博上看到这一情况。

她看完，非常疑惑地再一次紧皱着眉头。初晴有必要用这样的事情来骗她吗？

初晴一直观察着姜月的表情，现在看到她这副模样，有些得逞地笑了笑。初晴朝姜月那边靠了一点，问：“姜月，要不要谈一个合作？”

“什么合作？”

“我知道一些事情，比如是谁在背后公关组织造谣。”

姜月愣了一下，勾唇轻蔑地笑了一声：“这个根本轮不到你来告诉我，你以为我什么都不知道吗？”

“你放心，我这个提议对我们俩都不会有坏处。”初晴压低了声音，继续道，“我当然能感觉到你和你的团队在反击，也相信你们很快就能够解决这个问题。但是如果你愿意跟我合作，我可以让你的这件事情变得更加容易解决。”

初晴知道的消息似乎很多，姜月从她这确定的语气中能够判断出来，初晴真的不是在忽悠她。

姜月也挪了一下身子，说：“那你不妨先说来听听，还有，你刚刚那个爆料是什么意思？”

初晴说：“不相信我怎么会知道这些事对吗？因为这个爆料，是我们这边提供的。”

姜月：“……”

她转头看了初晴一眼，眼神有些疑惑且不善，跟自己的一个小对家当面对质的感觉有些微妙。

“但是我现在不想跟那边合作了。”

“你要叛变敌军？”姜月笑了笑，“明知道你会叛变，我还跟你谈合作，你觉得我有理由相信你吗？”

初晴显然也是有备而来。姜月跟初晴本来就势不两立，在这个节骨眼上，初晴却突然倒戈到她这边，这种突然投靠敌军的行为有一些奇怪。

初晴换了个姿势，看起来很惬意的样子。

“既然是认真合作，我就不跟你卖关子了。”初晴顿了顿，才又说，“因为我觉得在这场比拼中你能赢。

“就算是刚才跟你说的那个消息真的发出去了又怎么样？我不得不承认，你最近的公关手段真的非常强。这件事情肯定会对你有影响，但就像你说的那样，你根本就没有答应要出演这部剧，清者自清，这个道理在这件事中非常适用。

“就算消息放出去了，对你的声誉是有一些的影响，但到最后也只是一些无关紧要的小摩擦罢了。”

姜月挑了一下眉：“你的意思是觉得我可以逆风翻盘，你现在提前嗅到了风向不对，所以想加入我这边？”

“加入算不上，结盟合作还差不多。”

“其他原因呢？”

初晴愣了两秒，不过很快回过神来。

“对我来说，没有永远的敌人，也没有永远的朋友，只有永远的利益。”她说，“这次帮你，我可以顺势扳倒另外一个人。”

姜月看着她，很久：“好，那我们就合作一次。”

时装周结束之后，有国内来的记者把初晴和姜月团团围住。

“之前都知道两位似乎关系不是很好……”有人开口问，“刚刚也看到姜月伸手拉了初晴一把，这是握手言和的意思吗？”

圈子里的人际关系，谁和谁是对家，谁和谁成为朋友，都是这些娱乐记者关心的话题之一。

初晴抿了抿唇，说：“我和姜月小姐虽然算不上很好的朋友，但似乎也不差。

“我也很感谢她今天给我搭把手，不然我就要丢人丢到国外了。”

姜月笑了笑，默许了初晴的回答。

“那请问一下，两位最近都有什么新的计划呢？两位最近都很少参加活动啊！”

初晴优雅地笑着，回答：“目前我的工作都处在准备阶段，我现在也不方便透露行程，之后会官宣的。”

话筒转到姜月这边，姜月凝神，隔了几秒才淡淡地说了一句：“很抱歉地告诉大家，这次的时装周活动结束之后，我将隐退一年。在这一年期间，我不会参加任何活动。”

记者忽然僵住，旁边的初晴也睁大了眼睛。

隐退？在这个时候？

姜月勾了勾唇，低头凑到初晴的旁边，压低了声音对她说：“不过刚才说的话还作数。”

在彻底休息之前，她要做最后一件事。

姜月的话音落下，就看到曲佳从车上下来，带着一众保镖过来。

她们都知道一旦姜月宣布了这件事，记者肯定会追问，而且一定会问很多乱七八糟的事情，一定会拽着姜月不放手。

“请让一下。”曲佳走过来，站在姜月面前，把她护在身后，“麻烦各位记者朋友让一下。”

“我知道大家想问什么，这些事情之后公司会给大家足够的提问机会。今天我们就不在这里多回复了。”

姜月是被曲佳带着逃离现场的，记者的问题都没问完，她们就放了人家鸽子。

回到酒店以后，姜月瘫在床上，说：“唉，我就这样放了记者的鸽子，会不会又被说我耍大牌啊？”

“跑了再说。”曲佳给她倒了一杯水，“我们在那里待着，可能还会被问两个小时。”

“也是。”姜月笑了笑，忽然觉得一身轻松，“反正今晚过后我就是自由人了。”

这一年里她想干什么就干什么，多好。

“对了，你跟初晴真的和好了？”曲佳问了一句，“今天感觉你们聊得很欢啊！”

姜月坐直身子：“嗯……也算不上和好，一开始扶她其实也是释怀吧，突然决定休息一年的时候觉得很多事情都通透了。”

她没必要争，没必要抢。

初晴好像也不坏，只是大家的利益和立场碰撞才导致现在这样的局面。

“对了，小佳。”姜月拿出手机，点开跟初晴的聊天框，现在还是一片空白。

“初晴说要跟我合作，说会发一些东西给我。”

曲佳听着，心跳都加快了半拍。她有感觉这次初晴发来的东西对他们会有很大的帮助。

“这么大的事你也不先跟我商量！”曲佳敲了她一下，“万一被骗了怎么办？”

“被骗了就退出娱乐圈。”姜月说。

她回去当小公主也挺好的。

“好了，我去房间跟苏总打电话说明一下情况。累了吧？你今晚先休息。”

“嗯。”

曲佳走了之后，姜月才打开跟许昱的聊天框。就一天没见，她竟然开始想他了。大概是因为过去的一周时间里，她整个人恨不得黏在许昱的身上。

因为她就住在隔壁，所以两个人每天相见也很方便。那几天是姜月觉得自己这个家搬得最成功的一次。

姜月发过去一句：“想你了，想回国吃中餐。”

许昱大概很忙，很长时间都没有回她，直到很晚的时候姜月才收到他的回复。

“嗯，好的。”

那个时候姜月还没太懂许昱那句话是什么意思。卸了妆洗完澡，她从浴室出来后，初晴的消息还没发过来，姜月挑了一下眉。

初晴不会听到她要隐退忽然反悔了吧？

算了，也没事。

她要是愿意说当然是好的，要是不愿意也没什么大问题。

初晴一直没发信息，姜月也不会彻夜等她。姜月躺在床上不一会儿就困了，陷入沉睡中。

第二天早上醒来，她看到初晴发来的微信消息。

初晴："我会告诉你的，回国以后发给你。"

姜月皱了皱眉，心想：真的这么复杂？

姜月正在想着，突然听到房门响了。她这才慌慌忙忙地下床去开门，由于着急，她忘记穿鞋了。

房门打开，姜月的呼吸都快静止了。

她僵在原地，直到男人低沉性感的嗓音带着笑意响起。那人扬着眉问她："还愣着？不是说想我吗？"

喜欢一个人最害怕的是得不到回应，最害怕的是在这场感情里只有自己一个人在付出，感受不到对方的心动。

那是曾经的姜月。

相反，喜欢一个人最开心的就是事事都得到回应。这一次姜月感觉到的回应让她十分安心，安心到她觉得现在许昱什么都好。

他记得她随口说出来的细节，连她自己都记不清楚的事情，许昱却都记得清清楚楚。每一件事许昱都会给她最大的满足和最快的回应。

她下午随口说想吃冰激凌，晚上许昱就会买回来；她说想看海，许昱马上就会把航班信息发给她。

虽然后来也没有去成，但许昱也是先给了她承诺，说下次两个人都忙完了一定会去。

现在，她跟许昱说很想他，跟他说自己在国外有点想吃中餐后，他可以跨过遥远的距离，把昼夜变成白天，把遥远变成咫尺。

姜月怔怔地站在原地，鼻间蹿入了熟悉的香味，从他手上的口袋里传出来的。许昱迈步进来，把手上的东西放在了旁边的桌子上，扫到姜月没有穿鞋踩在地毯上，微微皱眉。

下一秒，姜月感觉自己的身体离开了地面。男人一把把她抱了起来，还在她的耳边低声念了一句："酒店的地毯可能会有尖锐的东西，怎么不穿鞋？"

她没有回答，被抱着走了两步，这才伸手紧紧地反抱住他，头埋在他的肩膀上，手指拽着他的衣料。

“许昱……我好想你……”

分别几十个小时就像分别了几十天，姜月觉得这一次的恋爱，比以前还要更想他。

姜月还以为自己随着年纪的增长，会变得成熟、冷漠，不渴望爱情，不会黏人。

但实际上，自己比以前还黏人。

想要把曾经没有发泄出来的情绪，全部都宣泄出来，不管是什么样的，她都不想再忍耐下去。

自己活得痛快最重要，即便别人觉得自己怎么矫情也好，她只是想做回真正的自己。

恃宠而骄，被偏爱的永远有恃无恐。

许昱轻轻地把她放在床上，伸手帮她把头发别在耳后，最近姜月的头发长长了一点。许昱蹲着，声音很轻地说。

“留长发吧！”

“嗯？”

许昱的手指穿过她的发尖，动作轻柔地捋下来，眉眼一扬，对她说：“想替你把头发梳起来。”

古时候最浪漫的事情大概就是夫君替夫人绾发。

这项风俗习惯现在已经没有了，但许昱用手指挑起她的头发的时候，还是想帮她把头发一点点地绾起来。

姜月愣了好几秒，偏着头笑了：“好。”

她伸手握着许昱的手，放在自己的脸颊旁边轻轻地蹭了一下，闭着眼，心脏有力地跳动，每一次的跳动都很真实。

“是不是待我长发及腰？”

姜月的话还没说完，唇就被人封住。对方轻咬了一下她的唇瓣，在上面碾磨了两秒，很快放开。

许昱抵着她的额头，轻言细语，温暖的呼吸就这样蔓延开来，让整个房间仿佛都升温了。

这是姜月第一次在想，人类的呼吸竟然是这样灼热和滚烫的。

“我可能等不到你长发及腰。”

她的头发现在才刚刚盖过锁骨，要等到姜月长发及腰不知道要等到哪年哪月。本来是可以有很多年来等待的，但是他们错过太久了。

姜月这才眨了眨眼，说：“好吧！”

许昱的指尖在她耳后的肌肤上轻轻摩挲了很久才收回手。他起身去拿刚才放下的东西。

“刚刚在外面买的，就知道你肯定还没有吃饭。在国外怎么又想吃中餐了？”

“大概是因为想你吧！”姜月笑了笑。

许昱把食物一一摆好，抬眸，说：“好了，快过来。”

这顿晚饭吃得很愉快，虽然国外餐馆的中餐做得不是那么正宗，却是姜月在国外吃过的最开心的一顿饭。

饭后她撑着下颌问：“怎么会突然过来呀？你工作不忙吗？”

“忙是忙，但是已经提前做完了，我猜你会想我，所以提前做好准备。”

“哼，自恋。”

“你不想吗？”

“一点点吧！”

姜月别开头笑，听到对面的男人轻笑一声，一副严肃认真的样子，一字一顿地说：“可是……我想你。”

两个人隔得再远，时间再忙，想要见面的心情都很迫切。不管再远，他们想见到爱人的心情都会打破时间和距离的。

这份思念也让许昱明白，姜月曾经的那想要得到回应的心情是怎么样的，因为现在的他也想得到回应。

以前是她追他，他不懂得怎么去珍惜那样喜欢着自己的姜月，后来换他追到姜月。

一开始，许昱也是有那么几分不自信的，在别的事情上再有把握，一旦谈到感情就不是那样了。

他怕姜月还是不信他，怕姜月因为曾经的那些事情不愿意对他付出心思了，怕她不是那么喜欢自己了。

彼此的角色互换以后，许昱无时无刻不在体会姜月曾经的那种小心翼翼的心情。

既然以前他走过了弯路，这次就不会再犯。

“好吧，那我允许你每天想我一千四百分钟。”

我允许你每天都想我。

因为我也想你。

许昱飞过来其实也做不了什么，因为姜月的航班就在第二天早上。他跟她待一天，两个人又得一起回去。

曲佳突然看到许昱的时候也很震惊，忍不住吐槽了一句：“这就是爱情的力量吗？”

但她还是默默地把自己在姜月旁边的座位换到另外一边，很自觉地不打扰这两人。

十来个小时的长途飞行让人疲惫，不过落地的时候姜月还很清醒，北京时间已经是深夜，连机场的大巴都停了。

虽然是深夜，但还是有粉丝接机，记者也堵在出口。

他们一下飞机，在接机口就被重重包围。许昱站在姜月的身边，也没有解释他为什么突然出现在这里。

他们俩之间的话题似乎是一个老生常谈的问题，但是每一次的解释都是：许昱是姜月的律师，所以一旦有什么事情，许昱都有可能在场，简直比经纪人跟得还紧。

本来蜂拥而上的记者在看到许昱死死地把姜月护在身后时，动作也变得小了一些，只是把话筒对着她。

“姜月小姐，我们这边有一些问题希望你能够解答一下。”

许昱伸出手挡住话筒，说：“她累了。”

“我们已经在这里等了很久了，可以麻烦你说明一下吗？”

“为什么会突然选择隐退休息一年呢？”

姜月抬手轻揉太阳穴，先是给旁边接机的粉丝递了一个眼神，曲佳赶紧跟上来应付这些记者。

“已经说过了，这件事情公司之后会说明的。”曲佳说，“现在我们都很累，麻烦大家给我们一点休息时间。”

姜月没搭理那些记者，而是对着忧心忡忡的粉丝笑了笑。

“别担心，我会回来的。”她说，“我只是休息一年，不是退出了。”

“抱歉，我真的需要休息一下了。”

真正了解姜月的粉丝都知道她很辛苦，知道她受的苦，虽然这个消息放出来的时候所有人都很惊讶，粉丝一时半会儿也接受不了。

但经过这一两天的消化和思考，粉丝也渐渐接受了姜月的这个决定。

姜月确实应该休息。

曲佳一个人拦不住那些逼问的记者，赶紧对许昱说：“许律师，你先带小月走。”

许昱点了点头，随后在众目睽睽之下，紧握着姜月的手腕走向停车场，不再搭理记者在身后的追问。

两个人坐到车上，开车的人很安静，什么也不多问，只说了一句：“小心，坐稳，开车了。”

姜月和许昱坐在后座上，把前方的窗帘拉上，她伸手在他的手心中间画了一个小圈。

姜月低语道：“大概今晚就会有新闻了吧！”

“嗯。”

“我和你的事情。”她舔了舔唇，“瞒不住了呀！”

“瞒不住就别瞒了吧！”

姜月转头看着他，笑着说：“什么？”

“下一次有人再问到你，就公开。”许昱悠悠地答。

“我怀疑你蓄谋已久，”姜月看了他一眼，又低头抓着他的手，“是不是因为我们没公开你觉得……”

姜月后面的话还没问出口，许昱倒是把原因说了出来。

“你知道之前你不接活动的时候有人找上门了吗？”

姜月一脸茫然：“什么？”

许昱突然凑近，姜月僵了半秒，下一秒感觉被人轻咬住了下嘴唇。

“苏溶和曲佳告诉我的。

“说你不接活动的时候有个年轻的男孩子以为你一直在公司，便每天都送花到你们公司来，还一直让他们公司的负责人来跟你谈合作。”

“项链品牌的。”他顿了顿，又说，“说是找你做代言约广告，可是……”

“可是？”

“他想追你。”

姜月："……"

车内的空气沉默了一秒，她被人抵着鼻尖，温热的呼吸扑面而来。

她呼了一口气，语气上扬："吃醋了？"

"你说呢？"

姜月沉默了几秒，笑出了声，抬手用手指抵在他的眉间，说："吃醋啊，多吃吃，挺好的。"

"嗯？"许昱眯了眯眼，"你确定？"

"这不是挺可爱的嘛！"

姜月说完听到许昱闷声一笑，起了一身鸡皮疙瘩，突然觉得好像会有些不太好的事情发生。

姜月和许昱回到家。姜月一开门，就踢到了一个盒子，踉跄了一下。

"什么？"

她似乎察觉到了什么，出现在玄关门口的盒子，似乎是昭示着什么。

姜月伸手开灯，灯光交织落下，很俗气的是，地上被铺满了玫瑰花，也不知道许昱什么时候准备的，空气中还散发着花香。

脚边的白色盒子显眼，旁边还有一个她刚才没看见的更大的盒子。

许昱走到她的身边，低头附在她的耳边说："不拆礼物吗？"

姜月愣了很久，这才缓缓地蹲下。

她的心跳巨快，感动之余又觉得有些好笑，念叨着："什么呀，别人铺玫瑰花都是送戒指，但是我看你可不像要送戒指的样子。"

"求婚的事我们慢慢来。"他的尾音上扬着，"今天的礼物先拆掉。"

姜月无奈，垂着眸认真拆开礼物盒。她先拆开了那个大的。

打开的时候她笑出声来。

棕色的布偶洋娃娃小熊，大概是她小时候喜欢的那种，她拿起来在许昱的面前晃了晃。

"听说每一只小熊都会为小女孩驱赶噩梦。"

许昱没有回答，而是示意她拆开另外一个盒子。姜月手上抱着棕色的小熊，无奈又好笑地去拆第二个。

二十几岁了，他还送她布偶小熊。

许昱这个送礼物的办法还真是让人有些发笑，这么想来他第二个礼物又会送什么呢？

芭比娃娃？发卡头饰？还是什么？

姜月怀着这样的心情拆开盒子，却在打开盒子的时候愣住，摆在她面前的是一双高跟鞋。

红色的高跟鞋，十分勾人的样式，单单看着鞋子都让人浮想联翩。姜月转过头，还没来得及问这双鞋是什么意思，就突然被人拦腰抱起。

她一只手拿着高跟鞋，另一只手夹着那只布偶小熊。

许昱最后把她轻轻放在沙发上，突然蹲下来，一副庄重虔诚的样子。

他伸手接过姜月手上的那双高跟鞋，手掌抚过她的脚踝，低着头认真地替她穿上一只高跟鞋。

“布偶小熊是小女孩的象征，高跟鞋是女人的象征。”他突然低语，“新的开始，新的你，过往都已经洗刷得干干净净。”

许昱起身，俯身吻她。

姜月没有明白他那句话的意思，最后被人搂着腰吻得昏天黑地的时候，听到男人附在她的耳边说了一句话。

“从此，做你自己的女王，也做我的女孩。”

第十章 想让她成为最后的赢家

姜月是在两天后收到初晴发来的消息的。

初晴："这次的爆料是你们那边的人给的。"

姜月愣了一下。

初晴："你的小师妹，肖筱。"

姜月拿手机的手僵了一下，她千算万算，却怎么都没想过这个人是自己认识的，而且和她还是一个公司的。

初晴接下来发来了一些东西，录音、录屏和聊天记录。

肖筱是姜月的小师妹，她们的交集其实不多，但是姜月知道肖筱其实从自己的手上拿走了不少资源。圈子里大家也喜欢称肖筱为"小姜月"，因为她和姜月有七分像。

姜月看完那些资料的时候，整个人都气得发抖。初晴跟她承认，以前有资源争夺的时候公司一定会买通稿，但是不久前肖筱联系到了初晴那边。

肖筱很清楚初晴跟姜月有利益相对的关系，所以告诉初晴想要合作，有共同的敌人就是朋友。

姜月忽然想起初晴之前问她是不是要接《晚风与斜阳》，当时姜月就很震惊。因为这毕竟是内部消息，曲佳当时也只是跟她提了一句而已。

曲佳跟她说这件事情的时候，还顺带说了一句："你要是不喜欢的话就早点跟我说，肖筱那边还在排队。”

姜月想到这些事情就觉得大脑在嗡嗡地响。

她当然知道自己的敌人很多，也知道不喜欢自己的人不是一个两个，但是从来都没有把肖筱算在里面。

姜月曾经也觉得肖筱可怜，毕竟没有人想成为另外一个人的替代品，所以有的资源都是主动让公司放给肖筱的。现在看来自己的好心全被当成驴肝肺了，难怪苏溶说她太天真。

自己的资源自己拿着，别乱做那么多好事，在这个圈子里想做好事有的时候会适得其反，苏溶是真心喜欢姜月才跟她说这些。

现在姜月才明白当年苏溶说的那些话是什么意思。

初晴：“肖筱跟我们合作很久了，这次的消息也是她放出来的。她本来想把消息再卖给娱乐记者，让他们给你写点东西，但是我们这边拒绝了。”

初晴：“你的团队很给力，我承认我们现在不敢轻举妄动。”

初晴这么坦诚倒也不是真的想帮姜月，想帮的是自己。初晴其实很聪明，知道这个时候投靠姜月是对的。

没有永远的敌人，只有永远的利益。

初晴：“对了，还有一件事。”

姜月觉得自己的眉心猛地跳了一下，“这一件事”没那么简单。

她看到初晴发来一段话。

“我这次站在你这边还有一个原因，那就是肖筱是真的想害死你。我们虽然是竞争对手，但是姜月，我从来没有想过要害死你。

“肖筱的手段太脏了。”

姜月犹豫了许久，才回复了两个字：“谢谢。”

她谢谢初晴这次做出这样的选择，谢谢初晴告诉她这样的真相。

原来敌人一直都在自己的身边，这才是最可怕的，因为她掌握着更多别人不知道的事情。

姜月把这些消息转发给了曲佳和苏溶，曲佳的情绪很激动，开着语音破口大骂：“这什么玩意儿？

“我们对她不好吗？她竟然这样卖你？我们还一直把肖筱当作自己人，狼心狗肺的东西。

“我先跟苏总商量一下，你也别生气。”

姜月哑然，随后说：“没怎么生气了。”

除了生气，她更多的是震惊之余感到心寒，对这个人失望到极点的时候，连生气这种情绪都没有了。

她们没有聊太久，曲佳就去找苏溶了。

姜月闭着眼靠在沙发上，脑子里灌入的是这么多年经历的事情。她感觉很多人站在阴暗处拽着她，要把她拖进一个深渊和泥潭里，脑海里出现的画面让人窒息。就在她昏昏沉沉、额头上渗出汗珠的时候，感觉自己被拥入了一个怀抱。

她缓缓睁开眼，看到了男人工整的衣衫。

“我回来了。”他说。

姜月反应过来。

她原本是想自己从泥潭里爬出来，但是已经精疲力竭了，外面的人却还拉着她。

许昱是其中一个。

他似乎在对她说：“你不用努力挣扎了，我们会拉你出来的。”

未来和困难，都交给他们。

因为许昱在支撑着这片快倒下来的天，姜月才终于有了一个可以喘息的机会。

苏溶的办事效率很高，她很快给姜月打了电话，电话接通第一句话就是：“肖筱的活动我打算全部停了，后续我还会继续调查。”

姜月愣了一下：“什么？”

现在公司这样莽撞地停了肖筱的活动，是不是更不好？毕竟现在他们掌握的证据还不足。

“其实在你告诉我之前，我就已经查到她身上了。”苏溶的声音冷冷的，“没想到这么巧，初晴竟然叛变。

“你别太担心，之前答应让你休息一年你就好好休息，这一年我和小佳还有许律师，一定会还你一个干净的环境让你回归。”

苏溶对姜月有愧疚心，这么多年她确实有做得不好的地方，才会让事情慢慢发展到现在这个地步。

“小月。”苏溶这次的声音很温柔，“你好好休息。”

“一切都有我们。”

一切都有我们。

这是姜月这几年来听苏溶说过的最有力量的六个字。

这六个字足够让她抛下一切包袱，彻底放下那些执念，好好地给自己放个假。

其实几天前许昱就确定了幕后黑手是肖筱。他第一时间联系了苏溶。许昱把调查结果摆在苏溶面前的时候，苏溶也稍微愣了一下，不过也没有太意外的样子。

她看过太多这种事情，自然不会觉得惊讶。

“参与人初晴？”苏溶看着最终的结果，笑了笑，“这一点你为什么要单独放出来呢，许律师？”

许昱的手指在桌上敲了敲。

“苏总，这件事你能够明白的，如果初晴不愿意配合，那我们失败的风险很大，我们现在还不知道对方在这一次的活动中到底想做什么。”

“可如果我们告诉初晴，其实我们早就知道了这些事呢？”

苏溶抿唇，说：“那初晴一定会倒戈，站在我们这边。”

“初晴的好胜心很强。”苏溶说。

许昱分析起这些事情，比有的圈内人还头头是道。

苏溶笑了笑，抬眸：“你对小月还真是上心。”

“这件事你不打算告诉她吗？”苏溶问，“你的这些付出，她都不会知道的。”

“不需要。”许昱敛眸，“也没有必要。我想保护她，这是我一直想做的事情，我觉得这些付出是应该的。”

不是所有的付出都要让对方知道，至少这件事许昱并不想让姜月知道。因为在她的世界里，如果她的这些事情都是自己出现才解决的，对她来说其实并不算一件好事。

姜月一定会觉得，困扰了她这么多年的事情，竟然要等到许昱出现才得以解决，那会让姜月更难受。如果他不出现的话，她是不是就没办法把事情做好了呢？

许昱也不想让姜月对自己产生这份依赖感。

他当然希望姜月依赖自己，但不是在任何方面、任何时候都依赖着他。

在有的方面，姜月还是要做回她自己，无论如何姜月都不能丢了自我。

苏溶当然明白许昱的意思，最后跟初晴那边联系的时候，也是意外顺畅。

初晴在那边轻笑："我知道，就算你不联系我，我也会联系你的。"

只要他们不说，那么姜月就永远都不会知道，许昱在这件事中付出了多少精力。

最后初晴见到许昱出现在姜月身边的时候也不诧异。她早就猜到了许昱一定会来，一定会在任何危急的时候都站在姜月身边的。

即便他假装自己是个隐形人，即便许昱从来不说他参与了，但他一定会在这里，给姜月支撑起一个保护罩。

他想让姜月成为最后的赢家，并且希望她站在那里的时候，自己只站在下面鼓掌。

姜月真的没有再插手，准确地说是苏溶和许昱根本不让她插手。他们也是铁了心要让她好好休息。

姜月回国几天，热搜上两条"姜月宣布隐退""姜月许昱"的话题热度依然不减。她一直没有出面，直到中秋节那天，一大早开了网络直播。

"大家好，我是姜月，大家的留言我花了一整晚认真看完了。

"谢谢大家的关心，我也很感谢大家一直以来的喜欢和支持。我知道这次的决定非常突然，甚至我自己都没想到这场休息来得这么快。

"我进这个圈子的时间不长，却收获了众多人的喜欢。我以前经常在想自己到底配不配得上你们的这份喜欢，但是后来我遇到一些人，他们告诉我，我是值得的。

"我否认自己就是否认你们，所以我想，再好好休息一下，在这些日子成为更好的我。我没有要抛弃你们的意思，也不想强留。

姜月说着，对着镜头笑："我很自私地希望有人会等我，届时我一定会给大家带来更好的作品，以更好的面貌来面对你们。"

她又敛下眸："最近我是真的很累了，所以想要远离喧嚣一段时间。不过我一直都在你们身边，也一直铭记大家的每一份喜欢。"

本来还心寒和愤愤然的粉丝被姜月的这一场直播抚慰了不平静的心。

最后粉丝团还发了一条微博——

“就当我们小月去服兵役了，而且还只是一年呢！”

姜月那场直播的最后，所有在直播间的人都看到有一个人走到了她的身后。大家没有看到男人的脸，但是看到了他烫得工整的西装，修长的指尖搭在领带上。

男人的声音低沉沙哑：“小月，领带。”

姜月转头，眨了眨眼：“什么？你别跟我说你不会系啊？”

此时此刻的弹幕已经飘过不知道多少条问号和感叹号。

“小月家怎么有男人？！”

“哇！！这个声音好耳熟，好耳熟！！”

“这个声音！！！不是许昱吗？！”

许昱之前参加了那个法制节目，所有人都知道这个声音的主人是谁。

“啊啊啊啊我就知道我搞的CP（情侣）是真的！！”

“所以之前那些关于许律师和小月的爆料都是真的吗？！”

“啊啊啊快说说你们是怎么认识的呜呜呜，让我们也看看神仙爱情！”

姜月转过去跟许昱说了两句话，再转回头来的时候就看到这样的弹幕飘过。她低头笑了笑，其实早就猜到了会有这样的情况发生，不过现在也没有什么要隐瞒的。

不管自己是不是真的要隐退，还是跟许昱之间的关系，她都可以坦然地告诉大家。

姜月抬了抬手，所有人都看到她的手上挂着一枚戒指。她手上突然多出来的戒指，似乎昭示着什么，而之所以说挂着，是因为那枚戒指很大，明显不是她的尺寸。

在众人疑惑的眼神之下，她把自己手上的那枚戒指取下来，凑近了镜头，众人这才看到这枚戒指其实是男款。

她拉过身后清俊的男人的那双手，也放在镜头面前，随后当着几十万观众的面，把那枚戒指戴回男人的手上，尺寸刚好。

“许……”话没说完，她突然顿了顿，重新组织了一下语言，“这是我男朋友的戒指。”

两个人的关系不用再多说，从姜月的口中说出“男朋友”这个词汇的时候，许昱和姜月之间的关系就得到了她的亲自承认。

男人还是没露脸，只是闷声笑了笑，笑声里带着一些宠溺的甜。

广大网友这边“啊啊啊啊啊啊”还没结束，马上又听到男人尾音上扬着接了一句：“叫得挺好听的，再叫一次？”

姜月：“……”

姜月没理会他，目光依旧放在手机屏幕上，除了震惊和激动的反应，她看到最多的还是问她跟许昱什么时候在一起的，怎么在一起的。

姜月的手指交织在一起，抬眸，眼里含着笑，轻声诉说起过往的事情。

“我跟许昱啊？

“我以前追的他呀，但是许昱这个人吧，以前真的蛮渣的。我怎么跟他说我好喜欢他，他都不搭理我，坏透了，亏我以前那么喜欢他。”

“许律师？？你怎么是这种人？你不可以欺负我们小月啊！”

“那你们怎么和好的？？”

“我晕，我突然想起，之前许律师说见过小月青春可爱的模样，原来是真的吗？？”

“……怎么觉得又虐又甜呢？”

姜月还没说完，许昱倒是突然弯了腰，男人精致的下颌线出现在镜头里，他的唇动了动。

“又渣又贱，嗯？”

姜月点头：“对，没错，你对自己的认知很正确哟！”

许昱笑了笑，瞥了一眼直播间的人数，随口问了一句：“那现在呢？”

姜月依旧看着镜头，俏皮地眨了眨眼睛，认真地说：“所以这一次我还是挺意外的。

“以前我们分手是因为我以为许昱从来都没有爱过我，但是后来发现，其实他并不是不爱我，甚至很爱我。”

弹幕问她是怎么发现的。

姜月掰着手指数：“比如我看到他的本子里其实一遍遍的都是写的我的名字，有时候工整，有时候潦草，但是一直在写。

“比如刚刚给你们看的那枚戒指，戒指的内侧也有我的名字。而且在我还没发现的时候，许昱对我说那枚戒指对他很重要。

“再比如……”

她这个手指还没压下去，突然耳根就红了。

再比如，她看到的，他的腰腹下方隐秘的位置，也写了她的名字。

他就这样把她刻画在自己的生命里的每一个地方。

直播进行着，观众本来是来听姜月的解释的，没想到就这样吃了成吨的“狗粮”。

最后有人实在是忍不下去了，直接问两个人什么时候结婚。姜月看到这条，若有所思地问许昱：“你什么时候求婚呢？”

许昱看着她：“我不求婚。”

姜月：“嗯？”

许昱伸手，轻轻地点了一下她的脑袋瓜：“现在我不求婚。求婚这样的事情对你会有压力，你要是没准备好结婚，给什么答案好像都不太好。”

“我不想让你有这样的压力，所以，等到你什么时候真正愿意了。”许昱顿了顿，才又说，“那我一定会补上这样的仪式。”

直播间飘过去一排排的弹幕。

“说愿意！小月你愿意！”

“答应他答应他！”

许昱却轻轻地揉着姜月的头发，说：“好了，我都不逼她，你们也不要逼她。”

关掉直播以后，姜月伸手索要拥抱。许昱嘴角噙着笑，过来抱住她，低着头对她说了一句：“中秋节快乐。”

姜月迟来了很久的祝福，她几年前就想在中秋节听到的，来自许昱的祝福。

她还以为这辈子再也听不到了呢！

她伸手回抱了他一下，也低声说了一句：“中秋节快乐。”

中秋节，团圆的日子，她和许昱终于没有分开了。

第十一章
得偿所愿的爱情

一年后。

姜月很久没有出现在公众面前了。她原本以为这一年可以好好休息玩一会儿，没想到最后还是觉得很多事情没有做成，时间总是不够用的。

她快要复出的消息传出来的时候，网络上掀起了轩然大波。这一年里姜月没接什么活动，但到处都有她的消息。

每两个月星娱传媒都会抓出一个造谣的人，快准狠。最令人惊讶的是，那个和姜月七分像的肖筱跟星娱解约并被星娱起诉，原因竟然是肖筱造谣姜月的事。这件事曝光以后令人唏嘘，不禁让人感叹姜月的可怜遭遇。

网友也在这一年里反思了许多，发现曾经对姜月的恶言相对竟然全是因为别人的一派胡言，所以他们现在其实也很希望姜月能复出，再多支持她一点，弥补曾经的过错。

姜月看着热门话题，默默地发了一条微博。

姜月：大家好，新的一年，你们想看到什么？

姜月发完微博就去洗漱了，等她敷完面膜躺上床再去看手机热评的时候，前面几条评论的中心思想都非常统一。

“月月要不要带许律师参加那个新的夫妻综艺呀？我们想看！”

“姐姐你终于营业啦，我们想看你跟许律师的恩爱日常。”

姜月看完嘀咕了一句：“恩爱日常有什么好看的？”

况且姜月也不觉得自己跟许昱之间的爱情和生活有什么特别的，也没有什么可以拿给别人看的东西。

她忽然看到一条。

“从来没看过姜月跟许昱同框，除了结婚的时候，不会是什么表面夫妻吧？看起来好像也不是很恩爱啊！”

姜月看完这条评论，突然产生了一些叛逆心理，从被子里面探出头来，甜甜地喊了一声：“老公——”

“嗯？”许昱还在看文件，把文件放下，“怎么了？”

“有人说想看我们秀恩爱。”

“嗯，好。”许昱回答完，马上去拿了自己的手机。

姜月躺着眨了眨眼，就看着许昱突然拿出手机按了几下，也不知道发了些什么东西。没过多久她的手机就响了一声，来自微博特别关注。

许昱只发了一张图片，但是又抢了姜月微博的头条评论，写了一句：“听说有人想看我们秀恩爱？”

姜月点开图片就看到她素着颜睡眼惺忪地靠在许昱的怀里，许昱从身后帮她握住了牙刷的手柄，垂着眸眼神温柔地看着她。

两个人的头发都翘起来几根，一副温暖缱绻的样子。

姜月皱了皱眉，想了很久都没想起来，问他：“什么时候的照片？”

“上个月的，当时我们打算出去玩，所以起得很早。”

姜月这才想起来，那天她实在是太困了，早上还没有睡醒，缠着许昱帮自己洗脸。

他顺手就帮她刷了牙，而她靠在许昱的怀里，一副悠闲自在的样子。

“你还有手拍照片？你怎么还保存着？”

许昱瞄了她一眼：“老婆的可爱照片当然要保存。并且，随时可以拿给别人炫耀。”

姜月：“……”太爱秀了，这个男人太爱秀了，这个秀恩爱的机会简直是为他量身打造的。

姜月随手一刷新，看到他的微博评论，叹了口气：“完了，万一有人说我这么大了怎么还是个巨婴，竟然还要你帮我洗脸刷牙，这该怎么办？”

许昱把手机锁屏了，伸手理了一下她脸边的发丝，眉梢一扬，嗓音带着笑。

“怕什么？你老公给你撑腰。”

反正他一直在为她撑腰。

结果姜月和许昱真的接了那个综艺，苏溶觉得用这个综艺复出也是不错的。节目的第一期，她在电视面前重新做了自我介绍，终于敞开心扉跟所有人说了一些心里话。

她说——

“重新自我介绍一下，我是姜月，生姜的姜，月亮的月，一个你们熟悉，但其实应该又很陌生的人。

我对自己的名声非常清楚，从出道以来基本都是粉丝和黑子对半分，是路人眼里喜欢营销的坏女人。我从来不觉得自己是个完美的人，也没有要让所有人都喜欢我，但是希望通过这次综艺，可以消除我在有些人心中的误解。

我想，许昱的存在真的给了我莫大的底气，让我做什么事情、什么决定都有信心，因为我知道有人在身后支撑着我。

我本来想了很多话要说，但是……

我想，还是靠作品和之后的故事让你们认识一个新的我吧！

你们好，我是姜月。”

节目播出的那几天，姜月的这段视频就在网络上疯传。

网友都知道之前姜月是怎么被群嘲、被黑的，但是后来姜月很低调，几乎没有出现在大众的视野之中，他们这才意识到姜月可能真的没有买过营销。

姜月的这件事被挂在微博热搜上讨论了好几天。

“我现在真的还挺喜欢姜月的。我能感觉到她很多事情都不是在作秀，是很真实的一个姑娘啊！”

“还是希望网络上的人对女明星不要有那么大的恶意，我感觉好多女明星都挺惨的。”

“嗯，其实姜月说得有道理呀！我们可以重新认识一下她。”

“对呀，也不急着站队，我还挺期待姜月的新作品。其实姜月的实力还是挺强的。”

姜月是认真地看了这些评论的。

她已经很久没有这么认真地看过别人对她的评价了。因为很长一段时间，她不管做什么都是被骂的那一个。那时候她看一次评论，心中的害怕和不安就会增加一分。

网友的评论还算是温和的，并且有很多人都开始转变态度，开始相信她。

姜月靠在许昱的怀里感慨："我都没想到自己还有这么一天，以前还以为自己怎么都翻不了身了。"

许昱非常温柔地抚过她的头发："怎么会？你一直都很好，只是以前被别人误解。"

姜月吸了吸鼻子，说："这个时候格外感谢一直都信任我的人呀！"

她靠过去亲了许昱一下，说："比如你。"

一直以来他都是站在她身边的人，一直都在给她撑腰。

这天晚上，姜月困得格外早。她睡了以后，许昱发了一条微博，是一篇微博长文——

关于姜月的事情，我不可能一言不发。

我有一个深爱了很久的人。

她名为姜月。

第一次听到这个名字是很久之前，大概在大学军训的时候就听说了，她是表演系的女神，但我之前都没怎么在意。

直到她来看我参加的辩论赛，一次、两次、三次，我想那时候姜月一定以为我不认识她，但是大名鼎鼎的姜月我怎么会不认识？

后来姜月说喜欢我，但以前的我并不觉得我们相配。我想，其实我那个时候已经开始喜欢她了，只是还没有意识到这点。

姜月是我那几年平淡生活里见过的最璀璨的女孩，闪闪发光，比钻石还要闪耀。她热爱自己，也热爱这个世界。

后来的重逢，她像是换了个人，我一直没有找到原因，直到姜月跟我说，她都不知道怎么去热爱自己了。

因为好像有很多人都不喜欢她，她渐渐开始怀疑自己是不是真的是那样的。

分开的那些年里，我一直在关注一切跟她有关的事情，包括大家在网络上的那些讨论。其实从一开始有黑子的时候我就在想，为什么姜月会受到这样的抨击?

每一件事，对网友来说可能都是说说就过去了，但对她来说是永久的记忆。那些年里我搜集了很多资料，等着什么时候姜月需要的时候拿出来，后来我终于等到了这个机会。

那是第一步，堵住营销号和一些媒体的嘴，让大家知道，姜月在这个世界上并不是没有人保护着的。然而事情远远比我想象中的还要复杂。

之后，我们终于把一直以来在作祟的黑手解决干净。原本我们都已经做好准备迎接下一步计划的时候，姜月跟我说她很累。

我说，那你休息吧!

我们会好好的，你也会好好的，喜欢你的人也会一直等你。

我很高兴能看到今天大家对她的这番评价，终于中肯，终于有很多夸奖。

现在我的妻子在我的身边熟睡，我很久没见她这么安心沉稳地睡着了。

谢谢大家能够喜欢她。

同时，作为一个律师，我当然不会放过任何一个造谣者。最后，希望你们每一个人都可以热爱这个世界，热爱自己。

这样才能跟别人相爱。

晚安。

姜月是第二天醒来的时候才看到这条微博的，微信消息也被刷爆，大家无非跟她说许昱那条微博的事情。

姜月本来是很惊讶的。她起床的时候许昱已经去上班了，床头给她留了字条，督促她今天要好好吃饭。

她看完许昱的微博，没去问他，倒是自己鼻酸起来。

她看到了微博的评论。

“呜呜呜终于有人保护我们月月啦!”

“姜月你们都敢黑啊?真是不要命了!不知道她老公许昱是南城的金牌律师吗?”

“真好呀呜呜呜，被人黑得体无完肤的女明星和默默保护着她的律师，这对夫妻怎么这么好嗑?!”

“太甜了！！许律师和姜月真的太甜了！！”

姜月认真看完评论，长长地舒了一口气。

是呀，她有许昱在身边，真的太安心、太幸福了。

最后竟然是许昱主动给她打的电话。

“你怎么知道我起床啦？”

“看到星饭团上有提示。”

姜月：“……”

“啊，你怎么还搞这个？”

“我追星啊！”许昱笑了笑，又顿了一会儿，才说，“你就是我的星。”

“俗死啦！”姜月斥了一句。

她说完，接着沉沉地唤道：“许昱。”

“嗯。”

“谢谢你保护我。”

两秒后，电话那边传来男人低沉的笑声：“保护自己的夫人，不是应该的吗？

“我会一直保护你。

“因为你是我的。”

姜月弯了弯眉眼，语气轻快地说：“嗯，好呀！”

她一直觉得要等个英雄来拯救自己太难了，后来发现，原来每个人都有那个保护着自己的英雄。

不管是以什么身份、什么方式，他就是你活在这个世界上的避风港。

去年姜月是中秋节宣布隐退，今年的中秋节就刚好为期一年。为了回来跟她庆祝，许昱早早地下了班。

这天晚上，她又收到了许昱的礼物，说是为了庆祝这一年里她的努力。姜月想，她其实没有努力什么，这一年都是许昱和苏溶帮着她。

她只是在后面藏着，被保护着。

“打开看看。”许昱递来一个大盒子。

姜月抬头：“这次是什么呀？”

许昱现在很会制造惊喜，所以姜月很好奇这个盒子里装的是什么东西。

许昱没有回答，只是示意她把盒子打开。姜月这才低头，把盒子打开。

映入眼帘的不是什么耀眼的礼物，而是摊在她面前的一个个信封，不同的大小、不同的颜色和样式。

她愣了一下，没有完全反应过来。姜月伸手拆开了第一封信。

"To 小月：虽然不是第一次给你写信，但是我听说这封信会交到你手上就好紧张，不知道该写一些什么。我喜欢你的时间不算很长，现在觉得有点可惜，如果早一点认识你就好了，但我又是幸运的，至少我的这份喜欢是值得的。姜月，你值得，值得我们所有人喜欢，你是我见过的最会发光的一个人……"

她看完第一封信就已经红了眼眶。

她知道的，自己被人那样喜欢着，但是每当这份喜欢摆在她面前的时候，她还是觉得很幸福。

姜月又颤抖着手拆开了第二封信。

"To 我最爱的月：给你写信的时候是凌晨四点，很突然，但是我愿意不眠不休地告诉你我喜欢你。说出来你可能不会感动，我经常为了见到你做一些疯狂的事情，你见过凌晨三点的南城吗？我见过的，我们见过。追星很苦，但是又很快乐。"

第三封信也被她打开。

"To 月：我很多时候觉得自己活在这个世界上没有意思，但是这个时候看到了你，似乎又看到了自己活着的动力……"

接下来是第四封信。

"To 小月亮：为了见到你，我们会成为更好的人，也希望你能成为更好的你。请你记得，我们永远爱你……"

…………

姜月把这些信一封封看完后，眼睛都干涩了，鼻尖酸楚。她吸着鼻子问许昱："这些信是哪里来的？"

许昱低头，用指尖把她脸上的眼泪擦掉。

"我麻烦你的粉丝团收集的。我想让你知道，这个世界上真的有很多人是真心爱你的，他们也会一直等你。

"你的未来只会更好。"

姜月吸着气，觉得大脑有些缺氧。她此时却注意到放在最底下的一个不显眼的黑色信封，和盒子看起来是一体的。

这一封信看起来不太一样。姜月伸手去拿这封信的时候，觉得自己的心跳有点快，有些异常的电流流过。

“致你。

第一封情书是你写给我的，说要在一起，那么第二封情书换我写给你。

请原谅我如此笨拙地爱着你，请相信我会一直这样爱着你，也感谢你还在这里。”

署名很潇洒——“许昱”。

姜月鼻尖酸得太阳穴都在疼，她低声问：“你真的会一直爱我吗？”

“嗯。”

“不管过了多少年，你都会一直保持现在爱我的这份热烈吗？”

她知道太多的故事，在说誓言的时候轰轰烈烈，在分开的时候两个人也是真的冷淡。

许昱沉默了半秒，呼了一口气，认真地说：“不能说我一次就会永远一直这样爱你。更准确地说，是我一定会一次次地重新爱上你。”

一次次拼凑起来的心动，构成永远。

姜月抬头看了一眼月亮：“明天的月亮似乎会更圆。”

“嗯，明天我也会在你的身边。”

姜月沉默着，被人从身后环住腰，他附在她的耳边低语：“我爱你。”

她曾经是那样怀疑着他的不喜欢，现在又是这样相信着他的喜欢。

姜月低头笑了笑。

“嗯，我也是。”

她拿起一支笔，俯身在许昱写的那封情书下面留了一句话。

“十五的月亮十六圆，就像这姗姗来迟的月圆。我们的爱情在多年以后，终于也得偿所愿。”

（正文完）

1. 爱是无止境的

是喜欢儿子还是喜欢女儿，这已经是老生常谈的问题了。

姜月和许昱当然也免不了被问起这个问题，许希然出生之前一大家人就聚集在一起讨论过这个问题，大家的想法当然是不一样的。

比如双方父母都是想要儿女双全，觉得孩子再多都养得起。但这是不可能的，姜月和许昱都是大忙人，带一个小宝贝就已经很花时间和精力了，更别说要两个孩子。

姜阳喜欢小男孩。

因为小时候家里只有他和姜月，他一直都想体验一下有兄弟的感觉，就算没有兄弟，现在来个侄儿也是可以的。

姜月和许昱一直没发表过看法，毕竟不管男孩儿还是女孩儿，都一定会是他们最爱的。他们跟宋连一一起吃饭的时候，这事又被问起。

“其实别人怎么说都没用啦，还是顺其自然。不过说真的，如果可以选，你们会怎么选？”宋连一问。

姜月的碗里放着许昱夹的菜，她想了一会儿，说：“我还是喜欢女儿。”

“女儿比较可爱，感觉小男孩会有点不好管。”

男孩子小时候的叛逆期来势汹汹，姜月觉得自己可能压不住。小时候她跟姜阳在家打架的场景还历历在目。

虽然姜阳一直很黏她，对她这个姐姐也很上心，但姜阳青春期和叛逆的时候，两姐弟也没少吵架。

姜月回想起来这事就觉得有些头疼，以前有个弟弟已经足够了，现在想要个小女孩当贴心小棉袄。

宋连一轻笑，这个答案是意料之中的。以她对姜月的了解，她就知道姜月一定会想要女孩儿。她转过头看向许昱，又问：“许律师呢？”

“我也喜欢女儿。”

没有人追问许昱为什么喜欢女儿，只当是因为姜月喜欢，所以他也喜欢，后来大家才渐渐发现，许昱是真的喜欢女儿。

宋连一看到许昱那么宠女儿，有时候会调侃姜月，问她：“听说女儿会分走一部分爱哟，你会不会吃自己女儿的醋啊？”

姜月无所谓地说：“分走吧、分走吧，许昱的爱太满了，正好来个人分一下挺好的。”

男人黏人的时候其实是很恐怖的。

宋连一是没见每次两个人因为工作或是其他事很久没见以后，许昱缠着姜月不放手的样子。

许昱听到这个答案的时候，睨了姜月一眼：“不用担心，虽然给了女儿很多爱，但是你的也不会少。”

真爱永远都不会因为孩子的出现而减少对伴侣的关心，因为爱是可叠加的，无止境的，无穷的，源源不断的。

2. 最乖的宝宝

许希然出生以后，许昱和姜月就妥妥地成了女儿奴，完全把女儿宠成小公主。

他们都是第一次当父母。

姜月第一次看许昱笨手笨脚地给许希然换尿布的时候，在旁边笑得直不起腰。她调侃许昱：“许律师不是很厉害吗？你之前不是什么都会吗？以前那么困难的事情都做完了，怎么现在连给女儿换尿布都不会呀？”

许昱笨手笨脚的，一直弄不好。姜月一边伸手去帮忙，还一边叹气：“笨死了。”

“不是擅长的领域。”许昱说，“不过多做几次应该就熟练了，现在做起来感觉比背法典还难。”

还好许希然一直很乖，根本不需要姜月和许昱多操心。虽然他们俩做事都笨手笨脚的，但许希然乖乖的，从来不哭不闹，换好以后小姑娘还抬手笑呵呵地要许昱抱。

比起被姜月抱，许希然更喜欢被许昱抱着，睡觉也要许昱哄着睡。

许希然黏人的劲也是一阵一阵的，她有时候黏许昱，有时候黏姜月，有时候两个一起。小孩子的喜好总是很难猜透，阴晴不定的。

有一段时间许昱工作忙，没怎么照顾到许希然，而姜月推掉了一部分的工作安心在家陪许希然。后来许昱回来的时候，许希然就不爱理他了。

许昱回来逗了许希然好几天，小姑娘还是不愿意理他。

许希然不搭理许昱的第三天，入睡之前，他搂着姜月，低声说了一句：“希然真是跟你一模一样。”

“什么？”

“一样难搞定。”

姜月轻笑了一声，继续听许昱说。

“你跟我赌气的时候也很难哄，当年我也追了你好久才追回来，费了很大劲。”

姜月轻哼了一声：“那我以前追你的时候也一样啊，还不是追了好久。你这个木头完全不知道心动的好吗？！我当时差点就放弃了！”

“不许放弃。”许昱冷不丁地来了一句。

“我说差点！”姜月拍了他一下，“而且你也要跟以前的姜月说呀！”

“以前不要放弃，现在也是，未来也不可以。”

“我不会。”

“可是你放弃过我了。”

“……还记挂着呢？都说了是误会啦！”

许昱刚才突然说得有点认真，搞得姜月都不知道要怎么说了。她说完，忽然被身旁的人搂紧，用下巴蹭了蹭她的脸颊，笑着说：“不是说你。”

“是说我。”他解释道。

“永远不会放弃爱你，”许昱顿了顿，补了一句，“和希然。”

姜月笑出声：“嗯，那你好好哄希然。”

小姑娘其实很好哄。许昱又陪她玩了几天以后，许希然终于又肯理他了，许昱这才问她：“希然，前几天你怎么不理我？”

许希然玩玩具的手僵了一下，嘟囔着：“因为爸爸好久不跟我玩了……我以为你不要我了……”

许昱：“……”

许希然真的和姜月一模一样，母女俩就连一个人胡思乱想的样子都一样，又可爱又好笑。

许昱低着头，声音很轻，说：“爸爸不会不要你们的，以后不准自己乱想了知道吗？”

许希然点了点头：“好。”

“有什么不开心的事情都不要自己憋着，一定要告诉我们。”

“嗯。”

许昱没想到，自己对许希然的第一次严肃教育竟然是从教她学会交流开始的。

人与人之间的误解，大多时候是因为不了解、胡思乱想、拒绝交流。每个人都以自己的角度去想事情，并且从来不觉得自己是错的，这样产生的误会只会越来越多。

许希然很听话，许昱说什么她就应什么。小姑娘最后奶声奶气地说：“不开心和开心，都会跟爸爸妈妈说的，这样才是最乖的宝宝。”

3. 听说我们不恩爱？

许昱这个人其实挺记仇的，虽然《新婚试验》播出后大家对他跟姜月的相处印象有所改观，但他还是记得很清楚当年节目开播前的那次投票。

再加上后来有人新入坑或者“村通网”，根本没看过《新婚试验》，对许昱和姜月的印象很浅。

两个人结婚很多年以后，还偶尔会有人在说许昱跟姜月一点都不恩爱。

这天姜月在直播，屏幕上刷过去几条弹幕，而许昱从她身后过去的时候刚好瞥到。

“许昱这么冷淡的人，姜月跟他真的相处得来吗？”

“我真的不信许律师跟姜月恩爱……”

许昱站在后面默默看完，随后唤了姜月一声。姜月抬头看他，刚一抬头就被人捏住下颌，当着百万观众的面来了个深吻。

吻完以后。

姜月：？

观众：！！！！？

许昱很满意地又扫了一眼弹幕，眉梢一扬，说道：“够恩爱了吗？”

姜月：……男人奇怪的好胜心。

虽然那次两人大肆秀了一波恩爱，但还是有不少媒体、八卦营销号在猜测报道，姜月和许昱婚后感情不好，甚至许昱不喜欢自己的女儿。

因为许希然出生好几年没有公开露面过，记者甚至没有拍到过许昱带孩子出门的样子，一直都是姜月抱着全副武装的许希然出门。

后来某天，许昱有一场需要公开出庭的案子，恰好姜月也在附近有一个活动。

活动一结束，姜月就被人围了起来。那些记者依旧很爱把话筒往人脸上凑，不过姜月已经习惯了，只要不过分都可以接受，这毕竟是她的工作的一部分。

她接受完采访，就急匆匆地往另外一边走去，也没多给这些记者留时间。姜月接过曲佳递过来的手机，看到许昱告诉她今天的庭审已经结束，他在法院门口等她。

后面有年轻不懂事的记者跟着姜月跑，想去看到底是什么事让她走得这么急。

在娱乐记者的眼里，明星的私生活也很有趣。以前姜月下楼扔垃圾都被记者拍到过，并且大肆报道，说得神乎其神。

根据大家的观察，姜月和许昱一直都是许昱早上出门的时候扔垃圾，可是那天姜月出门扔了垃圾。报道便称，两人疑似感情破裂，连垃圾都要姜月亲自扔了。

姜月没有管后面跟着的那个小记者，在大庭广众之下，冲过去一把抱住了许昱。

她笑得很甜："老公！好久不见！"

"我们只是几个小时没见。"

"几个小时也是好久了。"

姜月挽着许昱的手臂，上车之前，转头看了一眼还躲在角落里偷拍的小记者。

"还有人在跟拍我们，"姜月说，"也不知道他今天想拍到什么内容。"

"应该又是我们夫妻不恩爱、我不疼女儿的内容。"

姜月笑了："我们还要怎么样啊？现在这样还不够吗？"

她都在大庭广众之下挽着许昱的手臂了，似乎总有人一定要看到她过得不好才会满意。

许昱什么都没说，挽起袖口，像是抬手看手表的样子，可他的手上什么都没有，空荡荡的。

他又垂下手，却没有把袖口放下，而不远处的相机记录下了许昱的右手的情况。

当晚，照片流出。

除了姜月跟许昱在街头亲密地手挽手以外，还有这个看起来冷漠、难以接近的男人的手腕上，用黑色的中性笔画的一块手表，中间还贴了个很可爱的贴纸，一看就是出自小女孩的手笔。

而许昱，今天就是戴着这幼稚的假手表上了庭。

网友：怪可爱的……

姜月：真有你的。

他什么都不说，全靠行动证明。

夫妻不恩爱是假的，他不宠女儿也是假的。

4. 和美人鱼一样漂亮

两人结婚后，许昱依旧喜欢收集贝壳，不过他都是帮姜月收集的。家里有一个房间全是透明柜子，里面放着这些五颜六色的东西。

许希然很小的时候只是觉得新奇，长大了一些，懂事了一点就爱问很多问题。

某天，许希然看到家里成堆的贝壳，问姜月："妈妈，这些都是什么呀？"

姜月倒是很诚实，告诉许希然："是贝壳呀！"

"贝壳是什么呀？"

"是生活在海里的一种生物。"

"海？妈妈，那海是什么样的呀？"小朋友总是对未知的事物感到好奇。

姜月早就猜到了许希然会问，于是伸手抱着小姑娘去了阳台上，给她指了一下天空中闪耀的星星。

"贝壳是海里的星星哟！大海也跟你看到的天空一样，无边无际，神秘又温柔。"

许希然似懂非懂地点了点头，说："是那种超级大超级大的湖吗？"她说完，还伸手比画了一下。

姜月笑着蹭了蹭许希然的脸，说："是和湖完全不一样的感觉。"

"那有机会的话我一定要去看！"许希然眨着眼，"妈妈肯定很喜欢大海吧！"

"嗯，很喜欢。"

姜月一直很喜欢，也很想再去一次海边，但是最近一直没有机会，工作实在是太忙了，好不容易有空了还要在家照顾孩子。

本来她和许昱的父母都说要来帮忙照顾许希然，但是许昱和姜月都坚持要自己把小姑娘带大，完全不让双方父母插手。

许昱回来的时候，姜月正跟许希然一起看关于海洋的纪录片。两个人都看得很专注，连许昱回来都没注意到。

他的手上刚好拿着新收到的贝壳，已经装在了玻璃瓶里。

"妈妈，这个鱼好大哟！它是不是会吃人呀？"许希然指着投影画面里的鲸鱼对姜月说。

“不会呀，这是蓝鲸，它们的食物是小虾米。”

“就是我平时喜欢吃的那种小虾米吗？”

“是啊，就是那种。”

“哇？没想到那么大只的鱼也跟我吃一样的小虾米！”

母女俩说得正开心，根本没有在意许昱。他走过来坐下，顺势就把姜月揽在怀里。

“又在看海洋的纪录片？”

“跟希然一起看呢！”姜月还是目不转睛地盯着电视，这部纪录片不管看了多少次，还是很爱看。

不过许希然是第一次看这种纪实的纪录片。她以前看到的都是动画片里的大海。这份新奇感让她晚上兴奋得睡不着觉，缠着姜月和许昱问东问西的。

姜月第二天还有工作，先去洗澡了，留下许昱给许希然答疑解惑。

许希然躺在床上，紧紧地抱着抱枕，问许昱：“爸爸，贝壳真的很漂亮吧？”

“嗯。”许昱回答，“跟你妈妈一样漂亮。”

“对呀，我看到家里有好多漂亮的贝壳，爸爸为什么一直买贝壳回来呀？家里不是已经有很多了吗？”

“贝壳和大海，是我和你妈妈之间的约定。”

许昱知道自己说得太深刻的话，小女孩其实是不能懂的，但是他可以从许希然很小的时候讲到许希然长大以后。

“约定？就跟爸爸每次回来都会给我带好吃的一样吗？”

“嗯。我一直都给你妈妈带贝壳回来，是因为我一直爱她。每一份贝壳被带回来放在家里，都是对她的爱，多一份贝壳就多一份爱。”

“难怪贝壳那么漂亮！”许希然说，“就跟希然一样哟，是爸爸和妈妈爱的结晶！所以贝壳和希然一样漂亮！”

“贝壳里还会产出珍珠，也跟你们一样漂亮。”许昱拿了书架上的一本书，翻开给许希然看。

那是他以前买给小朋友看的科普书，今天终于有机会拿出来看了。

“你看这个。”许昱给她指了珍珠生长的那一页，“不小心进入贝壳里面的沙子，经过很长时间才会慢慢变成绚烂的珍珠。”

“那它们会很痛吧……”许希然说，“贝壳里面竟然是软软的，如果有这种小沙子肯定会很痛吧？就像我睡觉的时候要是有什么东西硌着，也会很不舒服呀！”

“是会很痛。”许昱指着珍珠，“可是会得到这么漂亮的结果。”

那些曾经的苦难，最后都会变成珍珠的。

就像姜月一样，曾经受到过诋毁，曾经被误解、诬蔑、被众人讨厌，可姜月全部挺过来了，最后那些东西竟然变了价值。现在别人提起那段过往，只会觉得姜月曾经受过那么多苦还是熬过来了，很勇敢，也很坚强。

他和姜月之间也曾经有过失望和放弃，可还是在经历了这么多事情后得到圆满、美好的结局，并且像经历了重重磨难的珍珠一样，更加珍贵。

“原来是这样啊！”许希然点了点头，“那以后我遇到什么事情也要再忍耐一下，这样我也会有漂亮的珍珠了！”

许昱笑了笑，伸手揉了一下小姑娘的头发：“希然真乖。”

“爸爸，那海里真的有美人鱼吗？”许希然又问，“我看动画片里都有好多美人鱼，可是今天跟妈妈一起看就没看见呢！”

“美人鱼存在在你的心里。”许昱压低了声音说，“你看你妈妈像不像美人鱼？”

“嗯……很像！！因为妈妈跟美人鱼一样漂亮！”

许希然是姜月的头号颜粉，坚决的“姜月真的超级漂亮”主义拥护者，这当然少不了许昱的教育。

许希然颜粉到哪种程度呢？

幼儿园的老师让小朋友描述自己的妈妈，别的小朋友都会说很多，比如“我的妈妈是长头发，头发颜色是棕色的……”“我的妈妈戴眼镜，喜欢白色……”

轮到许希然的时候，小姑娘反反复复就说一句话：“我的妈妈很漂亮，是世界上最漂亮的人！”

老师继续问她：“许希然小朋友，你看别的小朋友都说其他的特征呀！你的妈妈有没有什么跟别人不一样的特征呢？”

许希然昂着头，又强调了一次：“对呀，我妈妈的特征就是特别漂亮！”

所以许昱说姜月就是美人鱼的时候，许希然对这件事深信不疑，觉得妈妈一定是童话故事里被女巫把尾巴变成双腿的美人鱼。

后来，一家三口去海边玩。

许希然发现姜月不会游泳。姜月拿着游泳圈出现的时候，许希然愣了很久，最后还眼睛红红地，说：“妈妈！你不是美人鱼吗？你怎么不会游泳啊？”

姜月一脑袋问号。

“爸爸说你是美人鱼呀！”许希然跑过来抱住姜月的腿，“美人鱼不会游泳吗？”

许希然已经这么大了，竟然还在相信美人鱼的童话。

姜月蹲下来捏了一下她的脸：“宝贝，这个世界上没有美人鱼哟！”

其实许希然也知道，这个世界上当然没有美人鱼，只是一直相信着爸爸说的话。

当然，还是因为妈妈实在是太漂亮了！！

许昱知道许希然的小心思，伸手把姜月抱起来，说：“希然觉得你是美人鱼，你就是美人鱼。”

姜月愣了愣，听到许昱说：“因为你跟美人鱼一样漂亮。”

姜月忽然明白了，问：“你都跟女儿说了些什么啊？”

“就说你漂亮而已。”

“……那也不能扯美人鱼啊，希然这都多大了，也应该相信科学了。”

“我们不管。”

姜月很少见许昱这么不讲道理的样子，沉默了半秒，许希然跟着跑上来，牵着许昱走。

“我们不管！”小姑娘重复了一遍。

“因为……”许昱低声说着。

随后一大一小，异口同声地说了一句。

“老婆世界第一漂亮。”

“妈妈世界第一漂亮！”

姜月：……好吧！

那她就接受自己是个美人鱼这个设定吧，谁叫家里两个人都觉得她是美人鱼呢！